A Gabi,
Finn e Florian 

Peter Freund

Romanzo

EDIZIONI
IL PUNTO
D'INCONTRO

Peter Freund
Laura Leander e il segreto di Aventerra
Titolo originale: *Laura und das Geheimnis von Aventerra*
Traduzione di Francesca Ferrando. Revisione di Nicola Morgantini

Illustrazioni della copertina e a pagina 3 di Tina Dreher
Illustrazione a pagina 56 di Mike Schaefer, Munich
Prima edizione originale pubblicata nel 2002 da Verlagsgruppe Lubbe GmbH & Co. KG, Bergish Gladbach
Prima edizione italiana pubblicata nell'ottobre 2003 da
Edizioni Il Punto d'Incontro, Via Zamenhof 685, 36100 Vicenza,
Tel. 0444239189, Fax 0444239266
www.edizionilpuntodincontro.it
Finito di stampare nell'ottobre 2003 presso la tipografia CTO, Via Corbetta 9, Vicenza

ISBN88-8093-361-2

Indice

Capitolo 1

Uno strano sogno

Laura Leander gemette nel sonno. La chiara luce lunare filtrava dalla finestra della sua camera, immergendola in uno splendore argentato. Laura agitava la testa sul cuscino, irrequieta. I suoi lunghi capelli biondi erano madidi di sudore.

"No", le sfuggì un lamento fioco, che poi si fece più forte: "No, no, no, no!". Il suo bel viso dai lineamenti delicati si distorse in una smorfia di dolore.

"Nooo!".

Laura si svegliò di colpo e si alzò a sedere nel letto. Si guardò intorno confusa. Le ci vollero alcuni istanti prima di rendersi conto che si trovava in camera sua.

Proprio in quel momento si accese la luce ed entrò suo fratello Lukas. "Cosa c'è, Laura?", le chiese insonnolito. "Perché urlavi così?".

Lukas aveva un anno in meno di Laura, che ne aveva tredici (anzi, quasi tredici, perché al suo compleanno mancavano ancora due giorni). Fratello e sorella erano entrambi biondi, avevano gli stessi occhi azzurri e anche la stessa fossetta sul mento. Diversamente da Laura, Lukas portava sul naso dei grossi occhiali, che gli davano una certa aria da professore.

Laura guardò suo fratello senza capire.

"Urlavo?".

"Precisesatto!", rispose Lukas. 'Precisesatto' era una delle sue espressioni preferite.

"Urlavi così forte che ti ho sentito fino in camera mia!".

In un primo momento Laura non riuscì a ricordare niente. Si guardò intorno, come per trovare una risposta. La sua stanza era come quella di tante ragazze della sua età. Alle pareti erano appese foto di cavalli e poster dei suoi cantanti preferiti. Accanto all'armadio c'era una grossa libreria con *La storia infinita*, *La bussola d'oro* e altri volumi del genere. Appoggiata alla parete di fronte al letto c'era la scrivania e lì sopra era appesa una locandina, da cui Frodo Baggins la guardava con grandi occhi castani. Sulla scrivania regnava un assoluto disordine: libri, quaderni e riviste erano sparsi dappertutto. In mezzo a questi spuntavano CD e dischetti. Un guazzabuglio colorato di penne, pastelli, temperini e gomme completava lo scompiglio. Alcune delle foto incorniciate, che di solito erano allineate sulla scrivania, erano cadute e non erano state rimesse a posto. Laura posò lo sguardo su una delle foto che la ritraevano nella sua divisa bianca da scherma col fioretto in mano, e all'improvviso ricordò.

"Ho sognato dei cavalieri", disse pensosa.

"Cavalieri? Che genere di cavalicri?". Una piccola ruga si delineò tra la fronte e il naso del fratello, chiaro segno che era preoccupato.

"Erano cavalieri bianchi e neri, e combattevano furiosamente con spade enormi, asce e mazze ferrate. Armi pericolose!".

"Davvero?", le chiese Lukas, e la ruga sulla fronte si fece ancora più marcata.

"Sì". Laura annuì convinta, mentre il ricordo del sogno diventava sempre più vivido.

"C'era anche una fortezza gigantesca e il paesaggio intorno sembrava un po' quello della Terra-di-Mezzo nel film", disse facendo un cenno verso la locandina che stava sopra la scrivania.

"Non mi stupisce", disse Lukas con tono un po' sentenzioso. "*Il signore degli anelli* te lo sei già visto dodici volte!".

"Tredici", lo corresse Laura. "Poi è successa una cosa strana: proprio mentre il combattimento tra i cavalieri si faceva più cruento, mi sono trovata lì in mezzo, e c'era un vecchio coi capelli bianchi e la barba lunga...".

"Gandalf o Albus Silente?", la interruppe Lukas con un sorriso ironico.

Laura scosse la testa. "No, né Gandalf né Silente. Anche se... gli assomigliava un pochino. Be', questo vecchio mi si è avvicinato e all'inizio mi sorrideva tutto simpatico. Poi però ha fatto una faccia seria e mi ha detto che dovevo cercare il calice".

"Il calice? Che tipo di calice?".

"Boh!?", disse Laura alzando le spalle. "Ricordo solo che all'improvviso un cavaliere nero si è lanciato contro il vecchio. Aveva gli occhi rossi assatanati e ha alzato la spada per ucciderlo. Ma quello che è successo dopo... – s'interruppe con aria pensosa, arricciandosi distrattamente una ciocca di capelli intorno al dito – non lo so, non mi viene più in mente. Eppure in qualche modo ho la sensazione che fosse davvero importante trovare questo calice, addirittura una questione di vita o di morte. Chissà perché!".

Lukas scrutò pensoso la sorella, che pareva veramente turbata, e volle rassicurarla. "Non importa, Laura. Era solo un sogno!".

Ma Laura scosse decisa la testa e guardò Lukas spaventata. "Lo so che sembra assurdo, ma era tutto così vero. E questo mi fa...", alzò il capo e guardò suo fratello sperando che capisse, "in qualche modo mi fa paura, Lukas. Molta paura", gli sussurrò.

Il giorno dopo era domenica, la seconda domenica dell'Avvento. Nel cielo invernale azzurro pallido di Hohenstadt era sospeso un sole smorto. La cittadina tedesca aveva un centro storico medievale quasi intatto. Le strade tortuose, i vicoli pittoreschi e i palazzi storici accuratamente restaurati attiravano molti turisti, soprattutto d'estate, ed erano affollati dalla mattina presto alla sera tardi. D'inverno le cose erano un po' più tranquille ma non troppo, perché il tradizionale mercatino natalizio che si teneva nella piazza del municipio intorno all'albero di Natale richiamava sempre una folla di visitatori, soprattutto nel fine settimana.

A Hohenstadt c'era anche un quartiere moderno, con grandi magazzini, boutique, ristoranti e uffici. In un centro commerciale aperto da poco c'erano due discoteche, una pista da bowling e un cinema multisala. I quartieri periferici si espandevano verso le colline, avvolte nel rigido freddo invernale.

La casa della famiglia Leander, una bella villetta col tetto spiovente e il giardino, era ai margini dell'abitato.

Quella domenica, il fumo del camino di casa Leander formava strane figure nel cielo. Un'enorme cornacchia planò lenta verso un alto albero del giardino. Atterrò su un ramo in cima all'albero e si mise a osservare il lucernario della casa.

Di notte era scesa la brina, i rami spogli degli alberi e dei cespugli erano coperti di bianco, e i prati e i campi intorno sembravano spolverati di zucchero a velo.

Quando Laura, dopo essersi vestita, gettò un'occhiata giù in giardino, per un attimo pensò che avesse finalmente nevicato. Ma si rese subito conto dell'equivoco e rimase delusa. Aveva tanto sperato che per il suo compleanno ci fosse la neve, proprio come l'anno precedente: aveva cominciato a nevicare il quattro dicembre e il cinque, giorno del compleanno, la neve aveva ricoperto tutto. Laura e Lukas si erano divertiti un mondo a giocare coi loro amici; erano andati in slitta e in *snowboard* e si erano presi allegramente a palle di neve. Ma il momento più bello era venuto nel tardo pomeriggio, quando loro padre, Marius Leander, aveva attaccato Turbine, il cavallo di Laura, alla slitta su cui avevano attraversato campi e boschi. Le sembrava ancora di sentire il leggero tintinnio delle campanelle che Marius aveva messo sui finimenti di Turbine. Mentre le giungeva il suono attutito degli zoccoli e la neve scricchiolava sotto i pattini della slitta, Laura ebbe la sensazione di vivere in una fiaba. Mancava solo che spuntasse da dietro l'angolo il gigante di ghiaccio o che la regina delle nevi li invitasse nel proprio palazzo.

Laura non avrebbe mai dimenticato quel giorno. Soprattutto perché poco più di due settimane dopo, tre giorni prima di Natale, suo padre sparì improvvisamente.

Quel giorno Marius Leander aveva tenuto come al solito le sue lezioni (era professore di storia e letteratura al collegio di Ravenstein, la scuola che frequentavano anche Laura e Lukas), poi aveva pranzato con gli altri insegnanti e con gli allievi. Nel pomeriggio aveva fatto da supervisore e aveva dato lezioni di recupero, quindi si era ritirato nella sua stanza per continuare il suo lavoro di ricerca: da un po' di tempo era impegnato nello studio della storia del castello di Ravenstein. Dopo cena un collega lo aveva visto lasciare il collegio. Da allora in poi ogni sua traccia si perdeva nel nulla. La famiglia aveva subito avvertito la polizia e aveva anche svolto delle indagini private, ma nessuno era riuscito a scoprire dove fosse finito Marius. Sembrava che il terreno lo avesse inghiottito. La polizia, i suoi amici e, soprattutto, la sua famiglia si trovavano di fronte a un mistero.

Chissà come sta?, si chiese Laura, *E dove può essere?*

Era sicurissima che suo padre non fosse sparito di sua volontà. Ma chi o che cosa poteva averlo rapito? E perché? Marius doveva essere ancora vivo. Doveva, assolutamente! Non poteva essere altrimenti!

"Laura, la colazione!".

La voce acuta della matrigna strappò Laura ai suoi pensieri.

"Insomma, Laura, dove sei?".

Laura fece una smorfia involontaria.

"Arrivo!", gridò, e si voltò per uscire dalla stanza.

Fu in quell'attimo che notò la cornacchia posata sull'albero. L'uccello, per proteggersi dal freddo, aveva gonfiato le piume nero-pece e sembrava più grosso di quanto già non fosse. Laura non aveva mai visto una cornacchia di quelle dimensioni. Come un fantasma nero, la cornacchia la fissava con occhietti luccicanti. Laura aveva letto da qualche parte che alcuni popoli primitivi considerano le cornacchie annunciatrici di sventure. D'un tratto sentì freddo e un brivido gelido le corse lungo la schiena.

Quando Laura entrò in cucina le venne incontro un profumo di caffè appena fatto, di cioccolata calda e pane fresco. Lukas era già seduto a tavola e si stava portando alle labbra una tazza di cioccolata fumante. Senza una parola Laura si sedette accanto al fratello e prese il bricco della cioccolata per versarsene a sua volta una tazza.

"La signorina oggi ha la luna storta?", le chiese la matrigna con tono pungente. "O sono io che non ho sentito salutare?".

Sayelle Rüchlin Leander guardò con aria di rimprovero la figliastra, e non si accorse dell'occhiata d'intesa che Lukas rivolse alla sorella.

Mamma era molto diversa da Sayelle, pensò Laura, mentre rovesciava una manciata di *corn flakes* nel piatto versandoci sopra del latte. *Lei alla mattina mi lasciava sempre in pace!*

Anna Leander, la madre di Laura e Lukas, era morta annegata a seguito di un incidente d'auto alcuni anni prima. Laura, che era in macchina con lei, si era salvata per miracolo. Sayelle Rüchlin, amica di famiglia fin dai tempi dell'università, dopo la scomparsa di Anna Leander si occupò dei due piccoli, aiutandoli per quanto possibile a superare la perdita della madre. Marius era infinitamente grato alla giovane donna per la sua premura e così fu inevitabile che i due si avvicinassero sempre di più, fino a sposarsi. Sayelle Rüchlin, dopo il matrimonio, divenne un'affermata giornalista ed ebbe poco tempo da dedicare alla famiglia.

Laura e Lukas all'inizio si trovavano bene con lei, ma dopo la sparizione misteriosa di Marius, Sayelle cambiò il suo comportamento. Non smise di occuparsi dei ragazzi, tutt'altro. Sayelle li sorvegliava con più rigore e ficcava il naso in quasi tutto quello che facevano; tuttavia, diventò meno affettuosa. All'inizio Laura e Lukas pensarono che la matrigna fosse in ansia per loro, e che fosse sconvolta per la sparizione dell'uomo amato. Per questo entrambi cercarono di essere tolleranti con lei. Ma col tempo la matrigna peggiorò sempre di più, tanto che Laura non faceva altro che litigarci. Quella mattina però Laura non aveva voglia di discutere e così borbottò semplicemente: "Scusa! 'giorno".

"Oh, così va meglio!", le disse Sayelle con un sorriso appena percettibile. Poi si sedette a tavola e si versò una tazza di caffè.

Anche se era domenica e non doveva andare in redazione, i suoi capelli castani erano acconciati in maniera impeccabile. Anche il trucco era impeccabile, seppur un po' troppo pesante. Al contrario di Laura e Lukas, che si erano infilati dei jeans stinti e delle felpe comode, Sayelle indossava un elegante *tailleur* rosa antico. Le stava a pennello e metteva in risalto la sua vita snella.

La matrigna spalmò uno strato sottile di margarina dietetica su una fetta di pane di segale, aggiungendovi una minuscola porzione di formaggio fresco, poi guardò i figliastri e disse loro, con un sorriso carico di aspettativa: "Ho pensato che potremmo andare insieme alla chiesa della Passione questo pomeriggio. Danno un concerto dell'avvento con le cantate di Natale. Max mi ha detto che il coro è fantastico".

Max?, si chiese Laura, *Chi cavolo è Max?*

Poi le venne in mente: Max era Maximilian Longolius, il proprietario di un gigantesco impero mediatico, che comprendeva tra l'altro un canale televisivo e parecchi giornali. Era suo anche il giornale "Die Zeitung", per cui Sayelle lavorava come caporedattrice del settore economico. Laura aveva avuto la sventura d'incontrare Maximilian Longolius a una cena in un ristorante super elegante. Max era un tipo un po' in là negli anni, tutto leccatino, stempiato, coi capelli neri (Laura aveva capito subito che erano tinti). Per l'occasione Max indossava un abito d'alta moda e portava degli occhiali firmati. La sua stretta di mano era stata flaccida come un mollusco morto, ricordò Laura rabbrividendo. Ma il peggio era stato che aveva sbavato ininterrottamente dietro a Sayelle. I suoi occhietti porcini le erano rimasti letteralmente appiccicati addosso tutto il tempo, e non aveva smesso un attimo di sorridere.

Che schifo pensò Laura. Se quel tipo trovava fantastico qualcosa, Laura era sicura che a lei quel qualcosa non sarebbe piaciuto.

"No, no, non ho tempo", rispose Lukas. "Ho già un appuntamento col computer".

"E tu, Laura?".

"Veramente volevo andare a cavalcare. Turbine ha bisogno di fare movimento, e prima delle vacanze di Natale non avrò sicuramente tempo".

"Come volete", rispose seccamente Sayelle.

Si era offesa. Laura lo sentì dal tono di voce, che in quel caso diventava un po' più acuto. E dopo essersi offesa, Sayelle sarebbe stata di cattivo umore. Succedeva sempre così quando le cose non andavano come voleva lei.

D'altra parte Laura la capiva: il fine settimana era l'unico momento in cui potevano stare insieme tutti e tre, e ogni volta Sayelle si sentiva in dovere di proporre ai ragazzi qualcosa da fare. Eppure avrebbe già dovuto capire da un pezzo che Laura e Lukas non avevano nessuna voglia di andare a vedere musei e a sentire concerti. Sayelle viveva in un mondo completamente diverso da quello dei suoi figliastri, e non aveva idea di che cosa facessero o volessero fare i ragazzi come loro. Negli ultimi tempi Laura aveva sempre di più l'impressione che a Sayelle non importasse neanche più di sapere quali interessi avessero. Sembrava avere solo uno scopo: fare in modo che Laura e Lukas rispondessero pienamente alle sue aspettative e ai suoi desideri. Che piacesse loro oppure no.

È normale che quest'anno si sia dimenticata di comprarci il calendario dell'avvento, pensò Laura. *E poco ma sicuro si dimenticherà pure del mio compleanno!*

Si era già lambiccata il cervello per capire perché Sayelle fosse cambiata così tanto, ma non era riuscita a trovare una spiegazione plausibile. E se fosse lei, invece, a fare un torto alla matrigna? Di una sola cosa era del tutto sicura: con suo padre era tutto molto, molto diverso!

Se solo potessi scoprire finalmente cos'è successo quel maledetto 22 dicembre dell'anno scorso, si tormentava Laura. *Non può essere che uno sparisca così, senza lasciare tracce. Non può essersi dissolto nell'aria. È impossibile!*

D'un tratto Laura si rese conto che Sayelle la stava guardando con occhi torvi e muoveva la bocca muta come un pesce nell'acquario. Ma poi le arrivarono anche le parole della matrigna.

"Stai sognando a occhi aperti o hai deciso che non ti va di rispondermi?", le chiese quest'ultima con tono stizzito.

Ma per favore!, pensò Laura e poi si affrettò a risponderle: "Scusa, stavo pensando".

"Ti ho chiesto se non ti sembrerebbe più logico metterti sotto a studiare invece di andare a divertirti col tuo cavallo", disse severa Sayelle.

Laura non rispose.

Sayelle insistette: "Al posto tuo io farei così, se avessi un'insufficienza grave in matematica e fisica".

"Ma se ieri ho studiato tutto il giorno!", mormorò Laura.

"E ci mancherebbe altro! Non hai paura di farti bocciare come l'anno scorso? Lo sai che cosa significherebbe? Dovresti lasciare Ravenstein. Non si può ripetere due volte la stessa classe".

Laura avrebbe voluto risponderle male, ma preferì tacere. Certo che aveva paura di essere di nuovo bocciata e di venire espulsa dal collegio. A volte la paura diventava così forte che la faceva star male. Ma non erano affari di Sayelle! Non avrebbe capito, e non poteva certo aiutarla. Proprio per niente! Perciò Laura rispose solo con uno sguardo testardo a quello carico di rimprovero della matrigna.

"Accidenti, Laura, sii ragionevole per una volta. Voglio solo il tuo bene, non lo capisci? Lo so quanto ti piace stare in quel collegio. E hai ancora tempo per recuperare le insufficienze. Ma...", Sayelle sospirò, scuotendo il capo leggermente, "se non ti metti sotto a studiare, la vedo grigia, anzi molto grigia!".

Laura deglutì. I suoi occhi erano diventati due fessure che emanavano pura sfida.

"Non mi farò bocciare", sibilò, "te lo garantisco!".

Il vento gelido la colpiva in faccia e le pungeva le guance arrossate con invisibili spilli. Laura era avvolta nel suo spesso piumino rosso, portava guanti di lana e teneva il berretto ben calato sopra le orecchie. Il freddo la tormentava, ma la voglia di cavalcare era troppa.

Su una piccola altura Laura tirò le briglie di Turbine e si guardò intorno. Le colline si stendevano fino all'orizzonte, la brina mattutina era sparita, i campi e i prati erano vuoti e grigi; non si vedeva anima viva. All'orecchio di Laura giungevano solo il fischio del vento e l'ansimare del cavallo.

Turbine era un bello stallone bianco, con la criniera e la coda nere. Stava praticamente immobile e pareva non sentire il peso della ragazzina che portava in groppa. Il suo corpo, madido di sudore, fumava e dalle narici gli uscivano potenti sbuffi d'aria che subito si condensavano. Anche Laura ansimava e aveva il cuore che le batteva all'impazzata.

Non c'era da stupirsi: dopo aver lasciato la fattoria del signor Dietrich e aver raggiunto i campi aperti, Laura aveva allentato le briglie e Turbine ne aveva approfittato per lanciarsi al galoppo sfrenato. Mentre gli zoccoli del cavallo battevano il terreno a un ritmo folle, a Laura era sembrato che il mondo volasse via veloce fino a confondersi.

La forza indomabile di Turbine si era trasmessa a Laura, che aveva perso ogni paura: la paura di cadere da cavallo e di farsi male, la paura di fallire a scuola.

D'un tratto si era sentita leggera e senza preoccupazioni.

Avrebbe potuto continuare a cavalcare così in eterno, ma anche se Turbine non mostrava alcun segno di debolezza o anche solo di stanchezza, Laura aveva pensato che fosse meglio non esagerare.

Mentre il suo respiro si calmava, sentì un lieve sapore metallico sulle labbra, l'odore del pelo sudato del cavallo e quello della pelle umida della sella. Prima di esortare Turbine a riportarla alla stalla, gettò un ultimo sguardo alla collina dietro la quale doveva trovarsi il collegio di Ravenstein. Lì notò una figura che prima non c'era: un cavaliere. Un cavaliere su un cavallo nero come la pece.

Era ancora così lontano che si vedeva solo il suo profilo scuro stagliarsi contro il cielo pallido, come una minaccia; nonostante la grande distanza, il cavaliere emanava qualcosa d'inquietante. Laura ebbe la sensazione che fosse meglio non incontrarlo. Un freddo gelido la assalì in viso e le s'infilò nel piumino, facendola rabbrividire. Proprio in quel momento una grossa nuvola si parò davanti al sole smorto e il cielo si fece molto più scuro, come se qualcuno avesse improvvisamente abbassato le luci. Poi, di colpo, Laura sentì un rumore sinistro provenire da sopra di lei.

Alzò gli occhi e vide le cornacchie: dovevano essere centinaia, forse addirittura migliaia! Con un rauco gracchiare lo stormo mulinò verso Laura, lanciando delle grida distorte, quasi irreali, come se provenissero da un altro mondo.

Turbine sbuffò agitato e cominciò a scalpitare.

Le cornacchie presero a vorticare proprio sopra Laura. Il cielo intero sembrava coperto da un cupo vortice. D'un tratto un uccellaccio nero si staccò dalla nuvola e si lanciò con un grido acuto verso Laura, che ebbe appena il tempo di abbassarsi, cosicché l'aguzzo becco giallo la mancò di poco.

Turbine nitrì impaurito e s'impennò.

"Buono!", urlò Laura, sforzandosi di nascondere il proprio panico e di calmare l'animale.

Ma il cavallo bianco s'impennò di nuovo, nitrendo, e Laura faticò a tenersi in sella. Un'altra cornacchia le passò così vicino che sentì distintamente il battito duro di un'ala e il grido stridulo quasi la assordò.

Allora Turbine fece un balzo in avanti e galoppò via. Laura fu quasi scaraventata a terra, e solo con un grande sforzo e un po' di fortuna riuscì a tenersi in groppa allo stallone. Per quanto tirasse le briglie, Turbine non si fermava. Anzi, correva sempre più veloce.

Le cornacchie li inseguivano. Stavano sospese nel cielo come un velo nero e a turno si lanciavano su Laura. Per fortuna la mancavano sempre di un soffio, tanto che dopo un po' lei ebbe l'impressione che non avessero intenzione di colpirla.

Forse volevano solo incuterle paura?

Questo a ogni modo riuscì loro benissimo. Laura era terrorizzata e teneva lo sguardo fisso in avanti. Un solo pensiero trovava ancora posto nella sua mente: *Alla fattoria di Dietrich! Devo tornare alla fattoria!* Questo pensiero continuava a risuonarle nel cervello, finché un martellante suono di zoccoli non lo interruppe.

Laura spronò Turbine con una leggera pressione delle cosce. Non osava voltarsi, ma sapeva che il cavaliere nero la stava inseguendo. Perché la inseguiva? Che cosa voleva da lei? Un improvviso latrare di cani le fece rizzare i peli dietro al collo. Doveva essere una muta intera che si trovava al seguito del sinistro cavaliere. Il latrato divenne più forte.

Stavano cacciando? Cacciando lei? Che cosa avrebbe fatto se i cani avessero morso le gambe di Turbine?

La paura per il suo cavallo la spinse a voltarsi, ma dietro di lei non c'era nessuno! Né un cavaliere né una muta di cani! Perfino le cornacchie erano sparite. Nello stesso istante i suoni spaventosi cessarono e ci fu di nuovo silenzio.

Silenzio assoluto.

Laura era tanto stupita quanto confusa. Tutto questo se l'era solamente immaginato?

Capitolo 2

Nel segno del Tredici

L'oscurità era calata su Aventerra. Un vento gelido fischiava sull'altopiano di Calderan, frustando i grandi alberi nel vecchio Bosco Verde, fino a farli gemere e scricchiolare. Il vento faceva tremolare l'argentata bisbiglierba sul vasto pianoro e sospingeva nubi gonfie che parevano destrieri in fuga nel cielo rosso. Le due lune di Aventerra, la gialla Doraluna e la Terrastella col suo blu luminoso, riuscivano appena a illuminare il più antico dei pianeti.

A nord, dove il pianoro scendeva ripido e l'oscurità del terreno si scioglieva nel rosso notturno del cielo, si ergeva una rocca possente: era Hellunyat, l'antichissima Fortezza del Graal. Le sue spesse mura merlate, le torri imponenti e l'immenso battifreddo si stagliavano col loro gigantesco profilo contro l'orizzonte.

Così come Aventerra, anche Hellunyat esisteva sin dall'inizio dei mondi. Nessuno ricordava quando fosse stata eretta la fortezza, ma tutti erano sicuri che sarebbe perdurata sino alla fine dei tempi, perché Hellunyat era la dimora del Custode della Luce e del suo seguito.

Il silenzio della notte era sceso sulla fortezza e i suoi abitanti. Dormivano tutti, solo le sentinelle che avevano preso il loro posto sulle quattro torri lottavano contro il sonno.

Il giovane Tarkan era di guardia col vecchio Marun sulla torre orientale. Aveva finito il suo addestramento nel corso della luna precedente, ed era stato accolto dal Custode della Luce nella schiera dei suoi cavalieri. Era soltanto il suo secondo turno di guardia, e il giovane passeggiava inquieto avanti e indietro. Teso, scrutava l'altopiano attraverso le feritoie sul sommo della torre. Ma dovunque guardasse (fosse verso est, dove in lontananza, a ridosso del Bosco Verde s'intravedeva la Palude Melmosa, oppure verso sud, dove l'altopiano era delimitato dalle scoscese Montagne dei Draghi, o anche verso nord, dove il pianoro scendeva ripido nell'oscura Forra Malinconica) tutto appariva silenzioso e immobile. Solo il vento ululava. Verso ovest, invece, verso la spessa Foresta dei Sussurri, le mura della fortezza impedivano la vista al cavaliere di guardia.

Tarkan sentiva il freddo penetrargli nelle ossa. Mentre si stringeva nel mantello di feltro che copriva la sua corazza di pelle, un rumore insolito lo spaventò. Tarkan tese l'orecchio. Ed eccolo di nuovo: un fischio raccapricciante. Aveva già posato la mano sull'impugnatura della spada quando si rese conto che si trattava di un innocuo piviere notturno, che faceva risuonare il suo richiamo lamentoso in lontananza. Indispettito con se stesso, Tarkan scosse la testa.

Marun si limitò a sorridere in silenzio. Nel corso degli anni aveva fatto l'abitudine al servizio di guardia, e ne aveva tratto un insegnamento: la veglia ininterrotta e gli occhi fissi senza posa sul paesaggio buio possono giocare qualche scherzo. Perfino i più innocui rumori e giochi di ombre possono sembrare pericolosi. E Marun sapeva che la calma era l'arma migliore contro i suoni ingannevoli e gli abbagli. Si era seduto a terra, con la schiena appoggiata al muro, le mani intrecciate sulla sua grossa pancia, e sonnecchiava tranquillo. Poi alzò la testa e guardò Tarkan, strizzando gli occhi irritato.

"Misericordia, Tarkan", brontolò, "mi farai diventare matto con questo continuo andirivieni. Calmati una buona volta e siediti vicino a me!".

"Siamo di guardia", rispose Tarkan con leggero puntiglio.

"Dobbiamo stare attenti che le Schiere Nere non si avvicinino alla fortezza".

"Ma non mi dire! Eri ancora in fasce quando ho fatto la mia prima guardia, e proprio tu vuoi venirmi a spiegare cosa dobbiamo fare?".

"Non prendertela, Marun", rispose il giovane. "Ma hai sentito tu stesso quello che ha detto ser Paravain. Da quando le Forze Oscure si sono impossessate del Calice della Luce e lo hanno nascosto sulla Terrastella, dobbiamo aspettarci un loro attacco in ogni momento".

"Sciocchezze, ragazzo mio!", una lieve irritazione vibrava nella voce di Marun, "È dall'inizio dei tempi che dobbiamo aspettarci un loro attacco. Quando tu e io non ci saremo più, e anche i nostri figli e i figli dei nostri figli saranno morti, questo non cambierà. Perché, secondo te, sei stato messo di guardia proprio sulla torre orientale?".

Tarkan guardò il vecchio senza capire.

"Allora te lo svelerò io, giovane Tarkan. Come tutti i nuovi cavalieri, Paravain ha mandato anche te sulla torre orientale perché il Principe Nero non ha mai condotto le sue truppe da est. Mi senti? Le Schiere Nere non hanno mai attaccato Hellunyat da oriente!".

Tarkan sembrò colpito da un fulmine.

"E sai perché? Perché se attaccassero da est non avrebbero copertura e noi li vedremmo subito, ecco perché!".

"Intendi dire che il servizio di guardia qui è un gioco da ragazzi? Che anche un ragazzino come Alarik, lo scudiero di Paravain, potrebbe occuparsene?".

"No", Marun scosse la testa. "La guardia su questa torre deve servire a te e a gli altri giovani cavalieri per fare esperienza. Quello che sto cercando di dire è che non devi esagerare. Non è necessario che continui a scrutare nell'oscurità come un falco notturno. Piuttosto siediti, e concedi una pausa ai tuoi poveri occhi!".

Tarkan esitò. Non sapeva bene che cosa fare. Il Custode della Luce aveva affidato la propria vita ai suoi cavalieri e ser Paravain, primo dei tredici Paladini Bianchi e capitano della guardia, durante la recente investitura aveva fatto giurare ai giovani cavalieri di stare sempre all'erta contro le forze dell'oscurità. Fin dagli inizi dei tempi le Forze Oscure erano in lotta contro le Forze della Luce; cercavano senza tregua di vincere il Bene e di ottenere il dominio del Nulla Eterno.

Tarkan scosse la testa preoccupato: e se il nemico fosse riuscito a entrare a Hellunyat proprio mentre lui era di guardia? D'altra parte quello che aveva detto Marun suonava del tutto plausibile e questi era al servizio del loro signore da molto tempo.

Tarkan guardò verso la pianura, ma lì non si vedeva nulla d'insolito: né il più piccolo movimento, né un'ombra sospetta. Niente. Si voltò verso il suo compagno d'armi, che gli fece un cenno d'invito. Tarkan esitò ancora un attimo, poi però si sedette accanto a Marun con la schiena contro il muro.

"Finalmente diventi ragionevole", mormorò il vecchio, che subito dopo chiuse gli occhi e si mise a russare.

Tarkan però non riusciva a dormire. Non era tranquillo.

Kastor Dietrich, un uomo di quasi sessant'anni dalla corporatura possente, era appoggiato distrattamente alla porta del box. Aspirava dalla pipa e con aria assorta osservava Laura, che stava asciugando il cavallo con la stecca per il sudore. La ragazzina era ancora visibilmente scossa dall'esperienza che aveva appena finito di raccontargli. Era pallida in viso e tremava, anche se nella stalla c'era un tepore gradevole.

Il fattore si tolse la pipa dalla bocca, buttò fuori una nuvoletta di fumo e scosse quasi impercettibilmente il capo.

"Non credo che tu te lo sia solo immaginato!", disse.

Laura abbassò la mano che teneva la stecca e lo guardò.

"Ma non c'è nessun'altra spiegazione... O no?", chiese quasi stupita.

Kastor non rispose. S'era infilato di nuovo la pipa in bocca e sembrava riflettere. L'aroma gradevole del tabacco arrivò al naso di Laura, sovrapponendosi agli odori familiari della stalla e degli animali. Dai box vicini si sentivano gli sbuffi dei cavalli, il raschiare degli zoccoli e perfino il rumore delle loro mascelle che masticavano il fieno.

"O no?", ripeté Laura, e la sua domanda pareva una supplica.

Kastor socchiuse gli occhi scuri. "Domani è il tuo compleanno, vero?".

"Sì. Come fa a saperlo?", rispose Laura con tono di sorpresa.

L'uomo sorrise. "Non ha importanza, Laura. Lo saprai presto. In fondo sei nata nel segno del Tredici".

"Nel segno del Tredici? E questo che significa?".

Kastor si limitò a scuotere la testa. "Abbi pazienza. Capirai presto. Credimi, Laura".

Kastor si avvicinò a Turbine e l'accarezzò amorevolmente sul collo. "Turbine avrà una sete folle dopo questa corsa infernale. Dagli molta acqua e non lesinare sul fieno. Se l'è proprio guadagnato!". Detto questo lasciò la stalla.

Quando Kastor uscì nel cortile era quasi buio. Gli venne incontro la fredda aria invernale. Il fattore gonfiò le narici e annusò nell'aria una volta, due volte, come un animale che fiuta il tempo. Poi scrutò il cielo, denso di nuvole scure. Quella notte ci sarebbe stato un temporale.

Kastor si voltò e guardò attraverso la porta aperta della stalla direttamente nel box di Turbine, dove Laura stava riempiendo di fieno la mangiatoia. Era molto preoccupato per lei.

Il vento si posò. Le grosse nuvole nel cielo si quietarono, nascondendo entrambe le lune. L'altopiano di Calderan fu inghiottito dall'oscurità.

Al margine del vecchio Bosco Verde, dopo il quale la bisbiglierba si stende fino alla Fortezza del Graal, tutto era tranquillo. Solo il fitto fogliame tra i rami degli alberi frusciava leggermente. Poi risuonò di nuovo il richiamo del piviere notturno, che aveva così spaventato Tarkan. Il suono si trascinò lungo e lugubre nell'oscurità, finché un secondo uccello gli rispose. Risuonò brevemente anche il richiamo di un terzo uccello, poi regnò di nuovo il silenzio. Un silenzio irreale, innaturale, disturbato solo da un rauco mormorio.

Dalla foresta uscì la prima nebbia. Spessa e nera guizzava tra gli alberi, riversandosi sul pianoro. Altre nebbie la seguirono, e ben presto innumerevoli banchi di nebbia nera, sussurranti, grandi più di un uomo, si ersero come un esercito scuro, un esercito che cresceva senza posa. Le nebbie mormoranti non erano insolite su Aventerra. Esistevano, così come i venti canori e le ombre danzanti, fin dall'inizio dei tempi. Ma queste nebbie mormoranti avevano una caratteristica particolare: c'era vita in loro.

"Avanti... avanti!", sussurravano le nebbie, e gli ammassi vaporosi rotolavano sul pianoro di bisbiglierba verso Hellunyat. A mezza dozzina di lunghezze d'arco dalla Fortezza del Graal, le nebbie si riunirono insieme in una possente marea nera che ondeggiava quasi senza suono e che presto avrebbe raggiunto le spesse mura vicino alla torre orientale.

"Sono tutte stupidaggini!". Sayelle sembrava estremamente irritata. "Sono solo stupide chiacchiere di un vecchio rimbambito", continuò, mentre con la mano sinistra versava da una bottiglia uno spesso fiotto d'olio in un recipiente di metallo. Nell'altra mano teneva una frusta che sbatteva con forza nel recipiente.

"Nel segno del Tredici... non ha proprio senso! Domani è il cinque, non il tredici. E il tuo segno zodiacale è il Sagittario. Come fa Dietrich a dire che sei nata nel segno del Tredici?".

Laura alzò le spalle. "E che ne so!?", disse. Poi aggiunse

piano: "Papà lo saprebbe di sicuro. Per lo meno saprebbe dove andare a cercare". Quindi si voltò e uscì dalla cucina. Sayelle la seguì con uno sguardo furibondo.

"*Papàa* lo saprebbe di *sicuuro*!", disse, scimmiottando la figliastra.

Mentre versava l'olio, d'un tratto le mancò il fiato e bloccò la bottiglia a mezz'aria, sgranando gli occhi.

"Accidenti!", esclamò. "Questa dannata maionese è impazzita un'altra volta!".

Scagliò la frusta nel lavandino, nel quale rovesciò il contenuto del recipiente. I granchi scongelati finirono nella spazzatura. Poi Sayelle si tolse il grembiule, lo appese a un gancetto e uscì dalla cucina. Andò nell'ingresso, staccò il telefono portatile dalla sua base e compose il numero della pizza a domicilio. Ormai lo sapeva a memoria da tempo.

Tarkan sobbalzò spaventato. Si era davvero addormentato o aveva solo sonnecchiato? Ascoltò. Alla sua destra risuonava il leggero russare di Marun, ma non si sentivano altri rumori. D'un tratto Tarkan si ricordò delle parole di ser Paravain: "Le Forze Oscure possono comandare perfino al vento, quando è loro utile".

Tarkan scattò in piedi, mise la mano sull'elsa della spada e scrutò oltre i merli della torre di guardia. Un gigantesco banco di nebbia si era alzato dalla parte orientale di Hellunyat. Sorpreso, Tarkan aggrottò la fronte. Una cosa simile non l'aveva mai vista. La nebbia nera era spessa, quasi impenetrabile, e sembrava viva. Risaliva lenta lungo le mura, e i primi veli erano già sopra i coronamenti della fortezza. D'un tratto Tarkan sentì il gelo che emanava dalla nebbia e vide le figure sinistre che vi si nascondevano: cavalieri con armature nere. Sotto la protezione della foschia si riconoscevano appena. I loro contorni sfumavano di continuo e si confondevano coi vapori. Solo i loro occhi rosso sangue, in cui ardeva un bagliore sinistro, erano chiaramente visibili. Tarkan impietrì: erano i soldati delle Forze Oscure!

Il cavaliere provò a lanciare un grido di allarme, ma l'urlo gli rimase intrappolato in gola. Emise solo dei suoni strozzati, come se una forza misteriosa e terribile gli rubasse il respiro. Tarkan soffocava e boccheggiava disperato. La spada gli scivolò dalle mani prive di forza e cadde a terra con fragore, mentre una figura nebulosa dalla mole imponente superava con un balzo i merli della torre. Borboron, il Principe Nero in persona, si erse di fronte a Tarkan. Quando il giovane vide gli occhi rossi che lo fissavano senza pietà, fu troppo tardi. Una spada possente uscì dalla nebbia e lo trafisse alla gola. Il giovane cavaliere cadde in ginocchio, un fiotto di sangue e un gemito gli sfuggirono dalla bocca.

"Perdonatemi, signore, ho fallito", disse con un rantolo appena comprensibile.

Poi si riversò in terra e spirò. I suoi occhi non videro più l'orda dei guerrieri neri che uscivano silenziosi dalla nebbia, oltrepassavano il muro e irrompevano all'interno della Fortezza.

Marun non russava più: era passato dal sonno alla morte.

Laura era in piedi davanti alla scrivania nello studio di suo padre; sfogliava impaziente una grossa enciclopedia rilegata in pelle. La definizione della parola "tredici" non le fu di aiuto: "Numero primo; in alcune culture viene considerato un numero sfortunato". Anche sotto "segni" non trovò nulla. Chiuse il libro delusa.

Non aveva trovato alcuna indicazione di che cosa fosse questo misterioso "segno del Tredici" di cui le aveva parlato il signor Dietrich. Mentre riponeva il volume sul suo scaffale, le tornò in mente la scatoletta.

Molti anni prima, quando sua madre era ancora viva, l'aveva scoperta per caso. Era entrata nella stanza di suo padre per chiedergli una cosa, ma non l'aveva trovato. Stava per uscire, quando il suo sguardo si posò su una scatoletta di legno che stava sulla scrivania. Laura provò l'impulso irresistibile di osservarla meglio e si avvicinò alla scrivania.

La scatoletta aveva tutta l'aria di essere un portagioielli. Era decorata su tutti i lati con degli strani motivi, che Laura non aveva mai visto prima. Aveva appena teso la mano per toccarla quando suo padre apparve all'improvviso sulla porta e le ordinò bruscamente di non farlo. Laura ritrasse la mano, spaventata.

Con tono più tranquillo, Marius le spiegò che il contenuto della scatoletta era destinato a lei, ma che l'avrebbe ricevuto solo più avanti.

"Al tuo tredicesimo compleanno scoprirai di che cosa si tratta", le disse, sorridendo. Poi mise via la scatoletta.

Laura guardò nel vuoto, assorta. *Al tredicesimo compleanno* pensò. Magari aveva qualcosa a che fare col segno del Tredici e magari il contenuto di quella scatoletta poteva aiutarla a risolvere il mistero.

Aprì il grosso cassetto della scrivania e cominciò a frugarci dentro. Nell'angolo più lontano, nascosta sotto una pila di appunti scritti a mano, trovò la scatoletta. Era esattamente come Laura la ricordava: rettangolare, bassa, lunga circa una spanna, di legno pregiato. Gli strani motivi erano finissimi lavori d'intarsio. Quando l'ebbe guardata da tutti i lati, la aprì. All'interno della scatoletta, su un cuscinetto di seta blu, c'era un gioiello: una catenella con un pendaglio d'oro massiccio.

Era pesante, seppure il ciondolo non fosse molto grosso. Rappresentava una ruota stilizzata con otto raggi, e aveva un diametro di non più di tre centimetri.

Laura guardò stupita la collana. Come mai suo padre possedeva un gioiello così prezioso? E perché era destinato a lei?

"Strano... vacci a capire qualcosa", mormorò.

Una voce alle sue spalle le rispose: "Sii paziente, Laura,

presto capirai!".

Laura si sentì gelare e il suo cuore si mise a galoppare più veloce di Turbine.

Questa è la voce della mamma, pensò. *Ma la mamma è morta! Già da otto anni!*

A Laura mancava il respiro, e la fronte le s'imperlò di sudore. Con estrema lentezza, Laura si girò tenendo il fiato sospeso, e lasciò scorrere lo sguardo per tutta la piccola stanza. Non c'era nessuno, tanto meno sua madre. Solo una foto incorniciata di Anna Leander pendeva dal muro.

Laura si calmò. Richiuse la collana nella scatoletta, se la mise in tasca e fece un paio di passi verso la foto per osservarla meglio. La foto doveva essere stata scattata poche settimane prima della morte di Anna, che allora aveva ventotto anni ed era bellissima. Laura e Lukas ne avevano entrambi ereditato i capelli biondi e gli occhi azzurri. Nella foto, Anna sembrava preoccupata.

Forse sapeva già quello che le sarebbe successo. Questo pensiero passò d'un tratto per la mente di Laura. Ma come sarebbe stato possibile? Nessuno, davvero nessuno avrebbe potuto prevedere che poche settimane dopo, nel tragitto da Hohenstadt e Ravenstein, Anna Leander avrebbe perso il controllo della sua auto per evitare due grossi cani neri sbucati dal nulla, e sarebbe finita in un lago.

Nessuno!

Laura fece scorrere teneramente la mano lungo la cornice. E d'un tratto Anna Leander schiuse le labbra in un sorriso dolce e fece un cenno d'incoraggiamento alla figlia. Laura, spaventata, fece un passo indietro. Sentì un formicolio alla testa e i capelli le si rizzarono sulla nuca.

In quell'istante Lukas entrò nella stanza e vide sua sorella che fissava, con un pallore cadaverico, la foto della madre.

"Cos'hai, Laura?", chiese stupito.

Laura non rispose, e continuò a fissare la foto. Il sorriso era di nuovo sparito dal viso della madre.

Lukas toccò sua sorella sulla spalla.

"Laura, parla, cosa c'è?".

Laura scosse confusa la testa, come se volesse assicurarsi di non sognare. Doveva essersi immaginata tutto, non c'erano altre spiegazioni. Eppure era proprio sicura che sua madre avesse sorriso, e anche la voce l'aveva sentita chiaramente: "Laura, presto capirai!".

Maledizione! Cosa stava succedendo?, pensò Laura.

"Ehi!", Lukas la strappò bruscamente ai suoi pensieri. "Non mi parli più o cosa? Che c'è?".

"Ni...ni...niente. Non è niente", balbettò Laura.

Lukas socchiuse l'occhio sinistro e la guardò scettico. La ruga gli si era di nuovo scolpita sulla fronte.

"Guarda cos'ho scoperto", le disse, mostrandole un foglio stampato al computer.

"Ho navigato un po' in Internet e ho trovato un sito sui miti. Senti qua cosa dice".

Abbassò gli occhi sul foglio e lesse: "Il numero tredici ha un ruolo molto particolare nel calendario mitologico. Secondo questo calendario, l'anno comincia e finisce il giorno del solstizio d'inverno; questo periodo è diviso in tredici lune, ognuna delle quali comprende ventotto giorni. Per questo il tredici in molte culture è considerato un numero sacro. Alle persone che sono nate il tredicesimo giorno della tredicesima luna, vengono attribuiti poteri e capacità molto particolari, perché sono nate nel segno del Tredici".

Lukas lasciò che la notizia facesse effetto e guardò sua sorella impaziente. Ma Laura fece solo una faccia perplessa.

"Non capisco cosa c'entri con me".

"Davvero non capisci?".

Laura scosse la testa. "Davvero, no".

Lukas stravolse gli occhi irritato.

"Tipico da minus-mente", disse.

Laura non reagì all'insulto. 'Minus-mente' era un'espressione che il fratello aveva inventato per le persone che non avevano un super-cervello come il suo. Egli ovviamente si riteneva una 'super-mente', come Albert Einstein o Stephen Hawking, l'astrofisico inglese.

Con un forte tono di superiorità nella voce, Lukas continuò: "E sì che è così facile! Pensaci un po': se l'anno comincia col giorno del solstizio d'inverno – che come perfino tu saprai, cade il ventuno dicembre – e il periodo in mezzo è diviso in tredici lune di ventotto giorni, allora il tredicesimo giorno della tredicesima luna è il... be'? indovina un po'?".

Lukas guardò sua sorella da sopra il bordo degli occhiali, che gli erano scivolati sulla punta del naso. Laura increspò solo la fronte, indispettita. Odiava quando suo fratello faceva il saputello. Chiaro che sapeva più cose di lei. Per forza! Passava tutto il tempo a leggere libri intelligenti o a navigare in Internet alla ricerca delle più recenti scoperte scientifiche. Laura non aveva niente in contrario, purché Lukas non se ne vantasse, o peggio s'immaginasse di essere meglio di lei.

"Uffa, Lukas, lo sai, no, che non sono brava come te in matematica!".

Lukas alzò di nuovo gli occhi al cielo con fare teatrale.

"Non c'è bisogno di essere bravi in matematica", disse con un sorrisetto di superiorità. "È un semplicissimo problema da quarta elementare!".

Laura fece una smorfia. "Se lo dici tu", brontolò piuttosto offesa. "E quale sarebbe la soluzione, mister Supermente?".

Lukas sorrise. Lo divertiva mandare in bestia Laura. E la cosa gli riusciva soprattutto quando poteva farle notare che sapeva più cose di lei, anche se era più piccolo e frequentava una classe inferiore. Lukas infatti era andato a scuola un anno più tardi, perché dopo la morte della madre era stato malato a lungo. Ma lui non correva il rischio di essere bocciato come Laura, anzi!

"Allora, senti qua. Il tredicesimo giorno della tredicesima luna secondo il calendario mitologico equivale al nostro cinque dicembre, quindi al tuo compleanno".

"Sul serio?", chiese Laura sbalordita.

"Sì! È logisibile dopo tutto!".

Laura fece una faccia perplessa. "Logi… che cosa?".

"Logisibile!", ripeté suo fratello, e allora Laura capì che Lukas si era inventato un'altra parola.

"Quindi Dietrich ha perfettamente ragione, continuò il ragazzo. Sei davvero nata nel segno del Tredici".

"Ehm… sì, è chiaro. Ma anche così… che c'entro io con questo strano calendario? O con qualche specie di mito?".

Capitolo 3

La maledizione della spada

Nella gigantesca sala del trono di Hellunyat regnava il silenzio. Si sentiva soltanto il crepitare delle fiaccole fumanti nei reggitorce in ferro battuto e lo scoppiettare del fuoco nel camino in pietra. Elysion, il Custode della Luce, dal suo trono fissava assente le fiamme. Il suo viso rugoso era illuminato dal riflesso del fuoco, e l'odore acre di resina del legno gli pizzicava il naso. Ma il vecchio non sembrava notarlo, e neppure il vaso di bellissimi fiori rossi, unico ornamento sul canterano vicino a una delle alte finestre.

Elysion appariva infinitamente stanco. Innumerevoli anni avevano scavato la loro traccia sul suo viso benevolo e reso candidi i capelli e la lunghissima barba. Il Custode della Luce era avvolto in una sobria veste bianca e al collo portava una semplice catena con un pendente. Era un elegante gioiello d'oro puro che rappresentava una ruota con otto raggi.

Sebbene il vecchio sedesse vicino al fuoco, sentiva freddo. Un leggero brivido gli corse lungo il corpo, ed Elysion sospirò in maniera appena percettibile. Da ore era assalito da una strana inquietudine. Contrariamente alle sue abitudini, non si era recato nella sua stanza da letto: sapeva che non vi avrebbe trovato pace.

Eppure ser Paravain gli aveva assicurato che non aveva motivo di preoccuparsi: tutte le torri di guardia avevano una doppia vigilanza, c'erano sentinelle dappertutto ed era praticamente impossibile entrare di nascosto a Hellunyat. Ma il Custode della Luce aveva ricordato al capitano della guardia che le Forze Oscure erano riuscite, quasi tredici lune prima, a entrare nel labirinto della fortezza e a rubare il Calice della Luce che conteneva l'Acqua della Vita.

"Una serie di circostanze sfortunate", aveva detto Paravain. Poi aveva aggiunto: "Inoltre lo sapete, signore, ci sono riusciti soltanto perché nei nostri ranghi si era insinuato un traditore!".

Il Custode della Luce aveva guardato tranquillo il suo paladino e gli aveva risposto: "Non esistono casi fortuiti, ser Paravain. Tutto ciò che accade ha un senso, anche quando noi non siamo in grado di comprenderlo subito. E non si è mai invulnerabili al tradimento".

Il vecchio annuì involontariamente. Oh, sì, quante volte nella sua lunga vita aveva conosciuto il tradimento! Quante volte aveva dovuto scoprire che uno dei suoi seguaci non era riuscito a resistere alle lusinghe del nemico e si era posto in segreto al suo servizio. Cosa estremamente pericolosa, perché un avversario conosciuto è più facile da combattere rispetto a un presunto amico nel cui cuore alberga il tradimento. Per questo le Forze Oscure non desistevano mai dal tentativo di portare dalla loro parte i cavalieri del Graal.

Nonostante tutti i loro sforzi, i servitori dell'Oscurità non erano ancora riusciti a vincere le Forze della Luce. A questo pensiero il viso del vecchio s'illuminò, e i suoi cristallini occhi azzurri sfolgorarono come quelli di un giovane. Oh, sì, era ancora in grado di svolgere il compito che gli era stato affidato dall'inizio dei mondi! Ma forse, forse era giunto il momento di pensare a un successore.

Ancor prima che la porta si aprisse, Elysion sentì il pericolo. Si alzò di scatto, mentre le ante della grande porta venivano aperte con una spinta violenta. Un manipolo di Cavalieri Neri entrò rumorosamente nella sala, condotti da Borboron. Il Principe Nero levava in alto la spada, la cui lama tagliente, chiazzata di sangue, risplendeva alla luce del fuoco.

Quando il Custode della Luce vide l'arma si spaventò. Conosceva fin troppo bene il terribile potere di quella spada, che non senza motivo portava il nome di Pestilenza. Era stata forgiata all'inizio dei tempi ad Albascura, al di là dei Monti Infuocati, e gli infernali Fhurhur le avevano conferito poteri negromantici. Era l'unica arma che potesse procurargli la morte.

Gli occhi infuocati del Principe Nero misurarono la grande sala del trono. Quando si rese conto che il Custode della Luce era solo, un atroce sogghigno si stampò sul suo viso pallidissimo.

"Salute a te, Maestro della Luce!", lo schernì, e si diresse a lunghi passi verso di lui. La sua voce bassa e gutturale sembrava provenire direttamente dagli abissi dell'inferno.

I Cavalieri Neri si sparpagliarono per la sala e guardavano compiaciuti il loro comandante.

Elysion era in trappola. Arretrò pieno di paura. Non sembrava esserci scampo per lui.

All'improvviso si spalancò una seconda porta, e tredici cavalieri irruppero nella sala. Portavano armature bianche e avevano sguainato le spade. Li comandava un giovane alto: ser Paravain. Un veloce sguardo verso il suo signore fece comprendere al capitano della guardia la gravità della situazione.

"Nel nome della Luce, respingeteli!", gridò Paravain ai suoi uomini, che si lanciarono sui Cavalieri Neri. Paravain si diresse verso il Custode della Luce per proteggerlo, ma Borboron fu più svelto di lui.

Il capo delle Forze Oscure alzò la spada e gridò: "La tua ora è venuta, vecchio!", poi abbassò l'arma con impietosa violenza. La lama sfiorò il capo del Custode della Luce, e Borboron gemette di dolore: qualcosa lo aveva colpito alla schiena, facendolo barcollare.

Un sorriso di sollievo passò sul viso di ser Paravain: lo sgabello da lui scaraventato aveva salvato all'ultimo istante il suo signore da morte certa. Ser Paravain balzò sul tavolo e si scagliò contro il Principe Nero.

Quest'ultimo aveva già ritrovato l'equilibrio e con la sua spada parò l'attacco del Bianco Paladino. Poi il Principe Nero attaccò a sua volta, ma già al primo scambio di colpi fu costretto a riconoscere di avere a che fare con un avversario del suo livello, sebbene questi fosse più giovane e meno esperto. Il viso esangue di Borboron si stravolse in una smorfia furibonda e il bagliore infernale dei suoi occhi arse ancora più violento. Paravain parava con destrezza i colpi per poi attaccare a sua volta. Nessuno dei due voleva cedere: sapevano entrambi che era un duello all'ultimo sangue.

Anche i loro guerrieri si davano battaglia alacremente. Per la sala echeggiavano l'ansimare e il gemere degli uomini, e il clangore metallico delle spade. Scintille infuocate sprizzavano come lucciole impazzite quando le lame s'incontravano con selvaggia violenza. Con rantoli d'agonia i guerrieri cadevano l'uno dopo l'altro e questo sembrava spronare anziché deprimere quelli che ancora combattevano. I Cavalieri Neri resistevano con tutte le loro forze, ma avevano subito troppe perdite e il Principe Nero fu costretto a riconoscere che per loro non c'era più prospettiva di vittoria.

"Indietro, uomini! Ritiratevi!", ordinò ai suoi soldati. La delusione nella sua voce era evidente.

I Cavalieri Neri obbedirono prontamente, mentre Borboron cercava, con un ultimo, rabbioso tentativo di uccidere il suo avversario. La punta acuminata di Pestilenza si diresse verso la gola di Paravain, che aveva spostato la sua attenzione un attimo troppo a lungo verso Elysion. La sua spada tuttavia scattò verso l'alto e riuscì a parare anche questo attacco.

"Non ti rallegrare troppo presto, buffone!", tuonò Borboron. "Ci rivedremo, e allora ti ucciderò!".

Detto questo girò fulmineo sui tacchi e fuggì dalla sala, ultimo dei Cavalieri Neri.

"Seguiteli, e accertatevi che nessuno di loro rimanga tra le mura di Hellunyat!", ordinò Paravain alla guardia.

I Paladini Bianchi corsero dietro ai nemici. Il giovane capitano invece si avvicinò al Custode della Luce, che era in piedi vicino al camino, nella penombra del muro. Il vecchio tremava e aveva il viso cinereo.

Paravain ripose la spada nella guaina.

"Non capisco proprio come...".

"La nebbia!", Elysion gli troncò bruscamente la frase. "Sono venuti da est e hanno usato le nebbie mormoranti. Non avevi avvertito gli uomini?".

"Certo! Ma a quanto pare non hanno preso sul serio i miei avvertimenti. Solo pochissimi tra loro conoscono queste nebbie insidiose".

"Sono un grande aiuto per chi le sa usare", disse pensoso il Custode della Luce. "Imprimilo nella mente ai tuoi uomini, domani durante l'appello!".

"Certo, signore. State sicuro...".

Paravain cercò lo sguardo del suo signore e di colpo sbiancò in volto.

"Oh, no!", gemette, premendosi le mani sulla bocca e fissando il Custode della Luce con occhi dilatati dall'orrore.

"Lo so. Mi ha colpito".

Con la mano destra il Custode della Luce si accarezzò la guancia sinistra e tese le dita, sporche di sangue, verso Paravain. Poi voltò verso di lui la parte sinistra del viso, su cui era impressa una ferita sottile, lunga circa cinque centimetri.

Paravain sapeva fin troppo bene che cosa significasse una ferita ricevuta dalla spada Pestilenza: le piaghe inflitte da quella lama non guarivano mai. I feriti erano destinati a morire tra atroci sofferenze se non venivano medicati in tempo con l'unico rimedio efficace: l'Acqua della Vita. Solo l'elisir del Calice della Luce poteva ancora salvare il suo signore. Ma il Calice era in possesso dei nemici. Nessuno sapeva dove le Forze Oscure lo tenessero nascosto.

Paravain si sentì sopraffare dalla paura.

"Non è che un graffio", disse il Custode della Luce. Ma di colpo barcollò.

Il capitano dei Paladini Bianchi si precipitò a sorreggerlo prima che si accasciasse al suolo. C'erano lacrime negli occhi di Paravain mentre sussurrava a Elysion con voce roca: "Siamo perduti, signore, non c'è più speranza!".

Il Custode della Luce lo guardò con compassione. "Perché sei così rassegnato, Paravain? C'è sempre speranza, finché si ha fede!".

Kastor Dietrich aveva visto bene: quella notte un violento temporale spazzò la regione. La temperatura salì in breve sopra lo zero, il vento ululò intorno alle case, scuotendo con violenza finestre, porte e tegole. Grosse nuvole cariche d'acqua correvano per il cielo e la pioggia scrosciò forte su Hohenstadt, allagando le strade della città.

Laura non si accorse di niente. Dormiva così profondamente che non sentì neppure i rintocchi delle campane di mezzanotte.

Mezzanotte.

All'improvviso, nel sonno, Laura sentì una voce. Una voce forte, chiara, che chiamava il suo nome: "Laura! Laura!".

Laura si svegliò di colpo, aprì gli occhi e si guardò intorno. Nonostante il buio riconobbe subito la figura magra in piedi vicino al suo letto: era suo padre. Le mancò il respiro: "Papà! Ma non è possibile!".

Marius Leander era alto, aveva occhi scuri e folti riccioli neri che incorniciavano il suo viso simpatico. Guardava sua figlia con un sorriso affettuoso.

"Buon compleanno, Laura", disse piano.

Laura era esterrefatta.

"Ma… papà! Ma come… come…", balbettò, sgranando gli occhi.

"Ssst!", la ammonì Marius, mettendo l'indice davanti alla

bocca. Poi disse: “Capirai presto! Oggi è il tuo tredicesimo compleanno, Laura: tredici volte tredici lune sono passate dalla tua nascita e quindi è venuto il giorno in cui devi venire accolta nella cerchia dei Guardiani”.

Laura deglutì, non riusciva a dire niente. Che cosa significava tutto questo? Come aveva fatto suo padre ad arrivare all’improvviso in camera sua? I pensieri cominciarono a vorticarle nel cervello come una giostra che andava sempre più veloce.

“Sei nata nel segno del Tredici, e per questo ti è stato assegnato un compito importante: devi trovare il Calice! E devi trovarlo col tuo coraggio, con la tua volontà e con la fiducia in te stessa”.

Laura cominciò a sudare. Il turbinio nella sua testa diventò ancora più confuso. Nel segno del Tredici. La cerchia dei Guardiani. Un compito importante. Trovare il Calice. Che cosa voleva dire tutto questo? Di nuovo scosse la testa.

“Io… io non ci capisco niente, papà. Di quale compito parli? E… da dove arrivi così all’improvviso?”.

“Tutto a suo tempo. Chiedi al professor Morgenstern, ti spiegherà tutto. E cerca Foscovelo, la nebbia mormorante. Ho fatto appena in tempo a nasconderla in biblioteca prima che mi prendessero”.

In quel momento Marius vide la collana sulla scrivania. Prima di andare a dormire, Laura l’aveva tirata fuori dalla scatoletta per guardarla di nuovo. Un sorriso passò sul viso di Marius. “Vedo che ci hai pensato anche senza di me”, disse, prendendo il gioiello in mano e guardandolo malinconico. “È molto prezioso, Laura. La Ruota del Tempo una volta apparteneva a tua nonna. Abbine molta cura, perché ti aiuterà molto nel tuo…”.

Di colpo s’interruppe e trasalì. Piegò la schiena e il viso gli si contorse in una smorfia di dolore.

“No, no… ti prego!”, gemette.

Laura vide con orrore che suo padre subiva dei colpi che gli laceravano la camicia lasciando ferite sottili. Dovevano essere frustate, ma Laura non vedeva la frusta.

Solo in quel momento si accorse che i vestiti di suo padre erano sporchi e stracciati come se non li avesse mai cambiati da quando era sparito. Inoltre era scalzo, e i suoi piedi erano altrettanto sporchi.

Ora la frusta invisibile colpiva Marius in faccia. Rivoli di sangue gli scorrevano lungo le guance, facendolo gemere di dolore. All'improvviso Marius si dissolse nel nulla, come la fiamma di una candela che si spegne investita da un'improvvisa corrente. Laura fissava a bocca spalancata il punto in cui era sparito suo padre.

"Papà?", sussurrò incredula. Per un attimo non riuscì a pensare né a muoversi. Poi si accasciò sul letto e i pensieri le vorticarono in testa ancor più veloci di prima, come un violento tornado. Sopraffatta dalle emozioni, cadde in un sonno profondo.

A colazione Laura si sentiva da cani, le sembrava di non aver chiuso occhio. Era pallida e aveva lo sguardo vacuo. Non aveva fame e dopo la prima sorsata di cioccolata le venne da rimettere.

Continuava a pensare a suo padre, alla sua improvvisa apparizione, alle frustate e a come si era altrettanto improvvisamente dissolto nel nulla.

Ma non è possibile che uno svanisca così, pensò Laura. *No davvero!*

"Credimi, Laura, te lo sei solo sognato", le disse Lukas con la bocca piena, continuando a masticare il suo panino. Nell'angolo destro della bocca aveva una macchia rossa di marmellata di fragole e sul mento gli era rimasto attaccato un po' di crema di formaggio.

"Era soltanto un sogno", ripeté con convinzione. "Precisesatto come la storia dei cavalieri e del calice".

"Quale calice?", gli chiese Sayelle.

Laura ignorò la domanda della matrigna e scosse la testa.

"Non era un sogno", disse rivolgendosi al fratello. Ne era sicurissima. Se si fosse sognata tutto, la collana non sarebbe sparita.

"Papà era davvero in camera mia".

Sayelle posò la tazza di caffè e la guardò con aria di compatimento.

"Ah, bambina mia!", le disse con voce esageratamente comprensiva, come se stesse parlando con una poppante.

Laura odiava questo tono: la faceva sempre sentire piccola e sciocca. Lanciò uno sguardo furibondo alla matrigna, ma Sayelle non sembrò accorgersene.

"Sai perfettamente che non è possibile. E questo vuol dire per forza che devi essertelo sognato. È probabile che il tuo inconscio ti abbia giocato uno scherzo: dato che hai desiderato così tanto che tuo padre tornasse, ti sei convinta di averlo visto davvero".

"Balle!", si spazientì Laura. "So cos'ho visto e cosa non ho visto".

Sayelle non si lasciò impressionare.

"Da un punto di vista psicologico è abbastanza facile da spiegare. Tanto per cominciare il tuo più grande desiderio, e questo lo capisco, è che tuo padre ritorni. Secondo, proprio come tuo fratello, tu hai una fantasia traboccante. Marius è in parte responsabile di questo, con tutte quelle sue storie interminabili e tutte quelle fiabe che vi siete sorbiti fin da piccoli".

Laura guardò cupa la matrigna.

"Avrebbe forse dovuto leggerci le notizie economiche?".

"Sarebbe stato senz'altro più ragionevole. Non è mai troppo presto per far conoscere ai bambini la dura realtà della vita, e le fiabe di sicuro non sono il modo migliore per farlo".

Laura fece una smorfia irritata e guardò il fratello. Sulla fronte di Lukas era comparsa di nuovo la ruga. Nessuno dei due però disse una parola: sapevano che sarebbe stato inutile.

"E terzo, dopo quasi un anno a quanto pare non ti sei ancora voluta arrendere al fatto che il caro Marius probabilmente ha tagliato la corda e ci ha piantati tutti in asso!".

Laura balzò in piedi. La tazza vacillò e la cioccolata traboccò sul tavolo.

"Papà non ci ha piantati in asso!", urlò. "Lo sai benissimo. E non era un sogno, l'ho visto chiaramente davanti al mio letto!".

Sayelle alzò gli occhi al cielo.

"Calmati, Laura! E per favore, rimettiti seduta".

Laura obbedì. Respirava forte e guardava il fratello cercando supporto. Ma Lukas evitò il suo sguardo. Non le credeva, Laura lo vedeva benissimo.

"Papà è vivo", disse piano. "Per qualche motivo non può tornare. Dovete credermi".

"Sono solo proiezioni di desideri", ribatté Sayelle scocciata. "Nient'altro che fantasie! Marius se l'è semplicemente squagliata; è l'unica spiegazione plausibile".

"Non è vero", disse Laura, sforzandosi di rimanere calma. "E lo proverò, ci puoi contare!".

"Ah, davvero? La polizia non riesce a scoprire una sola traccia di lui, e anche il detective che ho ingaggiato io non trova assolutamente niente. Non un solo indizio. Nemmeno l'ombra di una spiegazione. Niente! E proprio tu vorresti sciogliere l'enigma? Non è che ti credi troppo brava?".

Laura strinse gli occhi fino a farli diventare due fessure.

"Se tu amassi papà quanto me, allora mi crederesti!".

Sayelle colpì il tavolo col palmo della mano così forte da far tintinnare tazze e piattini.

"Ora basta, Laura! Come puoi dire una cosa del genere?".

Un velo umido le coprì gli occhi e sembrava quasi che stesse per mettersi a piangere. Mise la mano in tasca, tirò fuori un fazzoletto di carta e si soffiò rumorosamente il naso.

Nessuno disse una parola.

Una grossa mosca ronzava sul muro e la musichetta della radio in sottofondo diventò all'improvviso insopportabilmente alta. Sayelle addentò in modo automatico il suo panino e anche Lukas riprese a masticare. Crema di formaggio e marmellata di fragole per la terza volta.

Laura prese un cucchiaio e lo riempì di *corn flakes*. Di colpo li trovò perfino buoni.

"Ha detto anche lui che sono nata nel segno del Tredici. E che sono uno dei Guardiani. E che ho un compito importante da svolgere".

"Quali guardiani?", chiese Lukas, sconcertato. "Quale compito?".

"Non ne ho idea. Devo chiedere al preside Morgenstern, così mi ha detto".

"Proprio a lui", osservò Sayelle con scherno. "Il professor Aurelius Morgenstern è un sognatore della stessa specie di vostro padre. Se non addirittura peggio! Non capisco proprio come questo vecchio babbeo arruffato sia durato tanto come preside a Ravenstein. Per me è davvero un mistero! Che non abbia già ridotto in miseria il collegio ha del miracoloso!".

Laura tacque. Non capiva perché la matrigna non sopportasse il preside e parlasse sempre male di lui.

"Se posso darti un consiglio, passa il tuo tempo a fare cose più utili invece di frequentare quel pazzo. A studiare, per esempio, oppure...".

D'un tratto s'interruppe e si batté la fronte col palmo della mano. "Dio mio, mi stavo quasi dimenticando!", disse, poi si alzò e uscì di corsa dalla cucina.

Qualche attimo dopo tornò, con in mano due pacchetti piatti avvolti in carta da regalo, che tese a Laura.

"Buon compleanno, Laura!", le disse, sforzandosi di sorridere.

Laura guardò i regali.

Dunque si è ricordata! pensò. *Di sicuro libri, un'altra volta! Probabilmente libri di matematica e fisica... come se fossero un vero regalo!*

Guardò seria la matrigna.

"Sei molto gentile, Sayelle, ma non voglio regali. Il mio unico desiderio è che papà torni, nient'altro".

Sayelle boccheggiò come un pesce sulla sabbia. Poi aggrottò le ciglia e la fronte le si corrugò. Per un attimo sembrò che stesse per fare una scenata terrificante. Lukas, che pure non aveva niente da temere, si rannicchiò sulla sedia. Laura invece guardava Sayelle con tranquillità. Che urlasse e s'infuriasse quanto voleva: a lei non faceva né caldo né freddo.

Sayelle sembrò improvvisamente capirlo. Serrò la bocca e strinse i denti fino a farli scricchiolare. Poi i suoi lineamenti tesi si rilassarono.

"Okay, Laura. Va benissimo. Come vuoi tu".

Si voltò e posò i libri sulla credenza. Anche se era fuori di sé dalla rabbia, si consolava col pensiero che Laura avrebbe presto aperto gli occhi.

D'un tratto le spuntò un sorriso. Si premette svelta una mano sulla bocca perché i ragazzi non lo vedessero. Che questi mocciosi pensassero pure di sapere tutto! E invece non sapevano niente, proprio niente!

Sayelle si godeva già la faccia che Laura avrebbe fatto dopo aver scoperto la verità, tutta l'orribile verità.

Capitolo 4

Verso l'avventura

Lo svolappio attraversò il sommo della collina, trotterellò sul prato assolato, si alzò sulle zampe posteriori e spiò intorno curioso con i suoi occhietti luccicanti. La testa pelosa si muoveva eccitata mentre fiutava l'aria. L'animale era lungo circa un cubito e assomigliava straordinariamente a un orsetto lavatore: gli occhi erano contornati da macchie nere, il pelo grigio-marroncino splendeva come seta sotto il sole. La coda cespugliosa ad anelli neri e grigi era lunga come metà del corpo e sempre in movimento. Sulla schiena portava ali di pelle fine, che si aprivano e ripiegavano come quelle di un pipistrello.

Infine l'animaletto emise dei suoni acuti e concitati, aprì le ali e si mosse con uno strano miscuglio di lunghi balzi e di goffi tentativi di volo.

Una chiara voce maschile echeggiò nel silenzio: "Ghiottoschiocco! Ghiottoschiocco! Dove ti sei nascosto?".

Subito dopo un ragazzo alto sbucò da dietro la collina, conducendo alla briglia un sauro. Il ragazzo doveva avere circa quattordici estati. Era a piedi nudi e portava un farsetto e pantaloni al ginocchio, entrambi di pelle marrone. In sua compagnia c'era una fanciulla che indossava un semplice abito bianco lungo fin sotto il ginocchio. Era un poco più giovane del fratello, ma aveva i suoi stessi lineamenti regolari e i suoi stessi capelli biondi, sebbene molto più lunghi e acconciati in spesse trecce.

In cima alla collina si fermarono e, schermandosi gli occhi

con le mani, scrutarono l'ampia vallata che si stendeva sotto di loro. Dopo poco la giovinetta tese il braccio e indicò un albero che distava forse cinquanta passi. "Guarda, Alarik!", esclamò. "Là, su quell'albero!".

Il ragazzo guardò nella direzione indicata e fece una smorfia seccata. "Avrei dovuto immaginare che il mangione si stava dirigendo verso il più vicino albero di dolcimele! Avrà sentito l'odore da lontano e per questo è scappato via". Poi si volse verso sua sorella. "Vieni, Alienor, le mele saranno buone per noi quanto per lui".

Fratello e sorella si presero per mano e si misero a correre. Il sauro li seguì docilmente.

Già a una certa distanza dall'albero venne loro incontro il profumo delizioso delle mele: un misto di frutti di bosco, meloni e miele d'acacia. Lo svolappio sedeva sul ramo più alto, teneva un frutto dorato tra le zampe anteriori sgranocchiandolo con schiocchi rumorosi.

"Non riesci a fare meno rumore, Ghiottoschiocco?", gridò il ragazzo, mentre raccoglieva dei frutti per sé e per la sorella. Ma la sua richiesta non ebbe effetto: lo svolappio, al contrario, continuò a mangiare più rumorosamente di prima.

Alienor fece una smorfia. "Non imparerà mai", disse. "Ma consolati, Alarik: per lo meno non fugge dai suoi parenti selvatici nella Foresta dei Sussurri. Non conosco nessuno oltre a te che abbia uno svolappio addomesticato".

"Ti stupisce?". Alarik rivolse un largo sorriso alla sorella, mentre le porgeva una mela. "Anch'io rimarrei, se fossi trattato così bene!".

Fratello e sorella si sedettero sull'erba, assaporando le mele e lasciando scorrere gli sguardi sui prati fioriti, i campi rigogliosi e le foreste lussureggianti che si estendevano fino all'orizzonte. Rimasero in silenzio. Intorno si sentiva solo il ronzio delle api e dei bombi, il cinguettio allegro degli uccelli e gli schiocchi sonori di Ghiottoschiocco.

Dopo che Alienor ebbe mangiato la seconda mela fino al torsolo si sentì sazia. Si sdraiò sulla schiena e guardò verso il cielo limpido in cui, nonostante fosse giorno, si vedevano le due lune di Aventerra, quella dorata e quella azzurra, che riluceva brillante. Sorpresa, Alienor si rialzò e si rivolse al fratello: "Mi sbaglio o la Terrastella oggi brilla più del solito?".

Alarik rispose al suo sguardo interrogativo corrugando la fronte. "Dovresti stare più attenta quando parlano gli anziani". La sua voce aveva un tono di rimprovero. "È naturale che la Terrastella oggi splenda più del solito: oggi è nel segno del Tredici! Questo è un giorno molto particolare, Alienor. Non solo per gli abitanti della Terrastella, ma anche per noi. Perché in questo giorno...".

Un rumore sinistro, che risuonò in quell'istante in lontananza, lo interruppe; un rombo profondo, che sembrava provenire direttamente dagli abissi dell'inferno.

Alienor sobbalzò spaventata. "Cos'è stato?", chiese guardando suo fratello.

Anche il viso di Alarik aveva assunto un'espressione spaventata. "Non lo so. Forse un rubamork o un grolff?".

La ragazza scosse subito la testa. "Non credo, Alarik. Sembrava qualcosa di peggio. Molto peggio!".

Si alzò e si guardò attorno. E di nuovo il rumore sinistro rimbombò nella quiete, più forte e più vicino di prima.

Lo svolappio emise un tono acuto e spaventato, lasciò cadere la mela e svolappiò dal ramo direttamente nelle braccia del ragazzo.

"Vieni, Alarik", disse la ragazza, "torniamo indietro, presto".

Il ragazzo non rispose. Scrutò verso l'orizzonte, e vide improvvisamente che lontano, a sud, il cielo si scuriva. Deglutì, poi si voltò e lanciò un forte fischio.

Il sauro arrivò subito al trotto. Fratello e sorella gli salirono in fretta in groppa. Alarik mise lo svolappio sotto il farsetto, poi prese le briglie e premette i talloni nei fianchi del sauro.

Poco dopo galoppavano su un pianoro argentato verso la Fortezza del Graal, che si ergeva in lontananza davanti a loro.

Quando Laura uscì di casa dopo la colazione, vide che la pioggia notturna aveva lavato il cielo e solo qualche nuvoletta punteggiava il blu del cielo. I raggi del sole facevano risplendere l'asfalto bagnato e anche le tegole dei tetti splendevano.

Laura e Lukas misero gli zaini nel baule della Mercedes familiare e si sedettero sui sedili posteriori. Sayelle si mise al volante, infilò la chiave di accensione e mise in moto.

Pochi minuti dopo avevano lasciato indietro le ultime case di Hohenstadt. La strada serpeggiava tra incantevoli colline, attraversava ruscelli e torrenti e si stendeva lungo le valli. Laura conosceva la strada da Hohenstadt a Ravenstein a memoria. Quante volte aveva già percorso quel tragitto? Tante da non poterle contare.

Di solito era Marius a guidare. Che cosa poteva essergli successo? Soffriva ancora per le ferite che gli erano state inferte? Laura stava ancora male per ciò che aveva visto la notte passata, ma che cosa poteva fare?

Nessuno parlava. Si sentiva soltanto il lieve rombo del motore e la radio trasmetteva una musica a basso volume. Sayelle non sopportava il silenzio: dovunque fosse teneva sempre una radio accesa. Anche in auto, naturalmente.

Ogni tanto Sayelle lanciava uno sguardo nello specchietto retrovisore per osservare i ragazzi. Laura era pallida come un cencio e aveva lo sguardo perso nel vuoto. Lukas giocava in silenzio con la sua vecchia pallina da tennis malridotta. La lanciava in aria con la mano destra per poi riafferrarla. Dieci, cinquanta, cento volte. Era una mania che Sayelle trovava assolutamente snervante e idiota.

Plof, faceva la pallina nella mano destra di Lukas. *Plof. Plof.*

Lo strato di feltro della pallina era logoro, ma a Lukas non importava. Per lui era un oggetto prezioso, quasi sacro. Era la pallina con cui Boris Becker aveva conquistato il *match* decisivo nella sua prima vittoria a Wimbledon. Non che Boris Becker avesse una grande importanza per Lukas. Sapeva che era stato un campione, certo, ma non lo aveva mai visto giocare. Lukas era affezionato alla pallina semplicemente perché gliel'aveva regalata suo padre cinque anni prima, di ritorno da un viaggio a Londra dove aveva preso parte a un convegno internazionale dal titolo: "Miti e leggende della modernità e loro significato".

Lukas, a quei tempi, aveva appena cominciato a giocare a tennis. Si allenava regolarmente e con entusiasmo, ed era riuscito perfino a entrare nella squadra del collegio. Da un anno però giocava solo di rado: il tennis non lo divertiva più.

Il Custode della Luce emise un gemito. Giaceva sul suo giaciglio e appariva esausto. La febbre lo faceva sudare da tutti i pori.

Ser Paravain sedeva angosciato su un panchetto di legno accanto al giaciglio del suo signore. Aveva tolto l'armatura e portava soltanto una leggera cappa ornata di rosso sopra alla semplice veste bianca.

La sua disperazione cresceva sempre di più. Era la fine, questa? Tutti i suoi sforzi erano dunque stati vani? Da quando, all'età di tredici anni, era stato chiamato alla Fortezza del Graal, dove aveva ricevuto l'addestramento da cavaliere, aveva combattuto per la causa della Luce. In innumerevoli battaglie si era opposto alle Forze Oscure. Lui e i suoi uomini erano sempre riusciti a respingere gli attacchi delle Schiere Nere, e a colpirle a loro volta. Ora tutto questo si sarebbe rivelato vano?

Paravain era tormentato dal senso di colpa. Lui era il Capitano della Guardia e non aveva impedito che Pestilenza, la spada del Male, infliggesse una ferita al Custode della Luce. E, cosa ancora peggiore...

Dei colpi alla porta distolsero il cavaliere dai suoi tristi pensieri. "Sì?", disse Paravain.

Quando si aprì la porta e Paravain vide il suo scudiero Alarik sulla soglia, si alzò di scatto. "Aspetta fuori, arrivo!".

Alarik non doveva vedere Elysion. Era ancora troppo giovane per affrontare la tremenda verità, pensò Paravain. Si sarebbe impaurito e in ogni caso non poteva essere d'aiuto.

Paravain uscì dalla stanza, chiuse la porta dietro di sé e guardò il ragazzo con aria interrogativa.

Con un leggero inchino, Alarik disse: "Ho una notizia per voi, signore. Ali di Vento è tornato dai Territori delle Nebbie. Ha portato a Morwena la vostra ambasciata".

"Molte grazie, Alarik", rispose il cavaliere con un sorriso gentile. "Puoi andare. Ma prima prega tua sorella di preparare ancora un tè per il Custode della Luce".

"D'accordo, signore". Lo scudiero accennò di nuovo un inchino e si allontanò. Le sue scarpe di pelle morbida non facevano quasi alcun rumore sulle mattonelle di pietra.

Paravain tornò nella stanza di Elysion e si sedette di nuovo sul panchetto di legno. Il suo sguardo si perse presto nel vuoto. Era terribile che in quel momento Morwena, la Guaritrice di Hellunyat, non fosse alla Fortezza del Graal. Si trovava da suo padre, Rumor, il re dei lontani Territori delle Nebbie. Questi le aveva mandato un messaggero qualche giorno prima per chiederle di recarsi da lui.

Morwena era l'unica in grado di aiutare Elysion, ma se anche fosse partita senza indugio non appena Ali di Vento le avesse portato la notizia del ferimento del Custode della Luce, e se anche avesse cavalcato il più velocemente possibile, le ci sarebbero comunque voluti alcuni giorni per compiere il viaggio. Inoltre le Forze Oscure avrebbero fatto di tutto per ritardare o addirittura impedire il suo ritorno.

Questo pensiero era così terribile che Paravain non osò portarlo a compimento. Se l'impensabile si fosse davvero realizzato, le Forze Oscure sarebbero state inarrestabili e sarebbe stata la fine. Aventerra sarebbe scomparsa, e anche la Terrastella. Il Nulla Eterno avrebbe regnato.

Ser Paravain scattò in piedi. *No! Non doveva succedere! Mai!*

Il Custode della Luce emise di nuovo un flebile gemito. I suoi capelli bianchi erano umidi, e le gocce di sudore sulla sua fronte brillavano alla luce della candele come piccole perle argentee.

Paravain immerse una pezza di lino in una bacinella di acqua fredda, la strizzò con cura e la posò sulla fronte del malato.

"Bene", disse Elysion con voce fioca. "Mi fa bene. Potresti darmi qualcosa da bere?".

"Certo, mio signore". Paravain posò il panno bagnato e riempì d'acqua una tazza di terracotta. Poi infilò il braccio sinistro sotto la schiena del vecchio, lo sollevò dal giaciglio e gli portò la tazza alle labbra.

Il Custode della Luce bevve a piccoli sorsi. "Grazie", disse. "Ti ringrazio infinitamente".

Mentre Paravain posava la tazza, il vecchio si lasciò cadere sul guanciale. Per un attimo nella stanza ci fu silenzio. Solo le candele crepitavano piano.

Gli occhi stanchi del malato fissarono il giovane cavaliere, ma questi evitò lo sguardo, prese di nuovo la pezza e la immerse nell'acqua. Stava per posargliela sulla fronte, quando Elysion gli afferrò il braccio.

"Perché non dici quello che hai nel cuore?", chiese il vecchio con voce rotta.

Paravain lo guardò stupito. Nonostante fosse al suo servizio da molti anni, non si era ancora abituato al fatto che egli potesse leggere i pensieri.

"D'accordo allora", disse il cavaliere. "Se me lo domandate". Radunò tutto il proprio coraggio: "Chi... chi glielo ha detto?", chiese. "Chi le ha svelato il grande segreto?".

Sebbene il Custode della Luce fosse molto indebolito, scosse irato la testa. "Che domanda sciocca!", esclamò con voce carica di rimprovero.

Paravain si morse le labbra, ma il vecchio non vi fece caso. "È stato proprio come dall'inizio dei tempi", disse Elysion. "La madre lo dice al figlio, il padre alla figlia. E così è stato anche per lei".

Paravain alzò il capo di scatto e guardò il suo signore. Una grande confusione si leggeva sul suo viso. "Ma... io... io non capisco, signore", balbettò. "Ma com'è possibile? Suo padre è...".

"Taci, uomo di poca fede!", disse il Custode della Luce al suo cavaliere. Con grande fatica si raddrizzò. "Taci, e abbi fede nella forza della Luce!". Poi si riaccasciò sul giaciglio. Chiuse gli occhi e poco dopo era caduto in un sonno profondo.

Il castello di Ravenstein era stato costruito nel punto più alto della zona e quindi era visibile da lontano. Era un castello piuttosto piccolo e di scarsa importanza. Aveva tuttavia alte torri, un ponte levatoio con un fossato, terrificanti segrete, scure casematte e tortuosi passaggi segreti. Girava addirittura voce che nei sotterranei vi fosse ancora una camera delle torture con relativi strumenti, sebbene nessuno l'avesse mai vista.

Reimar von Ravenstein, un famigerato predone, aveva costruito il castello nella prima metà del dodicesimo secolo. Da lì partiva per le sue scorribande che incutevano terrore e angoscia. La sua spietatezza nel trattare i nemici era leggendaria quanto la mancanza di scrupoli che aveva verso i suoi sudditi. Aveva imposto tributi insopportabilmente alti, e puniva spietatamente chi osasse ribellarsi a lui. Una parola sbagliata poteva costare la vita. Molti, addirittura, morirono in carcere per un solo sguardo indirizzato male. Non c'era da stupirsi, dunque, che Reimar von Ravenstein fosse chiamato il "Cavaliere Sanguinario".

Nel corso dei secoli il castello di Ravenstein era stato più volte distrutto e ricostruito. Dal 1888 ospitava il collegio omonimo, il che, naturalmente, aveva reso necessarie delle modifiche alla struttura originaria. Dalle stanze di Reimar erano state ricavate le aule e da quelle dei servitori gli alloggi per gli studenti. La sala grande serviva da mensa e gli edifici annessi, prima adibiti a stalle, magazzini e a capanni per i giardinieri, erano diventati gli alloggi per i professori. Solo la palestra era una costruzione interamente nuova.

Intorno al castello c'era un bel parco con un campo sportivo e un percorso per gli *skateboard*. Verso nord il parco si univa al Bosco del Boia. Verso sud confinava con il Lago degli Spiriti.

Sayelle imboccò il lungo viale che conduceva al castello e dopo una leggera curva a sinistra l'auto si fermò vicino all'ingresso principale.

La prima ora era già cominciata, per questo non si vedevano altre macchine né studenti davanti al collegio. Il lunedì Laura e Lukas avevano la fortuna di cominciare alla seconda ora.

In silenzio Laura scese dalla macchina e guardò l'edificio, sulla cui facciata si arrampicavano tralci d'edera. Voci attutite giungevano dalle finestre chiuse delle aule in cui si stava facendo lezione.

Stava chiudendo la portiera della macchina, quando all'improvviso Laura sentì un minaccioso ringhio provenire da dietro le sue spalle, spaventandola; temette che fosse un cane. Da piccola era stata morsa, seppur non in modo grave, e da allora aveva paura dei cani. Laura si voltò lentamente, ma dietro di lei non c'era niente, solo due grandi cespugli a forma di molosso.

I due cespugli di bosso erano in mezzo al prato che si estendeva fino a un piccolo gruppo di alberi. Albin Olmking, il giardiniere del collegio, li curava in modo quasi maniacale. Con le sue grosse forbici potava un rametto di un millimetro lì, sfoltiva un paio di foglioline là, cosicché i cespugli conservassero sempre perfettamente la forma di due giganteschi molossi.

Già parecchi visitatori del collegio ne erano rimasti colpiti, e non pochi studenti addirittura spaventati. Di notte, o quando la nebbia s'insinuava intorno agli arbusti, i cani di bosso sembravano incredibilmente veri. Alcuni collegiali erano pronti a giurare e spergiurare che ogni tanto abbaiassero o ringhiassero.

Per Laura erano tutte sciocchezze, frutto della fantasia o dei troppi alcolici che gli studenti andavano a bere nel Bosco del Boia. Questa era una cosa assolutamente proibita, e quindi la facevano in molti. Sulla via del ritorno gli studenti un po' brilli dovevano passare davanti ai cespugli di bosso, ed era probabile che i sensi annebbiati giocassero loro brutti scherzi.

Ma ora anche lei li aveva sentiti ringhiare! O se l'era solo immaginato?

Laura non ne era sicura. Guardò di nuovo verso i cani verdi, che erano immobili. Immobili come... cespugli di bosso, appunto. E tra loro stava Albin Olmking, con le cesoie in mano. D'un tratto il giardiniere si voltò verso Laura, come se si fosse accorto di essere osservato.

A prima vista l'uomo, che aveva circa quarant'anni, non si distingueva dagli altri uomini della sua età. È vero, aveva un nasone, i suoi grandi orecchi erano insolitamente appuntiti e il verde intenso dei suoi occhi era inconsueto. Albin Olmking non incuteva alcun timore, ma a Laura non piaceva affatto, così come non le piaceva Grugno, il gatto color ruggine del giardiniere. L'animale aveva un occhio solo: l'altro gli era stato spento anni prima da un agguerrito rivale in amore. Grugno veniva servito e riverito da Albin Olmking ed era diventato così grasso che riusciva a malapena a camminare. In genere stava sulla spalla del suo padrone, come i gatti delle streghe nelle fiabe.

Con sguardo cupo e impassibile, il giardiniere fissava Laura. Grugno era ai suoi piedi.

Ce l'ha con me?, si chiese Laura. *Avrò combinato qualcosa?*

Olmking era noto perché se sorprendeva un alunno a violare le regole del collegio, o a macchiarsi di qualunque altra colpa, andava a riferirlo senza pietà in direzione. Per fortuna le delazioni di Olmking di solito non avevano conseguenze: il preside Morgenstern non applicava alla lettera il regolamento.

Gli studenti temevano Olmking quasi quanto Attila Morduk, il guardiano del collegio.

"Piantala di sognare una buona volta, Laura, e tira fuori lo zaino dalla macchina!", le disse Sayelle con tono seccato.

Laura si affrettò a raggiungere Lukas davanti al bagagliaio aperto; stava di nuovo giocando con la pallina di Beker.

"Hai sentito anche tu?", gli chiese piano, dopo avergli dato una gomitata.

"Che cosa?", domandò lui.

"I cani", disse Laura, infilandosi le spalline dello zaino. "Il ringhio dei cani".

Lukas la guardò con compassione, poi scosse la testa.

Il saluto con la matrigna fu breve e indolore. Un abbraccio frettoloso e un "ciao, al prossimo week-end!", e già Sayelle risaliva in macchina e si allontanava in fretta.

Laura e Lukas non rimasero a guardare la macchina. Fianco a fianco cominciarono a salire l'ampia scalinata che conduceva al portone d'ingresso.

I primi scalini in basso erano fiancheggiati da due grosse sculture in pietra: feroci leoni con ali d'aquila. Una tettoia gigantesca s'inarcava sopra la scalinata. Era sorretta da una spessa e alta colonna di pietra, una colonna particolare: l'artista sconosciuto che l'aveva costruita le aveva dato la forma di un possente gigante. Anche se il suo corpo era in parte solo accennato e del tutto sproporzionato, era indubitabile che si trattasse di un gigante. Lo scultore aveva dedicato particolare cura al viso, che aveva occhi gentili e un sorriso malizioso. Non aveva affatto un'aria minacciosa. Assomigliava piuttosto a un affettuoso custode che dava un caldo benvenuto agli studenti e agli ospiti del castello di Ravenstein.

Mentre salivano le scale Laura si voltò pensosa verso il fratello. “Dici che qualcuno ha fatto da modello?”.

“Per cosa?”.

“Per questa colonna”, Laura indicò il viso del gigante. “Ha un’aria così reale”.

Lukas scosse la testa.

“Scultori e scalpellini di solito lavorano seguendo schizzi”, rispose con il leggero tono da saputello che dava sui nervi a Laura e che a volte la faceva uscire completamente dai gangheri. “Al contrario dei pittori, che usano molto i modelli viventi; cosa che però nel caso contemplato era del tutto impossibile”.

Laura guardò il fratello senza capire. “Perché?”.

“Facile, minus-mente”, disse Lukas, con un sorriso malizioso. “A te, per caso, è già capitato di vedere in giro un vero gigante?”.

Laura rimase senza fiato. “Tu! Sei un… un…”, balbettò cercando disperatamente il termine adatto. “Un idiota schifoso!”, gridò furiosa, ma Lukas si era già voltato e aveva ripreso a salire gli scalini, ridacchiando soddisfatto. Laura invece alzò gli occhi verso il gigante, che in quel momento strizzò l’occhio sinistro.

Nooo!

Laura lanciò quasi un urlo. Restò a metà di uno scalino, fissando la testa della colonna come fulminata.

Lukas si accorse della sua reazione sconvolta. “Cosa c’è?”, chiese stupito.

“Il gi...gi...gigante”, balbettò sua sorella indicando la statua.

Lukas seguì il suo sguardo. “Be’, che ha ora?”.

“Cosa…?”. A Laura venne un sospetto orribile. “Tu allora non hai visto niente?”.

“Visto? Che cosa?”.

Laura capì che Lukas non le avrebbe creduto. Nessuno le avrebbe creduto! Tranne Kaja, forse.

Salì in fretta le scale e poi si voltò verso il fratello. "Oh, niente. Vieni, dai! O vuoi mettere radici qui?".

L'ingresso, da cui partivano i corridoi delle aule e le scale che portavano ai piani superiori, era buio. Le piccole finestre lasciavano penetrare solo poca luce, i neon sul soffitto non erano accesi, così come le luci del grande albero di Natale al centro dell'ingresso: Attila Morduk ci teneva molto a risparmiare sulla corrente. Non c'era nessuno in giro. I passi di Laura e Lukas risuonavano nella stanza. Dal pavimento in pietra saliva un acre odore di cera.

Proprio di fronte al portone d'ingresso pendeva un gigantesco dipinto a olio. Ritraeva una giovane donna con un lungo abito bianco e con un grosso lupo nero ai suoi piedi. Il volto della donna era pallido e triste. Laura aveva sentito dire che la donna del quadro si chiamava Silvia ed era vissuta ai tempi del Cavaliere Sanguinario. Si diceva avesse avuto un destino tragico, e questo spiegava la sua profonda tristezza.

Laura lanciò un'occhiata distratta al quadro e le sembrò che la donna la guardasse con rimprovero.

Laura trasalì, scosse confusa la testa e strizzò gli occhi. Quando li riaprì era di nuovo tutto come sempre. E come poteva essere altrimenti? *Ci manca solo che il lupo cominci a ululare, così saprò finalmente che sto diventando pazza*, pensò Laura.

Sotto il quadro le strade di fratello e sorella si divisero. Lukas si diresse a passi pesanti a sinistra, verso l'ala dei ragazzi; Laura a destra, verso l'ala delle ragazze.

D'un tratto a Lukas venne in mente qualcosa. "Aspetta un attimo, Laura!".

Laura si fermò sorpresa. Lukas la raggiunse, si tolse lo zaino, cominciò a frugarci dentro e tirò fuori un pacchetto incartato. Lo tese con esitazione verso la sorella.

"Me lo stavo dimenticando", disse. "Il mio regalo di compleanno. Il mio lo vuoi, vero?".

Laura sorrise dandogli una pacca sulla spalla. "Ma certo, scemo! Anche tu ci tieni come me che papà torni!". Prese il pacchetto. "Grazie! Devo aprirlo subito o posso farlo in camera mia?".

"In camera va bene", concesse Lukas. "Tanto lo sai cos'è".

Laura annuì. Certo che lo sapeva: era il nuovo *Harry Potter*. L'aveva tanto desiderato.

Ma non quanto desiderava che suo padre tornasse.

Capitolo 5

Le Forze Oscure

Non appena Marius Leander tornò in sé, ricomparve anche il dolore. La schiena gli scottava, e sulle guance gli sembrava di sentir scorrere sottili rivoli di lava fumante. Le crudeli frustate gli avevano sfigurato il viso e trasformato la schiena in una piaga dolorosa. Poteva dirsi fortunato, perché una ragazza pietosa aveva avuto compassione di lui: dopo che il secondino aveva finalmente smesso di frustarlo, ella era scivolata nella sua cella sporca e si era occupata delle sue ferite. Le aveva pulite e poi spalmate con una poltiglia dall'aspetto strano, sussurrando che si trattava di un miscuglio di terra medicamentosa e varie erbe, che avrebbe impedito alle ferite di infettarsi, poiché la cancrena significava morte certa.

Era l'ultima cosa che aveva sentito prima di perdere conoscenza e Marius emise un gemito mentre gli tornavano in mente le parole della donna. Non sapeva molto di medicina, è vero, ma non c'era bisogno di essere un medico per capire che il pericolo d'infezione era grande e mortale.

Da quasi un anno le Forze Oscure lo tenevano rinchiuso in un carcere senza finestre, sprofondato nei sotterranei della Fortezza Oscura. La cella era bassa, umida, sporca e pullulava di parassiti. Pulci e cimici, scarafaggi e ragni gli tenevano compagnia durante il giorno, ratti e topi erano i suoi compagni notturni. Con le ferite che il suo sadico aguzzino gli aveva inflitto, un'infezione sembrava inevitabile. Marius poteva solo sperare che l'intruglio misterioso funzionasse davvero. Ma se anche fosse sopravvissuto agli effetti delle frustate, chi avrebbe potuto liberarlo? Con ogni probabilità sarebbe marcito vivo in quella cella.

Di nuovo Marius gemette forte. Non aveva idea di quanto a lungo fosse rimasto privo di sensi. Nella cella regnava sempre una penombra indistinta, ed era impossibile mantenere la cognizione del tempo. Il caldo umido era insopportabile, così come l'odore sulfureo dell'ambiente; un odore che gli provocava spesso forti conati di vomito. Rivoli di sudore gli scorrevano lungo il viso e un peso opprimente gli serrava il petto. Respirava a fatica, e al posto della lingua gli sembrava di avere un calzino infeltrito. Aveva una sete terribile, e pensò che forse c'era ancora dell'acqua nella brocca che stava sul grezzo tavolo accanto all'inferriata.

Marius si alzò dal giaciglio coperto di paglia putrida. Gli parve che il suo intero corpo fosse un unico dolore lancinante. Ogni fibra gli bruciava come arsa da un fuoco infernale. Fatto il primo passo il dolore si calmò un poco. Mise a fatica un piede davanti all'altro e si trascinò verso il tavolaccio. Un ragno gli strisciò sul piede sinistro e un topo gli scivolò accanto agitato, prima di sparire nella suo tana.

La cella era separata dal corridoio da sbarre d'acciaio grosse quanto un braccio. La porta era chiusa con due lucchetti. Una fuga non era neppure ipotizzabile, considerato anche lo stato in cui era ridotto. Una fiaccola guizzava in un reggitorce sul muro di fronte alla cella; illuminava il corridoio e parte della segreta. Sotto la fiaccola c'era un piccolo tavolo con due sgabelli di legno, su cui di solito sedevano i due carcerieri. In quel momento però vi sonnecchiava solo uno di loro. Marius suppose che l'altro, quello che trascinava la gamba sinistra, stesse controllando le celle per accertarsi che tutto fosse in ordine. Lo suppose, perché non sapeva se le altre celle fossero occupate. Quelle vicine erano senz'altro vuote, ma le altre? Tanto tempo prima, Marius aveva sentito le grida terribili di un uomo, ma poi non aveva più udito altro.

Il carceriere alzò la testa vedendo qualcosa muoversi nella cella, e per un attimo fissò sospettoso il prigioniero con tutti e tre gli occhi. Era un triottide, come l'altro carceriere: entrambi avevano un occhio anche in mezzo alla fronte, che stava sempre aperto quando gli altri due erano chiusi. I triottidi, pertanto, anche durante il sonno potevano sorvegliare il prigioniero. Per questa loro caratteristica venivano scelti dalle Forze Oscure come carcerieri o come spie. Marius si era spaventato moltissimo quando ne aveva visto uno per la prima volta, ma poi ci si era abituato.

Il carceriere aveva grosse borse sotto gli occhi sporgenti e le sue palpebre s'intravedevano appena. Marius l'aveva soprannominato "Occhio-a-pesce" e all'altro triottide aveva dato il nome di "Gambacorta".

Occhio-a-pesce guardò Marius con aria torva, ma si calmò quando capì che il prigioniero voleva soltanto bere. Un perfido sogghigno apparve sotto il suo naso storto. Poi si voltò e si mise di nuovo a fissare il muro.

Marius non si lasciò ingannare: era sicuro che Occhio-a-pesce seguisse ogni sua mossa con il terzo occhio. Questo infatti si poteva muovere indipendentemente dagli altri due.

Finalmente Marius raggiunse il tavolo. Afferrò la brocca con entrambe le mani, se la portò faticosamente alle labbra e bevve con avidi sorsi.

Acqua! Niente gli sembrò più buono dell'acqua fresca!

Dopo essersi dissetato, si sentì subito meglio. Certo, la schiena gli bruciava ancora, ma doveva sopportare il dolore. Doveva! Se si fosse arreso non avrebbe lasciato vivo il carcere. Non poteva lasciarsi andare: Laura aveva bisogno del suo aiuto.

Laura.

Dei pensieri tormentosi presero corpo.

Spero solo che abbia capito e anche ricordato quello che le

ho detto la notte scorsa. Se solo avessi avuto più tempo! Se quel maledetto carceriere avesse scoperto solo un minuto dopo che avevo intrapreso un viaggio onirico... un solo minuto e avrei potuto dirle dov'era nascosto Foscovelo, la nebbia mormorante. Senza Foscovelo non riuscirà mai a entrare di nascosto nella cripta. E allora non porterà a termine il suo compito, e tutto sarà perduto.

Le sue indicazioni erano state sufficienti? O erano state così scarne che Laura non aveva nessuna possibilità di trarne le giuste conclusioni? Per quanto si scervellasse, Maurius non riusciva a ricordare di preciso che cosa avesse detto a sua figlia prima che le frustate brutali del triottide lo strappassero dalla *trance* e lo riportassero nella cella.

Doveva far di nuovo visita a Laura, a costo di farsi poi frustare a morte da Gambacorta. Laura doveva assolutamente portare a termine il suo compito. Ne andava del destino della Terra e di Aventerra! Occhio-a-pesce e Gambacorta l'avrebbero senz'altro tenuto sotto controllo più di prima, ma doveva tentare a tutti i costi!

Questo pensiero lo fece subito sentire meglio, tanto più che gli venne anche un'idea su come ingannare i due carcerieri a dispetto dei loro tre occhi. *Sì, così dovrebbe funzionare!* pensò.

In quel momento sentì dal fondo del corridoio dei passi pesanti avvicinarsi veloci. Occhio-a-pesce saltò come un lampo dallo sgabello e si mise sull'attenti. Teso, Marius Leander spiò attraverso le sbarre. Nella penombra del corridoio si distinguevano tre figure, che venivano verso la sua cella.

La prima figura era quella di un uomo alto. Anche se portava un lungo mantello nero, s'intuiva la corporatura muscolosa. E aveva il passo deciso di chi è abituato a superare qualunque ostacolo. La torcia nella sua mano, oltre a rischiarare il corridoio, gli illuminava il viso. Aveva un naso aquilino, labbra sottili, rigide. Era mortalmente pallido, ma i suoi occhi rossi ardevano come fiamme. Marius non lo aveva mai visto prima, ma quando notò la gigantesca spada che gli pendeva dal fianco non ebbe più dubbi sulla sua identità: era Borboron, il Principe Nero, il potente capo delle Forze Oscure.

Laura abitava al terzo piano del collegio. La camera doppia era molto accogliente. A destra e a sinistra della porta c'erano i letti, gli armadi e le due librerie. Un grosso ripiano sotto la finestra fungeva da scrivania, davanti alla quale c'erano due sedie. Locandine, poster di attori e di cantanti e foto di balene e delfini costellavano le pareti.

Quando Laura entrò nella stanza la accolse la voce ad alto volume di Madonna alla radio: "Bye, bye, Miss American Pie...". Una ragazzina grassoccia coi boccoli rossi era sdraiata a pancia in giù sul letto di sinistra. La testa, rivolta verso la finestra, era china su un grosso libro, mentre le gambe oscillavano in aria a tempo di musica. La sua mano destra tastava i miseri resti di una grossa tavoletta di cioccolato, ne prendeva un pezzo e lo portava alla bocca.

Laura sorrise. Proprio come si aspettava, Kaja Löwenstein stava di nuovo dedicandosi ai suoi passatempi preferiti: leggere e mangiare. "Ehi, Kaja!", le disse.

Kaja (in realtà si chiamava Katharina) si girò. Un sorriso illuminò il suo volto pallido, cosparso d'innumerevoli lentiggini. Aveva del cioccolato sulle labbra e sul mento. "*Vei, Vauva*!", le disse, con la bocca piena.

Kaja chiuse il libro, si girò sulla schiena e si alzò goffamente. Mentre si avvicinava a Laura, mandò giù svelta un boccone di cioccolato. "Tanti auguri!", le disse, poi l'abbracciò un po' cerimoniosamente, mettendosi in punta di piedi (anche se avevano la stessa età, Kaja era più bassa di venti centimetri) e le schioccò un bacio umido, lasciandole una grossa macchia di cioccolato sulla guancia. Laura si pulì la guancia e Kaja si diresse verso il comodino; aprì il cassetto e tirò fuori un regalo avvolto in una bella carta.

"Per te, Laura", le disse, tornando verso di lei con un sorriso gioioso. Purtroppo non vide i suoi stivali, abbandonati in mezzo alla stanza, e v'inciampò. Il pacchetto le cadde di mano e atterrò ai piedi di Laura.

"Oops!", fece Kaja, e sorrise imbarazzata.

Laura scosse la testa. *Come si fa a essere così imbranati?*, pensò.

Kaja non era solo maldestra, ma anche malsinistra. E anche se Laura divideva già per il quarto anno di seguito la stanza con lei, la sua goffaggine riusciva sempre a sorprenderla. Tentò comunque di far finta di niente, si chinò senza dir nulla, prese il regalo e lo scartò. Era un libro.

"*La storia fantastica*", disse Laura. "Bello!".

Kaja condivideva la passione di Laura per i romanzi. Che fossero romanzi d'avventura o *fantasy*, fiabe, saghe o leggende, se promettevano emozioni le due amiche erano capaci di leggerli dimenticandosi di tutto il resto; il che era successo fin troppo spesso nel corso dell'anno scolastico precedente. Kaja e Laura si erano immerse più volentieri nei romanzi che nei libri di scuola, e avevano ricevuto il conto: erano state entrambe bocciate.

Kaja guardò ansiosa l'amica: "Spero che ti piacerà".

"Di sicuro", disse Laura. "È da tanto che lo voglio leggere. Ma sai cosa ci siamo giurate: quest'anno i compiti hanno la precedenza assoluta!".

Kaja annuì, anche se non aveva un'aria particolarmente entusiasta. Laura mise via il libro, posò lo zaino, appese la giacca e cominciò a sistemare le sue cose nell'armadio. Kaja si rimise a sedere sul letto e appoggiò la schiena al muro. "Com'è andato il fine settimana?", chiese con un respiro affannoso. "Su, racconta!".

Laura la guardò con aria preoccupata: quel poco di moto era bastato a farla ansimare. Kaja era seduta proprio sotto a un poster di una megattera, e sopra la sua testa oscillavano delle piccole balene di legno. Kaja aveva la mania delle balene. Alcuni suoi compagni sostenevano che le piacevano perché avevano la sua stessa stazza, il che, pensava Laura, non solo era odioso, ma anche del tutto esagerato: Kaja non assomigliava per niente a una balena; semmai solo un po'.

"Su, insomma!", esclamò Kaja impaziente. "Avrai fatto qualcosa in questi due giorni, no?".

"Ehm", esitò Laura. "Non è stato un gran che. Il solito. La nostra matrigna ha rotto come sempre. Senti qua: voleva trascinarci a un concerto di musica classica. T'immagini?".

"Noo!".

"Sì, invece! Pazzesco, vero?".

Kaja annuì. "Se penso a quanto vi stressa Sayelle a volte sono proprio contenta che i miei non abbiano mai tempo per me".

"Forse hai ragione", rispose Laura pensosa. "E ovviamente abbiamo litigato di nuovo. Come vedi, un normalissimo fine settimana".

Ma poi le venne in mente una cosa. "Ieri, quando sono andata a cavalcare...", Laura esitò. Doveva davvero raccontare a Kaja quello che le era capitato durante la cavalcata? O quello che era successo durante la notte? O del Gigante di Pietra?

Meglio di no.

Al contrario di Sayelle e di Lukas, la sua amica le avrebbe creduto senz'altro. Di questo Laura non dubitava. Ma neppure dubitava che il giorno dopo l'intero collegio avrebbe saputo tutti i dettagli delle storie. Era difficile che Kaja tenesse qualcosa per sé. Avrebbe raccontato tutto a tutti, per filo e per segno, e questo Laura non lo voleva di certo. Così decise di tacere, almeno per il momento.

"Cosa è successo mentre cavalcavi?", la spronò Kaja.

"Ehm...", balbettò Laura. "Ehm... È solo che... Turbine... ehm... lui...".

"Be'?".

Laura cercò in fretta una risposta plausibile. Finalmente trovò una bugia adatta: “Ha... ha perso un ferro da uno zoccolo. E quindi è inciampato e per un pelo non mi ha scaraventata a terra”.

“Ma non sei caduta?”, chiese Kaja con aria sospettosa.

Laura scosse la testa. “No”, confermò precipitosamente, e aggiunse in fretta una domanda per sviare i pensieri dell’amica. “E qui a Ravenstein? Tu cos’hai fatto nel weekend?”.

Prima che Kaja potesse rispondere, lo sguardo di Laura cadde sull’orologio. “Cavolo! È già così tardi! Prima della lezione devo assolutamente andare da Morgenstern!”. Si alzò e lasciò in fretta la stanza.

Kaja seguì l’amica con lo sguardo. Non sapeva perché, ma Laura le sembrava strana. E sì che era pure il suo compleanno.

Strano, pensò Kaja.

Qualcosa non quadrava.

Il Principe Nero e i suoi accompagnatori erano giunti davanti alla cella. Ora Marius poteva distinguere anche le altre due persone. Con stupore vide che una era una donna, alta; l’abito verde smeraldo molto aderente la faccva assomigliare a un rettile. Anche i suoi occhi, con le pupille verticali a spicchio nell’iride giallo, ricordavano quelli di una vipera. Il viso, incorniciato da capelli neri come la pece, era pallido e rigido, e non lasciava trasparire alcun sentimento.

L’altro accompagnatore era un uomo. Indossava un mantello scarlatto con un grande cappuccio tirato fin sopra il viso, che rimaneva nascosto nell’ombra. Marius ebbe un guizzo di terrore, perché sapeva che i mantelli col cappuccio erano indossati solo dai famigerati Fhurhur, i temuti negromanti dal potere smisurato.

Per quale motivo il Principe Nero aveva condotto qui un Fhurhur?, si chiese.

Borboron fece cenno a Occhio-a-pesce di aprire la cella. Il triottide armeggiò tremante con le chiavi alla sua cintola, la grata si aprì stridendo e i visitatori entrarono nella cella. Il Principe Nero si mise proprio di fronte a Marius e alzò la fiaccola per illuminargli il viso martoriato.

Accecato dalla luce, Marius fece un passo indietro e socchiuse gli occhi. Il Principe Nero lo guardò, senza che il suo volto smorto mostrasse alcuna emozione, tantomeno pietà. Poi gettò uno sguardo veloce dietro le spalle, verso Occhio-a-pesce, che stava sulla porta, e di nuovo verso il prigioniero.

"Non ti avevano avvertito?", gli chiese con voce gutturale.

Marius non rispose. Entrambi i carcerieri lo avevano minacciato di una punizione terribile nel caso avesse intrapreso un viaggio onirico. Ma ciò non giustificava le barbare frustate che aveva ricevuto. Inoltre odiava quando uno sconosciuto gli dava sgarbatamente del "tu".

"Preferisci dunque tacere?", continuò Borboron. "Bene, come desideri. Non avevo contato sul fatto che ti lasciassi spaventare. I due dormiglioni tuttavia te l'hanno reso molto facile, sebbene fossero stati avvertiti che ci avresti provato". Sospirò in modo teatrale. "È un errore che non faranno un'altra volta".

Il Principe Nero accennò un sogghigno, e Marius notò che Occhio-a-pesce impallidiva. Il triottide, come la maggior parte degli esemplari della sua specie, era lento di comprendonio, ma abbastanza intelligente da capire che Borboron lo aveva appena condannato a morte.

"Anche la tua disobbedienza avrà naturalmente delle conseguenze", continuò il Principe Nero, rivolto a Marius. "Sebbene", s'interruppe allargando le labbra in un ampio sogghigno, "in realtà dovremmo esserti grati. In fondo ci hai portato un ricordo dalla tua gita sulla Terrastella".

Marius non capiva che cosa intendesse dire. *Un ricordo?. Di quale ricordo stava parlando?*

Il Principe Nero si voltò verso la donna al suo fianco. "Non vuoi mostrarglielo, Syrin, e ringraziarlo per il prezioso regalo?".

La donna restituì il sorriso malvagio al Principe Nero per poi avvicinarsi a Marius. Aprì il bottone superiore del suo vestito e spostò il colletto in modo che Marius potesse vedere il gioiello che le pendeva al collo. Era la Ruota del Tempo.

Marius si ritrasse con un gemito. Se solo durante il sogno non avesse preso in mano la collana!

La donna-rettile, dal viso cadaverico, lo osservava con sguardo freddo. Uno splendore canzonatorio brillava nei suoi occhi da vipera. "Non ti crucciare troppo", lo schernì. "Anche con la collana tua figlia non sarebbe mai riuscita a portare a termine il suo compito". Si avvicinò ancora a Marius, spinse avanti il mento aguzzo e lo guardò dritto negli occhi. Quando riprese a parlare la sua voce sembrava il soffio di una pantera. "La Ruota del Tempo sta molto meglio nelle mie mani che in quelle della tua mocciosa, e mi sarà d'inestimabile aiuto".

Marius sentiva che stava per perdere i sensi. La cosa peggiore che potesse succedere era successa: la collana che avrebbe dovuto aiutare Laura nella sua ricerca era caduta nelle mani delle Forze Oscure, e la colpa era sua, soltanto sua.

Come se avesse indovinato i suoi tormentosi pensieri, la donna scoppiò in una risata stridula prima di spostarsi per fare posto a Borboron.

Il Principe Nero squadrò Marius con un sorriso derisorio. "Sebbene tu ci abbia reso un servizio inestimabile, non possiamo rischiare che provi ancora a comunicare con tua figlia".

Marius sentì l'ira salire dentro di sé. *Maledetto!* Marius ebbe l'istinto di saltargli alla gola, ma sarebbe stato un suicidio. Cercò di calmarsi e sfidò lo sguardo pungente di Borboron.

"Volete dunque uccidermi?", domandò.

Il Principe Nero fece risuonare una risata gutturale. "No. Se avessimo voluto ucciderti l'avremmo già fatto molto tempo fa. È possibile che un giorno tu possa tornarci utile. Come ostaggio, per esempio. Nel caso che la tua mocciosa dovesse riuscire davvero, anche se è da escludere. Ma, come dicono sempre sulla vostra Terrastella: 'mai dire mai', non è vero?".

"Allora, cosa... cosa avete in mente di farmi?".

"Non lo immagini? Eppure avrai già sentito parlare della rigimorte!".

Marius rimase di stucco.

La rigimorte!

Certo che ne aveva sentito parlare. Era peggio della peggiore morte. Ora capiva anche perché fosse venuto il Fhurhur. Solo i Fhurhur erano in grado di provocare la rigimorte. Marius non sapeva come facessero, ma sapeva fin troppo bene quale fosse il risultato: una persona in rigimorte non poteva più muoversi. Però rimaneva del tutto cosciente. Un destino orribile, cui neanche la morte poneva fine: i rigimorti non morivano mai e il loro spirito rimaneva intrappolato fino alla fine dei tempi nella prigione del corpo. Anche la cura era conosciuta solo dai Fhurhur.

Il negromante fece un passo verso Marius, che poté vedergli il viso grinzoso. La sua pelle gialla era cosparsa da innumerevoli macchie brune.

"Stenditi sul tuo giaciglio!", gracchiò roco il mago.

Marius esitò.

"Fa' quello che ti dice!", comandò il Principe Nero. Poi aggiunse con sorprendente mitezza: "È solo per il tuo bene, credimi". D'un tratto sembrò quasi provare compassione per il prigioniero.

Marius tornò verso il giaciglio e vi si sdraiò. Il Fhurhur lo seguì. Da sotto al mantello estrasse una piccola fiala con un liquido verde dall'aspetto velenoso e tolse il tappo.

"Apri la bocca", ordinò.

Marius obbedì. Il Fhurhur si chinò su di lui e gli versò due gocce verdi sulla lingua.

Il liquido non aveva sapore. Dopo qualche secondo Marius sentì un calore piacevole diffondersi per tutto il corpo e d'un tratto non poté più muoversi: tutte le sue membra erano paralizzate. L'insopportabile dolore era sparito, ma Marius non poté rallegrarsene, perché il pensiero che attraversò la sua mente era più doloroso dei peggiori tormenti fisici: non poteva più aiutare Laura!

Laura bussò alla porta della segreteria, ma non ricevette risposta. Bussò un'altra volta. Di nuovo nessuna risposta. Con cautela abbassò la maniglia, aprì lentamente la porta e gettò uno sguardo nella stanza: era vuota. La signora Pisciassi, la segretaria del collegio, non era alla sua scrivania. Ovviamente il suo vero nome era Pinassi. Pisciassi era il soprannome che le avevano affibbiato gli studenti.

Accidenti! Se la Pisciassi non c'è non mi può annunciare al professor Morgenstern!

Come un cagnaccio rabbioso, l'anziana signora, del tutto priva del senso dell'umorismo, controllava che nessuno si presentasse nell'ufficio del preside senza un regolare permesso. La considerava la sua mansione principale e si comportava come fosse la severa guardiana di un grande santuario.

Laura stava già per richiudere la porta quando le venne di colpo un'idea: *Se la Pisciassi non c'è non può impedirmi di andare da Morgenstern!*

Laura entrò, attraversò veloce la stanza e si trovò di fronte alla grossa porta di quercia che portava allo studio del preside.

Bussò timidamente. Poi un'altra volta, più forte.

"Avanti!", rispose una voce profonda.

Laura aprì la porta ed entrò nella stanza del preside.

Un calore piacevole le venne incontro. Lungo i due lati dell'ufficio c'erano scaffali alti fino al soffitto, stracolmi di libri. Le altre due pareti erano rivestite fino a mezza altezza di legno di quercia scuro, al di sopra del quale c'era un intonaco finemente decorato. Una volta doveva essere stato bianco, ma col passare del tempo si era scurito. Alle pareti erano appesi i grandi ritratti dei presidi di Ravenstein.

Al centro dell'ufficio c'era un'imponente scrivania, anch'essa di quercia, dietro alla quale non sedeva, come si aspettava Laura, Aurelius Morgenstern, bensì il professor Quintus Schwartz.

Il professor Schwartz era l'insegnante di chimica e biologia di Laura e anche il vice-preside di Ravenstein. Quando la ragazza gli si avvicinò, egli alzò gli occhi dalle carte che stava leggendo e la guardò.

Quintus Schwartz andava per i cinquanta, ma sembrava più giovane. I suoi lineamenti assomigliavano a quelli degli imperatori romani. Era sempre leggermente abbronzato e i suoi capelli scuri erano sempre ordinati e tagliati alla moda. Avrebbe avuto anche un aspetto simpatico, non fosse stato per gli occhi scuri, penetranti, che sembravano quasi trapassare che gli stava davanti.

Il professore non sembrava affatto sorpreso di vedere Laura nell'ufficio del preside.

"Laura Leander?", chiese con un bel sorriso, scoprendo i suoi denti bianchi e perfetti. "Cosa posso fare per te, Laura?".

"Ehm...", esitò Laura. "In realtà... in realtà cercavo il professor Morgenstern. Non è qui?".

"No", rispose Schwartz, girando la testa come per guardarsi intorno. "O lo vedi da qualche parte?". Era impossibile non cogliere il tono finemente ironico.

"Dov'è allora?".

"Il mio stimato collega da ieri è malato", disse il professor Schwartz, e Laura si stupì un poco di vedere che sorrideva di nuovo. "E, per anticipare la tua domanda, Laura: no, il dottore non sa ancora di che malattia si tratti".

"È... grave?".

Il professor Schwartz alzò le spalle. "Non ne ho idea. Il preside è molto debole e gli è stato dunque prescritto riposo assoluto. Finché non si sarà ristabilito sarò io a farne le veci".

Laura deglutì e fissò il pavimento, senza parlare.

Il vice-preside ruppe il silenzio: "Posso esserti d'aiuto, Laura?", chiese con l'aria di un predatore teso all'agguato.

"No, no. No di certo. Posso… posso andare a trovare il professor Morgenstern?".

"Lo escludo! Solo il dottore e Mary Morgain possono andare a trovarlo. Miss Mary si occupa di lui quando non fa lezione".

Per lo meno è in buone mani, pensò Laura.

Miss Mary Morgain era la professoressa d'inglese e francese ed era molto amata da tutti gli studenti. Anche Laura la adorava. La professoressa era dolce, gentile e trattava sempre equamente i suoi alunni. Avrebbe sicuramente fatto in modo che a Morgenstern non mancasse nulla.

"Si sa già quando il professore…".

"No, Laura. Al momento nessuno può dirlo".

È ovvio, pensò Laura. *E come potrebbero? Se neanche sanno cos'ha!*

Laura alzò gli occhi verso il professor Schwartz e si congedò da lui. Uscendo dalla stanza ebbe l'impressione che questi contasse molto sul fatto che il preside non avrebbe ripreso presto il suo lavoro. Sembrava esserne addirittura convinto.

Non era il suo sorriso a lasciarlo intendere, ma i suoi occhi: freddi come il ghiaccio.

Laura chiuse dietro di sé la porta della segreteria e tornò nel corridoio, che non era riscaldato. Si abbottonò la giacca e si avviò verso la sua aula, senza accorgersi di una figura scura che la osservava nascosta in un angolo. Era Attila Morduk.

Attila aveva un corpo possente, tarchiato, su cui era piantata una testa straordinariamente grossa e pelata come una palla da bowling. Sul suo viso tondo non si vedeva un filo di barba. Aveva le guance e il mento lisci come la pelle di un lattante. Ma la cosa più sorprendente in lui erano le braccia: talmente lunghe che gli arrivavano quasi alle ginocchia, e talmente pelose che sembravano ricoperte da una folta pelliccia color ruggine, che gli cresceva fitta anche sul dorso delle mani. Mani enormi, non grosse quanto la tazza del WC, come sostenevano alcuni studenti, ma certo capaci di afferrare una palla da basket.

Attila era il terrore degli studenti. Aveva sempre un'espressione talmente truce da fare concorrenza al più cupo cantante di *heavy-metal*. Nessuno studente ricordava di averlo mai visto ridere o anche solo sorridere. Quasi tutti si spaventavano solo a vederlo.

Laura aveva quasi raggiunto la fine del corridoio quando Attila Morduk si guardò attentamente intorno. Poi il suo corpo massiccio si mise in moto. Anche se dondolava come un marinaio appena sceso a terra, aveva una camminata sorprendentemente agile e sciolta. Senza fare alcun rumore si mise a seguire l'inconsapevole Laura.

"Avanti, Fiordifata, avanti!", gridava Morwena contro l'urlo del vento. Fiordifata alzò il capo e le piccole corna d'avorio sulla sua fronte scintillarono al sole. Sbuffò brevemente e poi continuò a procedere faticosamente attraverso la neve che le arrivava quasi alla pancia. Il sentiero stretto che portava al passo si riconosceva a stento. Inoltre era così ripido che pochi cavalli sarebbero stati in grado di seguirlo. Ma Fiordifata, il bicorno di Morwena, dominava agevolmente la pendenza.

I bicorni non erano soltanto più robusti dei cavalli, ma anche in grado di reggere carichi molto più pesanti dei loro cugini, i delicati unicorni, che erano diventati rari e ormai s'incontravano solo nelle foreste delle fate. I bicorni erano miti e sensibili quanto gli unicorni, e di solito fiutavano i pericoli con ampio anticipo.

I bicorni conoscevano molto meglio delle altre creature i sentieri antichissimi che attraversavano le lande di Aventerra e potevano così condurre chi li cavalcava più velocemente alla meta. Questo perché i sentieri segreti erano stati tracciati dalle fate, e sia gli unicorni che i bicorni solevano passare la loro infanzia e giovinezza proprio tra le fate.

Le bianche cime dei Monti Innevati luccicavano ai primi raggi del mattino e riflettevano lo splendore del sole nel luminoso cielo azzurro. Il vento freddissimo, che sospingeva solitarie nubi temporalesche, soffiava sul viso di Morwena, che, nonostante lo spesso mantello in cui era avvolta, si sentiva gelare. Neanche la sciarpa di lana che si era avvolta intorno alla testa riusciva a riscaldarla.

Non era il freddo a preoccupare Morwena, bensì il pericolo in cui si trovava il Custode della Luce. E, ancora peggio, il fatto di dover deludere le speranze di Paravain. Il cavaliere si aspettava un miracolo, tuttavia, nonostante le grandi capacità di cui era dotata, lei non avrebbe potuto guarire Elysion, ma soltanto mitigarne le pene

Il pensiero dello stratagemma con il quale era stata allontanata dalla Fortezza del Graal ridestò la sua collera. Non aveva avuto il benché minimo sospetto quando era giunto il sedicente messaggero di suo padre. Solo quando questi l'aveva accolta con stupore, Morwena aveva compreso che qualcosa non quadrava. Poco dopo Ali di Vento era spuntata nei cieli di Rumorrögk, il castello di suo padre, e la possente aquila, ambasciatrice della Luce, l'aveva informata di quel che era successo in sua assenza a Hellunyat. Morwena, allora, era ripartita senza indugio. Aveva rifiutato l'offerta del padre di prendere dei cavalieri come scorta: un gruppo numeroso andava più lento e richiamava troppa attenzione. Inoltre solo i bicorni potevano seguire i sentieri segreti.

Finalmente Morwena giunse al passo. Lasciò prendere fiato al bicorno e gettò lo sguardo alle rigogliose distese delle Terre Verdi che si stendevano davanti a lei. La Guaritrice sospirò. La strada per Hellunyat era ancora lunga. Doveva attraversare le Terre Verdi e superare l'impetuoso Fiume Roboante, poi la attendeva il terribile Deserto Abbagliante, certo il tratto più pericoloso del viaggio. Infine la Forra Malinconica.

Un viaggio lungo e pericoloso. Se nessuno avesse tentato di fermarla ci sarebbero voluti almeno quattro giorni. Ma poteva già essere troppo tardi per Elysion. L'unica speranza di Morwena era che fosse già stato costruito il nuovo ponte sul Fiume Roboante, il che le avrebbe di certo fatto risparmiare un giorno di viaggio. Un giorno che poteva significare la vita o la morte per il Custode della Luce.

Morwena spronò decisa il suo bicorno.

Capitolo 6

Un osservatore misterioso

La mattinata per Laura trascorse senza eventi particolari. Le lezioni erano il solito stress. La sua classe era composta da otto ragazze e sette ragazzi; molti di loro le augurarono buon compleanno. Perfino il grasso Max Puzzetta, che di solito non faceva altro che seccarla, si lasciò andare a un tiepido "auguri".

Max non si chiamava Puzzetta di cognome, ma Guzzetta. Per la sua cattiva abitudine di diffondere sempre e dovunque odori schifosi, il ragazzino ciccione si era presto guadagnato questo soprannome. Max Puzzetta non sopportava Laura perché neanche Ronnie Riedel la sopportava. Ronnie era il miglior amico di Max ed era stato rappresentante di classe l'anno prima. All'inizio del nuovo anno però i suoi compagni, a stragrande maggioranza e con totale sorpresa di Ronnie, avevano scelto Laura. Ronnie ci era rimasto molto male, dato che tra l'altro Laura era nuova nella settima B; da allora Ronnie non sprecava occasione per infastidirla.

Laura non riusciva a concentrarsi sulla lezione. Continuava a pensare al preside. Era strano che si fosse ammalato così all'improvviso. Solo venerdì Laura aveva avuto lezione con lui e sembrava che stesse benissimo. Certo, Morgenstern era anziano, probabilmente aveva quasi settant'anni, se non di più, ma Laura non ricordava che fosse mai stato malato. Godeva sempre di ottima salute e, nonostante l'età, era ancora in grado di fare una gran volta alla sbarra, cosa che sapevano fare ben pochi studenti. Neanche Laura ne era capace, sebbene fosse molto agile.

Gli insegnanti ai quali Laura chiese notizie sulla salute del preside non seppero dirle nulla di preciso. Perfino Schneider-Ruff, il professore di storia soprannominato lo Sniffone, non aveva notizie in merito. Era un ometto anziano, calvo, che portava occhiali fuori moda e aveva ricevuto quel soprannome perché tirava rumorosamente su col naso. In genere era informatissimo su quanto succedeva a Ravenstein.

Miss Morgain sapeva certamente qualcosa, ma Laura avrebbe avuto lezione con lei solo il giorno seguente.

Forse però poteva dirle qualcosa monsieur Valiant, l'insegnante di educazione fisica che, come Miss Morgain, andava molto d'accordo col preside. Laura si era accorta che Morgenstern mostrava una speciale simpatia per i due giovani professori, tanto che a volte si comportava quasi come un padre con loro. Era dunque possibile che Percy Valiant avesse qualche notizia, altrimenti lei avrebbe dovuto per forza cercare di far visita al preside nonostante il divieto del professor Schwartz. Gli doveva assolutamente parlare: doveva finalmente scoprire cosa si celasse dietro alla misteriosa apparizione di suo padre.

Laura era certa che se c'era una persona in grado di aiutarla, questa persona era Aurelius Morgenstern. Primo, perché l'aveva detto suo padre; secondo, perché Laura lo sapeva e basta.

Dopo pranzo Kaja si buttò di nuovo sul letto, dedicandosi alla lettura del suo grosso libro e a una spessa tavoletta di cioccolato. Laura afferrò la sacca sportiva, la maschera e il fioretto, e si avviò verso la palestra.

Nello spogliatoio faceva freddo e un lieve odore di sudore aleggiava nell'aria. Laura rabbrividì leggermente mentre s'infilava la divisa da scherma.

Quando entrò in palestra vide che era vuota. Dunque monsieur Valiant era ancora una volta in ritardo. Nonostante fosse primo pomeriggio, era già quasi buio; per fortuna Laura sapeva dove trovare l'interruttore della luce.

Le luci al neon dalla parte destra della palestra tremolarono e poi si accesero. La lunga pedana si stendeva lungo la parete frontale. Laura salì sull'assito e cominciò a riscaldarsi.

Prendeva lezioni di scherma da quando aveva sei anni. Era stato suo padre ad avvicinarla a questo sport. All'inizio Laura si mostrò piuttosto indolente, ma col tempo la scherma cominciò a piacerle. Era l'unione di velocità ed eleganza, agilità atletica e abilità tattica ad affascinarla, e allo stesso tempo a metterla a dura prova.

Da un anno, da poco dopo la scomparsa di suo padre, Laura prendeva lezioni private da Percy Valiant. Lui le aveva detto che possedeva un talento fuori dal comune e che sarebbe stato un peccato non coltivarlo. Per questo si era offerto di allenarla gratuitamente.

Da allora, ogni settimana Laura si allenava con lui per tre ore. Dapprincipio l'allenamento le era sembrato troppo faticoso, tanto che pensò di smettere. Ma proprio quando stava per mollare tutto le tornarono in mente le parole di suo padre: "Volere è potere. Solo chi si arrende è perduto". Laura tenne duro, e col tempo l'allenamento finì per piacerle.

Percy Valiant non si faceva ancora vedere.

D'un tratto Laura ebbe la sensazione di essere osservata. Interruppe gli esercizi di *stretching*, si raddrizzò e si voltò. Lasciò scorrere attentamente lo sguardo per tutta la palestra, ma non vide nessuno. A quanto pareva si era sbagliata. Alzò le spalle e riprese i suoi esercizi, e quindi non vide la figura scura che sbucava da dietro una pila di tappetini e la osservava con sguardo torvo. Il misterioso osservatore si accucciò dietro ai tappetini nel momento in cui si aprì la porta nel lato opposto della palestra

Un sorriso illuminò il viso di Laura quando vide Percy Valiant, anche lui sorridente. Il suo corpo atletico era avvolto nella divisa da scherma e teneva la maschera infilata sotto il braccio.

Quando arrivò da Laura accennò un inchino. “Ti porgo il mio caloroso saluto di *bianvenuto*, degna Laura”, disse in un modo tanto bizzarro quanto divertente, “e ti dono dal profondo del cuore i migliori auguri per il tuo genetliaco!”.

Laura sorrise. Percy Valiant era nato in Borgogna, ma i suoi genitori gli avevano dato l’antico nome bretone Perceval. Questo nome però era troppo complicato per parenti e amici, così sin da piccolo veniva chiamato solo Percy. Il suo modo di parlare risentiva pesantemente della lettura dei suoi libri preferiti: romanzi in versi ed epopee cavalleresche medievali. Se Percy avesse potuto scegliere di vivere in un’altra epoca, avrebbe scelto senza un attimo di esitazione il tempo dei cavalieri, dei trovatori e delle castellane. Le particolarità del suo linguaggio medievaleggiante, in combinazione con il suo forte accento francese, davano un risultato molto insolito. Percy ne era conscio, ma non faceva alcun tentativo per cambiare. E sarebbe stato anche un peccato, pensava Laura. A lei piaceva il suo modo di parlare.

Ad essere sinceri le piaceva tutto di Percy Valiant.

Laura gli sorrise. “Grazie, Monsieur Valiant”, disse.

Il professore accennò di nuovo un inchino.

“Potresti perdonare a me, che non ne sono degno, la mia scortesia per la quale ho lasciato *attandere* una leggiadra damigella come te?”.

Laura non poté fare a meno di sorridere un’altra volta. “Non importa”, disse. “Non fa niente”.

Poi Percy diventò serio. “Bene, allora”, disse. “Di parole ne sono state scambiate *abbastansa*, ora voglio vedere *finalmante* i fatti, degna Laura”.

“Un attimo!”. Laura fece un passo verso di lui. “Che cos’ha il professor Morgenstern?”.

Valiant corrugò la fronte. “Non lasciare che ciò turbi il tuo cuore”, rispose a bassa voce. “Il nostro esimio professore camminerà presto lungo il *santiero* della guarigione”.

“Ma cos’ha? Perché nessuno me lo vuole dire?”.

“Armati di *pasiansa*, Laura!”, la esortò l’insegnante. “Presto capirai. E ora… via! Lo stesso *eserscissio* dell’altra volta”.

Si passò le mani tra i capelli biondi che gli arrivavano alle spalle, indossò la maschera e si mise in posizione col fioretto in mano davanti a Laura. Anche Laura s’infilò la maschera e impugnò il fioretto. Era pronta.

“En garde!”, risuonò da dietro la maschera la voce smorzata di Monsieur Valiant, e cominciarono. Attacco, parata, risposta. Le lame dei loro fioretti danzavano nell’aria, scintillando sotto la luce dei neon e incontrandosi con tintinnii argentini.

Attacco, parata, risposta, e poi ancora.

Il sudore colava sul viso di Laura sotto la maschera stretta, e il suo respiro era affannato. Era agile e riusciva a parare gli attacchi di Percy con destrezza, senza lasciargli la possibilità di colpirla. Poi passò lei all’attacco. Egli riuscì a parare, ma Laura non si arrese e continuò a incalzarlo.

Devo sorprenderlo, pensò. E nello stesso istante capì che cosa doveva fare. Negli ultimi tre attacchi aveva finto un colpo al petto, per poi cercare di colpirlo al fianco. E ogni volta Percy aveva intuito la finta e parato con facilità il suo attacco.

Laura fece due saltelli in avanti e fece guizzare il fioretto contro Percy. Lui parò il primo colpo, ma Laura insistette. Di nuovo la lama fendette l’aria, di nuovo mirò al petto, e poi all’ultimo momento… no, questa volta Laura non cercò di andare sotto l’arma dell’avversario, come lui si era aspettato. Percy fece subito un movimento di parata, e così facendo si scoprì il petto. Laura aspettava solo quello: come un lampo il suo fioretto guizzò in avanti e colpì la giacca imbottita di Percy.

Stoccata!

Percy alzò la mano e si tolse la maschera. “Brava, Laura!”, disse ansante. “Continui a fare progressi. E se…”.

Con la coda dell’occhio gli sembrò di vedere un’ombra nera nella metà non illuminata della palestra. Ma quando si voltò in quella direzione non vide niente.

Anche Laura si tolse la maschera. Il sudore luccicava sul suo viso e il suo respiro era veloce. Guardò l'insegnante con aria interrogativa: "Cosa c'è, Monsieur Valiant?".

"Non ne sono *scerto*", rispose lui. "Ho creduto di aver veduto qualcuno, ma a quanto pare i miei *sansi* mi hanno giocato un brutto *scherso*".

Il suo sguardo si soffermò per parecchi secondi sulla pila di materassini, ma non vide nessuno. Percy si voltò, fece appena in tempo a fare un passo verso Laura, quando si sentì sbattere una porta. Il professore si girò di scatto e anche Laura fissò l'angolo lontano della palestra da cui era venuto il rumore. Là, proprio vicino ai materassini accatastati, c'era una piccola uscita d'emergenza. La porta tremava leggermente, come se fosse stata appena chiusa.

Percy e Laura vi si precipitarono, il professore spalancò la porta ed entrambi guardarono fuori nel buio. Non videro nessuno. Il misterioso osservatore, chiunque fosse, si era con ogni probabilità allontanato sotto la copertura dei cespugli.

In quel momento Laura fiutò un odore insolito che aleggiava nell'aria. Sapeva di muffa e le sembrò familiare. Lo aveva già sentito almeno una volta, ne era del tutto certa, ma non le venne in mente né dove né quando.

Percy Valiant si soffermò pensoso. "Non ero dunque vittima di un abbaglio", mormorò. Poi rivolse uno sguardo serio a Laura.

"Mi devi fare una promessa sacra, Laura", disse. "Per la tua vita. Abbi cura di te, ok?".

Laura annuì. Anche se non aveva la più pallida idea di che cosa intendesse dirle Percy.

Nel corridoio che portava all'ala delle cucine della Fortezza del Graal c'era un gran viavai. Le inservienti correvano qua e là agitate, i garzoni trascinavano grossi sacchi di cibo e alcuni cavalieri che non erano in servizio s'intrufolavano in cucina per chiacchierare con la servitù, ingollare un buon boccone o addentare una pagnotta.

Alienor aveva in mano una ciotola vuota e si dirigeva verso la cucina quando sentì la voce del fratello.

"Psst! Pssst! Alienor!".

La fanciulla con le trecce bionde si arrestò e si guardò intorno stupita. All'inizio non riuscì a distinguere Alarik nel corridoio buio. Era nascosto dietro a una colonna e con la mano le faceva cenno di avvicinarsi.

Alienor si diresse verso di lui. "Che cosa vuoi?".

Alarik portava lo svolappio sul braccio sinistro e lo stava accarezzando con la mano destra. Si guardò intorno con circospezione prima di rivolgersi alla sorella. "Hai idea di cosa sia successo a Elysion?".

"A Elysion?", si meravigliò Alienor. "Perché me lo chiedi?".

"Perché oggi non l'ho ancora visto, e tutti quelli a cui domando di lui mi danno risposte evasive. Perfino Paravain, che finora ha sempre trovato il tempo di parlarmi, mi evita. Credo che ci nascondano qualcosa".

Alienor fece una faccia stupita. "Ma cosa?".

"Non ne ho idea". Alarik aggrottò la fronte pensoso, mentre lo svolappio gli saliva sulla spalla e lo leccava affettuosamente sulla guancia. "Ma credo che l'episodio della notte scorsa non sia stato tanto innocuo quanto sostengono i Paladini".

"No?".

Alarik scosse la testa. "No. Forse Borboron e i suoi soldati hanno fatto più danno di quanto non ci abbiano raccontato".

Sua sorella impallidì. "Vuoi dire...?".

"Sì. Forse hanno fatto qualcosa al Custode della Luce. Altrimenti perché Paravain avrebbe dovuto mandare Ali di Vento con un messaggio per Morwena?".

Alienor guardò il fratello riflettendo. "Non lo so... io non mi sono accorta di nulla, Alarik. Solo... stamattina la ciotola con l'acqua per Elysion l'ha presa Paravain, invece del servitore come al solito...".

Ghiottoschiocco guaì spaventato e fuggì nel farsetto di Alarik. Fratello e sorella osservarono sorpresi ser Paravain che si avvicinava a loro.

Il cavaliere guardò brevemente il ragazzo e poi si rivolse a sua sorella: "Alienor?".

La fanciulla lo guardò con deferenza. "Sì, signore".

"Ora...". Il cavaliere si interruppe e si schiarì la gola prima di procedere. "Tu... tu sei già da parecchio tempo un'allieva di Morwena?".

"Sì. Ormai da quasi due estati".

"Morwena ti ha già insegnato come si tratta la febbre e quali rimedi possono essere d'aiuto in casi di... spossatezza generale?".

"Certo, signore". Gli occhi azzurri della fanciulla s'illuminarono. "Contro la febbre si somministra un infuso di biondella. Viene dalla mia patria, e per la spossatezza...".

Il cavaliere la interruppe. "Vieni con me!", disse brusco, e mentre già si allontanava si volse di nuovo verso Alarik. "E tu pensa piuttosto a renderti utile. Le tue domande curiose provocano soltanto confusione e non aiutano nessuno!".

A cena quasi tutti i posti erano occupati. Nella grande sala che ai tempi del Cavaliere Sanguinario era stata il teatro di festini e grandi bevute, si continuava a far chiasso, sebbene Reimar e i suoi dissoluti compagni riposassero da oltre ottocento anni nella polvere della storia.

L'alto soffitto a travi, le pareti rivestite in legno e gli eleganti candelabri in ferro battuto ricordavano ancora il tempo passato, anche se nei candelabri non c'erano più candele e fiaccole fumanti, ma solo normalissime lampadine. Le candele erano invece sulle corone dell'avvento che pendevano dal soffitto, nel mezzo della stanza. Due di esse erano accese, e sottili fili di fumo salivano verso il soffitto.

Era evidente che gli alunni, che sedevano su lunghe panche, si sentivano a proprio agio. Si sentiva l'acciottolio dei piatti e il tintinnio delle posate, mentre un brusio vivace riempiva la sala e ogni tanto scoppiava un'allegra risata.

Il tavolo dei professori era su una piccola pedana rialzata in fondo alla sala, cosicché potessero tenere sotto controllo gli studenti. Si trattava tuttavia di un controllo informale: gli alunni non si lasciavano intimidire dalla presenza dai professori e questi, di solito, li lasciavano fare. Il preside Morgenstern lanciava un rimprovero solo quando gli alunni diventavano troppo vivaci, il che non capitava quasi mai. Morgenstern era fermamente convinto che mangiare doveva essere un piacere, per il quale non erano necessari solo cibi gustosi, ma anche una conversazione vivace e parecchio buonumore.

Il professor Schwartz si era accomodato nella sedia del preside, l'unica che avesse uno schienale alto e i braccioli. Rebecca Taxus si era piazzata alla sua destra. L'alta e slanciata professoressa di matematica e fisica portava un abito rosa. Aveva avvolto le sue treccine cremisi intorno al capo e conversava col vicepreside.

Il tavolo di Laura era il terzo dall'ingresso e stava dalla parte delle finestre. Laura era seduta proprio a un'estremità del tavolo, accanto a Kaja. Di fronte a loro sedevano Lukas e Magda Schneider, una compagna di classe di Laura. Anche Magda era alta come lei, e come lei aveva lunghi capelli biondi, sebbene fosse di gran lunga meno carina; almeno così sosteneva Philipp Bodin, il mister Fighetto della settima B: uno che si dava un sacco di arie, portava solo abiti firmati e ogni due settimane si presentava dal barbiere a farsi acconciare la sua bionda criniera.

Laura lo trovava idiota, e la maggior parte delle ragazze della sua classe era d'accordo con lei; tranne Carol Thiele, che era cotta di Philipp. Ma si sapeva che Carol era un po' fuori di testa.

Quel giorno c'era uno dei piatti preferiti di Laura: spaghetti al ragù. Anche Kaja adorava gli spaghetti, e stava già facendo il bis. Si buttava con ingordigia sul piatto, come se non avesse mangiato da ore. E sì che appena prima di cena si era concessa come antipasto mezza tavoletta di cioccolato al rum, uvetta e noci. Non solo Kaja, ma anche molti altri studenti avevano tracce di sugo di pomodoro in faccia e sui vestiti. Gli spaghetti sgusciavano sempre via dalla forchetta, atterrando dappertutto.

Anche Magda stava lottando strenuamente con gli spaghetti ribelli, cosa che non le impediva affatto d'intontire i suoi amici con le sue solite interminabili chiacchiere. "Non è atroce?", chiese, dando un buffetto sul braccio a Laura.

"Cosa?".

Magda indicò il tavolo degli insegnanti, dove Rebecca Taxus confabulava tutta presa con il suo vicino. "Pinky Taxus che fa la smorfiosa con Schwartz. E solo perché ora sostituisce il preside".

"*Sciocchеccie*!", brontolò Kaja. "*Chei* due *scianno sciempre inscieme*!", aggiunse a bocca piena.

Laura ci mise un attimo prima di capire che cosa avesse detto Kaja. "Davvero?", esclamò stupita. "Non me n'ero mica accorta".

"Classico!", commentò Lukas. "Lo sanno già tutti da un pezzo. Ma tu no, ovviamente".

"Ah, ah", fece Laura con una smorfia.

Magda si allungò verso gli amici e abbassò la voce: "Avete già sentito?".

Kaja e Lukas risposero quasi all'unisono: "Che cosa?".

Magda si guardò intorno, accertandosi che nessuno li ascoltasse e sussurrò ai suoi amici: "Nel fine settimana è morto uno".

Laura la guardò sconvolta. "Cosa? Ma come?".

Gli occhi azzurri di Magda brillavano di eccitazione. "Sapete la vecchia cripta nel Bosco del Boia?".

"Quella in cui è sepolto Reimar von Ravenstein?", domandò stupita Laura.

"Quella dove non possiamo andare perché è stregata?", domandò Kaja.

"Quella dove non possiamo andare perché c'è pericolo di crolli", corresse Lukas, col suo tono di superiorità.

Magda annuì. "Proprio quella! È successo ieri: un ragazzo non ha rispettato il divieto e gli è crollato il muro addosso!".

Kaja lasciò cadere sconvolta la mano che teneva la forchetta piena, e gli spaghetti con tanto di sugo finirono sui suoi jeans. "Oops!", esclamò, e si affrettò a pulirsi i pantaloni col tovagliolo.

Laura se ne accorse e scosse la testa. *Incorreggibile, Kaja!* Poi si volse verso Magda "È terribile". La sua voce vibrava di compassione. "Come l'hai saputo?".

"Me l'ha raccontato Eleni, della settima A, che l'ha saputo da un'amica della nona B".

"Chi era?", chiese Laura visibilmente scioccata.

"Eleni dice che la direzione del collegio sta cercando di mettere a tacere la cosa, non si capisce poi perché", rispose Magda. "Ma è riuscita comunque a scoprire il nome dello studente morto: Alain Schmidt".

"Alain Schmidt?", chiese Kaja stupita. "Mai sentito".

"Neanch'io", disse Lukas.

Magda annuì. "Faceva l'undicesima, ma nessuno di quelli a cui l'ho detto lo conosceva".

Laura guardò pensosa i suoi amici. "È strano, no?", chiese. "Voglio dire, non siamo poi così in tanti a Ravenstein, almeno qualcuno...".

In quel momento furono interrotti da uno scampanellio. Il professor Schwartz aveva qualcosa d'importante da dire. Le comunicazioni e le disposizioni scolastiche venivano sempre annunciate durante la cena. Solo il preside poteva fare queste comunicazioni, a meno che non delegasse qualche docente. I ragazzi avevano già sentito discorsi tenuti da svariati professori. Da Sniffone, per esempio, o da Magister Sebaldus, come veniva chiamato Sebald Mages, professore di lettere magro come un chiodo, che aveva sempre un'aria timorosa.

Era la prima volta che Quintus Schwartz parlava davanti a tutti gli studenti.

Tipico!, pensò Laura. *Sostituisce Morgenstern da appena un giorno e subito deve farsi bello. E sì che è solo un sostituto!*

Il professor Schwartz si era alzato in piedi e aveva incrociato le braccia sul petto. Proprio come se avesse indovinato i pensieri di Laura, la guardò con un sorriso enigmatico. I suoi occhi scuri brillavano.

Alzò la mano destra e gli studenti interruppero i loro discorsi, il rumore delle posate diminuì e infine scese il silenzio.

Il professor Schwartz fece scorrere lo sguardo sull'uditorio. C'erano circa duecento studenti lì riuniti, e due dozzine d'insegnanti. Gli occhi di tutti erano puntati sul vicepreside, che sembrava contento di essere al centro dell'attenzione.

"Care colleghe e colleghi, cari alunni", disse con la sua voce profonda e gradevole. "Come molti di voi senz'altro sanno già, il nostro egregio preside", qui s'interruppe e si schiarì forte la voce prima di continuare, "il professor Morgenstern è purtroppo malato, e io ne farò le veci finché non si sarà ristabilito".

Un mormorio di afflizione risuonò nella sala. Kaja alzò gli occhi al cielo. "Oh, no!", esclamò piano, e Magda sussurrò irritata: "Che cavolo abbiamo fatto per meritarcelo?".

Laura si guardò intorno e vide solo facce scontente.

Neanche al professor Schwartz sfuggirono le reazioni dei ragazzi. Tuttavia queste non sembrarono turbarlo. Anzi, Schwartz pareva compiacersene. Un sorrisetto di sufficienza gli comparve sul viso.

"Ho come l'impressione che negli ultimi tempi le regole nella nostra veneranda istituzione si siano un poco allentate", continuò, "e che l'ordine e la disciplina non siano adeguatamente rispettati. Dunque in futuro farò più attenzione a che le regole della scuola e del dormitorio vengano rigidamente osservate. E va da sé che chi vada contro queste regole dovrà mettere in conto le sanzioni prescritte".

Di nuovo nella sala echeggiò un mormorio.

"Questo è impazzito!", protestò Kaja, e Magda inviperita commentò: "Si è bevuto il cervello!".

Percy Valiant scuoteva la testa con disapprovazione e Mary Morgain teneva lo sguardo fisso davanti a sé, con un'espressione di malcelato scontento. Sniffone aveva aggrottato la fronte pelata. Magister Sebaldus sbatteva nervosamente le palpebre e si puliva agitato gli occhiali. Solo Pinky Taxus sorrideva contenta. Era l'unica che mostrasse aperta simpatia verso Schwartz.

Quest'ultimo, impassibile, ricapitolò le norme più importanti: "A partire da adesso verranno rispettati rigorosamente gli orari dei pasti, dello studio e del riposo. Gli studenti possono restare solo nelle aree a loro preposte. È vietato l'ingresso in biblioteca e in palestra al di fuori dei normali orari di apertura e, molto importante, da oggi le luci verranno spente di nuovo alle ventidue precise; dopo questo orario è vietato a tutti gli alunni aggirarsi fuori dai loro dormitori, a meno che non abbiano un'autorizzazione scritta dalla presidenza".

I ragazzi dettero voce al loro sdegno, coprendo le parole di Schwartz. Questi prese la campanella e la agitò furiosamente.

"Silenzio!", tuonò. "Fate subito silenzio!". I suoi occhi lampeggiavano cattivi.

Gli studenti ammutolirono.

"Così va meglio". La voce di Schwartz divenne più conciliante. "Ho quasi finito. Per concludere manca la cosa più importante: è severamente vietato l'accesso alla vecchia cripta nel Bosco del Boia, che sembra esercitare un così grande potere di attrazione su alcuni di voi. Ripeto: l'accesso alla vecchia cripta è severamente vietato!".

Socchiuse gli occhi e si guardò intorno. Di fronte alle espressioni indignate sorrise compiaciuto. Poi si sedette di nuovo e riprese la sua conversazione con la Taxus, come se negli ultimi due minuti avesse solo comunicato delle banalità e non avesse messo in completo subbuglio l'intera scolaresca e gran parte del corpo docenti.

Laura scosse la testa. Non capiva a che cosa mirasse Schwartz. Il vicepreside, certo, era tutt'altro che amato tra gli studenti, e non aveva molti amici neanche tra i docenti. Neppure il suo peggior nemico, però, avrebbe messo in dubbio la sua straordinaria intelligenza. Per quale motivo, dunque, aveva fatto un discorso del genere, sapendo benissimo che si sarebbe messo tutti contro? Non aveva senso! A meno che... non ci fosse qualcos'altro sotto. Qualcosa che nessuno sospettava.

Un oscuro presentimento s'insinuò nella mente di Laura.

Capitolo 7

Segreti nella notte

Su Ravenstein era scesa la notte. Una sottile falce di luna splendeva bianca nel cielo quasi privo di nuvole e immergeva il castello in una luce smorta. In lontananza, dal Bosco del Boia, riecheggiò il richiamo di un gufo, e nel silenzio risuonarono i rintocchi gravi del campanile.

Era mezzanotte.

Laura era a letto e dormiva. Il suo respiro era calmo e regolare. Kaja russava leggermente e dalla sveglia sul suo comodino proveniva un debole ticchettio. La luce della luna filtrava attraverso le tende, creando ombre spettrali sulle pareti.

D'un tratto si sentì un suono strano. Sembrava l'ululato di un lupo. Laura sospirò leggermente e si rigirò nel letto. Nello stesso istante la maniglia della porta della camera si abbassò silenziosamente, e con un cigolio appena percettibile la porta si aprì. Un sottile fascio di luce penetrò nella stanza, si mosse lungo la parete verso il letto di Laura e si allargò sempre di più, fino a illuminarle il viso. Si sentì un fruscio di stoffa.

Di nuovo l'ululato spaventoso riecheggiò nella notte, e Laura si svegliò. Aprì gli occhi e sobbalzò dallo spavento quando vide che c'era qualcuno davanti al suo letto.

Oh, no!

Laura stava per gridare, ma poi riconobbe l'inatteso visitatore. "Miss Morgain?", balbettò Laura.

La graziosa insegnante era avvolta in una lunga mantellina e aveva un'aria calma. "Vieni con me", le disse, senza aggiungere altro.

"Ma io...", disse Laura. Mary Morgain le troncò la frase a metà. "Per favore, Laura, vieni con me", le sussurrò. Poi uscì dalla stanza.

Per un attimo Laura rimase perplessa. *Cosa significa?*, si chiese, ma con sorpresa si accorse che aveva già spostato le coperte e si stava alzando dal letto. Senza volerlo s'infilò gli stivali, indossò il piumino rosso e andò a tastoni verso la porta. Un potere misterioso sembrava guidare i suoi passi, senza che lei vi si potesse opporre.

Quando Laura uscì nel corridoio, Miss Morgain aveva quasi raggiunto la tromba delle scale.

Laura d'un tratto si accorse che i propri passi, per quanto fossero leggeri, facevano pur sempre un po' di rumore, mentre la professoressa si muoveva in assoluto silenzio. Laura la guardò con più attenzione ed ebbe l'impressione che Miss Morgain non muovesse affatto le gambe! Certo, il mantello dell'insegnante arrivava quasi fino a terra, coprendole i piedi, ma la sua pesante stoffa era immobile. La giovane professoressa sembrava volare sul pavimento.

Strano!, pensò Laura. *Davvero strano!*

Solo una fioca luce d'emergenza era accesa, e la pallida luce della luna che entrava a intervalli dalle finestre non riusciva a illuminare il corridoio. Figure scure spuntavano dalle nicchie, come assassini appostati per l'agguato. Laura, pur sapendo che si trattava di vecchie armature, fu sopraffatta da un senso di angoscia e le venne la pelle d'oca. Quando finalmente raggiunse le scale che portavano all'ingresso, tirò un sospiro di sollievo. Anche lì tutto era buio, ma per lo meno non c'erano armature.

Miss Morgain aveva già raggiunto la base delle scale. Non si voltò neppure una volta: sembrava sapere che Laura la seguiva.

La luce lunare che entrava attraverso la finestra tonda sopra il portone d'ingresso proiettava una luce pallida sul dipinto che era affisso sulla parete di fronte. Laura volse lo sguardo verso il quadro e rimase impietrita. Per un attimo non fu più certa se fosse sveglia o stesse sognando: sul dipinto c'era solo la donna dall'abito bianco, che la fissava con occhi infinitamente tristi. Il grande lupo nero era sparito.

Laura scosse la testa, confusa. Non era possibile! Doveva sbagliarsi! Sbatté le palpebre, si sfregò gli occhi, ma il lupo era davvero sparito.

C'era una sola spiegazione: qualcuno aveva cancellato il lupo dal quadro. Ma per quale ragione? Ed era possibile che l'avesse fatto in così poco tempo? Laura, dopo cena, aveva attraversato l'ingresso con Kaja e non aveva notato nulla di strano nel quadro.

Fu allora che Laura sentì l'ululato del lupo. Sembrava provenire dal Bosco del Boia dietro il parco. Sicuramente non se l'era immaginato, perché riecheggiò di nuovo. *Magari il lupo è diventato vero ed è uscito dal...? Sciocchezze!* Laura si arrabbiò con se stessa. Come poteva anche solo venirle in mente un'idea così assurda?

Il cigolio della porta d'ingresso la strappò ai suoi pensieri. Vide che Miss Morgain sgusciava fuori dal portone, e si affrettò a seguirla.

Quando Laura uscì all'aperto fu investita dalla gelida aria notturna. Pur rintanandosi il più possibile nel piumino, aveva freddo.

Avrei dovuto mettere i jeans e un maglione, pensò. *Ma ora è troppo tardi.*

Miss Morgain era già arrivata alla fine degli scalini d'ingresso e Laura dovette affrettarsi per non perderla di vista. Corse giù per le scale, superò il gigante di pietra che sosteneva la tettoia e raggiunse rapidamente il sentiero che portava nel parco.

Il gigante si animò. Chiuse gli occhi, li riaprì, corrugò la larga fronte e guardò Laura con aria preoccupata.

Il sentiero stretto correva lungo le mura del castello. Il piumino di Laura sembrava un segnale luminoso nella notte scura. Miss Morgain si muoveva in assoluto silenzio una ventina di metri avanti a lei. La ghiaia scricchiolava sotto gli stivali di Laura, la fredda e umida aria notturna le pungeva il naso e odorava di... no, purtroppo non di neve. Era stato Kastor Dietrich a insegnarle che si poteva sentire l'odore della neve. Le aveva anche insegnato a prestare attenzione ai segni della natura, dai quali si potevano capire molte cose. Ma Laura sentiva solo odore di foglie putride e legno marcio.

Dalla finestra della stanza dei professori si scostò una tenda. La stanza era buia, ma dietro il vetro si riconoscevano i contorni indistinti di qualcuno che sembrava spiare attentamente il parco.

Laura non si accorse di essere osservata. A un certo punto le parve però di cogliere un movimento con la coda dell'occhio, si girò di scatto, ma fece solo in tempo a vedere la tenda oscillare piano. La figura scura era scomparsa.

Quando Laura si voltò di nuovo verso Miss Mary, quest'ultima stava entrando nei banchi di nebbia che fluttuavano nel parco. Laura accelerò il passo. Pochi attimi dopo si trovò anche lei avvolta dai vapori grigi e non riuscì più a vedere Miss Morgain. La nebbia divenne sempre più spessa e i cespugli e le siepi che fiancheggiavano il sentiero assunsero forme spettrali. In lontananza una volpe guaì e due ombre alate passarono volando sopra la testa di Laura, spaventandola. Un attimo dopo le ombre erano scomparse. Laura cercò di convincersi che fossero solo le due civette che avevano il nido nella vecchia quercia dietro alla palestra, e proseguì più in fretta.

Giunta a una biforcazione del sentiero, non seppe quale strada imboccare.. Si fermò un attimo e poi scelse di svoltare a destra. Se non si sbagliava, il sentierino portava alla casa del professor Morgenstern, che si trovava piuttosto distante dal castello, in un angolo tranquillo del parco. *Forse è quella la nostra meta?*, pensò Laura, e riprese a camminare.

La nebbia era così spessa che non si vedeva a più di due metri di distanza. Solo il sentiero di ghiaia era ancora visibile, i cespugli e le siepi del parco invece erano nascosti dalla pesante coltre grigia. Laura era convinta che avrebbe già dovuto essere arrivata alla casa del preside, ma il sentiero sembrava non finire mai. Allora capì di essersi persa. Ebbe paura e si mise a correre più rapidamente.

Quando il mostro emerse dalla nebbia, Laura lanciò un urlo soffocato. Poi però si rese conto che si trattava solo del cavallo della gigantesca statua di Reimar von Ravenstein, che si ergeva in un piccolo spiazzo circolare in mezzo al parco. Il cuore le martellava all'impazzata mentre si avvicinava a timidi passi verso il monumento.

Il Cavaliere Sanguinario aveva fatto erigere la statua nel 1153, quando era tornato dalla crociata. Sapeva che nessuno dopo la sua morte avrebbe versato una lacrima per lui o gli avrebbe eretto un monumento. Per questo si era preoccupato di lasciare un ricordo di sé.

Nel buio e velata dalla nebbia, la statua pareva ancor più mostruosa di quanto già non fosse. Laura dette una timida sbirciata al cavaliere, che era rappresentato sul suo destriero da battaglia con tutta l'armatura, una possente spada al fianco e lo sguardo rivolto in lontananza. Reimar doveva essere stato un uomo di una bruttezza eccezionale, perché il viso della statua, per quanto abbellito, era pur sempre ripugnante. I suoi occhi erano freddi e cattivi e perfino in forma di statua incuteva timore. Anche i piccioni sembravano provarne paura, perché non osavano posarvisi. Così almeno sosteneva con convinzione Albin Olmking.

Anche Laura provava sempre una sensazione sgradevole di

fronte al cavaliere di pietra. Eppure, in quel momento, non poté fare a meno di osservarlo attentamente. D'un tratto il cavaliere girò la testa e la guardò dritto negli occhi.

Laura urlò, fece qualche passo indietro e andò a sbattere contro qualcosa. Di nuovo le sfuggì un grido di paura. Si girò di scatto e vide Miss Morgain che la guardava preoccupata. "Cosa c'è, Laura, perché hai gridato?".

"Luiluilui...", riuscì appena a balbettare Laura.

"Chi?", chiese con calma Miss Mary. "Di chi stai parlando?".

Laura guardò la statua e capì di essersi sbagliata: Reimar von Ravenstein come sempre aveva lo sguardo fisso nel vuoto. La nebbia e la paura le avevano certo giocato uno scherzo.

"Ehm", disse imbarazzata. "Non... non era nulla".

La professoressa prese Laura per mano. "Capirai presto", sussurrò, e la condusse via dolcemente. "Su, vieni ora. Siamo attese".

Laura fu felice quando ebbero lasciato dietro di loro la rotonda e imboccarono un sentiero a sinistra. La nebbia si alzò ed entrambe si trovarono davanti alla casa del professor Morgenstern.

In quel momento si sentì un lieve scricchiolio. Il cavaliere di pietra girò la testa per osservare la ragazza con la giacca rossa. I suoi occhi si socchiusero fino a diventare due fessure. Sembrava quasi sul punto di scendere da cavallo per seguirla.

La strada attraverso le Terre Verdi era sembrata non finire mai, anche se il bicorno l'aveva percorsa quasi tutta al galoppo. Morwena non vedeva l'ora di arrivare.

La vista del nuovo ponte sul Fiume Roboante compensò Morwena per la snervante attesa delle ultime ore. Anche se era notte fonda, già da lontano si vedeva che il ponte era stato completato. Il desiderio di Morwena di trovare una scorciatoia era stato esaudito. Splendida come una promessa mantenuta, la costruzione di legno riluceva alla chiara luce delle due lune. Superbo e ardito il ponte si stendeva da una riva all'altra sopra le acque gorgoglianti. Grazie ai grossi pilastri di sostegno e alle solide assi sembrava molto più affidabile di altri ponti costruiti in fretta, che facevano temere per la vita dei viaggiatori. Questo sembrava costruito per l'eternità.

Impaziente, Morwena guidò il bicorno verso il ponte. Vicino alla riva, l'acqua scrosciava così forte da coprire l'ululare del vento e il pigolio degli svolappi nelle vicine foreste, così come gli inquietanti richiami dei pivieri notturni.

Davanti al ponte, Fiordifata si adombrò. Il bicorno nitrì e scalpitò nervoso.

Morwena conosceva bene il suo bicorno. Avevano cavalcato per tutto il giorno e metà della notte, ed erano entrambi spossati. Avrebbero dovuto fare una sosta molto tempo prima. Lo accarezzò affettuosamente sul collo e gli sussurrò: “Lo so, Fiordifata, anch'io preferirei riposare ora, ma dobbiamo andare avanti. Elysion ha bisogno del mio aiuto e ci attendono impazienti a Hellunyat”. Poi schioccò la lingua per farlo avanzare.

Ma Fiordifata rimase immobile, continuando a sbuffare. Le due corna d'avorio risplendevano sotto la luce lunare.

Morwena s'immaginò che stesse fiutando un pericolo: “Va tutto bene, Fiordifata, tutto bene”, e accarezzò il bicorno sul collo per rassicurarlo. “Non devi aver paura. Anche se non lo conosciamo ancora, questo ponte ci sosterrà senz'altro”.

Il bicorno nitrì, scosse la testa e rimase fermo.

Morwena cominciò a spazientirsi. “Su, non fare così, Fiordifata!”, disse irritata. “Non abbiamo tempo per simili giochetti. Ogni istante è prezioso!”.

Un movimento dall'altro lato del fiume attirò la sua attenzione. Una figura scura si avvicinava lungo la strada che portava al ponte. Era una vecchia, una contadina, a giudicare dai suoi vestiti semplici, e portava una gerla sulla schiena curva. La contadina procedeva a fatica verso il ponte. Il cuore di

Morwena fu mosso a compassione per lei, costretta a lavorare anche di notte.

Quando la contadina giunse sul ponte, si afferrò al parapetto e prese a camminare verso l'altra sponda del fiume.

"Vedi, la tua diffidenza è del tutto ingiustificata!", bisbigliò Morwena al bicorno.

Fiordifata sbuffò e osservò la vecchia che si avvicinava lenta. Il bicorno sembrò calmarsi; si mosse e salì sul ponte.

La Guaritrice si rianimò. *Finalmente*, pensò, *finalmente Fiordifata diventa ragionevole.*

Il bicorno trottava con circospezione e le tavole risuonavano sorde sotto i suoi zoccoli. Le acque del Fiume Roboante scrosciavano, le creste di schiuma sulle onde luccicavano pallide sotto la luce delle lune.

La vecchia contadina non sembrò notare il bicorno e la sua amazzone. Oppressa dal suo fardello si trascinava in avanti. Non alzò la testa neppure quando fu così vicina da sentire il rumore degli zoccoli di Fiordifata.

La povera vecchia dev'essere sorda, pensò Morwena, quando di colpo il ponte sotto di lei si dissolse nel nulla.

Morwena e Fiordifata precipitarono nel vuoto, e la Guaritrice capì di essere finita nel tranello di una diabolica illusione delle Forze Oscure. Aveva desiderato intensamente che il ponte fosse stato costruito ed era perciò stato facile ingannarla con un miraggio.

Le acque del Fiume Roboante si richiusero su Morwena e il gelo attraversò il suo corpo come una ferita mortale.

La Guaritrice si dibatté e lottò con tutte le sue forze per riguadagnare la superficie. Quando la testa di Fiordifata emerse dall'acqua, vicino a lei, si sentì sollevata. Morwena cercò con gli occhi la contadina, ma non la vide. Scorse solo la sua gerla, che veniva trascinata via dalla corrente.

Morwena sentì una risata stridula sopra di sé, la risata di una donna. Alzò lo sguardo e vide una grande creatura alata che si librava sopra il fiume. Ma Morwena non ebbe tempo di realizzare che razza di creatura fosse: la corrente la trascinò verso uno degli scogli che spuntavano dall'acqua, batté la testa e perse conoscenza.

Capitolo 8

Un compito dato dal destino

Quando Laura entrò nel salotto del professor Morgenstern, rimase sconcertata: la stanza era enorme, grande almeno quanto un campo da pallavolo. Eppure la casa, da fuori, sembrava poco più grande di un capanno per gli attrezzi. Com'era possibile?

Nel camino di pietra sulla parete di fronte all'ingresso crepitava un grande fuoco che illuminava una parte della stanza, dipingendo ombre tremolanti sulle pareti. I ceppi che ardevano diffondevano un gradevole odore. Gli occhi di Laura si abituarono quasi subito alla penombra. La stanza era arredata in maniera spartana: lungo le pareti c'erano solo semplici armadi e alcuni cassettoni e scaffali. Nel mezzo della stanza c'era una tavola rotonda larga circa due metri e mezzo. Al centro del tavolo, in un braciere di pietra senza ornamenti, ardeva una strana fiamma. Non era più grande di una mano, ma splendeva bianchissima e con un chiarore tale che per guardarla Laura dovette socchiudere gli occhi. Intorno al tavolo c'erano quattro sedie. Su una era seduto Percy Valiant, Mary Morgain aveva preso posto accanto a lui e il professor Morgenstern sedeva sulla terza. Indossava un cappotto antiquato e la sua figura imponente sembrava accartocciata su se stessa; la capigliatura grigia era scarmigliata e sul venerando viso era scesa un'opaca maschera di stanchezza.

Laura voleva chiedergli come stava, ma Morgenstern con

un cenno rapido le impose di tacere. Poi le rivolse un sorriso sofferto e le indicò la sedia vuota.

"Per favore, siediti", le disse con voce affaticata.

Laura si sedette e guardò con curiosità gli altri che erano seduti accanto a lei. Perché Miss Morgain l'aveva fatta alzare nel cuore della notte? E perché l'aveva condotta fin lì?

Dai visi dei professori non traspariva nulla che lasciasse intendere lo scopo di quell'incontro.

Come se avesse indovinato i suoi pensieri, il preside si rivolse a Laura: "Sai perché ti ho fatto chiamare?".

Laura scosse la testa.

Il vecchio sembrò lievemente irritato, o per lo meno a Laura sembrò di cogliere un'ombra di impazienza sul suo volto.

"Tuo padre te l'ha detto... vero?".

"Cosa... cosa intende dire?".

"Ti ha detto che da oggi fai parte dei Guardiani e che d'ora in poi combatterai dalla parte della Luce, vero?".

"Sì, certo", rispose Laura in fretta, mentre un pensiero la riempiva di speranza. "Questo vuol dire che mio padre è ancora vivo e che non mi sono sognata la sua visita la notte scorsa; significa che lui era davvero lì vicino al mio letto?".

Il professor Morgenstern annuì. "Sì", disse piano.

"E... dov'è ora? Perché non si è fatto sentire per così tanto tempo e perché non torna da noi? Io... io non capisco".

"È proprio per questo che sei qui", rispose Morgenstern con un sorriso stanco. "È venuto il momento in cui devi scoprire il grande segreto che tiene insieme il nostro mondo. Allora potrai capire molte cose che ora possono sembrarti misteriose. Dunque, ascolta con attenzione e imprimiti tutto bene nella mente, perché il tempo stringe, le mie forze si affievoliscono e posso quindi raccontarti soltanto l'essenziale".

Laura guardò il preside con gli occhi sgranati. Sentiva il battito agitato del proprio cuore e il sangue che le pulsava forte nelle vene.

"Solo pochi uomini sanno che dall'inizio dei tempi esiste un mondo parallelo alla Terra. È molto più antico del nostro pianeta e viene chiamato Aventerra. In questo mondo misterioso, che è al di là del sapere umano, i combattenti della Luce e quelli dell'Oscurità si affrontano in una guerra senza fine. Le forze del bene sono capeggiate da Elysion, il Custode della Luce. A capo delle Schiere Nere c'è Borboron, il Principe Nero, che comanda inesauribili legioni di guerrieri oscuri. Da sempre il Principe Nero persegue un solo scopo: uccidere il Custode della Luce e portare le Forze Oscure alla vittoria finale. Se ci riuscisse, comincerebbe la signoria del Nulla Eterno, Aventerra scomparirebbe e così la nostra Terra".

"Oh, no!", esclamò Laura. "Non può essere...".

"Il rischio che possa accadere non è mai stato così alto".

Laura deglutì. Guardò Percy Valiant, che rispose al suo sguardo con un'espressione preoccupata. Anche il viso di Miss Morgain esprimeva una grande angoscia, e allora Laura capì che Morgenstern non esagerava affatto.

"Cos'è successo?", chiese piano.

"Due giorni fa il Principe Nero è riuscito a ferire il Custode della Luce con la sua spada, chiamata Pestilenza. Le ferite prodotte da questa spada non guariscono mai; i poteri malefici di cui è dotata distruggono l'energia vitale di chi ne è stato colpito. Elysion morirà se non avrà presto l'antidoto".

"C'è un antidoto?", chiese Laura stupita.

"Certo, perché il Male non è pensabile senza il Bene, e viceversa. Forze opposte presuppongono l'esistenza l'una dell'altra: così come non esiste più senza meno, né vita senza morte, neanche il Bene può esistere senza il Male. Sono come due facce di una moneta: non possono mai coincidere, eppure sono indissolubilmente legate".

Laura era frastornata. Non riusciva a capire bene le parole del preside. Né cosa c'entrassero quei discorsi con suo padre e soprattutto con lei. In fondo lei era proprio l'ultima a poter aiutare il Custode della Luce. Guardava stupita il professor Morgenstern. “Di che antidoto si tratta?”.

“È l’Acqua della Vita. Se le ferite vengono bagnate anche con una sola goccia, guariscono subito e il ferito torna in salute”.

“Dove si trova l’Acqua della Vita?”.

“È questo il problema. Si trova nel Calice della Luce, che dall’inizio dei tempi è custodito nel labirinto di Hellunyat. Hellunyat è il nome della grande Fortezza del Graal, in cui il Custode della Luce vive con il suo seguito”.

“Allora non capisco perché...”, osservò Laura confusa, ma venne subito interrotta da Morgenstern.

“Parecchio tempo fa le Schiere Nere sono riuscite a trafugare il Calice dal labirinto e a portarlo sulla Terra, ma purtroppo il suo nascondiglio non è stato trovato”.

Laura era sconcertata. “Ma come... come ha fatto questo calice a finire sul nostro pianeta?”.

Un sorriso comprensivo apparve sul viso del preside. “Attraverso i portali magici che uniscono Aventerra al nostro mondo”.

“I portali magici?”, dalla voce di Laura era chiaro che non ci capiva niente.

“Sì. Tu conosci senz’altro le quattro feste solari nel corso dell’anno”.

Laura annuì e pensò in silenzio a Rudolf ‘Gengis’ Wagner, il suo professore di geografia, che poco tempo prima l’aveva tormentata con i tipi di calendario e di calcolo del tempo nelle varie epoche storiche e tra i vari popoli.

“Intende dire Yule, Ostara, Litha e Mabon?”.

“Esatto”, Morgenstern sorrise. “Il corso del sole regola la vita su Aventerra proprio come sulla nostra Terra, e le leggi della Natura in entrambi i mondi sono più forti e vincolanti di quelle degli uomini. Su Aventerra la conoscenza delle leggi della natura è considerata sacra. Ma sulla Terra è stata dimenticata. In questi giorni si aprono le vie nascoste che collegano i nostri mondi. Vie che possono essere percorse da persone, ma anche da cose. In questo modo il Calice della Luce è giunto sulla Terra. Abbiamo scoperto che alcuni guerrieri delle Schiere Nere lo hanno portato qui e nascosto nel castello o nelle sue immediate vicinanze".

Laura guardò incredula il preside. "Davvero?".

Aurelius Morgenstern annuì.

"E quando è stato?".

"L'anno scorso, il giorno dell'ultimo solstizio d'inverno. Come saprai sicuramente, questo è un altro nome della festa di Yule, che cade il 21 dicembre".

Laura aggrottò la fronte. "Sicuro?".

"Sicurissimo". Il professor Morgenstern annuì di nuovo. "Le nostre ricerche l'hanno provato senza dubbi".

"E papà? Papà cosa c'entra con...".

"Pensiamo che abbia sorpreso i guerrieri neri nella loro azione sacrilega. Probabilmente lo hanno preso prigioniero e lo hanno portato su Aventerra".

"Oh, no!". Laura deglutì. *È orribile*, pensò. Ma allo stesso tempo si sentì sollevata perché ciò significava che suo padre era ancora vivo. *Incredibile! Tutto questo è semplicemente incredibile! Lukas e Kaja spalancheranno gli occhi quando glielo racconterò. Ma probabilmente non crederanno neanche a una parola. Per forza, sembra tutto così assurdo!*

"E... come fa lei a sapere queste cose?", chiese al preside con voce dubbiosa.

"So che ti sembra tutto molto inverosimile. Anche per me è stato così quando ho sentito parlare per la prima volta del grande segreto".

"E cioè, quando?".

"Al mio tredicesimo compleanno, il giorno in cui ho compiuto l'età che tu hai oggi. Perché è questo il giorno in cui un piccolo gruppo di persone viene introdotto al grande mistero che è nascosto dietro l'apparenza delle cose, ma che regola la vita di tutti gli esseri umani".

"E questo gruppo sono i Guardiani?".

"Sì, Laura. Il Bene e il Male provengono da Aventerra. Le Forze della Luce e le Forze Oscure mandarono sulla Terra i loro rappresentanti perché vi si stabilissero. Da allora anche qui regna una lotta eterna tra il Bene e Male. Si tratta però di una guerra indefinita, confusa. Non esplicita come su Aventerra. È dunque importante che alcune persone consapevoli tengano gli occhi ben aperti. Questo è il compito di noi Guardiani: essere sempre all'erta di fronte al Male. Perché solo se li comprendiamo in tempo possiamo sventare i piani dei nostri nemici".

Suona convincente, pensò Laura, *anche se non spiega tutto.*

"Perché proprio io sono una Guardiana? E lei, e Monsieur Valiant e Miss Morgain? Perché anche voi siete Guardiani, non è vero?".

Il professor Morgenstern sorrise compiaciuto. "Siamo tutti discendenti diretti di quei Paladini della Luce che in tempi antichissimi giunsero qui con il compito di lottare per la causa del Bene. Da allora questo compito è stato tramandato di generazione in generazione".

"Ah", disse Laura sorpresa. "Allora Lukas l'anno prossimo diventerà un Guardiano?".

Il preside scosse il capo. "No. I Guardiani uomini tramandano il loro compito alla figlia primogenita, e questa invece al suo primo figlio maschio".

"E se qualcuno non ha figli?", si chiese Laura ad alta voce.

"Allora la catena della successione si spezza. E si spegne un'altra luce", sospirò Morgenstern. "È questo il motivo per cui ci sono sempre meno Guardiani al mondo. Anche gli Oscuri sono sempre di meno, ma rimangono pur sempre superiori a noi".

Laura era frastornata. Molti pensieri le passavano per la testa e aveva ancora moltissime domande da fare. Soprattutto voleva sapere di più a proposito di suo padre. "Se mio padre si trova davvero su Aventerra, come possiamo aiutarlo? E come ha fatto a venirmi a trovare ieri? E...".

“Calma, Laura!”, la interruppe il preside. “Possiamo aiutarlo, credimi, ma per ora ti deve bastare questo. Percy, Miss Mary e io nei prossimi giorni ti spiegheremo tutto quello che devi ancora sapere”. Laura guardò i professori e questi annuirono seri. Poi Morgenstern si rivolse di nuovo a Laura. “Prima di tutto devi sapere quale compito il destino ti ha affidato”.

Laura si accorse che le girava un po’ la testa. Trattenne il fiato. Che cosa intendeva dire il professore?

“Quale… quale compito?”, chiese timidamente.

Percy prese la parola: “Tu sei incaricata di trovare il *Calisce* della *Lusce*, Laura, e in questo modo di salvare la vita al Custode della *Lusce*”.

“Solo tu sei in grado di farlo”, aggiunse Mary Morgain, vedendo l’espressione sorpresa della ragazza. “Sei nata nel segno del Tredici e perciò possiedi dei poteri particolari”.

“Ma… ma… non è possibile”, balbettò Laura. “Io sono una ragazza normalissima!”.

Morgenstern scosse la testa. “Sai che non è vero”, disse pacato. “Altrimenti non avresti visto i segni”.

“I segni? Quali segni?”.

D’un tratto capì. Certo, Morgenstern aveva ragione: le cornacchie e il sinistro cavaliere nero, l’apparizione improvvisa di suo padre, e sua madre che le sorrideva dalla foto e le parlava! Di colpo tutto le sembrò avere un senso. Anche il latrato misterioso dei cani, l’occhiolino del gigante della colonna e la scomparsa del lupo nero dal dipinto. Laura guardò il preside con un’espressione sofferta.

“Come… come posso trovare questo calice, allora? Voglio dire, se finora non ci è riuscito nessuno, perché dovrei riuscirci proprio io?”.

“Ce la farai, Laura”, disse Morgenstern sicuro. “Poi tu hai la Ruota del Tempo. Ti sarà di grande aiuto nella tua ricerca”.

Laura impallidì. “Intende dire la collana?”.

Il preside annuì. “Proprio quella, Laura. Di generazione in

generazione i Guardiani che sono nati nel segno del Tredici se la sono tramandata”.

Laura deglutì, abbassò la testa e fissò imbarazzata il pianale del tavolo.

“Che cos’hai?”, chiese sospettoso Aurelius Morgenstern. “C’è qualcosa che non va?”.

Laura non rispose.

“Ti prego, guardami negli occhi, Laura”. La ragazza alzò il capo e guardò il preside. “È successo qualcosa?”. Il preside si portò una mano alla bocca e i suoi occhi si spalancarono dall’orrore. “Ti prego, dimmi che non è vero”.

Diventata mortalmente pallida, Laura annuì. “Invece sì”, sussurrò in maniera appena udibile. “La collana… è sparita”.

Monsieur Valiant e Miss Morgain si guardarono sconvolti. “*Quel malheur!*”, mormorò il professore di educazione fisica, e la professoressa balbettò: “No… no… non è possibile!”.

Morgenstern fu il primo a ricomporsi.

“Come è potuto succedere?”, chiese, cercando di ritrovare la calma.

“Io… io non lo so. Se non ricordo male, mio padre l’aveva in mano prima di dissolversi nel nulla. E la mattina dopo non sono riuscita a trovarla da nessuna parte”.

I due giovani professori gemettero, e il preside diventò ancora più pallido. Respirava a fatica, ma riuscì a riprendersi. “Questo non rende più facile il tuo compito”, disse a Laura sorridendo. “Ma non aver paura. Ci riuscirai lo stesso, anche senza la collana!”. Poi si rivolse ai giovani insegnanti: “Non lo pensate anche voi?”.

“*Scertamante*”, rispose Percy un po’ troppo in fretta, e anche lui sorrise a Laura. “Devi soltanto credere in te stessa!”.

“In te stessa e nel potere della Luce”, aggiunse Mary Morgain. “Allora ci riuscirai senz’altro”.

Il viso grazioso di Laura continuava a esprimere disperazione.

“Saremo al tuo fianco, Laura”, la confortò Morgenstern.

"T'insegneremo a mettere in pratica i poteri che i nostri antenati hanno portato qui da Aventerra".

"Il viaggio onirico", disse Percy Valiant.

"La lettura del pensiero", aggiunse Miss Morgain.

"E naturalmente la telecinesi", disse il preside.

Laura deglutì. La telecinesi? Che cos'era? E il viaggio onirico? Anche di quello non aveva mai sentito parlare.

Le pulsava la testa.

Trovare il Calice della Luce. Con l'Acqua della Vita. E proprio io! Una normalissima ragazzina di tredici anni!

Il carosello dei suoi pensieri diventava sempre più veloce, finché un solo, improvviso pensiero lo fermò di colpo: *Impossibile! È del tutto impossibile!*

Però anche suo padre le aveva detto che lei faceva parte dei Guardiani Se c'era una persona in cui Laura aveva assoluta fiducia, questa era proprio suo padre. Lui non le aveva mai mentito. Mai! Quello che Morgenstern, Percy Valiant e Miss Morgain le avevano raccontato doveva essere dunque vero. Anche se sembrava pura fantasia.

Morgenstern non distolse lo sguardo da Laura e le rivolse di nuovo la parola: "Allora, Laura", le disse con tono solenne. "Vuoi tu accettare il tuo compito e d'ora in poi combattere contro le Forze Oscure?".

"Io... io ci proverò".

La tensione si sciolse dai visi dei due giovani professori e l'espressione del preside fu illuminata da un sorriso.

"Così sia, Laura! Ti accogliamo nel circolo che tutto unisce: Terra e Aventerra, Inizio e Fine, Luce e Oscurità, Bene e Male". Con queste parole si alzò in piedi.

Anche Percy Valiant e Mary Morgain si alzarono, e Laura fece altrettanto. I quattro stesero le braccia e si presero per mano formando un cerchio intorno al tavolo. Laura notò che i delicati intarsi sul ripiano del tavolo componevano una ruota a otto raggi identica a quella dell'amuleto scomparso.

Cosa vorrà dire?, si chiese, ma la sua attenzione fu richiamata da un canto strano che stava intonando il preside. La sua voce, che prima suonava stanca, era tornata forte e chiara. Laura non capiva i versi del canto, che erano in una lingua sconosciuta, ma sentiva che questi emanavano una forte energia. Laura si sentì pervadere da una grande fiducia in se stessa. Era certa che tutto sarebbe andato per il meglio.

La fiamma nel braciere divampò e la sua luce divenne sempre più intensa, fino a far scaturire un raggio quasi ultraterreno. Laura fissò incantata quella luce: era tanto intensa da essere quasi dolorosa, eppure non riusciva a distogliere lo sguardo. La luce diventava sempre più chiara, sempre più grande, finché sembrò riempire completamente la stanza. Ben presto Laura non riuscì a vedere nient'altro che un bagliore accecante che pareva risucchiarla al suo centro. Chiuse gli occhi e, senza alcuna paura, si abbandonò a quel richiamo, fino a fondersi nella luce.

Capitolo 9

Una lezione da dimenticare

Quando Laura riaprì gli occhi era di nuovo a letto, nella sua stanza. Sorpresa, si sedette e si guardò intorno. Il suo piumino rosso era appeso all'attaccapanni e i suoi stivali erano nello stesso punto in cui li aveva lasciati prima di addormentarsi.

Com'era possibile? Come era tornata nella sua stanza dalla casa del preside? Che si fosse sognata tutto?

La voce di Kaja pose fine al suo rimuginare. "Buongiorno, Laura!". Anche Kaja si era alzata a sedere nel letto e sorrideva allegra. "Hai dormito bene?".

"Ehm", fece Laura.

Laura, a differenza di Kaja, al mattino era una musona. Non che fosse di cattivo umore, ma ci metteva sempre del tempo a svegliarsi del tutto.

Kaja saltò allegramente giù dal letto, andò traballando a piedi nudi fino al calendario dell'avvento, aprì una finestrella, prese un cioccolatino e se lo infilò in bocca. Poi accese la radio. Una voce annunciò l'ora con allegria forzata. "Sono le sette e sei minuti". Nella stanza trillarono le prime note di una famosa canzone pop: "I wanna be sunlight, only warmer, I wanna be daylight in your eyes…", cantavano le No Angels a cinque voci.

Laura fece una smorfia, mentre la sua compagna di stanza canticchiava allegramente la melodia, azzeccando quasi tutte le note.

Kaja andò alla finestra e aprì le tende. L'alba non era ancora spuntata.

"In piedi, Laura! Altrimenti a colazione dovremo fare di corsa come al solito. E lo sai: la colazione è il pasto più importante della giornata!".

"Già, già", brontolò Laura. "E anche il pranzo e la cena, ovviamente".

"Be', logico". Kaja sorrise, e riprese a cantare: "I wanna be love, only stronger, I wanna be daylight…". Prima di afferrare il *beauty-case* spezzò ancora un grosso pezzo di cioccolato che sparì nella sua bocca più rapidamente del tempo che impiega un camaleonte a inghiottire una mosca. Poi si diresse alla porta per andare in bagno.

"Kaja".

"Sì?".

"Stanotte non è che…". Laura s'interruppe perché non sapeva bene che cosa dire. Se davvero si era sognata tutto, allora a Kaja la domanda sarebbe sembrata molto stupida.

"Cosa c'è, Laura?", chiese Kaja impaziente.

Laura si fece coraggio. "Per caso hai notato qualcosa di strano stanotte?".

"Di strano?". Kaja fece una faccia sorpresa. "Che vuoi dire?".

"Sono… sono uscita dalla stanza, o qualcosa del genere?".

Kaja ci pensò un attimo, poi scosse la testa. "No. Che io sappia, no".

Kaja fece per uscire, ma il *beauty-case* le scivolò di mano. Cadde a terra e si aprì rovesciando boccette dappertutto.

Laura non se ne accorse neppure. Aveva lo sguardo perso nel vuoto. Si era dunque sognata la sua avventura notturna? Kaja era famosa per il suo sonno pesante: non la svegliava neanche il temporale più violento. Non si era neanche accorta che Miss Morgain era entrata nella loro stanza a notte fonda, ammesso che ci fosse davvero entrata.

Kaja aveva raccolto le sue cose e ripreso a cantare allegramente. Laura si alzò dal letto e si mosse goffamente fino alla scrivania. Da lì prese una foto che ritraeva Marius e Anna Leander con i loro due bambini piccoli. Laura doveva avere cinque anni, teneva Lukas per mano e sembravano fare a gara a chi sorrideva di più. Anche i loro genitori sorridevano felici. Era l'ultima foto di famiglia scattata prima della morte di Anna.

Laura guardò pensosa la foto. D'un tratto si sentì terribilmente sola, e fu presa da una grande paura.

Dapprima Morwena sentì uno scroscio d'acqua. Uno scroscio interrotto da nitriti ripetuti. Aprì gli occhi e si accorse di essere sulla riva del fiume. Fiordifata era in piedi accanto a lei e sbuffava felice che la sua padrona avesse riacquistato conoscenza.

Il sole era alto nel cielo. Per quanto tempo era rimasta priva di sensi? E com'era giunta fino a riva? Fiordifata doveva averla salvata dall'annegamento dopo che era stata sbalzata sulla roccia ed era svenuta. Oppure era stata portata sulla riva dalla corrente?

Morwena non ricordava nulla. Le membra le dolevano e la testa le ronzava come se vi avesse fatto il nido uno sciame di vespe. Si toccò la fronte e sentì un grosso rigonfiamento, ma si tranquillizzò: la caduta dal ponte-miraggio e l'urto contro la roccia avrebbero potuto avere conseguenze ben più gravi.

Fiordifata non sembrava ferita, e anche la sella e le briglie non avevano subito danni. Solo le bisacce con le provviste erano sparite. Il sole aveva già asciugato il pelo setoso del bicorno e l'animale scalpitava impaziente.

Morwena si guardò gli abiti ancora umidi. La manica destra era lacerata e all'altezza della vita la veste aveva un grosso strappo a gomito. Doveva essere rimasta attaccata a uno spuntone di roccia o a un ramo che sporgeva sul fiume.

Sull'altra riva si ergeva una ripida scogliera da cui si rovesciavano nel fiume cascate schiumanti. Morwena non conosceva quel luogo. Le acque impetuose parevano averla trascinata lontano.

Proprio vicino a Morwena stava gironzolando una famiglia di svolappi selvatici: una femmina con tre piccoli. Con le loro linguette rosa i piccoli lappavano svelti l'acqua del fiume, svolappiavano vivaci lungo la spiaggia piatta e si rotolavano nella sabbia. Quando la madre notò la Guaritrice, emise un soffio rabbioso. Poi lanciò un richiamo e subito i piccoli si ritrassero al riparo della fitta foresta che fiancheggiava la riva. Prima di sparire nella macchia la madre soffiò ancora una volta a Morwena.

Sorridendo, la Guaritrice la seguì con lo sguardo e di colpo si accorse di trovarsi ancora dalla parte del fiume che dava sulle Terre Verdi. Doveva dunque ancora attraversare il Fiume Roboante! Aveva perduto ore preziose, e aveva davanti a sé una lunga strada prima di arrivare a Hellunyat! E tutto questo perché si era lasciata abbindolare da un miraggio. Sentì la rabbia che le saliva in petto. Una rabbia che si tramutò in determinazione: se le Forze Oscure credevano di poterla fermare così, si sbagliavano di grosso! Non si sarebbe lasciata vincere e non si sarebbe mai arresa. Nessuno le avrebbe impedito di tornare alla Fortezza del Graal.

Un'espressione risoluta le si dipinse sul volto e il suo corpo si contrasse. Lanciò un fischio e Fiordifata trottò subito verso di lei, nitrendo contenta. Morwena accarezzò il bicorno sul collo e saltò in sella.

Già a colazione Laura si accorse che non era la sua giornata. Prima di tutto il latte che si era versata sui *corn flakes* era inacidito. Le venne quasi da vomitare quando si mise la prima cucchiaiata in bocca. E quando andò a prendere una nuova ciotola al banco, la scatola dei *corn flakes* era vuota. L'addetta alla mensa ci mise un'eternità a trovarne un'altra, e quindi accadde proprio quello che Kaja aveva predetto: Laura fu costretta a trangugiare la colazione in fretta e furia.

Alla prima ora aveva lezione di matematica.

Proprio quello che ci voleva! Al solo pensiero a Laura venne mal di pancia. Mentre si affrettava verso l'aula, ricordò con un'improvvisa vampata di panico che non aveva finito i compiti. Pinky Taxus aveva assegnato dei problemi per il fine settimana e Laura, che di matematica non capiva nulla, aveva deciso di farsi aiutare da Lukas. Poi però, con tutte le cose insolite che le erano successe, se n'era completamente dimenticata.

Cavolo! E se la Taxus l'avesse interrogata? Forse Kaja poteva aiutarla.

"Tu sei riuscita a risolvere i problemi?", le chiese Laura.

"Quali?".

"Quelli che avevamo per compito, e quali sennò?".

"Quello delle ragazze coi cioccolatini?".

"Quello, in particolare!", disse Laura. "Non ho la minima idea di come si faccia".

"Ma è facile! Ascolta…".

In quel momento Laura si arrestò con l'espressione di chi ha visto un fantasma. Nel quadro di fronte all'ingresso il lupo nero era di nuovo seduto ai piedi della dama. *Ma non è possibile!*

"Laura?". Kaja guardò stupita l'amica. "Cosa c'è?".

Laura non rispose, e continuò a fissare il dipinto sul muro. Eppure, ne era sicura, la notte prima il lupo non c'era. Questo poteva significare una cosa soltanto: la visita notturna al preside Morgenstern era stata solo un sogno.

In quel momento suonò la campanella della prima ora.

"Sbrigati, Laura!", le disse Kaja. "Pinky Taxus ci fa un'altra scenata se arriviamo in ritardo".

Laura e Kaja entrarono in classe per ultime. Le aveva precedute perfino Puzzetta, che era sempre in ritardo. La professoressa Taxus era seduta dietro la cattedra e sorrideva. Un bruttissimo segno.

Mentre Laura andava a sedersi al suo posto e tirava fuori libro e quaderno, venne colta da una strana sensazione. La professoressa Taxus si alzò e guardò gli alunni col suo sorriso fasullo.

"Ora che tutti ci avete degnato della *vosstra* presenza, *posssiamo* finalmente iniziare, *ssì*?". Aveva un difetto di pronuncia e sibilava la 'esse' come un serpente a sonagli.

Andò alla lavagna, prese in mano il gesso e scrisse un problema con la sua calligrafia sobria. "*Ssei* ragazze mangiano *ssesssanta* cioccolatini in cinque giorni. In quanti giorni due ragazze mangiano *ssettanta* cioccolatini?", disse, scandendo le parole.

Laura emise un gemito fioco e alzò gli occhi al cielo: proprio il problema che aveva capito di meno! Poteva solo sperare che la Taxus non la chiamasse alla lavagna. Aveva una probabilità su quindici di essere interrogata.

La professoressa Taxus si girò e lasciò scorrere lo sguardo su tutta la settima B.

"Come *ssicuramente* ricorderete, *quessto* è uno degli esercizi che vi ho dato come compito a casa, *giussto*?".

"Sì, professoressa", rispose Paul Müller. E chi se no? Paul era un ragazzo mingherlino, portava grossi occhiali di corno, aveva i capelli rossi e più brufoli in faccia delle stelle nella via Lattea. Laura pensava che fosse una vigliaccata prendere in giro gli altri per il loro aspetto, ma le stava bene che Paul Müller venisse chiamato da tutti "Brufolo". Rispetto al numero dei suoi brufoli era un complimento e poteva ritenersi fortunato che non lo chiamassero Paul Pus. Se lo sarebbe meritato: non solo era un maledetto secchione, andava bene in tutte le materie tranne ginnastica, ma, peggio, era anche uno schifoso leccapiedi e faceva la spia ai professori. Non c'era da stupirsi che in classe nessuno lo potesse vedere. Era antipatico anche a molti professori, solo Pinky Taxus sembrava stravedere per lui. Sorrise con approvazione a Paul, seduto naturalmente al primo banco, e poi si rivolse agli altri alunni.

"Chi di voi *ssarà* così gentile da farci la *dimosstrazione* di come *ssi* risolve *quessto* problema?".

La mano di Brufolo scattò in aria.

"Lo *sso*, Paul, che tu lo *ssai*", gli disse la professoressa. Poi guardò gli altri alunni, per cercare eventuali volontari.

Gli alunni stavano in silenzio fissando concentrati il proprio banco, come se vi avessero scoperto qualcosa di terribilmente importante.

"Ehi, ehi, uno alla volta!", ironizzò la professoressa. "Non *possso* interrogarvi tutti insieme! Ma che ne dite di… di…". Il suo sguardo fece il giro e si fissò su Franziska Turini. Franziska impallidì. Il che era già tutto dire, perché dal padre italiano aveva preso non solo i capelli neri, ma anche una pelle olivastra.

Laura tirò un sospiro di sollievo. *Fiuuu… l'ho scampata anche stavolta!*

Franziska si stava alzando lentamente in preda al terrore, quando la Taxus ci ripensò: "Meglio di no, Franzisska", disse, "hai già avuto l'onore la *ssettimana sscorssa*".

Anche Franziska Turini faceva parte delle vittime preferite della Taxus. E solo perché la professoressa non poteva soffrire i *piercing*. Franziska ne aveva due: un anello sul ciglio destro e uno alla narice sinistra. Ma probabilmente Franziska avrebbe avuto vita difficile anche se non ne avesse avuti: la professoressa Taxus trovava sempre un motivo per rendere infernale la vita ai propri studenti. Laura avrebbe potuto scrivere un poema al riguardo.

Ora la Taxus aveva preso di mira Laura.

Oh, no!

In qualche modo l'insegnante doveva aver captato la sua paura, perché gli occhi le brillavano in modo particolare. Sembrava del tutto certa di aver trovato la vittima giusta.

"Credo, anzi *sso* a chi daremo *quessto* piccolo divertimento oggi. E cioè alla *nosstra*… cara Laura. Su, vieni, Laura!".

Laura si sentì male. Non avrebbe certo recuperato la sua insufficienza in matematica, anzi!

"Ehi!", le sussurrò Kaja mentre Laura si alzava tremante. "Guarda verso di me, cerco di suggerirti".

Con le ginocchia tremanti, Laura si avvicinò alla lavagna. La professoressa le passò il gesso.

Laura sentì il profumo che usava la Taxus. Sapeva di muschio, quasi di muffa. Laura l'aveva definito "profumo di mummia". Di colpo Laura ricordò: era lo stesso che aveva sentito in palestra, il giorno prima. Dunque era stata la professoressa Taxus a osservare il suo allenamento con Percy. Ma per quale ragione?

"*Ssu*, Laura". La voce sibilante della professoressa la strappò ai suoi pensieri. "Non ci tenere *ssui* carboni ardenti, e facci vedere qual è la *ssoluzione* del problema".

Laura rifletté febbrilmente. Com'era la regola delle proporzioni? In qualche modo bisognava mettere i termini nella relazione giusta. Ma quali erano i termini e quale la relazione giusta? Guardò Kaja, in cerca di aiuto.

Kaja annuì.

"Allora", disse Laura, e si schiarì la voce.

"*Ssin* qui tutto *giussto*", commentò Pinky Taxus. L'ironia di cui era carica la sua voce non sarebbe sfuggita neppure a un sordo.

"Si… ehm… si stabilisce prima la relazione…", continuò Laura, e Kaja annuì decisa. "La relazione… dei cioccolatini". Kaja smise di annuire e corrugò la fronte. Cosa significava? Era giusto o sbagliato?

"…E questo poi si moltiplica con… con la relazione tra le… ehm… ragazze?".

Kaja alzò gli occhi disperata, la Taxus invece guardava Laura con un sorrisetto di superiorità.

"Estremamente interessante, Laura!", disse. "Ma di solito

le ragazze non hanno relazioni l'una con l'altra".

Una risata spontanea scoppiò nella classe. Max Puzzetta ragliò come un asino impazzito e Ronnie Riedel gracidò come una rana dalla bocca larga. Solo mister Fighetto mantenne un'espressione seria, come se lui fosse di gran lunga al di sopra di simili battute infantili.

Laura si accorse che stava arrossendo, e si arrabbiò con se stessa.

"E poi cosa *ssuccede*, Laura?", la incalzò impietosa la professoressa. "*Ssono* proprio curiosa!".

Laura cercò di ragionare, ma aveva completamente perso il filo. Sbirciò Kaja come una che sta annegando e cerca un'ancora di salvezza. L'amica le faceva dei segni, ma Laura non capiva che cosa volessero dire. Era un due o un sei? E quello significava moltiplicare o dividere? Laura non ne aveva idea, e Pinky Taxus non aveva pietà.

"*Ssu*, sbrigati!", sbraitò. "Prima di Natale, magari!".

A Laura non restò altra scelta che tirare a indovinare. Magari avrebbe avuto fortuna. Altrimenti... pazienza. Era sempre meglio che fare scena muta.

"E... il tutto si moltiplica poi per... per...", s'interruppe e gettò un ultimo sguardo disperato a Kaja. D'un tratto le parve di capire che segni le stesse facendo: un sei, certo!

"Il tutto si moltiplica per sei", disse in fretta.

Kaja si accasciò sulla sedia e Laura capì di aver detto una scemenza. Guardò impaurita la Taxus.

Ma il viso dell'insegnante non mostrava né rabbia né soddisfazione. "Per *ssei*, dunque?", chiese solo, con calma. "E *ssapresti* anche *sspiegare* perché?".

Laura era confusa. "Ehm", cominciò, ma poi decise che era meglio stare zitta e scosse la testa in silenzio.

"Lo immaginavo, Laura", disse la professoressa. "E vuoi *ssapere* perché? Primo, quello che ci hai raccontato è del tutto *inssenssato*, ed è nella natura delle cose *inssenssate* che non *ssi posssano sspiegare*, altrimenti avrebbero *ssensso, giussto*? E *ssecondo... ssecondo*, pare che tu abbia tempo per tutto tranne che per studiare, non è vero?".

Laura non rispose. A cosa alludeva la Taxus?

"*Sse possso* darti un *conssiglio*, Laura, *ssarebbe* meglio che tu *usasssi* il tuo tempo per *sstudiare* invece di girare di notte nel parco!".

Ecco cos'era! Dunque la Taxus si era accorta di quello che era successo la notte prima. *Accidenti!* E se ora lo andava a spifferare a Schwartz? Ma nello stesso istante un altro pensiero attraversò la mente di Laura. Un pensiero che le fece subito dimenticare tutto il resto: se la Taxus l'aveva davvero vista nel parco, allora voleva dire che non si era sognata gli avvenimenti della notte passata... Certo! Tutto doveva essere successo proprio come lo ricordava.

Laura ebbe allo stesso tempo caldo e freddo. Non sapeva se essere contenta o spaventata. *Allora sono davvero una Guardiana! Cavolo!*

La professoressa la guardava con freddezza. "Hai *ssenz'altro ssentito* quello che Quin... ehm... il professor Schwartz ha annunciato ieri *ssera* a cena? Ogni infrazione alle regole *sscolasstiche* verrà punita *sseveramente*".

Laura deglutì. "Lo so", disse piano.

"E allora perché non le rispetti?".

Laura non rispose.

"Cosa devo fare con te, ora? Devo andare a dirlo al vicepreside o chiudere un occhio per questa volta?". Si girò, e rivolgendosi alla classe chiese: "Cosa dite: devo denunciare Laura oppure no?".

Nell'aula si fece un silenzio di tomba. Laura guardava i suoi compagni con timore. Qualcuno si sarebbe espresso contro di lei? Era possibile. Brufolo, per esempio, era capacissimo di farlo, e anche Max Puzzetta. E soprattutto Carol Thiele, che ce l'aveva con lei, anche se Laura non sapeva perché.

"Allora", disse Pinky Taxus, "chi è per denunciare Laura? *Ssu* le mani".

Con grande sorpresa di Laura, nessuno alzò la mano. Brufolo voleva alzarla, in realtà, ma Kaja, che era nel banco dietro di lui, gli tirò svelta un pugno e lo guardò con così tanta cattiveria da farlo desistere dalla vigliaccata.

La professoressa sembrò sorpresa dalla reazione della classe. Ma non si dette per vinta. "Prova del nove", ordinò. "Chi è in favore che io sia clemente con Laura?".

Tredici mani scattarono subito in alto. Brufolo esitò, ma Kaja gli tirò un altro pugno e le mani in alto furono quattordici. Non solo Brufolo era un secchione e un leccapiedi, ma pure un coniglio!

La professoressa di matematica annuì pensosa. "Bene. *Sse quessto* è quello che volete!". Si avvicinò a Laura e la guardò negli occhi. "*Quessta* volta hai avuto fortuna", disse. "Ma la *prosssima* non te la caverai *ssenza* punizione! Andrò dal *presside* e dovrai pagarne le *consseguenze*. Mi *ssono sspiegata*?".

Laura deglutì, ma non rispose.

Il viso dell'insegnante si rabbuiò. "Voglio *ssapere sse ssono sstata chiara*?", sibilò infuriata. Sembrava un rettile velenoso.

"Sì", rispose piano Laura.

"Bene, allora ci *ssiamo* capite. Vai al *possto*".

Laura si girò e tornò al suo banco.

"Ah, ancora una cosa, Laura", le disse la professoressa.

Sorpresa, Laura si fermò e si voltò verso di lei. Il sorrisetto compiaciuto della Taxus non prometteva nulla di buono.

"Che io non *posssa* darti più di quattro per *quessta* tua grandiosa esibizione è chiaro, no?", disse beffarda.

Laura sentì che le cresceva dentro un'ira furibonda. Perché la professoressa doveva rigirare il coltello nella piaga? Le lanciò uno sguardo carico d'odio e si morse le labbra per non dire quello che stava pensando: *iena!*

Allora successe una cosa strana: il viso dell'insegnante si

contorse dalla rabbia: “Non provare a dirlo!”. La sua voce aveva una sfumatura minacciosa e gli occhi neri luccicavano cattivi.

Strano, pensò Laura. *Come ha fatto a indovinare cosa mi passava per la testa? Com’è possibile?*

D’un tratto le venne un terribile sospetto.

Capitolo 10

Pensieri altrui

Miss Morgain la guardò seriamente. "Su, Laura, dimmi cosa ti preoccupa". Anche se era nata in Scozia, la graziosa insegnante parlava senza alcun accento.

Erano nel cortile del castello in mezzo ai chiassosi studenti che correvano qua e là. Miss Morgain aveva il turno di supervisione dell'intervallo, e Laura era corsa da lei dopo la lezione di matematica.

"Forse mi sbaglio, ma in qualche modo ho la sensazione che Pinky… ehm… che la professoressa Taxus, voglio dire, sappia leggere nel pensiero".

Un lieve sorriso attraversò il viso dell'insegnante. "È vero".

"Ma… questo vuol dire che lei… che lei…". Laura s'interruppe perché l'idea le sembrava semplicemente mostruosa.

"Hai indovinato". Miss Morgain aveva colto il suo pensiero. "Rebecca Taxus fa parte degli Oscuri… e non è affatto l'unica".

"No?". Laura era scioccata. "Ci sono altri Oscuri a Ravenstein?".

"Certo. Sia tra gli insegnanti che tra il personale non docente".

"Davvero?". Laura guardò sconvolta la sua insegnante. "E chi sono?".

"Questo, cara Laura, dovrai scoprirlo da sola. E non aver paura, appena riuscirai a controllare i tuoi poteri questo non ti creerà più alcun problema".

Laura corrucciò la fronte. Sembrava non esserne del tutto convinta.

Miss Morgain le diede un buffetto incoraggiante. “Puoi credermi, Laura. Che ne dici di fare un tentativo?”.

“Un tentativo?”. Dall’espressione di Laura era chiaro che non capiva che cosa volesse Miss Mary da lei. “Che tipo di tentativo?”.

“Un tentativo di lettura del pensiero, ovviamente. O hai già dimenticato che questo è la mia specialità e che ti devo dare lezioni?”.

“Ehm… no”, si affrettò a rispondere Laura. “Voglio dire, certo che non l’ho dimenticato. Solo che non so come… come bisogna fare. Per leggere nel pensiero, dico”.

“È per questo che sono qui. Allora, stai attenta: non è difficile quanto credi. La cosa più importante è calarsi bene nei panni dell’altro, nei suoi sentimenti, nei suoi desideri e timori segreti, senza preconcetti e senza lasciarsi influenzare dal proprio parere o dai propri pregiudizi. Capisci?”.

“Credo di sì”. Laura sembrava incerta. “Bisogna in un certo senso dimenticare quello che si pensa o si prova per l’altra persona?”.

“Esattamente. Questo è più difficile di quel che si pensa. Ma quando ti riesce, allora il grosso è fatto. Vieni, proviamo! Magari riesci a scoprire cosa pensano gli altri ragazzi. I tuoi compagni di classe, per esempio”. Miss Morgain e Laura presero a camminare lentamente tra gli alunni. Quando arrivarono vicino ad Alexander Haase, che discuteva animatamente con altri ragazzi, l’insegnante fece un cenno a Laura.

“Dai, Laura: a cosa sta pensando Alex?”.

Laura guardò attentamente il ragazzo coi capelli neri a spazzola. A cosa mai poteva pensare Alex? Lo fissò come se volesse trafiggerlo con lo sguardo. D’un tratto ebbe un’idea. “Alex sta pensando… al Bayern Monaco?”, disse, più col tono di una domanda che con convinzione.

La professoressa sorrise contenta. “È vero. Sta pensando alla partita di sabato prossimo contro il Borussia Dortmund, e spera ovviamente che vinca il Bayern”. Miss Morgain diede una leggera pacca sulla schiena a Laura in segno di approvazione. “Molto bene! Anche se… non era tanto difficile, no?”.

L’insegnante aveva ragione. Alex Haase girava anche in collegio con una maglietta del Bayern, al momento coperta dalla sua spessa giacca a vento, e parlava sempre e solo di calcio.

Laura trovò più difficile capire quali fossero i pensieri di mister Fighetto. Questi era appoggiato mollemente a uno dei leoni alati, indossava una giacca all’ultima moda e nonostante la stagione portava degli occhiali da sole di Gucci. Ciò rendeva più difficile captare i suoi pensieri, perché, come Miss Morgain aveva spiegato a Laura, la lettura del pensiero era più facile quando si poteva guardare l’altro negli occhi.

Laura ci provò lo stesso. “Mister Fighetto si sta chiedendo se… ehm… se a Carol piace la sua nuova giacca”.

La professoressa rise. “Non male, Laura, anche se è giusto solo per metà. Philipp si sta sì chiedendo se una certa ragazza lo trova carino, solo che non si tratta di Carol”.

“No?”.

“No”, rispose Miss Morgain, sorridendo tra sé e sé.

Con Puzzetta, Laura sbagliò completamente. Il che era comprensibile, perché lui si era voltato verso Laura e le aveva fatto una smorfia cattiva.

“Cos’hai da guardare, tu… tu…”. Senza finire la frase, il grassone si era girato e si era allontanato tutto rosso in viso.

“Be’? A cosa stava pensando Max?”, le chiese la professoressa.

Laura fece una smorfia. “Glielo si leggeva in faccia. Puzzetta stava sicuramente pensando che sono una stronza”.

“Sbagliato, Laura. Proprio sbagliato!”.

“Davvero?”.

“Sì. Max Guzzetta stava pensando esattamente l’opposto”.

La ragazza era sorpresa. “Sul serio? E che cosa?”.

“Questo dovrai scoprirlo da sola”, rispose enigmatica Miss Morgain, mentre suonava la campanella di fine intervallo. “E ricordati: ci vediamo dopo pranzo, nella stanza della torre!”.

Un velo di nebbia nera aleggiava sulla Fortezza Oscura, che si ergeva al bordo dell'insidioso Acquitrino Solforoso. Un gigantesco stormo di cornacchie volteggiava sopra le merlature delle torri. Le loro strida acute riempivano l'aria e si sentivano perfino nella camera di Syrin, che si trovava nel cuore della fortezza.

Un grosso fuoco diffondeva una luce tremolante nella stanza, simile a una caverna. Accanto al fuoco sedeva Borboron, il quale, con volto impassibile, ascoltava che cosa gli diceva Syrin. Quando ebbe finito di parlare, Borboron annuì compiaciuto. “Ben fatto, Syrin. Sapevo di poter contare su di te. Non hai tradito la mia fiducia”.

Un sorriso di trionfo distorse il volto bianco della donna, che si avvicinò veloce al Principe Nero. “Questo era solo l'inizio, Borboron! Da quando la Ruota del Tempo è in mio possesso la magia della Luce con cui Elysion ha cercato di distruggere i miei poteri perde effetto giorno per giorno!”.

Syrin si sganciò dal collo la collana e la osservò avida. “All'inizio dei mondi gli elfi forgiarono due amuleti con lo stesso oro di cui è fatto anche il Calice della Luce. Danno un grande potere a chi li porta e aiutano a trovare il Calice quando va perduto. Elysion (possa marcire nel profondo dell'Oscurità!) ne possiede uno. Questo invece...”, e mise la ruota stilizzata proprio davanti al viso di Borboron, “questo fu portato tantissimo tempo fa sulla Terrastella e ora, ora appartiene a me! A me! A me!”.

Le sue dita a forma di artigli si chiusero intorno al gioiello, e un bagliore folle le illuminò lo sguardo. “Presto potrò vedere ancora col Cristallo della Vista e allora, Borboron, allora...".

Fu interrotta dalla porta che si aprì. Il Fhurhur entrò nella stanza.

Syrin scattò subito verso di lui. "Hai portato quello che ti ho chiesto?".

Il Fhurhur estrasse dal mantello una bottiglia e la tese alla donna. Dentro c'era un liquido trasparente, che sembrava acqua.

Syrin tolse veloce il tappo dal collo della bottiglia e la annusò. "Non... non ha nessun odore", constatò quasi delusa, e guardò il Fhurhur con aria interrogativa.

Questi annuì. "È vero", rispose con la sua sottile voce roca. "Per questo nessuno si accorgerà di nulla quando lo mescolerai a un'altra bevanda".

"E questo elisir è davvero così efficace?".

Una traccia di subitanea ira rabbuiò il viso del negromante. "Bada a come parli, donna, e non osare dubitare dei miei poteri!".

"Va bene, va bene!". La voce di Syrin suonava soave. "Sono solo una... una donnetta ignorante, come giustamente fai notare".

Il Fhurhur la fissò con uno sguardo dubbioso, come se non fosse certo se parlasse sul serio o se si stesse facendo beffe di lui. "L'elisir ha già provato la sua efficacia innumerevoli volte, sia da noi che sulla Terrastella. Una sola goccia porta una morte sicura. Una morte più dolorosa di quanto tu possa immaginare".

"Bene! Benissimo!". Lo sguardo di Syrin risplendette nuovamente di una luce folle. "Allora il destino di Elysion è segnato, e perfino l'Acqua del Calice non potrà più aiutarlo!".

La stanza della torre era al piano più alto del battifredo e lo occupava per intero. Le finestre lasciavano libera la visuale in tutte e quattro le direzioni, offrendo una vista spettacolare del castello di Ravenstein e del suo circondario. Quando c'era bel tempo si poteva vedere a chilometri di distanza, e qualche volta si distinguevano addirittura le cime innevate delle montagne in lontananza. Quel giorno però il cielo era grigio e carico di nubi, e un pallido velo umido ostacolava la vista. Ma Miss Morgain e Laura non erano salite alla torre per guardare il panorama. In genere la stanza della torre veniva usata per le riunioni delle associazioni del collegio. Dalla Società della Danza, ad esempio, dall'Ensemble di Chitarra e anche dal Gruppo di Teatro condotto da Miss Morgain. Era una stanza appartata e lì nessuno le avrebbe disturbate.

Mary Morgain insegnava inglese e francese a Ravenstein. Era molto brava, perché sapeva rendere la lezione non un dovere gravoso, ma piuttosto un divertimento. Più brava perfino di Gengis, il simpatico professore di geografia. Forse era per questo che con lei gli alunni più pigri si trasformavano quasi in studenti modello. Max Puzzetta, ad esempio, diventava docile come un agnellino e riusciva a limitare, o addirittura a frenare del tutto, le sue emissioni d'aria.

Laura passeggiava irrequieta per la stanza e si fermò infine davanti all'insegnante, che sedeva su una sedia al centro della stanza.

"Non capisco una cosa", disse turbata la ragazza. "Se a Ravenstein ci sono altre persone che stanno dalla parte delle Forze Oscure, perché lei non mi dice...".

"Tu", la interruppe Miss Mary.

Laura guardò l'insegnante senza capire.

"Noi Guardiani ci diamo del 'tu' e ci chiamiamo per nome. Solo coi più venerabili tra noi, come il preside Morgenstern, per esempio, facciamo un'eccezione".

"Ma prima, in cortile...".

"Lì c'erano altri alunni e altri insegnanti, e davanti a loro è meglio conservare le abituali forme di cortesia". Mary Morgain sorrise. "Non devono sapere tutti quale rapporto c'è tra noi, non ti pare?".

"No, chiaro, Miss... ehm, scusa... Mary".

La professoressa le rivolse di nuovo un sorriso amichevole.

"Ti ci abituerai, Laura. Ma per tornare alla tua domanda: non ti diciamo chi fa parte degli Oscuri perché devi imparare a riconoscerli".

"Ma lei... ehm... tu potresti semplicemente dirmi chi sono".

"Certo che potrei. Ma non ti sarebbe utile".

Laura aggrottò la fronte e guardò dubbiosa Miss Mary. *Altroché se sarebbe utile!*

"Non capisco. Renderebbe tutto più semplice".

La professoressa scosse la testa sorridendo. "No, Laura, non è vero. Cercherò di spiegartelo con un esempio. Tu hai problemi in matematica, ho sentito, in particolare con le proporzioni, vero?".

Laura arrossì.

"Immaginiamo dunque che tu abbia un esercizio davanti a te che non sei in grado di risolvere. Che cosa ti aiuterebbe di più, che qualcuno ti desse la soluzione o che qualcuno ti spiegasse i passaggi da fare, mettendoti così in grado di trovare da sola la soluzione giusta?".

Laura non dovette pensarci molto. L'orribile ora di matematica era ancora ben impressa nella sua memoria. "La seconda, ovviamente".

"È così, Laura. La soluzione da sola ti aiuta poco perché è valida solo per quell'esercizio. Invece devi capire come la si ottiene, perché solo allora sarai in grado di risolvere altri esercizi. Tu avrai a che fare anche con degli sconosciuti e se non sarai in grado di guardare oltre le maschere di queste persone e di riconoscere le loro vere intenzioni, correrai un grande pericolo. Noi Guardiani non potremo essere sempre al tuo fianco. È per questo, Laura, che devi assolutamente imparare a riconoscere la vera essenza delle persone. In modo che tu possa capire molto velocemente se chi sta di fronte a te è un alleato o con un nemico. Mi capisci, ora?".

Laura annuì. Certo che capiva. E un'altra cosa le fu chiara d'un tratto. "È possibile che anche il professor Schwartz sia uno dei nostri nemici?", chiese pensierosa.

"Brava, Laura! Vedo che impari in fretta. Considero il professor Schwartz ben più pericoloso di Rebecca Taxus".

"Anche lui sa leggere nel pensiero?".

Miss Mary scosse la testa. "No. Per gli Oscuri vale la stessa regola che per noi Guardiani. Solo quelli nati nel segno del Tredici possiedono tutti i poteri. Gli altri ne possiedono uno solo. Quintus Schwartz è un maestro della telecinesi... con cui ha già causato del male".

Miss Mary s'interruppe e guardò Laura. Alla ragazza parve addirittura di cogliere della compassione sul suo viso.

"Cosa ha fatto?".

L'insegnante scosse la testa. "Non ora. Lo scoprirai fin troppo presto. Inoltre quel che è stato è stato, e non possiamo più cambiarlo".

Laura non sapeva perché, ma ebbe la sensazione che l'evento misterioso di cui Miss Morgain non voleva parlare avesse a che fare con lei, Laura. Qualunque cosa fosse, probabilmente aveva avuto un'importanza decisiva nella sua vita e temeva il momento in cui avrebbe scoperto di che cosa si trattasse.

La professoressa distolse Laura dai suoi pensieri. "È ora che cominciamo, Laura. Hai molto da imparare, e ci resta poco tempo".

"Lo so. Ma se puoi rispondere ancora a un'ultima domanda...".

Miss Morgain annuì.

"Se siete così sicuri che il Calice della Luce sia nascosto dentro o intorno al castello, perché non siete ancora riusciti a trovarlo?".

"Perché abbiamo a che fare con avversari estremamente ingegnosi. Sospettiamo che abbiano impiegato un incantesimo d'illusione sul Calice e sul suo nascondiglio. Tra gli alleati degli Oscuri ci sono infatti anche i terribili Fhurhur. Sono potenti negromanti, le cui arti diaboliche hanno già creato molti problemi ai Paladini e a noi Guardiani. Probabilmente sono stati loro a tessere l'incantesimo che protegge il Calice e lo nasconde ai nostri occhi".

"E perché proprio io dovrei riuscire a trovarlo?".

"Tu hai dei poteri particolari, come già sai. Ma questi poteri non sono ancora del tutto sviluppati. È probabile quindi che l'incantesimo su di te non funzioni bene".

"Non capisco".

"Ogni mezzo che persegue uno scopo preciso può essere efficace solo in quel senso. Le gocce per il naso, per esempio, servono solo se hai il naso chiuso; per il mal di pancia non servono a niente. E un incantesimo d'illusione che deve confondere o accecare dei Paladini e dei Guardiani della Luce addestrati avrebbe probabilmente meno effetto su un'apprendista come te".

Laura ci rifletté un attimo. Sembrava plausibile. Ma poi le venne in mente un'altra cosa. "Immagino che tu sappia leggere il pensiero come la Taxus o anche meglio, vero?".

Miss Morgain annuì.

"E perché allora non sei riuscita a leggere nel suo pensiero dove è nascosto il Calice? La Taxus lo saprà di sicuro...".

"Certo. Certo che Rebecca Taxus sa dov'è nascosto, e anche il professor Schwartz lo sa.. Tuttavia...".

"Tuttavia?".

"C'è una forte protezione contro la lettura del pensiero. Quando sei in grado di mettere in atto questa protezione allora agli altri è del tutto impossibile entrare nella tua testa, anche se sono dei maestri".

"Davvero? E come si fa?".

"Prima di tutto devi evitare il contatto visivo diretto. Se guardi qualcuno negli occhi gli rendi più facile l'accesso ai tuoi pensieri. Non è un caso che si dica che gli occhi sono lo specchio dell'anima".

"Lo diceva sempre anche mia madre", disse Laura con voce

triste.

“Vedi? Dunque devi evitare il contatto visivo e non pensare a niente”.

“Cosa? Non bisogna pensare a niente?”.

“Esatto. A niente”.

“Ma… non è possibile!”.

La professoressa le sorrise indulgente. “Invece sì, Laura, lo è. Bisogna solo esercitarsi. Anzi, ora cominceremo la nostra lezione con un esercizio su questa abilità. Siediti, per favore”.

Laura prese posto su una sedia vicino a Miss Morgain e guardò fiduciosa la giovane insegnante.

“Chiudi gli occhi e lascia libero corso ai tuoi pensieri”, le disse questa con voce calma.

Laura seguì le istruzioni quasi senza volerlo.

“Qualunque pensiero ti venga, non trattenerlo e non cercare in alcun modo di influenzarlo o di guidarlo in una direzione precisa. Lascia che i tuoi pensieri scorrano, calmi come un ampio fiume. Senza traguardi, senza mete. Non opporre resistenza, e piano piano ti accorgerai che cominceranno a diminuire e a disperdersi, fino a diventare un rivolo sottile che alla fine si esaurisce”.

Laura fece esattamente come le indicava l’insegnante. In fondo doveva e voleva imparare tutto il necessario il più presto possibile, altrimenti come avrebbe potuto opporsi agli Oscuri? *Se non si fosse sforzata, il Custode della Luce sarebbe morto. Le Forze Oscure avrebbero vinto! Sarebbe giunto il Nulla Eterno! Tutto sarebbe stato perduto!*

Il carosello di pensieri nella sua testa si era rimesso in movimento e Laura capì che stava sbagliando tutto. *Tutto.*

Aprì gli occhi e guardò afflitta Miss Mary. La professoressa sorrise. Aveva seguito tutti i pensieri di Laura.

La ragazza alzò le spalle rassegnata: “Non ci riesco”, disse. “Non è possibile non pensare a niente”.

“Sicura?”.

"Sì!".

"Ah, be', allora sarà senz'altro così. Dopo tutto ci hai provato per quarantacinque lunghi secondi. Era il tuo primo tentativo, ma non c'è dubbio: se non ti è riuscito la prima volta allora non potrai mai riuscirci".

Laura deglutì. Miss Mary aveva ragione: come poteva essere così impaziente? Così vigliacca e rassegnata?

L'insegnante assunse un'espressione preoccupata. "Sbagliato di nuovo, Laura! Non hai nessun motivo per rimproverarti. Hai ragione almeno in parte: non pensare a niente è più difficile di quanto non si creda. Ma si può! Devi solo esercitarti, esercitarti spesso. E vedrai: ogni volta ti verrà più facile, finché un giorno raggiungerai il tuo obiettivo. E poi ti chiederai cosa c'era di così difficile. Perciò, Laura, chiudi di nuovo gli occhi e riprova. Ancora. Per favore".

Laura chiuse nuovamente gli occhi e lasciò scorrere i suoi pensieri. Si sentiva calma, sempre più calma.

Capitolo 11

Una spaventosa metamorfosi

La pallina da tennis colpì con un rumore sordo il tabellone e cadde sull'anello del canestro, facendo tremare leggermente la rete sbrindellata. La pallina traballò indecisa due volte, poi cadde a terra dalla parte esterna del canestro.

"Accidenti!", esclamò Lukas. "Era quasi dentro!".

Era sul campo da basket dietro la palestra e fissava scuotendo la testa la sua pallina da tennis, che aveva mancato ancora una volta il bersaglio.

"Però non è entrata", disse Kaja. Si appoggiò al canestro, sorridendo con aria canzonatoria al ragazzo, visibilmente deluso, e addentò con soddisfazione la sua barretta di cioccolato. " 'Quasi dentro' è comunque fuori, e quindi hai perso. Hai segnato solo cinque volte su dieci, non sei, come avevi scommesso".

"Be', c'ero quasi, devi ammetterlo!". Anche se Lukas cercava di non farlo vedere, gli scocciava di aver perso la scommessa. Soprattutto perché era una scommessa fatta con Kaja. "È stata una vera sfortuna. Secondo le leggi della probabilità, almeno uno dei tre lanci che è finito sull'anello sarebbe dovuto finire nel canestro, non tutti e tre fuori!".

"Però sono usciti", sorrise contenta Kaja, "e quindi mi devi una tavoletta di cioccolato".

"Okay, okay, minus-mente", rispose velenoso Lukas. "Non esaltarti troppo". Guardò l'orologio. "Non capisco dove sia finita Laura. È stata un'idea sua incontrarsi qui, no? Tu almeno sai cosa vuole?”.

Kaja scosse la testa. “No. Ha detto solo che è importante. E che ha un compito per noi”.

“Un compito? Di che tipo?”.

“Boh!? Non ha detto altro”.

“Strano”, brontolò Lukas. Lanciò in aria la pallina logora e la riafferrò. Poi la lanciò verso il canestro. La pallina disegnò un arco perfetto nella luce opaca del pomeriggio e passò in mezzo all’anello. Canestro! “Accidenti!”, esclamò Lukas.

Kaja sorrise in silenzio.

“Che c’è? Vogliamo fare un’altra scommessa?”, chiese Lukas, ma ecco arrivare di corsa Laura.

“Scusate”, disse. “Ma ci ho messo più del previsto”.

“Abbiamo notato!”, rispose Lukas guardandola di traverso. “Cos’hai fatto?”.

“Ehm…”, rispose Laura. Doveva raccontare ai due che cosa aveva fatto? No, meglio di no. “Io… io… ehm… avevo qualcosa d’importante da discutere con Miss Morgain”.

“Davvero?”. Sulla fronte di Lukas era apparsa di nuovo la ruga. Sembrava non crederle.

Kaja aiutò l’amica a uscire dall’imbarazzo. “Be’? Cosa c’è, allora?”.

Laura si guardò intorno con circospezione. Poi si avvicinò ai due e, a voce bassa, chiese loro: “Se doveste nascondere qualcosa di prezioso a Ravenstein, qualcosa di preziosissimo, dove lo mettereste?”.

Lukas e Kaja la guardarono sorpresi. Poi si misero a riflettere. Kaja arricciò le labbra e Lukas fece rimbalzare la pallina a terra. Dopo qualche istante gli venne un’idea.

“Che ne dici di… della vecchia cripta nel Bosco del Boia?”.

“Oh, no! Dicono che è stregata!”, esclamò Kaja.

“Appunto”, rispose Lukas.

Kaja non capì. “Cosa vuoi dire?”, gli chiese.

“Vuol dire che proprio perché dicono che è stregata nessuno osa andarci", le spiegò Laura. "E proprio per questo la vecchia cripta sarebbe un nascondiglio ideale".

Dopo un attimo di riflessione, Kaja annuì. "Ah sì, certo". Il suo viso concentrato si schiarì. "Che ne dite dell'isolotto?", propose.

Intendeva l'isolotto nel Lago degli Spiriti, che si trovava a sud del parco. Nell'acqua limpida c'erano moltissimi pesci che ogni tanto arricchivano il menù del collegio. Le rive erano coperte da canneti e vecchi salici, e in un punto c'era anche una grande spiaggia sabbiosa. Nei caldi giorni estivi, sul Lago degli Spiriti si stava magnificamente. I collegiali andavano lì a nuotare e a fare *surf*, mentre d'inverno, quando era ghiacciato, il lago invogliava al pattinaggio e all'hockey. Col freddo dei primi giorni di dicembre, sul lago si era steso uno strato di ghiaccio, ma l'aria mite portata dal temporale la sera prima l'aveva sciolto.

L'isolotto nel mezzo del Lago degli Spiriti era coperto da una fitta vegetazione, composta quasi esclusivamente da rovi, ortica e piante velenose. Ai ragazzi veniva esplicitamente raccomandato di non andarci, ma c'erano sempre degli audaci che cercavano di esplorarlo di nascosto. Le loro escursioni di solito non avevano molto successo; si risolvevano in escoriazioni, graffi o in forte prurito e sfoghi se i ragazzi toccavano l'acanto, il lapacendro malefico o la sabina. Tre anni prima, tuttavia, uno studente, dopo una visita notturna all'isolotto, raccontò di avervi notato strani fenomeni luminosi e figure scure. Subito dopo cadde in delirio, febbricitante, e divenne temporaneamente cieco. Per fortuna guarì del tutto, ma da allora l'isolotto incusse ancor più timore. Dunque Kaja aveva ragione: poteva essere un buon nascondiglio.

"Vi viene in mente qualcos'altro?".

"Che ne dici dei sotterranei?", chiese Kaja. "Devono essere enormi. O magari la camera delle torture?".

"Sei sicura che esista?".

"Sicura no, ma se ci fosse potrebbe essere un buon posto, non ti pare?".

Laura corrugò la fronte. Perché no, in effetti? In un enorme sotterraneo con stretti corridoi e innumerevoli stanze di ogni genere dovevano esserci moltissimi nascondigli.

"Se non mi sbaglio", disse Lukas assorto, "ho letto da qualche parte che Reimar von Ravenstein...".

"Il tipo che ha fatto costruire il castello?", lo interruppe Kaja.

"Precisesatto. Reimar von Ravenstein, detto il Cavaliere Sanguinario, nato nell'anno 1111, morto nel 1154. Subito dopo il ritorno dalla seconda crociata si fece costruire una statua imponente...".

Laura lo interruppe brusca. "Ehi!". Lukas doveva ormai saperlo che sua sorella non sopportava le sue disquisizioni da saputello. Inoltre la storia di Reimar von Ravenstein era roba trita e ritrita, quindi non c'era davvero bisogno di ripeterla.

"Risparmiati la conferenza e vieni al dunque!".

Lukas fece una faccia risentita. "Okay", disse offeso. "Se non v'interessa la storia del nostro collegio...".

Laura e Kaja alzarono tutte e due gli occhi al cielo, e Lukas si rese conto che non poteva tirare troppo la corda. "Okay, okay. Allora, a quanto pare questo Reimar non portò solo una marea d'oro e d'argento dalla Terrasanta, ma anche un architetto. Questo architetto era un vero maestro nel suo campo. Oltre a famose moschee e palazzi, ha costruito anche moltissime fortezze dei templari. Sono in pochi a sapere che Reimar von Ravenstein non lo incaricò di costruire solo la cripta nel Bosco del Boia, ma anche...".

Trattenne il fiato e guardò divertito le due ragazze. Sembrava quasi provarci gusto a tenerle in sospeso.

"Ma anche?...", lo spronò impaziente sua sorella. Lukas si limitò a sorridere e Laura dovette trattenersi per non strozzarlo. "Dai, Lukas! Non ci torturare!", gli disse, con una lieve sfumatura di minaccia. A volte suo fratello era davvero insopportabile.

"Ma anche... una stanza segreta in cui poteva conservare al sicuro i tesori preziosi che aveva rubato in Terrasanta".

"Davvero?", si stupì Laura. "Sai anche dove si trova questa stanza?".

"Sembra che sia nei sotterranei, da qualche parte. Non so se sia vero però. Non l'ho vista coi miei occhi".

"Fantastico, Lukas!", esclamò Laura. "Questa stanza sarebbe di sicuro un nascondiglio perfetto. Se l'architetto era davvero così bravo come dici, allora sicuramente avrà fatto in modo che la stanza non sia facile da trovare".

"Sarebbe logisibile", sorrise Lukas, imbarazzato. Non era abituato a ricevere complimenti dalla sorella.

"Dobbiamo cercarla assolutamente!", disse Laura.

"Cercarla? E perché?", le chiese Kaja.

"Già, perché?", le fece eco Lukas.

"Ehm... ecco... ve lo racconto poi". Guardò in fretta l'orologio. "Oggi non abbiamo tempo per fare le ricerche. Tra poco è l'ora di cena e dopo ho da fare. Propongo di vederci domani, subito dopo le lezioni".

Il fuoco nel camino crepitava e la luce guizzante illuminava il viso di Aurelius Morgenstern, che sembrava sfinito. Avvolto nel suo antiquato cappotto, sedeva di fronte alla grande tavola rotonda e aveva lo sguardo perso nel vuoto. Sembrava non accorgersi di quello che aveva attorno, né della luce al centro del tavolo, né delle candele accese sul piccolo comò appoggiato al muro, né di Laura, che aveva preso posto di fronte a lui e lo guardava preoccupata. Non c'era dubbio: la sua salute era peggiorata. Era piuttosto strano che i dottori non avessero ancora scoperto di che cosa soffrisse. Ma anche lui, perché non si faceva ricoverare in una clinica?

Le venne un improvviso sospetto: e se la malattia del preside non fosse una malattia conosciuta? Forse stava male perché il Custode della Luce stava male a sua volta. Per questo nessun medico poteva aiutarlo. Certo, doveva essere così. E questo significava...

Laura trattenne il respiro. Se la salute del preside era legata a quella del Custode della Luce, si poteva trarre una sola conclusione: se il Custode della Luce fosse morto, sarebbe morto anche Aurelius Morgenstern.

Oh, no!

Il professore si schiarì la voce. "Anche noi siamo già arrivati all'idea di cercare questa stanza del tesoro, Laura".

"E l'avete trovata?".

Il professore scosse la testa.

"Peccato".

"Mi fraintendi. Percy è riuscito a scovare i vecchi progetti dell'architetto d'Oriente. E su questi progetti erano indicati la stanza e il passaggio per arrivarci".

"E poi?".

"Abbiamo trovato il corridoio nel sotterraneo, ma ci siamo resi conto che non aveva senso cercare lì".

"Perché no?".

"Perché circa trenta metri dopo l'inizio del corridoio, il passaggio è ostruito da un'enorme pila di pietre e calcinacci. Riempiono completamente il corridoio, e sono lì da parecchi anni".

"Ma... il Calice non potrebbe essere comunque in quella stanza?".

Morgenstern scosse la testa.

"No, Laura, pensaci: il Calice della Luce è stato rubato un anno fa dal labirinto della Fortezza del Graal. È stato portato sulla Terra al solstizio d'inverno dell'anno scorso attraverso il portale magico e nascosto da qualche parte, qui a Ravenstein. Proprio per questo il Calice non può essere nella stanza segreta di Reimar: l'accesso era già bloccato tanto tempo prima. Capisci?".

La ragazza fece una faccia delusa.

Un sorriso affaticato apparve sul volto rugoso del preside.

"Ma ora cominciamo la lezione", le disse.

Mise la mano ossuta nella tasca del cappotto e ne trasse una palla di legno bianca della grandezza di una palla da biliardo. Morgenstern pose la palla davanti a sé, sul tavolo. Poi guardò Laura e le disse: "Concentra tutti i tuoi pensieri e la tua energia su questa palla, e falla rotolare sul tavolo".

Laura lo guardò senza capire. "E come dovrei fare?".

"Solo ed esclusivamente con la forza del pensiero. Il pensiero non è altro che energia, ed è tramite l'energia che si muove la materia, come già saprai".

"Sì, ma non c'entra niente. È impossibile!".

"No, Laura, non lo è. Il fenomeno della telecinesi è conosciuto e documentato anche nel nostro mondo. I servizi segreti di molte nazioni hanno fatto esperimenti, e le forze armate hanno cercato di sfruttarlo per i propri scopi. Su Aventerra la telecinesi è conosciuta dall'inizio dei tempi. Fa parte dei vecchi poteri, ed è per questo che molti di noi Guardiani la posseggono. Anche tu puoi imparare a usarla, devi solo esercitarti. Non è difficile quanto credi. Guarda!".

Morgenstern diresse lo sguardo verso la palla. I suoi occhi erano fissi, senza un battito di palpebre e a Laura parve di vedere una strana energia fuoriuscire dalle sue pupille. Improvvisamente un tremore scosse la palla, che prese a muoversi come spinta da una mano invisibile. Rotolò lenta e regolare attraverso il tavolo, e si fermò proprio davanti a Laura.

Laura sgranò gli occhi. Ma non era possibile! Guardò incredula il preside.

"Ora tocca a te, Laura".

Laura deglutì. Non ne era mica capace! Decise tuttavia di fare un tentativo. Guardò la palla davanti a sé. *Muoviti ora*, pensò, *su, muoviti!* Non successe niente. La palla bianca rimase ferma, come incollata al tavolo. E come avrebbe potuto essere altrimenti? A meno che non ci fosse un trucco. Un trucco che Morgenstern non le aveva rivelato.

Il preside aggrottò la fronte. "Concentrati, Laura, e diventa tutt'uno con il tuo scopo. Allora anche la palla seguirà la tua volontà".

Dunque, niente trucco!

Laura si raschiò la gola, dondolò nervosa sulla sedia e si mise di nuovo a fissare la palla. Cercò di concentrarsi e s'immaginò che questa cominciava a rotolare, dapprima incerta e poi in modo uniforme, sulla superficie liscia del tavolo. Laura si accorse che le pulsavano le tempie. Ebbe un leggero giramento di testa e le venne caldo.

Ecco! Un tremito leggero, appena percettibile, attraversò la palla, che si scosse e si mise davvero in movimento. *Nooo!* Ma com'era possibile? Non era mai riuscita a fare una cosa del genere... La palla rotolò per qualche centimetro e poi si fermò.

Accidenti!

Laura non sapeva che cosa avesse sbagliato. Delusa lasciò cadere le braccia ed espirò rumorosamente. "Non ce la faccio", annunciò rassegnata.

Morgenstern la guardò con rimprovero. "Se non ci credi non ci riuscirai mai".

"Ma è così difficile!".

Il preside scosse la testa. "Non è difficile, Laura. Anzi, questo è l'esercizio più semplice. Molto più facile di quest'altro, per esempio". Girò la testa di lato e guardò il candelabro a tre braccia sul comò. Fissò la candela, poi sbatté le palpebre e con un leggero sfrigolio la fiamma si spense.

Laura era incredula.

Un sorriso si era disegnato sul viso del preside, che continuò: "E questo è ancora più difficile". Volse di nuovo lo sguardo verso la palla bianca che era ferma sul tavolo davanti a Laura. La fissò con tale intensità che sembrava volerla trapassare con lo sguardo. Dopo alcuni istanti la palla venne di nuovo percorsa da un tremito. Laura trattenne il respiro: la palla si sollevò dal tavolo e salì lentamente verso l'alto. Laura fissava a bocca aper-

ta la palla che stava sospesa nell'aria a mezzo metro dal tavolo.
"No", sussurrò sconvolta, "no!".
La forza di gravità si rimpossessò della palla, che cadde con un gran fragore sul tavolo ammaccandone la superficie. Morgenstern si accasciò sulla sedia e perse conoscenza.
Laura balzò in piedi e si chinò su di lui. Respirava ancora. Probabilmente era solo un attacco di debolezza, ma Laura pensò che fosse meglio chiamare qualcuno.
"Mary! Mary, per favore, vieni!".
Mary Morgain arrivò di corsa. Si chinò sul professore e gli controllò il polso. Poi gli sollevò una palpebra e guardò la pupilla.
"Niente paura, Laura. È solo uno svenimento, tornerà presto in sé. Mi occupo io di lui. Ora però è meglio che tu vada, se vuoi arrivare in tempo in camera tua ".
"Buona notte, Mary".
Quando Laura giunse sulla porta, si voltò verso di loro. Il preside era ancora svenuto e Mary gli teneva una bottiglietta sotto il naso. Morgenstern stava molto peggio di quanto lei avesse pensato all'inizio. Stava morendo.

Il Custode della Luce emise un flebile gemito. Paravain si chinò preoccupato su di lui.
"Che avete, signore? Sentite dolore?".
Il Custode della Luce non rispose. Sprofondato nel deliquio, non percepiva più nulla di quello che gli accadeva intorno.
"Rispondete, signore!". La voce di Paravain aveva un tono implorante.
Alienor, che sedeva su uno sgabello vicino a Elysion, si schiarì la voce. "Lui... lui non può sentirvi", disse timidamente la ragazza. "Il miscuglio di sonnifero e biondella che gli ho dato non allevia solo la febbre, ma dona anche un sonno riposante".
"Ma non lo guarisce!", sbottò il cavaliere. "Lo vedi che diventa più debole a ogni ora!".

Alienor arrossì e abbassò la testa. "Mi dispiace, signore. Ma non posso fare nulla di più. Io sono soltanto un'allieva".

Paravain si batté il pugno contro la fronte. "Se Morwena fosse qui. Lei potrebbe senz'altro aiutarlo!".

Alienor deglutì, ma non rispose. Il cavaliere cominciò a passeggiare irrequieto avanti e indietro per la stanza.

D'un tratto si sentirono dei passi affrettati, e un istante dopo la porta si aprì di scatto; nella stanza entrò una donna avvolta in una semplice veste bianca.

"Morwena! Finalmente!". Il cavaliere sorrise e corse ad abbracciarla.

"Non ho potuto fare più in fretta, purtroppo". La Guaritrice si liberò dall'abbraccio del cavaliere e gettò uno sguardo veloce sul malato. "Come sta?".

"Diventa di ora in ora più debole. "Se non puoi aiutarlo tu, allora non so...".

La Guaritrice gli sorrise incoraggiante. "Farò quello che è in mio potere. Ho portato una pozione speciale per lui dalla mia patria", disse. Poi tirò fuori dalla veste una bottiglietta d'argento e si avvicinò al malato.

Alienor si alzò dal suo sgabello per far posto alla Guaritrice e le sorrise felice. "Siate la benvenuta, Morwena".

La Guaritrice non si curò della ragazza. In fretta prese la tazza di terracotta sul tavolino e vi vuotò il contenuto della bottiglietta. Poi mise la mano sinistra sotto la testa di Elysion e la sollevò.

"Ma, signora, lo sveglierete!", gridò Alienor.

"Prima lo beve, meglio è", disse Morwena, portando la tazza alle labbra del Custode della Luce.

Alienor la guardò stupita, mentre un minuscolo ragno cercava di arrampicarsi sul braccio della Guaritrice.

"Sparisci!", sibilò Morwena, scuotendo via l'innocuo animaletto. Alienor capì che c'era qualcosa di strano.

"Attenzione, signore!", gridò a Paravain, e si gettò in avanti per far cadere la tazza di mano alla donna.

La tazza s'infranse rumorosamente sul pavimento di pietra. Alcune gocce del liquido finirono sulla pelle di pecora accanto al giaciglio di Elysion. Il liquido, sfrigolò, diffondendo un fumo nero e acre, e lacerando la pelle.

Paravain sguainò la spada e si gettò sulla falsa Morwena, che si trasformò in una donna dai capelli neri e dal volto cadaverico. "Non mi prenderai, buffone!".

Con un movimento fulmineo evitò il fendente del cavaliere. Poi scoppiò in una risata stridula, corse verso la finestra della camera e vi si gettò contro, rompendo il vetro.

Le schegge caddero tintinnando sul pavimento.

Paravain e Alienor non riuscivano a credere a quello che avevano appena visto. Si precipitarono entrambi alla finestra e guardarono giù nel cortile, dove avrebbe dovuto esserci il corpo sfracellato della donna. Ma non c'era nessun corpo, solo un'ombra scura che scivolava sul terreno. Paravain e Alienor alzarono gli occhi al cielo e videro un'enorme creatura alata con il volto e il torso di un'orribile vecchia, e le ali e le piume di un enorme avvoltoio: un'arpia!

Sentirono un odore pestilenziale, mentre il demone alato, con una risata folle, puntò verso la finestra frantumata. La spada di Paravain guizzò in avanti, e l'arpia salì alta nel cielo.

Capitolo 12

L'isolotto nel Lago degli Spiriti

Il giorno dopo cominciò a piovere. Nel cielo grosse nubi si liberavano del loro carico umido e le raffiche di vento agitavano cortine di pioggia come fossero fruste, che colpivano con grande violenza chi osasse uscire all'aperto.

Il terreno diventò presto così impregnato d'acqua da non poterne assorbire una goccia in più. I ruscelli che di solito scorrevano placidi per le colline e le valli si erano trasformati in torrenti impetuosi, il cui fragore si sentiva da lontano.

Anche il livello del Lago degli Spiriti, nel quale sfociavano due di questi torrenti, si alzò di parecchio. Il maltempo durò tre giorni e al sabato mattina un pallido sole fece capolino tra le nubi.

In quei tre giorni, Laura non era stata inattiva. Aveva continuato le lezioni con Mary Morgain e una volta le era perfino riuscito di non pensare a niente! Solo per qualche secondo, poi la mente le si riempì di nuovo di mille pensieri. Ma era pur sempre un progresso, e Laura cominciò a prendere fiducia nelle proprie capacità.

Con la telecinesi ebbe maggiori difficoltà. Il preside doveva fare delle pause sempre più frequenti e spesso perdeva conoscenza. Miss Mary lo invitò a risparmiare le sue energie e a sospendere le lezioni, ma lui non ne volle sapere: era l'unico Guardiano che conoscesse la telecinesi e l'unico, pertanto, che avrebbe potuto insegnarla a Laura. Miss Mary temeva però che presto sarebbe caduto in uno stato d'incoscienza permanente.

La prima lezione di viaggio onirico non durò più di qualche minuto. Percy Valiant fece solo in tempo a dare a Laura un grosso volume dal titolo *Sul viaggio onirico e altre straordinarie facoltà*, di un certo Moebius Sandmann, e a spiegarle che quello era *il* libro sul viaggio onirico: "Proprio come per *prandere* la *patante* bisogna studiare e memorizzare le regole di guida, così tu devi occuparti delle basi teoriche di questa esimia arte".

Poi entrò nella stanza la Pisciassi, che invitò il professore a recarsi dal vicepreside. Gli disse che il professor Schwartz aveva urgente bisogno di parlargli del torneo di basket che si svolgeva ogni anno a Pasqua!

Laura s'immerse con foga nella lettura del libro, ma non ci capì nulla. Non c'era da stupirsi: la facoltà di proiettarsi in un avvenimento che si svolge in un altro luogo o addirittura in un altro tempo è di difficilissima comprensione per la mente umana. Ma quanto difficile doveva essere allora poter esercitare questa facoltà?

Laura non aveva praticamente avuto il tempo di studiare per il compito in classe di matematica del 19 dicembre. Un compito fondamentale. Un altro brutto voto avrebbe rischiato di farla bocciare di nuovo. Rebecca Taxus non avrebbe certo scelto degli esercizi semplici per facilitarle le cose. Al contrario: avrebbe scelto gli esercizi più difficili, perché se Laura fosse stata bocciata avrebbe dovuto lasciare il collegio, e a Ravenstein ci sarebbe stato un Guardiano in meno.

Laura aveva comunque deciso che la ricerca del Calice della Luce doveva avere la precedenza su tutto il resto. Se Aventerra fosse caduta e il Nulla Eterno avesse preso il sopravvento, anche il destino della Terra era segnato. Allora che differenza avrebbe fatto se lei fosse stata o no a Ravenstein? E poi, senza il Calice non avrebbe più rivisto suo padre, che per lei era la cosa più importante del mondo.

Il venerdì dopo pranzo, Sayelle chiamò Laura al cellulare per dirle che doveva assentarsi qualche giorno per delle interviste. Lei e Lukas dovevano quindi rimanere in collegio fino alle vacanze di Natale. Laura avrebbe voluto urlare di gioia per quella notizia, che le concedeva più tempo per trovare il Calice.

Purtroppo la pioggia caduta nei giorni precedenti non facilitava le cose: il parco e i dintorni di Ravenstein erano così intrisi d'acqua che ovunque si mettesse il piede si sprofondava fino alla caviglia. Bisognava aspettare che il terreno si fosse almeno in parte asciugato, e altro tempo prezioso andò perduto.

Laura si aggrappò alla speranza d'imparare a leggere nel pensiero prima del compito di matematica. Così avrebbe potuto collegarsi al cervello di Brufolo e conoscere le soluzioni degli esercizi. Già godeva all'idea della faccia che avrebbe fatto Pinky Taxus.

Domenica pomeriggio Laura ebbe la prima lezione pratica con Percy Valiant.

"Devi provare a raggiungere la zona", spiegò il professore nella silenziosa stanza della torre.

"Eh?". Laura doveva avere un'espressione abbastanza sciocca, perché Percy rise senza volerlo.

"*Naturalmante*!", disse, ancora ridacchiando. "Tu sei una buona atleta, questa espressione dovrebbe esserti nota dalla corsa, no?".

La "zona", alcuni la chiamano "tunnel" o "flash", è il momento in cui gli atleti superano la soglia della stanchezza e continuano a correre. Molti si sentono come in uno stato d'estasi e del tutto slegati dalla gravità terrestre. Altri si sentono euforici.

Laura lo guardò scettica. "Lei... ehm... tu..." – ovviamente anche l'insegnante di educazione fisica aveva insistito perché Laura gli desse del 'tu' e lo chiamasse per nome – "intendi dire che si può raggiungere questa condizione anche senza aver mai corso?".

"Ma *scerto*! Con delle particolari tecniche di *respirassione*, per *esampio*. Proviamo".

Andò meglio di quanto Laura non si fosse aspettata. Le fu senz'altro di grande aiuto il fatto di aver già sperimentato la "zona".

"*Escellante*! Superba! Penso che tu abbia un *talanto* naturale per il viaggio onirico!".

Percy stava per spiegarle un altro esercizio quando Attila Morduk irruppe nella stanza, informando con fare burbero l'insegnante che il professor Schwartz lo stava cercando dappertutto. Alla domanda di Percy sul perché lo stesse cercando, Attila brontolò soltanto: "Non lo so. Ma al suo posto andrei subito da lui. Se il professor Schwartz vi trova qui, succede un pandemonio".

Percy dovette obbedire.

Attila Morduk lanciò uno sguardo torvo a Laura prima di lasciare la stanza della torre con Percy Valiant, e Laura ebbe un fremito di paura.

Con questo tipo qui non c'è certo da scherzare, pensò. *Non mi stupisce che faccia lo scagnozzo di Schwartz.*

Lunedì il vento aveva finalmente asciugato il terreno e si poteva uscire. Quando tuttavia Laura propose a Kaja d'incontrarsi con Lukas, dopo mangiato, al Lago degli Spiriti, Kaja la guardò allibita.

"Al Lago degli Spiriti? Oggi? Ma oggi non dovevamo studiare matematica?".

"Quello possiamo farlo anche domani".

"Non ti capisco proprio, Laura. Lo sai quant'è importante questo compito per te. E invece di studiare vai in giro di continuo con Miss Morgain e Percy Valiant. E poi ti occupi pure del preside, il che è davvero stupido, primo perché lo fa già Miss Morgain, e secondo perché tu non puoi mica aiutarlo.

Allora perché lo fai?".

Laura fece una smorfia. "Ah, tu non capisci!", esclamò.

"Allora spiegamelo! Non sono mica così scema da non capirlo, se davvero hai dei buoni motivi".

Laura si morse le labbra. Kaja avrebbe davvero capito? Forse era arrivato il momento di spiegarle tutto. In fondo aveva bisogno del suo aiuto e di quello di Lukas, e prima o poi comunque avrebbe dovuto spiegare loro che cosa stava succedendo. Perché non ora? Così almeno avrebbero smesso di farle domande.

No, era meglio di no. Non poteva dirlo a Kaja, e neanche a Lukas. Non le avrebbero creduto.

Dunque rispose in fretta: "Lo so benissimo quanto è importante il compito, e ti prometto che domani studieremo. Ma oggi andiamo al lago, okay?".

Kaja non rispose. Guardava pensosa Laura, indecisa se approvare o no la sua proposta.

"Be'? Ci vieni o no?".

Un'ora dopo i tre erano sul pontile vicino all'insenatura della spiaggia. Le assi di legno erano nere d'umidità e traballavano leggermente. Il cielo sopra il lago sembrava piombo appena fuso e un vento forte increspava la superficie dell'acqua. Due barche a remi erano legate al pontile e dondolavano irrequiete, strattonando le funi come se non vedessero l'ora di prendere il largo.

L'isolotto si trovava a circa duecento metri dalla riva. Vista da lontano, la vegetazione di cui era ricoperto sembrava un muro impenetrabile: non si vedeva alcun passaggio e nessun rumore giungeva all'orecchio dei ragazzi. C'era un silenzio inquietante.

Kaja impallidì quando vide quanto fosse mossa l'acqua.

"Dobbiamo davvero andare? E per di più senza di te?".

Laura annuì. "Mi spiace, ma dopo l'incidente...", s'interruppe, perché d'un tratto il ricordo di quel giorno terribile fu così vivido da sembrarle che fosse appena successo. Vide di nuovo l'acqua gorgogliante che entrava nell'auto e saliva veloce, sempre più in alto. E vide sua madre, bloccata dietro il volante, che cercava disperata di slacciare la propria cintura di sicurezza.

Anna Leander non ce l'aveva fatta. Le era riuscito solo di liberare Laura dalla cintura e di spingerla fuori dall'auto che si stava inabissando. Laura vide di nuovo la riva verso cui aveva nuotato con le sue ultime forze. A quel pensiero sentì un peso opprimente sul petto e d'un tratto fece fatica a respirare.

"Vuoi dire l'incidente in cui è annegata vostra madre?".

"Sì. Da allora la sola vista dell'acqua mi fa venire il panico".

Kaja le mise una mano sulla spalla e la guardò con affetto. "Non importa, Laura".

"Su, Kaja, sbrigati!", disse Lukas. "Ce la facciamo anche senza di lei!".

Lukas andò al bordo del pontile e salì su una delle barche, che oscillò violentemente sotto il suo peso. Si sedette sul panchetto, afferrò entrambi i remi e si rivolse a Kaja: "Cosa aspetti ancora?".

Kaja esitò. Sembrava non essere ancora del tutto convinta dell'idea di andare in barca fino all'isola. Forse aveva paura?

"Non devi aver paura", le disse Laura. "Vedrai, con Lukas puoi andare tranquilla".

Kaja fece spallucce. "Se lo dici tu", disse, e si volse con un sorriso sofferto verso la barca. Lukas la portò il più vicino possibile al pontile. Kaja vi salì e la barca oscillò forte. La ragazza lanciò uno strillo e perse l'equilibrio. Lukas la afferrò per il colletto della giacca e riuscì a evitare che cadesse a testa in giù nell'acqua gelida.

Kaja si mise cautamente a sedere e si aggrappò con entrambe le mani ai bordi della barca, guardando impaurita verso Laura, rimasta sul pontile.

"Sciogli la cima", disse Lukas a sua sorella.

Laura la sciolse, gettò la cima a Lukas e diede una piccola spinta alla barca, che scivolò via dalla riva. Le acque mosse la facevano dondolare, e lo sguardo di Kaja si fece ancor più impaurito. Lukas con pochi colpi esperti girò la barca in modo da dirigerla verso l'isolotto. Poi cominciò a remare con forza e regolarità, come se non avesse mai fatto altro in vita sua.

Laura stava immobile sul pontile e osservava preoccupata il fratello e l'amica. Anche se sapeva che Lukas era un bravissimo rematore, era comunque angosciata.

Qualche minuto dopo la barca aveva raggiunto l'isolotto. Lukas cercò un posto adatto per approdare, e riuscì a trovare una piccola insenatura dove la vegetazione era meno compatta.

Lo scafo di legno scricchiolò sotto la ghiaia e la sabbia della riva. Lukas saltò fuori, afferrò la cima e tirò la barca in secca. Tese la mano destra a Kaja con un gesto d'invito, come un cavaliere galante in un film di moschettieri. Per un attimo Kaja esitò: doveva farsi aiutare oppure no? Poi afferrò la sua mano e scese dalla barca.

"Grazie", disse con un sorriso.

"Figurati", rispose il ragazzo. Sembrava quasi sul punto di arrossire. Lasciò in fretta la mano della ragazza, si girò e guardò la sterpaglia, le betulle spoglie e i giovani abeti che si ergevano al centro dell'isolotto.

"Vieni, Kaja. Diamo un'occhiata in giro". Lukas s'infilò nella boscaglia, seguito dalla ragazza.

Avevano fatto appena qualche metro, quando Kaja urlò: "Ahi!". Un rovo le si era impigliato nei capelli. Con una smorfia di dolore la ragazza mostrò a Lukas il dorso delle mani, sui cui erano disegnati parecchi graffi, alcuni dei quali sanguinavano leggermente. Anche sul viso aveva dei graffi.

La ruga profonda apparve sulla fronte del ragazzo mentre liberava Kaja dal rovo molesto.

"Grazie, Lukas".

"Di niente". Lukas si guardò intorno. Andare avanti era impossibile: la sterpaglia era così folta che neppure un serpente avrebbe potuto attraversarla. E non c'era traccia di sentieri.

Il ragazzo scosse la testa. "Qui non ci passa nessuno", disse, "se non con un machete".

Anche Kaja corrugò la fronte. "Sei sicuro che qualcuno non ci sia già passato?", chiese.

Lukas scosse la testa. "Si vedrebbe. Laura ha detto che il nascondiglio che sta cercando è al massimo di un anno fa, no?".

"Sì, e allora?".

"Se qualcuno si fosse fatto strada attraverso questa giungla un anno fa si dovrebbe vedere almeno un sentiero. Non è possibile che sia ricresciuto tutto così in fretta!".

"Hai ragione, Lukas", disse Kaja. La sua delusione era evidente.

"Torniamo indietro". Lukas fece per tornare verso la riva, ma improvvisamente la sua attenzione fu catturata da una strana pianta rampicante avvinghiata a un'esile betulla. Kaja non aveva mai visto una pianta simile. Era attorcigliata come una serpe intorno all'albero, le sue grandi foglie carnose erano di un verde quasi innaturale, ma la cosa più straordinaria e appariscente erano i fiori lussureggianti: grandi calici di un rosso vivo, con lunghi filamenti gialli.

Laura guardò sorpresa il fratello. "Cos'ha di così particolare?", chiese.

Lukas fece una smorfia. Era sul pontile e aveva teso a Laura uno di quei fiori.

"Me lo stai chiedendo sul serio?", disse guardando Laura dubbioso. "Pensaci: un fiore a dicembre è già parecchio insolito...".

Laura si batté la fronte, ed esclamò: "Certo! Fin lì ci potevo arrivare anch'io!".

"È quel che dicevo, minus-mente!". Lukas sorrise. Poi però

tornò serio. "La cosa più straordinaria però è che questa è una *Alamania punicea*, e questa pianta non è originaria di qui. Non cresce da nessuna parte in Europa!".

Le ragazze si guardarono sorprese. Cosa intendeva dire?

"L'*Alamania punicea miraculosa* è un tipo di orchidea molto raro, ma quello che è ancora più straordinario...", fece una piccola pausa per tenere in sospeso le ragazze.

Kaja lo guardò torva e gli diede un pugno sul braccio. "Parla!", gli ordinò irritata.

Un sorriso passò sul viso di Lukas. Incredibile quanto fosse facile far arrabbiare le ragazze!

"Quello che è ancora più straordinario è che l'*Alamania punicea miraculosa* è considerata estinta da più di un secolo anche in Messico, la sua terra d'origine".

"Cosa?", esclamò Kaja. "Ma non è possibile!".

"Questo è davvero strano", disse Laura. "Voglio dire, tu hai appena colto quel fiore sull'isola, no?".

"Sì", rispose Lukas, "e ce ne sono ancora, lì".

"E quindi? Cosa vuol dire secondo te?".

Lukas alzò le spalle. "Non ne ho idea".

Anche Kaja alzò le spalle.

"E siete sicuri che nessuno possa aver nascosto qualcosa sull'isola?", chiese Laura.

"Precisesatto", rispose Lukas. "Non riesco proprio a immaginarmelo. E se avessi visto coi tuoi occhi...".

"Okay, Lukas", lo interruppe in fretta Laura. "Vi credo, vi credo".

Laura rimase per un attimo in silenzio, con lo sguardo perso nel vuoto. Si sentiva il lieve sciabordio dell'acqua che lambiva il pontile, il richiamo di un'anatra solitaria tra le canne, e il cinguettio di alcuni passeri in cerca di cibo.

"Se il nascondiglio non può essere nella stanza segreta né sull'isola, non ci resta che una sola possibilità".

"Oh no! Dobbiamo proprio andarci?", chiese Kaja.

"Temo che non ci sia nient'altro da fare", le rispose Laura. Detto questo si voltò e corse via.

Morwena aveva la gola secca e la lingua le si attaccava al palato. Aveva una sete terribile. La sua riserva d'acqua era terminata da ore, e ancora non si vedeva la fine del Deserto Abbagliante. Eppure la Forra Malinconica non doveva essere lontana.

Anche Fiordifata soffriva per il caldo e si faceva strada a fatica attraverso la sabbia profonda del deserto. La Guaritrice si raddrizzò sulle staffe e scrutò l'orizzonte. Anche se la sua vista era ostacolata da una grande nuvola di polvere, le sembrò di vedere in lontananza le cime che segnavano l'inizio della Forra Malinconica. Prese coraggio e incitò Fiordifata con una leggera pressione delle cosce.

In quel momento vide il sabbivortice vagante.

Morwena venne presa dal terrore. I sabbivortici vaganti erano il pericolo più grande per chi si avventurava nel Deserto Abbagliante. Erano appostati quasi ovunque, e strisciavano silenziosi e spesso invisibili verso le loro vittime, per poi risucchiarle nelle fauci gigantesche.

La Guaritrice si volse verso il sabbivortice, che non fece neanche lo sforzo di nascondersi sotto la sabbia. Anche Fiordifata lo vide, nitrì impaurita e prese a galoppare più veloce.

Morwena sapeva che non sarebbe servito a nulla: i sabbivortici potevano reggere il passo di qualunque cavalcatura. Erano abituati alla vita nel deserto e si muovevano molto più veloci sotto la sabbia di quanto qualsiasi creatura possa muovervisi sopra. I sabbivortici, tuttavia, non potevano lasciare il deserto.

Se fosse riuscita a raggiungere la Forra Malinconica, Morwena sarebbe stata al sicuro. Poteva farcela, anche perché il sabbivortice era solo.

Fiordifata nitrì irrequieta.

La Guaritrice si chinò su di lei e le sussurrò delle parole rassicuranti: "Calma, Fiordifata, dobbiamo solo restare calme! Ce l'abbiamo quasi fatta, e se stiamo attente non può succederci niente".

Ma Fiordifata non si calmava. Nonostante la stanchezza alzò la testa di scatto sbuffando, e nitrì di nuovo impaurita.

Morwena si girò e vide il secondo sabbivortice che rotolava verso di loro a una velocità spaventosa. Era più grosso del primo e sembrava anche più feroce. Con le fauci spalancate arrivò vicinissimo al bicorno.

Con un balzo veloce Fiordifata evitò il suo attacco. A Morwena parve di sentire un ringhio di delusione provenire da quelle fauci senza fondo.

Incoraggiato dall'attacco del suo simile, il primo sabbivortice giunse alle spalla Fiordifata, che tuttavia riuscì a non farsi afferrare.

Di nuovo la Guaritrice sentì un ringhio: era un intero branco di sabbivortici. Cinque, sei, sette vortici rotolarono da dietro una duna e sotto la sabbia si mossero velocissimi verso Morwena e Fiordifata.

Pochi istanti dopo il bicorno e la Guaritrice erano circondati da sabbivortici. Morwena fissava le fauci che si spalancavano su orribili abissi. In quelle voragini vide le ossa delle vittime precedenti ed ebbe la sensazione che il cuore stesse per schizzarle via dal petto.

Ma i sabbivortici non mordevano ancora. Come lupi affamati si avvicinavano per tentare di addentare le gambe del bicorno e poi fulmineamente si ritiravano. Sembrava quasi che il branco volesse giocare con Morwena e Fiordifata, sicurissimo che le due non avessero scampo.

Capitolo 13

Nel Bosco del Boia

Il Bosco del Boia faceva del tutto onore al suo nome: era un luogo inquietante, sembrava stregato. Era attraversato da un sentiero serpeggiante che non veniva più curato da molti anni. Nel bosco già da tempo non si tagliava più la legna né si piantavano nuovi alberi; tanto meno ci si preoccupava dei danni causati dal maltempo. La natura era stata lasciata completamente a se stessa. I maestosi, vecchi alberi – in gran parte querce, faggi, pini e abeti – erano molto fitti, e si allungavano verso il grigio cielo pomeridiano. I larghi tronchi erano coperti di spesso muschio e rivestiti d'edera. Da molti rami pendeva ogni sorta di rampicanti. Dal terreno coperto di foglie appassite spuntavano felci alte un metro, con foglie a ventaglio color marroncino.

Nonostante fosse solo primo pomeriggio, nel Bosco del Boia c'era già una penombra crepuscolare. I tre ragazzi seguivano nervosamente il sentiero in direzione della vecchia cripta. Kaja si guardava intorno impaurita, e anche i visi di Laura e Lukas erano tesi. Il suono dei loro passi era attutito da uno spesso tappeto di aghi di pino e di foglie. Un odore di marcio aleggiava nell'aria. Nel sottobosco si sentiva di continuo frusciare e sussurrare, scricchiolare e crepitare, ma non si vedeva nessuno, né persone né animali.

Strano, pensò Laura. *Non si vede neanche un uccello.*

Naturalmente sapeva che nel bosco c'erano meno uccelli d'inverno che nelle stagioni calde, ma almeno qualche cinguettio si sarebbe dovuto sentire. Guardandosi intorno notò delle ombre scure che strisciavano sopra gli alberi e i cespugli. Erano ombre oppure i fantasmi che si diceva infestassero il Bosco del Boia? Che fossero i fantasmi dei cavalieri di Ravenstein? O quelli dei giustiziati innocenti?

Una radura nella foresta serviva un tempo da luogo delle esecuzioni. C'erano molti innocenti tra gli sventurati che lì vi avevano trovato la morte per mano del boia, soprattutto all'epoca di Reimar von Ravenstein. Bastava un misero indizio o l'accusa di un testimone anche inattendibile, e per il poveraccio, uomo o donna che fosse, era finita. E se il Cavaliere Sanguinario in persona ce l'aveva con qualcuno, allora il boia aveva il suo da fare anche senza che il tribunale emettesse una sentenza.

Già da quei tempi si raccontavano storie di fantasmi, degli spiriti dei condannati innocenti che si aggiravano per il bosco senza riposo, assetati di vendetta. Ovviamente quelle storie del terrore venivano raccontate con entusiasmo anche in collegio. Nessuno aveva mai visto gli spiriti, anche se alcuni sostenevano di aver sentito urla agghiaccianti, o conoscevano qualcuno che diceva di averle sentite. Laura non aveva mai creduto a certe dicerie.

D'un tratto Kaja strillò e si fermò impietrita. Il sangue le era defluito dal viso.

Laura la guardò sorpresa. "Cosa c'è?".

"Non hai sentito?".

"Cosa?", chiese Laura, e si accorse che Kaja stava tremando come una foglia.

"Quell'urlo terribile", rispose Kaja. "Era davvero spaventoso. Come… come un fantasma!".

"Sei pazza", disse Lukas tranquillo. "Te lo sei solo immaginato".

"Non è vero!".

"Perché allora Laura e io non l'abbiamo sentito?", chiese

Lukas. "Neanche tu hai sentito niente, vero, Laura?".

Laura scosse la testa.

"E che ne so?!", disse Kaja con ostinazione. "Forse perché era molto lontano. Ma io l'ho sentito bene lo stesso".

"È tutta fantasia", la contraddisse il ragazzo. Poi aggiunse con un sorrisetto: "Quando uno ha paura smette di pensare, e l'immaginazione gli fa brutti scherzi".

"Stai forse insinuando che ho paura?", gli chiese Kaja con un tono che non prometteva nulla di buono.

Il sorriso di Lukas diventò ancora più largo. "Mi stupisco delle tue capacità di ragionamento! Sei piuttosto intelligente per essere una minus-mente".

Kaja gonfiò le guance e fece uscire rumorosamente l'aria. "Tu… tu… sei uno scemo! Brutto…".

"Ehi! Piantatela, voi due, sembrate dei bambini dell'asilo!".

Kaja ansimava e per un attimo sembrò che volesse dire qualcosa, ma poi lasciò perdere. Lanciò uno sguardo furibondo a Lukas, che le rispose con una boccaccia.

"Piantatela con queste sciocchezze!", li rimproverò Laura, che sembrava davvero arrabbiata. "Siamo qui per un motivo. Okay?".

Guardò Kaja con sguardo severo. Kaja deglutì e annuì: "Okay".

Laura si voltò verso suo fratello. "Okay?".

Lukas fece una smorfia, poi però annuì anche lui. "Okay".

"Oh, bene. Allora possiamo finalmente andare avanti".

Poco dopo tra gli alberi s'intravidero i muri della vecchia cripta. Già da lontano le mura semicadenti avevano un aspetto pauroso. Laura si ricordava vagamente di aver visto una rovina simile in un vecchio quadro, in un museo dove li aveva trascinati Sayelle non molto tempo prima. Era l'unico tra gli innumerevoli dipinti che le avesse lasciato un ricordo, perché il sepolcro cadente del quadro aveva un aspetto davvero inquietante.

Involontariamente Laura rallentò il passo; anche Kaja e Lukas esitarono. I resti dei muri di pietra erano immersi in una luce spettrale. Gli alberi che stavano intorno alla cripta sembravano ancora più vecchi e più alti degli altri, e il sole riusciva a malapena a filtrare attraverso i rami possenti.

Nonostante la semioscurità, si vedeva il vischio che cresceva abbarbicato alle corone degli alberi. C'erano centinaia di cespugli, che oscillavano nel vento tra le cime degli alberi. Doveva essere quello il motivo per cui a Laura sembravano stranamente vivi, come un esercito silenzioso di ombrosi spiriti aerei che parevano aspettare solo lei.

Che sciocchezze, pensò Laura scuotendo la testa. Si costrinse ad andare avanti, ma d'un tratto sentì un freddo terribile e si fermò.

"Lo sentite anche voi? Di colpo fa un freddo cane!".

"È vero", disse Lukas. "Come se la temperatura da un attimo all'altro fosse scesa sotto lo zero".

Il loro respiro si condensava in nuvolette, e l'aria gelida si infilava sotto i loro vestiti, facendoli tremare.

Laura era perplessa. Quale poteva essere il motivo di quell'improvviso calo della temperatura? Era possibile che il freddo provenisse dalla vecchia cripta?

Fece un altro passo verso l'edificio e un fruscio sinistro si levò in alto. Sorpresa, Laura alzò gli occhi e sentì ancora più freddo. I cespugli di vischio negli alberi stavano mutando forma! Diventavano vivi e nel giro di pochi secondi si trasformarono in gigantesche cornacchie. Come obbedendo a un comando, gli uccelli neri si alzarono in volo e presero a gracchiare nello stesso terrificante modo dello stormo che aveva inseguito Laura durante la sua cavalcata. Poi si gettarono sui tre ragazzi. Innumerevoli paia di ali nere frullarono nell'aria e le loro strida divennero sempre più intense. Una spessa nube di piume nere vorticava sopra gli intrusi, che si strinsero insieme e abbassarono d'istinto le teste. Le strida delle cornacchie erano assordanti e li facevano tremare di paura.

Una voce astiosa echeggiò nell'oscurità: "Cosa diavolo ci fate qui?".

Laura si voltò di scatto e vide una figura tarchiata, in piedi accanto a una grande quercia. Era sbucata all'improvviso. A prima vista sembrava un essere umano, ma a guardarla meglio aveva due teste. Una di queste spuntava da un lungo collo e al centro aveva un occhio color giallo zolfo.

Kaja era ammutolita dal terrore.

Laura non riusciva a respirare. Per un attimo le sembrò che il cuore le si fermasse in petto, per poi cominciare a batterle ancora più forte di prima.

Fiordifata era allo stremo delle forze. I sabbivortici si avvicinavano sempre più. Le loro fauci si aprivano e si richiudevano.

Fiordifata non poteva più andare in nessuna direzione. Rimase immobile, aspettando la fine.

Anche Morwena diede l'addio alla vita. Alzò lo sguardo al cielo per prepararsi a morire, quando risuonò un imperioso verso d'aquila. Era Ali di Vento che stava planando verso la Guaritrice.

Un sibilo fendette l'aria. Morwena si voltò nella direzione del rumore e vide un grande dardo infuocato volare verso di lei.

La freccia ardente colpì le fauci spalancate di un sabbivortice proprio vicino a Fiordifata. Uno stormo di frecce infuocate sibilò nell'aria, infilandosi nelle fauci sabbiose.

I sabbivortici urlarono di terrore e di rabbia. Non c'era nulla al mondo che temessero più del fuoco, pertanto si dettero a una fuga precipitosa. Le loro grida furono coperte dal rumore di un gruppo di cavalieri in arrivo.

Quando Morwena riconobbe Paravain e gli altri Paladini Bianchi, sorrise sollevata.

"È stato un salvataggio nel momento del bisogno più disperato. Vi ringrazio".

"Non ringraziare noi. Ringrazia piuttosto Ali di Vento!". Paravain indicò l'aquila che volteggiava maestosa sopra di loro. "Mi ha detto che eri in difficoltà e a quanto pare siamo arrivati appena in tempo".

La Guaritrice annuì. "Ancora qualche istante e sarebbe stato troppo tardi. Ma cavalchiamo, Paravain, prima che sia troppo tardi per Elysion!".

Tutto a un tratto Laura riconobbe chi aveva davanti: Albin Olmking, il giardiniere. Grugno, il suo gatto, gli stava accucciato su una spalla. A Laura sembrava un *gremlin* terrificante. Grugno aveva inalberato la coda cespugliosa, si era inarcato e soffiava. L'occhio giallo brillava nel brutto muso felino.

Da dove erano saltati fuori così all'improvviso? Perché non li avevano visti prima? E cosa voleva da loro, il giardiniere?

Albin Olmking alzò gli occhi e guardò le cornacchie, che continuavano a gracchiare volteggiando sopra i tre ragazzi. Stese la mano e subito gli uccelli tacquero. Si posarono sui rami spogli degli alberi, e nel giro di pochi istanti ritornarono a essere vischio. Per un attimo regnò un silenzio inquietante. Poi accadde qualcosa che Laura non avrebbe mai dimenticato: Grugno mosse improvvisamente la bocca e cominciò a parlare!

"Devo denunciarvi al direttore?".

Laura non riusciva a crederci: il gatto aveva la voce del suo padrone! Albin Olmking non aveva mosso neppure le labbra, e continuava a fissare i ragazzi.

Com'era possibile? Come poteva un uomo dominare le cornacchie e un gatto parlare? Non era possibile, a meno che non ci fossero di mezzo le Forze Oscure. Ma questo voleva dire che anche Albin Olmking era uno degli Oscuri? E anche il suo gatto?

Prima che Laura potesse rifletterci, Grugno parlò di nuovo: "O preferite sparire per sempre nella Cripta e far compagnia ai fantasmi dei cavalieri di Ravenstein?".

Dalla profondità della cripta giunsero strani gorgoglii, come se qualcuno respirasse con grande fatica. Subito dopo risuonò un urlo terrificante, che raggelò Laura.

I fantasmi! I fantasmi dei cavalieri morti!

Laura si lanciò in una fuga disperata. Corse come non aveva mai corso in vita sua.

Via! Via e basta!, si ripeteva. *Via da questo bosco spaventoso!*

Sentiva i passi concitati di Lukas e Kaja dietro di sé, ma non si voltò.

Via! Via veloce!

Era improbabile che il giardiniere li inseguisse. Laura non ricordava di avergli mai visto fare un movimento veloce, e in più zoppicava leggermente da un piede. Ma non si poteva mai dire.

Con questo pensiero Laura corse ancora più in fretta. Il suo respiro era affannato e il cuore le batteva all'impazzata, ma continuò a correre.

A Laura sembrò che ci volesse un'eternità per raggiungere il margine del Bosco del Boia. Si fermò per riprendere fiato, piegandosi in avanti, con le braccia appoggiate alle ginocchia. Anche Lukas sbuffava come un purosangue dopo una cavalcata folle, e Kaja sembrava sul punto di crollare. Soffiava come una locomotiva a vapore difettosa.

"Non ci posso credere!", ansimò Kaja. "E voi non ci volevate credere che avevo sentito un urlo! Ora scommetto che mi credete, vero?".

Laura e Lukas non risposero. Il ragazzo aveva lo sguardo perso nel vuoto e la fronte aggrottata. Laura sapeva a che cosa stesse pensando: cercava una spiegazione logica per ciò che aveva visto un attimo prima. Ma sembrava non trovarla.

Infine Lukas disse: "Una cosa so con certezza: se qualcuno me lo avesse raccontato l'avrei preso per pazzo. Cosa sta succedendo, Laura?”.

Laura guardò suo fratello. Aveva capito qualcosa? Forse era meglio raccontargli tutto? E anche a Kaja? Volse gli occhi verso l’amica, e vide che anche lei la guardava pensosa.

“Ehi, guarda che ti ho fatto una domanda!”, la incalzò Lukas impaziente.

“Ehm...”. Laura alzò le spalle. “Come faccio io a saperlo?”.

La ruga sulla fronte di Lukas diventò più profonda.

“Può essere che le cornacchie abbiano avvertito Olmking?”.

Lukas annuì. “Sì, è probabile. Altrimenti come avrebbe fatto a spuntare all’improvviso?”.

Laura si morse le labbra. Poi si rivolse a Lukas. “Sai per caso se le cornacchie dormono di notte?”.

“È possibile. Per quel che ne so, il genere del *Corvus corone corone*, chiamato comunemente cornacchia, non fa parte degli animali notturni. E questo lascia supporre che di notte dormano”.

Kaja guardò Laura. “Perché vuoi saperlo?”, le chiese.

“Be’, è semplice: se durante la notte dormono, non possono avvertire Olmking dei nostri spostamenti”.

“Sei diventata matta?”, gridò Kaja a Laura. “Tu non penserai sul serio che io torni di nuovo in quel posto?! E per di più di notte?!”.

Laura non rispose, si limitò a guardare l’amica.

“Oh, no!”, si ribellò Kaja. “Non voglio morire!”.

Laura continuava a tacere. Intervenne Lukas: “Kaja ha ragione. Se Olmking fa la spia, Schwartz ha tutto il diritto di appiopparci una punizione. Non credo che sia da furbi rischiare una nota”.

“Ma dai!”, sbuffò Laura con disprezzo. “Una stupida nota non vuol dire niente”.

“Una no”, rispose Lukas tranquillo. “Ma alla seconda è diverso. Allora Schwartz può anche espellerci dal collegio. Vuoi davvero arrivare a quel punto?”.

Laura guardò Lukas con la fronte aggrottata. Suo fratello aveva ragione un'altra volta. Il vicedirettore aveva espressamente vietato l'accesso alla vecchia cripta e non avrebbe esitato ad applicare il regolamento alla lettera se Laura avesse infranto qualche regola.

Lei però *doveva* tornare alla cripta. Non c'era altra possibilità.

Lukas sembrò capire di non essere stato abbastanza convincente. "Finché non sappiamo cosa sta succedendo, è troppo pericoloso. E questo nascondiglio non può essere così importante da rischiarci la pelle!".

Laura divenne rossa. "Non capisci niente!", urlò. "Per ritrovare papà rischierei tutto! Tutto, hai capito?!".

Oh, cavolo! Questo non avrebbe dovuto dirlo. Laura deglutì e si morse le labbra.

Lukas rimase un attimo attonito. "Papà? Cosa c'entra papà?".

Laura fece un passo verso Lukas, lo guardò dritto negli occhi e gli mise una mano sulla spalla. "Fidati di me e basta, ti prego!".

Lukas capì che lei aveva dei buoni motivi per non dirgli di più. In genere Lukas rompeva le scatole senza pietà finché non otteneva la risposta che voleva, ma quella volta fece un'eccezione.

"Okay", disse piano. "Okay, Laura".

Laura gli sorrise con gratitudine. Poi si fece di nuovo seria. "Ci dev'essere un modo per arrivare alla cripta senza essere notati!".

Lukas sembrò d'un tratto aver trovato la soluzione.

"Non c'è problema", disse.

"Davvero?".

"Basta rendersi invisibili, nient'altro!".

Laura si arrabbiò. "Ah, ah, davvero molto divert…".

Ma certo! Perché non ci aveva pensato prima? Ecco la soluzione! Era per questo che papà le aveva dato quell'indicazione.

Un sorriso illuminò il viso di Laura. "È vero. Ecco la soluzione! Venite, devo assolutamente andare in biblioteca!".

"Ma… ma… ma…", balbettò Kaja. "È chiusa a quest'ora!".

"E allora?". Laura sorrise maliziosa. "Dai, andiamo!".

Capitolo 14

In balia del serpente

La notte avanzava. Un velo scuro era calato sopra al castello di Ravenstein e alta sul parco già splendeva una falce argentata di luna. Lontano, a occidente, il cielo brillava nell'ultima luce arancione. Ma Laura, Lukas e Kaja non avevano occhi per quello spettacolo.

Erano rannicchiati nel parco, nascosti dietro il tronco di una grande quercia. Tenevano gli occhi fissi su una casupola in pietra non molto distante da loro, che stava all'ombra di un faggio ed era coperta a metà da un grosso nocciolo. La casa non aveva più di due, tre stanze. Sul lato più lungo si vedevano due minuscole finestre all'inglese e una luce bassa filtrava attraverso le tendine. Sull'altro lato, oltre a una terza finestra si apriva una piccola porta in legno massiccio. Il tetto sghembo era coperto di lastre d'ardesia e dal camino saliva del fumo verso il cielo sempre più scuro. Ai tempi di Reimar von Ravenstein, era stata la casa del cappellano, che tuttavia non vi aveva abitato a lungo: si era permesso di criticare il dissoluto stile di vita del cavaliere Sanguinario e questi l'aveva fatto giustiziare.

Da molti anni, in quella casa viveva Attila Morduk.

Nel parco risuonò il richiamo di una civetta, e ai piedi della quercia qualcosa si mosse frusciando tra il fitto fogliame.

Un topo? Kaja fece una smorfia. "Be', non lo so, Laura. Forse non è una buona idea".

"Ma certo che lo è. È anzi la nostra unica possibilità!".

“E se non se ne va?”.

“Se ne andrà, fidati!”, disse Laura. “Morduk va tutti i giorni a quest’ora a bere un grappino col cuoco”.

“Ssst!”, sibilò Lukas. “State zitte!”.

Si acquattò più vicino al tronco della quercia e, tutto agitato, indicò la casa. La porta si stava aprendo e sulla soglia comparve la figura tozza di Attila Morduk.

“Che vi avevo detto?”, sussurrò Laura.

Il guardiano chiuse la porta dietro di sé e si avviò verso il castello.

“Ottimo!”, mormorò Lukas.

“Cosa?”, chiese Kaja a bassa voce.

“Non ha chiuso a chiave!”, rispose Lukas.

“Probabilmente non vede l’ora di farsi il suo grappino”, disse piano Laura.

Il guardiano non sembrò accorgersi di avere tre paia d’occhi addosso. A passi ampi e barcollando come un marinaio, seguì il sentiero che serpeggiava intorno agli alberi del parco. Le sue lunghe braccia dondolavano rigide lungo i fianchi del corpo massiccio. Camminava tranquillo, fischiettando un motivetto. Laura non credeva alle sue orecchie: il cupo Morduk che fischiava allegramente. Il guardiano sparì nell’oscurità.

Il campo era libero.

Laura diede una gomitata agli altri. “Okay”, sussurrò. “Ora!”.

Lukas guardò sua sorella. Qualcosa sembrava disturbarlo. “Non vuoi che vada io?”, chiese.

Laura scosse la testa. “No, assolutamente. Voi tenete gli occhi aperti e state attenti che nessuno mi becchi. E se arriva qualcuno sapete cosa dovete fare, vero?”.

Lukas annuì. “Sì, certo”.

“Buona fortuna “, le sussurrò Kaja. Anche lei aveva un’aria preoccupata.

Laura fece loro un sorriso rassicurante. “Grazie”, mormorò. Si alzò e scivolò fuori da dietro la quercia, guardandosi intorno con circospezione. Non si vedeva nessuno. Fece un respiro profondo e si mise a correre, lesta come una lepre. Ancora qualche istante e sarebbe arrivata alla porta.

Lukas e Kaja la osservavano dal loro nascondiglio dietro la quercia. Lukas si rosicchiava le unghie nervoso, mentre Kaja si mise con fare assente la mano in tasca, ne tirò fuori una barretta di cioccolato e la addentò. Non si accorse nemmeno che fosse al gusto di nocciola, perché i suoi pensieri erano tutti per la sua amica.

Laura si guardò di nuovo intorno, abbassò la maniglia e spinse con cautela la porta di legno, che si aprì con un leggero cigolio. Poi la ragazza scivolò silenziosa nella casa.

Dopo aver richiuso la porta si ritrovò completamente al buio. Faceva un caldo quasi soffocante lì dentro, e c'era un odore strano. Laura annusò attentamente, ma non riuscì a capire che odore fosse: sapeva di stantio, con una nota di marcio, ma c'era qualcos'altro cui Laura non riusciva a dare un nome. Sapeva di… di…

Pericolo?

Sì, sapeva proprio di pericolo.

Dopo qualche istante i suoi occhi si abituarono al buio. Il contorno dei mobili nel soggiorno prese forma: armadi e librerie lungo i muri, un tavolo e delle sedie nel centro della stanza. Il soffitto aveva le travi a vista e scendeva in diagonale seguendo la linea del tetto. Una forma strana, raggomitolata, era avvolta intorno a una delle travi, ma non si capiva che cosa fosse: una grossa fune? Un tubo? Un pneumatico?

Laura fece un paio di passi in avanti. Si teneva vicino al muro, attenta a non urtare nulla. Fece un altro passo, ma un sibilo la fece indietreggiare e raggelare.

A meno di un metro da lei era apparsa dal nulla la testa di un serpente: un cobra. Un cobra molto innervosito! Il collo era allargato, la lingua biforcuta guizzava dalla bocca, da cui usciva un sibilo minaccioso.

La testa del cobra prese a dondolare da una parte all'altra, come se stesse prendendo le misure per l'attacco. Ancora pochi secondi e coi suoi denti aguzzi avrebbe colpito Laura, iniettandole il veleno mortale.

La testa del serpente balzò in avanti con un movimento a frusta, e andò a sbattere contro il vetro: il serpente era chiuso in una teca.

Miseriaccia!

Laura tirò un sospiro di sollievo.

Che stupida! Come si fa a farsi spaventare da un serpente in gabbia?

Imperturbabile, il cobra lanciò un altro attacco, ma questa volta Laura rimase del tutto indifferente.

La teca col cobra agguerrito era in una grossa libreria lunga quanto la stanza. Sugli scaffali erano allineate numerose altre teche piene di animali; per lo più rettili, ma anche ragni e scorpioni. Anche se Laura non si spaventò nel vederli, venne però presa da una sensazione angosciosa: Attila Morduk doveva essere un tipo strano se si sentiva a suo agio in compagnia di quegli schifosi animali.

Ora si spiegava anche da dove venisse quell'odore strano: dagli animali, e probabilmente dal loro cibo. Laura sospettò che ci fossero anche topolini vivi e carogne, e le venne il voltastomaco.

Vicino alla finestra della parete di fronte c'era la bacheca: un vecchio pannello di legno con tantissime chiavi. Dalla fattura antiquata capì che doveva trattarsi di quelle del collegio. C'era solo da sperare che ci fosse anche la chiave della biblioteca. Laura attraversò la stanza, e le assi del pavimento scricchiolarono leggermente sotto i suoi piedi.

La strana forma raggomitolata sulla trave del soffitto prese vita, contorcendosi e svolgendosi.

Era un boa constrictor, che Laura aveva risvegliato dal sonno. Il suo grande corpo squamato scivolava silenzioso sulla trave. Poi il serpente si fermò e calò in basso la sua testa cuneiforme. Lento, quasi pensoso, il boa si dondolò avanti e indietro. Gli inespressivi occhi giallo-arancione con le pupille nere verticali erano fissi su Laura, e la lingua guizzava con un leggerissimo sibilo. Il boa stava fiutando, e localizzò presto la sua preda.

Laura si fermò ignara davanti alla bacheca e alla luce pallida della luna fece scorrere lo sguardo sulle chiavi. Aggrottò la fronte. Maledizione, qual era quella della biblioteca? Da cosa poteva riconoscerla?

Intanto la morte strisciava a soli due metri da lei.

Un morso dopo l'altro e la barretta di cioccolato finì. Infilato l'ultimo pezzetto in bocca, Kaja, masticando a piene guance, chiese: "*Canto ciempo* ci mette *'ncora*?".

Lukas la guardò perplesso. "E chi lo sa!".

Tornò a fissare la casa, che si distingueva appena. Grosse nuvole si ammassavano in cielo. Si sentì di nuovo una civetta, e una campana rintoccò tre volte. Lukas guardò il suo orologio da polso. Un quarto alle dieci. Se Laura non si fosse sbrigata non sarebbero tornati in camera in tempo per non infrangere il regolamento. Il ragazzo alzò gli occhi e vide delle piccole ombre che scivolarono silenziose sopra il comignolo della casa, svolazzando poi tra le cime spoglie degli alberi. Pipistrelli! Strano… i pipistrelli d'inverno andavano in letargo… cosa ci facevano a dicembre nel parco di Ravenstein? Tutto ciò era molto strano, quasi quanto il comportamento di Laura negli ultimi giorni.

Lukas continuò a seguire con gli occhi i pipistrelli, che volteggiavano tra gli alberi come piccoli fantasmi neri, dirigendosi poi verso il castello. Li vide circolare intorno alla torre orientale prima di sparire.

Forse vivono sotto il tetto della torre?, pensò Lukas, e nello stesso istante trasalì vedendo il guardiano avvicinarsi.

Lukas diede una gomitata a Kaja, indicandole la figura barcollante.

Dallo spavento Kaja smise di masticare.

Attila Morduk sembrava aver fretta di tornare al caldo, e tra non molto avrebbe raggiunto la sua casetta.

Il Custode della Luce giaceva immobile sul giaciglio, mentre Paravain guardava sconvolto la Guaritrice. "Davvero non puoi fare niente per lui?".

Morwena distolse lo sguardo dal malato e fissò il giovane cavaliere con compassione. "Mi dispiace, Paravain. Ma sai bene che nessun Guaritore può nulla contro i poteri della Spada Nera. Posso alleviare il dolore di Elysion e abbassargli la febbre, le mie pozioni gli doneranno un sonno tranquillo, e posso anche fare in modo che non peggiori, almeno per un certo periodo. Ma guarirlo...", s'interruppe e scosse la testa rassegnata. Con gli occhi esprimeva tutta la sua impotenza. "Non posso guarirlo. Solo l'Acqua della Vita può aiutarlo, nient'altro".

Morwena abbassò lo sguardo. Prese il panno di lino e fece per immergerlo nella bacinella, ma si accorse che non c'era quasi più acqua. Si rivolse ad Alienor, che era in piedi vicino al capezzale. "Andresti a prendere dell'acqua fresca, Alienor?".

"Certamente", rispose la giovinetta, e prese la bacinella.

Alarik intercettò la sorella davanti alla sala del trono e le andò incontro ansioso: "Allora? Cosa dice?".

Alienor si limitò a scuotere la testa.

"Ma non è possibile!". La voce del ragazzo vibrava di disperazione. "Deve fare qualcosa!".

Alienor scosse di nuovo la testa. "Morwena dice che non può guarirlo. Solo l'Acqua della Vita può...".

"Non ci credo!", la interruppe Alarik. "Non è assolutamente possibile! Lei è la Guaritrice, la migliore Guaritrice di Aventerra! Non ci credo che non possa fare niente". Il giovane pestò il piede per terra con tale veemenza che Ghiottoschiocco svolappiò via spaventato e si rifugiò in un angolo.

Alienor mise una mano sulla spalla del fratello. “Sciocchezze, Alarik. Morwena vuole quanto noi che Elysion guarisca... perché dovrebbe sostenere il contrario, se fosse in grado di aiutarlo?”.

Alarik rispose caparbio: “Non lo so. Ma per quale motivo Paravain ci ha tenuto nascosto lo stato di Elysion? Forse perché pensa che siamo troppo piccoli per affrontare la verità. E forse anche Morwena lo pensa. Oppure Morwena ha paura di fare qualcosa di troppo pericoloso per salvare Elysion! ”.

Alienor lo guardò meravigliata. “Dici sul serio?”.

“Potrebbe essere, no? Lo sai come sono a volte gli adulti. Soppesano tutto a fondo, calcolano i pro e i contro di ogni minimo dettaglio, invece di agire con decisione”.

La ragazza guardò pensosa il fratello. “Ma cosa... cosa dovrebbero fare, allora?”.

“Non lo so, Alienor. So solo che io non rimarrò fermo a guardare mentre tutto va in malora. Non starò a pensare e basta come gli adulti!”.

“Non fare niente di avventato, però, Alarik, ti prego!”, lo implorò Alienor.

Alarik le sorrise rassicurante. “Niente paura. Ci penserò bene prima di passare all'azione. E te ne parlerò, Alienor, te lo prometto”.

La chiave della biblioteca! Qual era quella benedetta chiave? Ognuna aveva un'etichetta, ma la scrittura era così antiquata che Laura non riusciva a decifrarla.

La sua bisnonna, la nonna di suo padre, morta ormai da lunghissimo tempo, aveva la stessa grafia strana, ricordò Laura. Marius Leander aveva scovato in cantina alcuni quaderni con delle storie scritte da lei, ma Laura non era riuscita a capirci nulla.

Strano. Attila Morduk non poteva aver imparato a scrivere agli stessi tempi della bisnonna. O invece sì? Se così fosse, Morduk avrebbe dovuto avere più di cent'anni. Eppure non ne dimostrava più di cinquanta.

Finalmente la ragazza trovò la chiave che cercava, o almeno sperava che la parola sulla sua etichetta fosse davvero "biblioteca". Altrimenti, pazienza, avrebbe dovuto escogitare un altro piano.

Prese velocemente la grossa chiave di metallo e se la fece scivolare in tasca. Si voltò per sgusciare verso la porta quando si arrestò vedendo due punti arancioni che risplendevano nel buio. Si muovevano lenti verso di lei, come un paio di grosse lucciole.

Laura ebbe paura.

Che cos'erano? Solo quando le furono proprio davanti, comprese: erano gli occhi del boa!

Laura impietrì. Voleva indietreggiare, ma non riusciva a distogliere gli occhi da quei punti luminosi. Sapeva che doveva muoversi, che doveva fuggire il più in fretta possibile se voleva scampare alla stretta mortale del boa, ma non ci riusciva. Lo sguardo ipnotico del serpente non la lasciava e le impediva di muoversi.

La testa del boa le si avvicinò. Con un leggero sibilo la sua lingua biforcuta guizzò fuori dalla bocca. Laura sapeva che tra pochi istanti le enormi spire squamose avrebbero avvolto il suo corpo sottile, ma restò immobile guardando la morte negli occhi.

Kaja fissava angosciata il guardiano, che era a solo venti metri dalla porta di casa sua! Diede una gomitata a Lukas. "Sbrigati!", sussurrò convulsamente. "Dobbiamo avvertirla, se no la scopre!".

Lukas alzò le mani disponendole a imbuto davanti alla bocca. Inspirò profondamente e fece riecheggiare il richiamo cupo di un gufo.

Laura era ancora immobile. La lingua del boa le sfiorò la punta del naso, ma Laura non se ne accorse. Vedeva solo gli occhi del serpente che rilucevano nel buio della stanza, mentre il gigantesco corpo scivolava sempre più giù dalla trave, muovendosi verso di lei come un lazo vivente.

D'un tratto, un suono risvegliò l'attenzione di Laura.

Era… il richiamo di un gufo?

Di nuovo si sentì il richiamo. Allora capì: *il segnale!*

Era il segnale di allarme che aveva concordato con Kaja e Lukas. Qualcuno si stava avvicinando!

Questo pensiero scosse finalmente Laura dal suo torpore. Come se si fosse risvegliata da un sonno profondo, si rese conto del pericolo mortale che correva. Appena una frazione di secondo prima che il corpo sinuoso del boa potesse avvolgerla, Laura balzò di lato. Scivolò veloce verso la porta, ma sentì un rumore di passi e capì che era troppo tardi.

Attila Morduk sembrava in pace con se stesso e col mondo. Aveva un sorriso insolito sulla sua faccia tonda, e ne aveva un buon motivo: il sapore dell'acquavite gli bruciava ancora in gola, e presto sarebbe andato a letto a dormire tranquillamente fino al giorno dopo.

Il guardiano mise la mano sulla maniglia della porta, poi sentì un rumore alle sue spalle. Cos'era stato? Un topo no di certo e neanche qualche altro animale, ne era sicuro. Si voltò, guardandosi intorno con diffidenza. Per quanto aguzzasse gli occhi, non riuscì a vedere nulla.

Doveva essersi sbagliato. Girò la maniglia e aprì la porta. La mano andò a tentoni verso l'interruttore, e la lampadina sul soffitto si accese, diffondendo una luce misera. Morduk era estremamente parsimonioso non solo nel collegio, ma anche in casa sua.

Laura era in piedi dietro alla porta e non osava respirare. Questo tuttavia non avrebbe impedito a Morduk di scoprirla:

chiudendo la porta, il guardiano se la sarebbe trovata proprio di fronte.

Attila Morduk allungò la mano per chiudere la porta, e il suo sguardo si posò sul boa che pendeva dalla trave. Un sorriso dolce illuminò il suo volto solitamente così cupo.

"Cleopatra, dolcezza mia", disse affettuoso. "Cosa fai lì?".

Con una delicatezza di cui nessuno lo avrebbe mai creduto capace, prese il boa, se lo mise sulle spalle e gli nascose il viso nelle sue mani. Accarezzò e coccolò il corpo squamoso, mentre il serpente faceva guizzare la lingua. Poi Attila Morduk allungò le labbra e schioccò un bacio sulla larga bocca del serpente.

Laura inorridì, e per un attimo chiuse gli occhi schifata. Poi sgusciò silenziosa oltre la porta.

Salva! Grazie, Cleopatra!

Attila Morduk corrugò la fronte, si voltò e fissò la porta da cui Laura era appena uscita. Poi andò alla finestra, spostò le tende e guardò fuori nel buio. Un sorriso si allargò sul suo volto.

Erano quasi le dieci quando Laura, Lukas e Kaja corsero su per le grandi scale e sparirono oltre il portone d'ingresso del collegio. Nessuno di loro notò che il gigante della colonna li seguiva preoccupato con lo sguardo.

Nel salone non c'era nessuno. Come sempre si separarono sotto il vecchio dipinto.

"Buona notte! Ci vediamo domani!", disse Lukas, prendendo a sinistra.

"Buona notte!". Laura e Kaja andarono a destra, verso le scale che portavano al terzo piano dell'ala femminile. Kaja saliva appoggiandosi con la mano sinistra al corrimano in pietra: il breve *sprint* dalla casa di Morduk al castello l'aveva spompata.

"A mezzanotte m'infilo in biblioteca. Vieni anche tu, Kaja?", chiese Laura.

"Ma non ne hai ancora abbastanza?", esclamò l'amica, ansimando. "Devi già ringraziare che non ti abbia beccato Morduk. Ci è mancato un pelo!".

Laura sorrise. "Lo so, ma alla fine non mi ha preso. E perché dovrei essere meno fortunata in biblioteca?".

Kaja scosse la testa. Laura era incorreggibile. Perché doveva rischiare a tutti costi? Perché si metteva in pericolo così, per niente? Kaja non riusciva proprio a capirlo.

"E se ti beccano?", chiese Kaja. "Lo sai cosa ti succede?".

"Tu ti fai troppi problemi. Chi è che dovrebbe beccarmi? A mezzanotte dormono tutti, anche i professori. E poi nessuno sa cos'ho in mente".

Si sentirono dei passi affrettati: era mister Fighetto, che scendeva precipitosamente le scale. Quando vide le ragazze, sorrise a Laura.

"State attente!", avvertì senza fermarsi. "C'è Pinky Taxus in giro", e sparì.

Laura e Kaja si guardarono preoccupate.

"Sono già le dieci?", chiese Kaja.

"Non lo so". Neanche Laura aveva l'orologio. Finalmente raggiunsero il terzo piano. Laura scrutò il lungo corridoio che portava alla loro stanza: non si vedeva anima viva; di Rebecca Taxus nemmeno l'ombra. La luce dava un'aria rassicurante al corridoio, e le armature nelle nicchie scure sembravano molto meno minacciose che a notte fonda.

Le ragazze procedettero silenziose verso la loro stanza, i loro passi si sentivano appena. Erano quasi arrivate, quando si presero uno spavento tremendo: Pinky Taxus spuntò dal nulla e sbarrò loro la strada. Kaja la guardò impaurita, Laura teneva gli occhi bassi.

La professoressa, come al solito, era vestita di rosa. Le sue treccine rosse sembravano piccoli serpenti che si avviluppavano intorno alla testa. Incrociò le braccia davanti al petto, guardando con freddezza le due ragazze. "*Buonassera, ssignorine*".

"S...sera", balbettò Kaja.

La professoressa sollevò il polsino della giacca e guardò l'orologio. La sua fronte s'increspò. "Fortunate. Due minuti più tardi e sarei stata costretta a informare il professor Schwartz".

In quel momento Rebecca Taxus si accorse che Laura si stava sforzando scrupolosamente di non guardarla negli occhi.

"Ti prego di guardarmi quando parlo con te, *ssignorina*!", sibilò furiosa.

Come un serpente!, pensò Laura. Sibilava come il boa nella casetta di Morduk. Alzò la testa e guardò la professoressa. *Non pensarci!*, si disse. *Non pensare a quello che vuoi fare!*

La Taxus non distoglieva gli occhi da Laura.

La ragazza deglutì. Cominciò a sentire un formicolio sulla testa e un improvviso malessere. Quello sguardo fisso era freddo e tagliente come uno scalpello. A Laura sembrava di sentire una lama che le entrava nella fronte e che cercava di scalzare i suoi pensieri. *Non pensare a quello!*, si ripeté. *Non pensare che dopo...*

La voce dell'insegnante era sorprendentemente suadente, quasi ipnotica. "Non *sso* perché, ma ho la *ssenssazione* che tu non *ssappia* bene quello che fai, vero?", disse, scrutando la ragazza.

Laura non rispose. Nella sua testa vorticavano delle domande. Che cosa intendeva dire la professoressa? Aveva già capito?

"*Ssarebbe* infatti *ssenza* dubbio meglio *sse* tu *sstudiasssi* matematica invece di andare in giro", continuò la Taxus. "Ti ricordo che dopodomani abbiamo un compito importante. *Importantisssimo*, direi ".

Continuava a fissare Laura col suo sguardo penetrante. Poi un sorriso enigmatico apparve sul suo volto.

"Ma devi *ssapere* tu *sstesssa* cosa reputi importante per te, vero, Laura?".

La ragazza continuò a non rispondere. Anche la professoressa tacque. Si voltò in silenzio e si allontanò. Il sorriso le era sparito dal volto, che si era fatto molto cupo.

Kaja la seguì con lo sguardo. "Hai visto come ti fissava?".

“Era impossibile non notarlo”.

“È meglio se non ci vai in biblioteca stasera. Credo che la Taxus sospetti qualcosa. Anzi, ne sono sicura!”.

Laura scosse la testa. “No di certo!”, ribatté. “Non ho pensato a niente”.

“Eh?”. Kaja la guardò confusa. “Non hai pensato a niente?! Parli per indovinelli. Cosa vuol dire che non hai pensato a niente?”.

“Te lo spiego dopo. Comunque sono sicura che la Taxus non abbia scoperto che ho la chiave della biblioteca. E ora andiamo! Vorrei dormire un paio d’ore prima di mezzanotte”.

La chiave era quella giusta. Laura tirò un sospiro di sollievo.

Aveva indossato il piumino rosso sopra il pigiama ed era davanti alla pesante porta della biblioteca.

Girò la chiave nel lucchetto. La porta si aprì cigolando e Laura sgusciò dentro. La grande sala in epoca medievale era stata teatro di sfarzosi balli, ma sin dalla fondazione del collegio ospitava la biblioteca, che nel corso degli anni si era allargata fino ad assumere proporzioni enormi.

Laura si trovò avvolta da un’oscurità vellutata. Si sentiva il forte ticchettio dell’orologio sul muro e si percepiva l’odore di carta vecchia e inchiostro di stampa. Dalle due grandi finestre sulla parete di fronte non entrava un filo di luce.

Nel buio cominciò a delinearsi il contorno degli scaffali alti fino al soffitto, coi loro innumerevoli volumi. In mezzo alla sala e per tutta la sua lunghezza erano allineate almeno trenta librerie. Tra l’una e l’altra si aprivano stretti corridoi. Anche contro le pareti c’erano scaffali, oltre a mobili e tavoli per gli archivi.

Laura si guardò attorno. Era lì la nebbia che suo padre aveva nascosto? Non ne aveva la minima idea. Da dove doveva cominciare? E, soprattutto, *che cosa* stava cercando? Che aspetto poteva avere una nebbia nascosta?

Laura non lo sapeva. Passeggiò lentamente lungo le librerie, guardandosi intorno. Forse la nebbia misteriosa era nascosta tra i libri e si trovava in uno scaffale. Era possibile... ma in quale?

Nebbia comincia per "N", doveva forse cercarla seguendo l'ordine alfabetico degli scaffali? E perché no? Da qualche parte doveva pur cominciare.

S'infilò nello stretto corridoio tra la M e la N, quando sentì un rumore che le fece venire i sudori freddi: la porta cigolò! E poi... dei passi nell'ingresso.

Oh, no!

Doveva nascondersi, e anche in fretta. Si guardò attorno, in preda al panico. Le librerie non erano un posto adatto, neppure il tavolo lì accanto: sarebbe stata scoperta subito se si fosse nascosta là sotto.

La luce si accese. Il chiarore improvvisò accecò per un attimo Laura, che strizzò gli occhi. Fu allora che vide l'armadietto, a un paio di passi dal tavolo. Era alto circa un metro e mezzo e aveva un'anta di vimini intrecciata. Era l'armadietto di Amalie Briselsam, la bibliotecaria di Ravenstein. Ci appendeva il cappotto o la giacca e vi teneva i suoi effetti personali.

Laura si diresse verso il mobile, che per fortuna non era chiuso a chiave. Lo aprì in fretta e guardò dentro: c'erano cinque ripiani ricolmi di cianfrusaglie, e una stanga a cui erano appesi due ometti. Su uno c'era una giacca di lana *demodé* con toppe in pelle sui gomiti; sull'altro, un brutto grembiule a fiori.

Laura s'infilò tra i due indumenti e richiuse l'anta dietro di sé. Appena in tempo, perché sentì delle voci avvicinarsi. Premette gli occhi contro il graticcio fitto dell'anta e spiò fuori. La griglia limitava la vista, ma Laura riconobbe subito i due visitatori: il professor Schwartz e la professoressa Taxus.

I due Oscuri erano nel corridoio a qualche metro di distanza da lei, e si guardavano intorno.

"Sei sicura che volesse venire qui?", chiese Schwartz alla Taxus.

Il viso della professoressa si rabbuiò. "*Asssolutamente ssicura*!", sibilò. Era chiaro che la domanda l'aveva offesa. "Nella lettura del *penssiero nesssuno* me la fa tanto facilmente. *Dovressti ssaperlo* ormai, *Quintuss*!".

Il professor Schwartz le mise una mano sulla spalla. "Non te la prendere, Rebecca. Guardiamoci in giro, magari si è nascosta da qualche parte ".

Gli insegnanti si divisero: Schwartz andò a ispezionare una parte della biblioteca, la Taxus l'altra. Laura seguiva nervosamente i loro movimenti. Nell'armadietto cominciava a fare caldo. L'aria era soffocante, e il profumo di acqua di colonia proveniente dalla giacca di Amalie Briselsam le pizzicava il naso.

I due professori camminarono lenti tra gli scaffali, spiando tra i libri e sotto i tavoli. Guardarono anche dietro le lunghe tende, ma senza successo. Quindi si ritrovarono proprio davanti al suo nascondiglio. Laura trattenne il fiato. Stava sudando e il prurito al naso diventava sempre più fastidioso.

"Mi dispiace", disse Schwartz, "ma non ho trovato la minima traccia di lei".

"Maledizione!". Pinky Taxus pareva furibonda, e di nuovo sembrò sibilare come un serpente: "O *ssiamo* venuti troppo tardi e lei è già *sstata* qui, o ha cambiato idea".

Quintus Schwartz fece una smorfia. "Non sei riuscita a scoprire cosa stesse cercando?".

La Taxus scosse la testa. I suoi occhi luccicavano cattivi. "No", sibilò. "*Quessta* mocciosa impara più in fretta di quanto *penssasssi.* Le lezioni con quella Morgain *sstanno* già dando frutti".

"All'inferno!". Schwartz colpì con un pugno la libreria più vicina. Il mobile oscillò leggermente e i libri sui ripiani caddero a terra. Laura sentì l'ansimo del vicepreside, che si mise subito una mano in tasca ne tirò fuori una piccola bomboletta spray: il rimedio contro i suoi attacchi d'asma. Quando si girò di nuovo verso la collega, Laura si accorse che i suoi occhi avevano cambiato colore.

Erano diventati rossi!

Durò soltanto una frazione di secondo, ma Laura era sicura di non essersi sbagliata: gli occhi del professor Schwartz erano proprio diventati rossi. L'Oscuro guardò con insistenza la Taxus. "Dobbiamo fare qualcosa in fretta contro questa mocciosa!", disse freddamente. "Ci rovina tutti i piani".

"Lo *ssai* che non *ssi* può, *Quintuss*. Le vecchie leggi ci *proibisscono* di agire contro *avverssari* ancora *ssotto addesstramento.* In fondo anche i Guardiani *ssi* attengono a *quessto* precetto. E poi...", s'interruppe avvicinandosi a Schwartz. Lo guardò quasi con tenerezza e gli accarezzò il braccio. "E poi mancano *ssolo* un paio di giorni al *ssolsstizio* ed è *imposssibile* che trovi il Calice!".

Il professor Schwartz sbuffò. Poi scosse la testa con veemenza. "È un rischio troppo grosso!". Pareva davvero furibondo. "Abbiamo quasi raggiunto il nostro scopo e non possiamo mettere in gioco la nostra vittoria. A nessun costo! Non ci rimane altra scelta: bisogna farla fuori!".

Laura s'irrigidì. *No!* Non poteva dire sul serio! Non potevano semplicemente... *ucciderla*!

Il suo cuore martellava impazzito e le sfuggì un respiro affannoso. Si mise in fretta la mano davanti alla bocca per non tradirsi. Il prurito al naso intanto diventava sempre più forte. Laura arricciò il naso per trattenere lo starnuto, ma non migliorò, al contrario: il prurito aumentò ancora, diventando insopportabile. Era perduta.

"Ti *capissco benisssimo, Quintuss*". Rebecca Taxus sembrava guardare il collega con aria quasi implorante. "Ma *non posssiamo* farlo. È proibito!".

"Hai ragione, anche se...", Schwartz fece una piccola pausa fissando pensoso la professoressa. Quando riprese a parlare il suo sorriso si era stravolto in un bieco sogghigno. "...è vietato *a noi*, non alle nostre creature!".

La Taxus lo guardò stupita. Poi però parve capire che cosa avesse in mente Schwartz. "Geniale, *Quintuss! Ssei asssolutamente* geniale!". La sua voce vibrava d'ammirazione. Poi scoppiò in una risata stridula.

Anche Schwartz si mise a ridere. Continuarono a ridere mentre si allontanavano dal nascondiglio di Laura. La luce si spense e ci fu silenzio.

Laura non riuscì più a trattenersi. Starnutì forte una volta, poi di nuovo. Tese l'orecchio, ma non sentì nessun rumore. Rimase ancora un poco nel suo nascondiglio prima di aprire con cautela la porta e sgattaiolare fuori dall'armadio.

Respirò sollevata. *Fiuuu! Anche stavolta è andata bene!*

Aveva la fronte imperlata di sudore. Il piede destro le si era informicolito e le tremavano le ginocchia. Decise tuttavia di continuare la ricerca.

Per un attimo pensò di essere sulla traccia giusta: notò che vicino alla vecchia incisione su rame che pendeva da un muro mancava un piccolo pezzo della parete, grosso come un pugno. L'incisione mostrava la vecchia cripta nel Bosco del Boia. Era forse un segnale? L'indizio di un nascondiglio? Laura staccò l'incisione dal muro, ma dietro di essa non c'era niente. Capì allora che non aveva più senso cercare alla cieca. Senza un indizio, anche minimo, non sarebbe mai riuscita a trovare la nebbia misteriosa.

Capitolo 15

Una duplice sorpresa

Laura e Kaja erano appena tornate dalla mensa e stavano per cominciare i compiti, quando qualcuno bussò alla porta della loro stanza. Laura si stupì: non aspettava visite. Guardò Kaja con aria interrogativa, ma anche lei alzò le spalle a indicare che non sapeva chi potesse essere. Laura andò alla porta e la aprì.

Era Percy Valiant. La ragazza lo guardò stupita. “Che cosa c’è?”, chiese.

Percy le fece un inchino cavalleresco. “Posso chiederti di seguirmi, degna Laura?”.

La ragazza rimase sconcertata. “Ora? Ma... il nostro allenamento di scherma non è stasera? O mi sbaglio?”.

Percy scosse la testa. “Niente affatto, mademoiselle. Non *soggiasci* ad alcuno sbaglio. Ma vorrei chiederti di *conscedermi* l’onore della tua compagnia”.

“Ma... dove andiamo?”.

“Per cortesia, sii *passiante*, Laura, e tieni a freno la tua curiosità. Una sorpresa è una sorpresa *solamante* quando uno non sa di che cosa si tratti. E ora affrettati: il tempo è *fugasce* e dobbiamo essere di ritorno prima che venga buio. Ti aspetto al parcheggio”.

Stava già per andare quando gli venne in mente ancora una cosa. “Sarà *conveniante* per te vestirti in modo caldo!”, e con questo consiglio si allontanò.

Stupita Laura lo seguì con gli occhi. *Cosa può volere Percy da me?* Tornò assorta verso la scrivania.

"Cos'ha in mente Valiant?", s'informò Kaja.

"Non ne ho idea, ma lo scoprirò presto, immagino".

"Allora ci vai?".

"Certo! Cosa credevi?".

"Che avremmo studiato per il compito di matematica, ecco cosa credevo. Lo sai quanto è importante".

"Sì, certo. Ma quello che ha in mente il prof sarà altrettanto importante, se no non mi disturberebbe a quest'ora".

Il viso di Kaja si rabbuiò. "Mademoiselle Laura lo saprà *sens'altro*!", disse scimmiottando indispettita la pronuncia di Percy.

"Ehi! Non fare quella faccia, Kaja! Non sarà sicuramente una cosa lunga, e quando torno ci mettiamo sotto a studiare matematica".

Kaja la guardò scettica. "Promesso?".

"Promesso!".

"Okay. Vai pure, allora, e divertiti".

Kaja prese dal primo cassetto del suo comodino una tavoletta di cioccolato, un cremino con le nocciole. Strappò l'involucro, spezzò un quadratino di cioccolato e se lo infilò in bocca. Aveva appena cominciato a masticare che già roteava deliziata gli occhi.

Laura invece s'infilò veloce gli stivali, indossò il piumino e si mise il berretto di lana. Poi lasciò in fretta la stanza.

Il viaggio nella Peugeot sgangherata di Percy non durò molto. Dopo cinque minuti l'insegnante mise la freccia, uscì dalla strada principale e imboccò una stradina stretta che portava a una fattoria.

Laura lo guardò meravigliata. "È la fattoria dove sta il tuo cavallo?".

Sul viso di Percy apparve un sorriso misterioso. "*Passiansa*, Laura, devi avere *passiansa*!".

Davanti alla stalla c'era un rimorchio per il trasporto dei cavalli. Percy parcheggiò lì accanto, spense il motore e scese dalla macchina.

Anche Laura scese. Chiuse la portiera e seguì Percy, che si diresse verso la porta della stalla. A Laura venne incontro l'odore caldo di cavalli e di paglia. Subito pensò a Turbine e sentì un po' di nostalgia.

All'ingresso della stalla c'era un uomo. Aspirava con voluttà la pipa che teneva nell'angolo della bocca, facendo salire nuvolette di fumo nel grigio cielo pomeridiano. Laura lo riconobbe subito: era Kastor Dietrich.

"Lei?!", esclamò. "Che coincidenza! Cosa ci fa qui?".

Il viso attempato dell'uomo si aprì in un sorriso amichevole. "Buongiorno, signorina mia", la salutò. "Ci conosciamo?".

Laura lo guardò sconcertata. "Ma certo. Certo che ci conosciamo. Lei è il signor Dietrich...".

"È vero", disse l'uomo, sorridendo.

"...e il mio cavallo sta nella sua stalla".

"Anche questo è vero!", ammise lui.

Non era possibile che il signor Dietrich fosse così smemorato! Non era poi così vecchio e finora non aveva dato alcun segno di perdere la memoria. Le venne un sospetto. Socchiuse gli occhi e lo guardò con diffidenza.

"Non è che mi sta prendendo in giro?".

L'uomo si tolse la pipa di bocca e rise di gusto. "No, certo che no. Perché dovrei?".

"Allora mi riconosce!".

L'uomo scosse la testa. "No, non ti riconosco, perché non ti ho mai vista".

"Ma...".

Laura si volse verso Percy Valiant, che aveva seguito la conversazione con un sorriso divertito. "A che gioco state giocando?", chiese un po' arrabbiata. "O voi due mi state prendendo in giro, oppure io sono completamente rimbambita".

"Rimbambita non sei di certo!". La voce conosciuta veniva da dentro la stalla. "E non ti stanno neanche prendendo in giro".

Laura si volse sorpresa e vide un uomo uscire dal buio della stalla.

Kastor Dietrich.

Gli occhi di Laura si allargarono per la sorpresa. Davanti a lei c'erano due Kastor Dietrich, l'uno l'esatta copia dell'altro. Anche le loro pipe erano identiche. Il signor Dietrich che era appena uscito dalla stalla le fece un cenno di saluto. "Buongiorno, Laura. Posso presentarti il mio gemello Nikodemus?".

Laura si batté il palmo della mano contro la fronte e bofonchiò: "Come si fa a essere così stupidi!".

Kastor Dietrich sorrise comprensivo. "Non te la prendere, Laura. Non sei la prima che ci confonde. Ma... non vuoi vedere la stalla?".

Laura guardò Percy con aria interrogativa.

Percy annuì con vigore. "Ma *scerto*, Laura. È proprio per questo motivo che siamo venuti qui!".

Be', allora...

Laura stava per entrare nella stalla quando d'un tratto fiutò qualcosa nell'aria. Odore di neve! Eppure la temperatura era sopra gli otto gradi e le previsioni dicevano chc ci sarebbe stata pioggia nei giorni seguenti. *Come faccio a sentire la neve?*, si chiese. Guardò Kastor Dietrich con aria interrogativa. "Lo sente anche lei?".

"Che cosa?".

"Che nevicherà".

Kastor Dietrich scosse la testa spigolosa. "No, non sento niente". Guardò suo fratello. "E tu?".

Anche Nikodemus Dietrich scosse la testa. "No, Kastor. Anch'io non sento niente".

Kastor si voltò verso Laura, alzando le spalle. "Mi dispiace, ma credo che tu ti sbagli".

"Ehm", si limitò a dire Laura. Eppure ne era del tutto certa: presto sarebbe nevicato. Perplessa, entrò nella stalla.

Ancor prima di vederlo, riconobbe Turbine dal nitrito. Era nell'ultimo box e Laura corse verso di lui.

Il cavallo allungava la testa sopra la porta del box, sbuffando felice e scalpitando con gli zoccoli anteriori. Le sue orecchie a punta si muovevano irrequiete.

Laura tirò indietro il catenaccio, aprì la porta ed entrò nel box. Accarezzò il collo magro di Turbine e gli strofinò il pugno contro il largo muso. "Ehi, vecchio mio. È bello vederti".

I tre uomini giunsero davanti alla porta aperta del box e guardarono con un sorriso soddisfatto la ragazza e il cavallo.

"È stata una buona idea, Percy". Kastor Dietrich dette una pacca d'approvazione sulla spalla dell'insegnante. "Ottima, anzi".

Laura si voltò e li guardò stupita. "Ma voi vi conoscete già da tanto?".

I tre sorrisero divertiti.

"*Scerto*!", disse Percy. "Ed è una grande *feliscità* per me potermi vantare della *conosciansa* di questi esimi signori!".

Kastor Dietrich era un dunque un Guardiano, proprio come suo fratello.

Perché non ci sono arrivata prima?, si rimproverò. *Era per questo che sapeva del mio compleanno. E che sono nata nel segno del Tredici.*

"Esatto", confermò Kastor. "È proprio come supponi tu, Laura".

"E Nikodemus?".

Questi sorrise. Poi guardò la porta del box, che un istante dopo si chiuse come spinta da una mano fantasma.

"Basta come spiegazione?".

Laura sorrise. Certo che bastava!

Una cosa però non capiva ancora: perché Percy aveva fatto portare Turbine nella stalla di Nikodemus Dietrich? Glielo chiese.

"Non riesci a immaginarlo, Laura?", rispose l'insegnante. "Da una parte, a Turbine qui non mancherà nulla e potrà fare la *conosciansa* di Salamar". Indicò il box accanto, in cui c'era uno splendido cavallo bianco. Il cavallo guardò Laura con curiosità e nitrì come per conferma. "E dall'altra, la fattoria di Nikodemus è molto più vicina a Ravenstein di quella di suo fratello".

"Questo lo so anch'io. Ma da Hohenstadt è molto più lontana!".

"È vero, ma... è stata una *sensassione* particolare che mi ha portato a questo passo. Non mi chiedere su cosa poggia la mia congettura, ma sono *fortemante* convinto che il tuo cavallo ti sarà di grande aiuto. E per questo, Laura, d'ora in poi non faremo *allenamanto* solo di scherma, ma anche di *equitassione*".

"Sei diventato matto, Alarik! È troppo pericoloso!".

"Ma si deve pur fare qualcosa! Non possiamo stare qui seduti ad aspettare la fine!".

Alienor esitò a rispondere, e guardò il fratello che sedeva accanto a lei su una panchina nel giardino officinale. Attorniato da alte mura di pietra, il giardino era proprio dietro l'infermeria. Le Guaritrici vi coltivavano le piante da cui ottenevano tisane e unguenti per curare i malati. Dal cortile della fortezza giungevano il martellare dei fabbri, i versi degli animali nelle stalle e i richiami dei servitori. Sebbene su Hellunyat incombesse un cupo destino, la vita quotidiana continuava come sempre.

Alarik aveva piegato una gamba, la teneva abbracciata e aveva il mento appoggiato sul ginocchio, con lo sguardo fisso davanti a sé. I capelli biondi erano scarmigliati sulla fronte aggrottata.

Ghiottoschiocco gli sedeva sulla spalla, sgranocchiando rumorosamente una dolcemela che teneva abilmente tra le zampe anteriori.

Due colombe bianche planarono dal plumbeo cielo pomeridiano, atterrarono vicino alla panchina e si misero a becchettare nelle aiuole in cerca di cibo.

Alienor fissò il fratello preoccupata, giocherellando con le sue lunghe e spesse trecce bionde. Alla fine si schiarì la voce e gli posò dolcemente una mano sul braccio. "Pensaci, Alarik. La Fortezza Oscura è sorvegliata strettamente. Perfino Paravain e i Paladini Bianchi non sono mai riusciti a penetrarla. Perché dovresti riuscirci proprio tu?".

L'espressione concentrata del ragazzo lasciò il posto a un sorriso furbesco. "Ci ho pensato bene. Primo, le Forze Oscure non si aspettano che qualcuno cerchi di entrare da solo nella loro roccaforte, tantomeno uno scudiero".

"E secondo?".

"Secondo, non si aspetteranno mai che io arrivi dall'Acquitrino Solforoso".

"Dall'Acquitrino Solforoso?". Alienor impallidì per lo spavento.

Ghiottoschiocco lasciò cadere sorpreso la mela, e solo con un veloce colpetto d'ali riuscì a non rotolare giù dalla spalla di Alarik.

Alienor conosceva bene quella palude insidiosa: confinava con le Terre Lucenti, il regno di suo padre, e con l'impero del Principe Nero. "È una pazzia, Alarik! L'Acquitrino Solforoso ha inghiottito tutti quelli che vi sono entrati".

Ghiottoschiocco allargò le ali e planò fino a terra per riprendersi la mela. Alarik guardò serio la sorella. "Cerca di capire: proprio per questo motivo le mura della Fortezza Oscura che danno sulla palude non saranno quasi vigilate".

"Ma a che ti serve?". Alienor, angosciata per il fratello, alzò la voce. "Non raggiungerai mai quelle mura se cerchi di passare dall'Acquitrino!".

Alarik scosse il capo. "Ci sono dei sentieri che lo attraversano. Sevan è riuscito a passarlo incolume più volte".

"Sevan?".

"Sì. Il viandante. Ti ricorderai che ha passato parecchie estati al castello di nostro padre. Io ho girato spesso con lui e mi ha insegnato molte cose di grande utilità".

"Ti ha anche mostrato la via per attraversare la palude?".

Alarik non rispose.

"Ho chiesto se ti ha anche mostrato la via per attraversare la palude!", insistette Alienor.

"No. Però me l'ha spiegata bene". Portò l'indice alla fronte. "Si è impressa qui come su una cartina".

Alienor stava per rispondergli male, ma lasciò perdere. Sarebbe stato inutile: conosceva suo fratello. Era tenace come un mulo ostinato: se si metteva in testa qualcosa non si lasciava mai convincere a cambiare idea. Da lei, poi, figuriamoci!

La ragazza fece un respiro profondo e assunse un'aria pensosa. "Ammettendo che tu arrivi sano e salvo alla Fortezza Oscura, cosa pensi di fare?".

"Ma è chiaro, no?". Alarik aprì le mani col palmo rivolto verso l'alto. "I Cavalieri Neri ci hanno rubato il Calice, dunque nella Fortezza Oscura c'è qualcuno che sa dove è nascosto".

"E allora?".

"Può essere che riesca a cogliere qualche indizio sul nascondiglio".

"Può essere, ma è troppo pericoloso", sussurrò Alienor, e si volse implorante verso il fratello. "Non lo fare, Alarik, ti prego!".

Il ragazzo si mise a fissare le aiuole, in silenzio.

"Hai già deciso?". Le parole di Alienor si sentirono appena.

Suo fratello si voltò con determinazione verso di lei. "Sì. E nessuno mi convincerà ad abbandonare l'impresa".

Alienor deglutì, e i suoi occhi s'inumidirono. "Posso aiutarti in qualche modo?".

"Sì". Alarik prese lo svolappio dalla sua spalla e lo porse alla sorella. "Prenditi cura di Ghiottoschiocco mentre sono via. E poi...", s'interruppe e rifletté un istante, poi riprese: "...sguscerò via dopo che ha fatto notte e mi aiuterebbe molto se tu non dicessi a nessuno cosa ho in mente. A nessuno, capito? Se Paravain lo viene a sapere, mi fa subito venire a prendere".

Laura e Percy cavalcavano sui pendii delle colline. Salamar, il cavallo di Percy, aveva la stessa indomabile energia di Turbine. Gli stalloni si lanciarono al galoppo sfrenato, tanto che Percy fu costretto a tirare le briglie. Laura fece lo stesso. All'inizio Turbine si oppose con degli sbuffi di protesta, poi però si rassegnò e rallentò l'andatura. I due cavalli bianchi camminavano fianco a fianco su uno stretto sentiero, facendo oscillare i loro cavalieri.

Laura scrutò l'orizzonte dove l'incolore cielo invernale sembrava quasi mescolarsi col paesaggio grigio. In lontananza si erano alzati banchi di nebbia; fluttuavano per i campi verso il castello di Ravenstein, che troneggiava sulla collina vicina.

D'un tratto Laura sentì di nuovo l'odore della neve.

Strano, pensò. *Otto gradi, le previsioni del tempo... tutto sembra far credere che non nevicherà. Eppure...*

Laura raccontò a Percy la sua ricerca notturna della nebbia in biblioteca e quand'ebbe finito, l'insegnante la guardò con biasimo: "La tua *sventatessa* grida *vandetta*. Il mio cuore palpita a immaginare con quale *fascilità* gli Oscuri avrebbero potuto impossessarsi di te".

"Lo so. Ma cosa avrei dovuto fare? Papà sicuramente non me ne avrebbe parlato se non fosse stato davvero importante. Non lo pensi anche tu?".

Percy parve riflettere. "La possibilità esiste *veramante*. Purtroppo, Marius ha trascurato di darti anche solo un minimo *indissio*".

"L'avrebbe fatto senz'altro", rispose Laura con aria sofferta. "Ma non ne ha avuto il tempo".

"Lo so, ti credo, ma questo purtroppo non *sci* aiuta". Percy fece una faccia perplessa.

Proseguirono in silenzio. Soffiava un vento leggero, si sentivano gli sbuffi dei cavalli, il leggero scricchiolio della sella e il tintinnio dei finimenti. In lontananza gracchiava un corvo, e un cane abbaiava insistentemente.

Laura era profondamente assorta nei suoi pensieri. *Cosa posso fare?*, rifletté. *Se Percy non mi può aiutare, chi può farlo? E cosa succederà se davvero non trovo la nebbia?*

Di nuovo sentì un intenso odore di neve, e allora capì.

Certo! Ecco la soluzione!

Tirò le redini agitata e guardò Percy con occhi raggianti. "Sì, certo! Ci sono, Percy! So come possiamo trovare la nebbia!".

Percy fermò anche lui il cavallo e la guardò stupito. "Ah sì?".

"Sì, certo! Che sciocchi a non pensarci prima!".

Percy aggrottò la fronte. Poi capì all'improvviso che cosa volesse fare Laura. "No, no, e di nuovo no! Toglitelo dalla tua leggiadra testa! I tuoi poteri non sono ancora *abbastansa* maturi per *intraprandere* un viaggio onirico. Troppi pericoli sarebbero lì ad *attanderti* ".

Laura gonfiò le guance, soffiò, e alzò gli occhi al cielo. "Uffa, Percy!".

Il professore di educazione fisica scosse la testa e la guardò serio. "Non dimenticare, Laura, che sei ancora un'allieva e che hai solo lasciato dietro di te un minuscolo passo su una lunga strada".

Laura sbuffò sdegnata. "È vero. Ma ho già studiato tutto il libro di Moebius Sandmann!".

"Quella è solo teoria!".

"Chiaro! Ma i primi esercizi li ho fatti benissimo, l'hai detto tu stesso!".

"Non credere di potermi irretire con le lusinghe! Non otterrai il mio permesso".

Laura stava già per ribattere, ma si trattenne. *Non serve a niente*, pensò. *Percy non cambierà idea così. Devo cercare di convincerlo in un'altra maniera*.

"E se per caso senza questa nebbia non riusciamo a trovare il Calice?", chiese, sforzandosi di mantenere un tono calmo.

Percy inarcò le sopracciglia pensoso. "La possibilità esiste *sans'altro*. E sarebbe una tragedia".

Tacque per un poco e il suo sguardo si perse nel vuoto. Quando riprese a parlare, Laura riacquistò speranza. "Mi sembra che *sci* sia un altro problema, Laura. *Scerto*, sappiamo che Marius ha nascosto la nebbia in biblioteca, ma purtroppo non sappiamo né il giorno né l'ora...".

"Invece sì!", lo interruppe Laura. "Mi ha detto che aveva appena fatto in tempo a nasconderla prima di essere catturato. Quindi dovrebbe essere successo il giorno in cui è sparito".

"Il giorno del *solstissio, intandi*?".

"Esatto! E dato che a cena c'era ancora, deve essere stato più tardi, di notte".

"E se ti sbagli?".

"Non mi sbaglio, Percy, sono sicura". Laura guardò implorante il professore, ma lui scosse di nuovo la testa.

"No, Laura. Non si può lo stesso. Il rischio è *semplisceмante* troppo grande. Lo sai, non sei in grado di fuggire dal sogno in fretta con le tue *forsse*. E se ti trovi *seriamante* in pericolo, allora per te è finita!".

Laura sentì un groppo in gola e lanciò uno sguardo disperato a Percy. Sembrava sul punto di piangere. "Lasciami almeno provare! Soltanto una volta. E poi tu puoi far sì che non mi succeda niente".

"Io posso solo vegliare sul tuo corpo che rimane nel *presante*. Non ho il minimo controllo su quello che accade alla tua figura onirica".

Laura deglutì. Capiva che l'impresa era davvero pericolosa. *Eppure*, pensò, *eppure ci voglio provare. Ci devo provare!*

"Per favore, Percy!", sussurrò. "Per favore!".

L'insegnante la guardò in silenzio.

“Per favore, Percy!”, ripeté Laura implorante.

Finalmente Percy Valiant si lasciò convincere. “Va bene, sia. Ma solo se mi fai una promessa: qualunque cosa accada nel tuo viaggio, non interverrai. Qualunque cosa *susceda*. Promesso?”.

“Promesso!”.

Scesero di sella, legarono i cavalli ai rami spogli di un albero sradicato dal maltempo degli ultimi giorni, e si sedettero sul grosso tronco.

“Ti esponi a un grave pericolo, Laura. *Eserscita* la massima *attansione* perché non *sc'è* niente di meno in gioco che la tua vita”.

Laura deglutì. Certo. Certo che quello che voleva fare era pericoloso. Tra l'altro non era mai scivolata nella sua figura onirica per recarsi in un altro luogo o in un altro tempo. Non sapeva neanche se le sarebbe riuscito, ma doveva tentare.

“Attieniti a quello che hai letto e a quello che ti ho insegnato. Affidati *completamante* alla *forsa* della *Lusce*. Va bene?”.

Laura si sforzò di sorridere.

“Ora chiudi gli occhi e concentra tutti i tuoi pensieri e tutta la tua energia sul luogo e sul momento in cui desideri apparire. E appena sei diventata tutt'uno coi tuoi pensieri, *scerca* di liberarti da te stessa. Lasciati *semplisccemante* trasportare e affidati *completamante* all'eterno flusso del tempo”.

Laura chiuse gli occhi e si concentrò. Allontanò tutti gli altri pensieri dalla mente finché rimase soltanto la meta del suo viaggio in termini di spazio e tempo. Non sentì più lo sbuffare e scalpitare dei cavalli ma solo la voce di Percy Valiant, che recitava un'antichissima formula magica.

Fiume del tempo, io ti chiamo;
Fiume del tempo, afferrami!
Fiume del tempo, io mi apro;
Fiume del tempo, accoglimi!

Laura si accorse che la voce di Percy risuonava sempre più debole, sempre più lontana. Un formicolio caldo e piacevole corse per il suo corpo, poi vide la Luce. Era tutta intorno a lei, chiara e splendente. Laura ne fu completamente avvolta. Aveva molto caldo e si sentiva leggera.

D'un tratto la luce sparì e il calore intenso lasciò il suo corpo. Intorno a lei era buio e una fresca brezza le accarezzava le guance.

Laura aprì gli occhi e vide che aveva raggiunto la meta del suo viaggio.

Capitolo 16

Il viaggio onirico

Laura era al riparo di un muro. Guardandosi intorno capì di trovarsi nel cortile di Ravenstein. Le finestre del castello erano buie; doveva essere abbastanza tardi, probabilmente dopo la mezzanotte. La notte era chiara e gelata, e il respiro della ragazza formava piccole nuvolette davanti alla sua bocca. La pallida luna, quasi piena, era alta nel cielo e immergeva tutto in una luce smorta. Laura capì perché nel pomeriggio, al contrario di Kastor e Nikodemus Dietrich, aveva sentito un forte odore di neve: l'intero paesaggio era coperto da una fitta coltre bianca.

Laura cominciò a tremare, ma era contenta, perché ricordava che il pomeriggio del solstizio d'inverno dell'anno precedente aveva nevicato e poi era venuto un gran freddo. Tutto sembrava indicare che era arrivata nel giorno giusto.

Si guardò intorno. Fece un passo, cauta, e vide che il suo piede lasciava un'impronta ben visibile nella neve. Si trovava davvero nel passato. *Pazzesco!*, pensò. *Funziona davvero. Il viaggio onirico è davvero possibile!*

D'un tratto le parve di sentire un gracchiare agitato di cornacchie. Tese l'orecchio. Non c'erano dubbi: lo stridio di quegli uccellacci neri veniva dal Bosco del Boia. Lukas dunque si era sbagliato: le cornacchie non dormivano di notte!

Fu allora che vide l'uomo. Era ancora molto lontano, ma si capiva che stava fuggendo. Veniva dal Bosco del Boia e si dirigeva a gran corsa verso il castello. Le sue falcate sollevavano spruzzi di neve, e il suo lungo cappotto ondeggiava dietro di lui.

Laura si appiattì contro il muro: non voleva a nessun costo essere vista. Ed ecco apparire gli inseguitori: tre figure scure che tallonavano il fuggitivo. L'uomo aveva ancora un certo vantaggio su di loro, ma i tre lo avrebbero presto raggiunto. Quando furono più vicini, Laura notò che portavano armature nere come i cavalieri medievali. Si meravigliò. *Che vuol dire? Sono andata troppo indietro nel tempo? Sono secoli che non ci sono uomini con l'armatura a Ravenstein. Ho sbagliato qualcosa?*

Il fuggitivo aveva quasi raggiunto il cortile. Laura sentiva il suo respiro ansante e lo scricchiolio degli stivali. Poi un raggio di luna illuminò il suo viso affannato.

Papà!

Laura rimase senza fiato. Sentì un desiderio irrefrenabile di correre verso di lui e gettargli le braccia al collo.

Papà. Finalmente!

Fece un passo veloce verso di lui, ma si ricordò dell'avvertimento di Percy: "Qualunque cosa accada nel tuo viaggio, non interverrai. Qualunque cosa *susceda*".

Laura si fermò. *È meglio se seguo le istruzioni di Percy*, pensò, e tornò svelta nell'ombra. Tenendosi appiattita contro il muro, seguì col fiato sospeso gli avvenimenti che si svolgevano davanti ai suoi occhi.

Marius Leander girò l'angolo. La stradina che correva lungo il collegio era stata ripulita dalla neve. Marius stava per imboccarla, ma cambiò idea. Si fermò di colpo e sparì con un balzo dietro la spessa siepe di ligustro che fiancheggiava il sentiero. Si sentivano già i passi e il respiro forte degli inseguitori, quando Marius si rese conto che il suo piede aveva lasciato una traccia ben visibile sulla neve profonda, vicino al vialetto. Si chinò allora veloce sopra la siepe e cancellò con le mani l'impronta traditrice. Un secondo dopo gli sgherri svoltarono l'angolo.

Non vedendo traccia della loro vittima, si fermarono sorpresi. I guerrieri neri presero a confabulare tra loro. Laura sentiva il loro brusio eccitato.

Speriamo che non frughino nella siepe!, pensò, tenendo il fiato sospeso.

Uno dei soldati indicò ai suoi compagni il vialetto che un po' più avanti spariva dietro l'edificio e i tre si precipitarono nella direzione in cui credevano fosse andato il fuggitivo.

Laura respirò sollevata. Per fortuna il trucco di papà aveva funzionato!

Marius gettò uno sguardo verso l'angolo dietro al quale erano appena spariti i suoi inseguitori e si precipitò nella direzione opposta, imboccando di corsa le scale che portavano all'ingresso del collegio.

Qualche istante più tardi era già oltre il portone.

Laura attese ancora un po' accanto al muro. Si guardò intorno per accertarsi dove fossero gli uomini con le armature nere. Erano spariti, non si sentiva più neanche il rumore delle loro corazze.

Ottimo!

La ragazza uscì dall'ombra, attraversò di corsa il cortile e salì le scale.

Quando entrò nel collegio, non vide alcuna traccia di suo padre, ma sapeva dov'era andato: in biblioteca, e dove se no?

Il lungo corridoio che portava alla biblioteca era buio, appena rischiarato dalla fioca luce d'emergenza. Un senso di angoscia s'impadronì di Laura.

Col cuore che le batteva forte, la ragazza scivolò lungo il corridoio. Quando si avvicinò alla biblioteca, vide che la porta era socchiusa. Laura la aprì con cautela, e poi entrò.

Suo padre era inginocchiato davanti alla parete più lontana, di fianco al banco dei prestiti, dietro il quale Amalie Briselsem era solita far scorrere il suo sguardo da nibbio.

Laura non riuscì a vedere che cosa stesse facendo suo padre: le dava le spalle e armeggiava vicino al pavimento.

La ragazza stava per andare da lui quando sentì dei passi in corridoio. Tornò indietro e infilò la testa fuori dalla porta. Il cuore le balzò in gola quando vide i tre uomini con le armature nere in fondo al corridoio. Venivano verso la biblioteca e si avvicinavano veloci, molto veloci!

Rientrò in biblioteca e, anche se Percy Valiant le aveva proibito qualunque intervento, non riuscì a trattenersi.

"Attento, papà!", gridò, e si lanciò in uno dei corridoi stretti, rannicchiandosi nell'ombra.

Marius Leander si alzò, guardandosi intorno sorpreso. In quel mentre entrarono a precipizio i tre cavalieri neri, che lo videro subito.

"Forza, prendetelo!", ordinò quello che doveva essere il capo.

Con le spade sguainate si gettarono su Marius. Lo afferrarono, gli tirarono rudemente le braccia dietro la schiena e le legarono. Tenendogli le braccia, due uomini lo trascinarono verso la porta, mentre il terzo li seguiva con aria cupa.

Quando il gruppetto passò vicino al corridoio tra gli scaffali in cui si teneva nascosta Laura, lei vide che avevano messo un bavaglio in bocca a suo padre, in modo da impedirgli di gridare aiuto.

Spaventata, Laura si appiattì contro lo scaffale.

Come faccio ad aiutare papà?, rifletteva convulsamente. *Dovrei intervenire? Ma cosa posso fare io contro tre uomini armati fino ai denti?*

I due soldati che trascinavano il prigioniero erano quasi giunti alla porta, quando il terzo soldato, quello che li seguiva, si fermò e voltò lentamente la testa verso il nascondiglio di Laura.

Oh, no! Ha notato qualcosa? O mi ha addirittura scoperto?.

Col cuore in gola, Laura non osava muoversi.

Il soldato continuava a guardare in quella direzione, pronto a cogliere ogni minimo rumore. Infine si voltò e seguì i suoi compagni oltre la porta.

Sollevata, Laura rilasciò l'aria che aveva trattenuto nei polmoni. Si alzò e andò a urtare col gomito un grosso volume, che cadde sul pavimento di legno. Il rumore riecheggiò come uno sparo.

Il terzo soldato tornò subito indietro con la spada sguainata. Andò risoluto verso lo scaffale dietro al quale era nascosta Laura. Gli ci volle solo un attimo per scoprire la ragazzina atterrita. Sorridendo trionfante, si chinò su di lei.

Laura era terrorizzata. L'occhio! L'uomo aveva un terzo occhio sulla fronte, che la guardava torvo quanto gli altri due occhi. La ragazza indietreggiò lentamente… ma presto si trovò con le spalle al muro.

Il mostro dai tre occhi la fissava, e lei fissava lui, attendendo la morte.

Il mostro, tuttavia, non aveva fretta. Sembrava gustare la paura terribile della ragazza. La guardava con disprezzo e sorrideva. Poi alzò la spada.

"No!", lo implorò Laura. "No, ti prego! Non farlo!".

Ma fu inutile. Il soldato nero abbassò l'arma con violenza, la lama fendette l'aria come un lampo e colpì il muro vicino all'incisione della vecchia cripta. Sprizzarono scintille e un pezzo di muro grosso quanto un pugno cadde rumorosamente a terra: Laura si era dissolta.

Il guerriero rimase a fissare il muro perplesso. Era certo che lì, un attimo prima, c'era una ragazza. Ne era certo perché l'aveva vista con tutti e tre i propri occhi.

Laura vide solo una luce abbagliante. Poi lo splendore diminuì e la ragazza distinse un profilo scuro. Era vago, ma prendeva contorni sempre più definiti. Sentiva dei suoni ovattati che sembravano arrivare da molto lontano. Ancora non capiva bene di che cosa si trattasse, ma i suoni diventavano sempre più forti e chiari.

"Laura. Su, Laura, di' qualcosa".

La ragazza aprì gli occhi e vide il viso di Percy.

Il giovane professore era pallido e la guardava con un'espressione piena d'ansia.

"Ti *santi* bene? Va tutto bene? Cosa è *suscesso*? Parlami!".

Laura si alzò e si guardò attorno. C'era luce. Percy era seduto di fronte a lei. Turbine e Salamar erano legati lì accanto e mordicchiavano pacifici i rametti spogli.

Com'era arrivata lì? E che cosa ci facevano lì Percy e i cavalli? Non capiva, ma improvvisamente le tornò in mente tutto: era davvero riuscita a fare un viaggio onirico! Non sapeva però come avesse fatto a tornare nel presente.

Guardò incerta Percy.

"Mi... mi hai richiamato tu dal sogno?".

L'insegnante annuì. "*Scerto*. I tuoi gemiti *sofferanti* mi hanno intenerito il cuore e dal tuo viso sembrava che stessi sulla soglia dell'inferno".

Laura fissò il vuoto, pensierosa. Il ricordo dello spavento provato le si leggeva chiaramente in viso.

"È stato così orribile, Percy. Avevo una paura folle ed ero sicura che sarei morta. Non ci è mancato molto!".

"La rischiosa *avvantura* che hai intrapreso è stata almeno coronata dal *suscesso*?".

"Sì". Laura annuì, incapace di dire di più. Una stanchezza opprimente si era impossessata di lei. Sbadigliava e non riusciva a stare in piedi.

Confusa, guardò Percy. "Che cos'ho? D'un tratto mi sento così stanca, terribilmente stanca...".

"Lo so, Laura. E avevo già richiamato la tua *attansione* su questo fenomeno. Anche Moebius Sandmann ne parla nel suo libro, come ricorderai: ogni viaggio nelle *distanse* del tempo consuma *terribilmante* le *fòrse* e *sci* fa tornare *completamante* esausti".

Laura quasi non riusciva a sentirlo e aveva un solo desiderio: *dormire! Dormire e basta!*

Percy Valiant dovette aiutarla a mettersi in sella. Nel viaggio di ritorno, la ragazza si aggrappò al pomo della sella, ma oscillava comunque in maniera pericolosa. Turbine capì che la sua amazzone era molto debole e cavalcò piano, senza fare movimenti bruschi. Laura sarebbe tuttavia caduta di sella, se il suo insegnante non avesse cavalcato proprio accanto a lei, sostenendola di tanto in tanto.

Quando furono tornati al castello, Percy volle accompagnare Laura fino in camera sua, ma lei si oppose. *Non sono mica una bambina!*, pensò. *Già mi ha sostenuto sulle scale fuori, e va bene, ma il resto lo faccio da sola!*

All'ingresso si liberò del braccio del professore e lo salutò. "Grazie, Percy, grazie mille. Ma non è necessario che mi accompagni su".

"Sei del tutto *scerta* che al tuo proposito arriderà il *susscesso*?".

Laura fece una smorfia. "Sì, certo".

"Allora sia come tu desideri". L'espressione di Percy era molto scettica, ma lasciò che la ragazza facesse come voleva.

"A me pare che sarebbe la cosa migliore per te se tu ti recassi senza indugio a riposarti", le disse ancora. "Le *ricostituanti* ore di sonno ti rimetteranno in *fòrse*. Per questo ti auguro un sonno *piascevole*, degna Laura".

La salutò col suo solito inchino e uscì dal collegio. La ragazza andò vacillando verso le scale. Non aveva ancora raggiunto il pianerottolo tra il primo e il secondo piano che già si era pentita di aver rifiutato l'aiuto di Percy. Ogni passo le costava una fatica sovrumana. Quando raggiunse finalmente il pianerottolo, dovette fare una pausa. Si sedette per terra, appoggiando la schiena al parapetto. Non si vedeva in giro nessuno a cui chiedere aiuto.

D'un tratto risuonarono dei passi al piano di sopra. Piena di speranza, Laura guardò verso l'alto.

Che fortuna! Ora posso farmi aiutare!

Purtroppo era Max Puzzetta.

Che sfortuna!, pensò Laura in silenzio. *Da Puzzetta non mi faccio aiutare di sicuro. Manco morta!*

Il solo pensiero di essere toccata dalle sue dita a salsicciotto la faceva star male. E l'idea di doversi appoggiare a lui le faceva venire la nausea.

Quando Max la vide, si fermò sorpreso, col solito sorrisetto stupido stampato in faccia. "Come si chiama quello che stai facendo, Laura? Ginnastica a terra?".

Laura non gli rispose, si limitò a guardarlo male.

"Che ne dici se ti tengo compagnia? Nella ginnastica a terra, dico". Il suo sorrisetto si allargò, e una risata asinina risuonò nell'aria.

Laura lo fulminò letteralmente con lo sguardo.

Voleva rispondergli male, ma d'un tratto riuscì a leggergli nel pensiero.

In realtà è proprio carina, stava pensando Max. *Chissà perché Ronnie ce l'ha con lei. Ma se la tratto bene quello mi riduce a polpette.*

Laura rimase di stucco.

Dunque mi tratta male solo perché ha paura di Ronnie?

Provò compassione per lui, ma allo stesso tempo s'indignò per la sua codardia.

Brutto vigliacco schifoso!

"Ehi, Puzzetta!", gli disse brusca.

Max la guardò cupo. "Stai attenta a come parli!".

"Calmati, Puzzetta. Volevo solo farti una domanda".

"Una domanda? E quale?".

"Semplice. Perché hai una testa, Puzzetta?".

Max fece una faccia stupita. "Eh?".

Laura sorrise. "Lo sapevo che non lo sapevi. Te lo dico io, Puzzetta: perché se no ti pioverebbe nel collo!".

Il ragazzo restò di sasso. Poi fece una smorfia e sembrò sul punto di scoppiare a piangere. "Sei proprio una stupida!", le disse, e si allontanò in fretta.

Laura lo seguì con gli occhi, già pentita della sua battuta sciocca.

Sei stata un'idiota, si rimproverò. *Sicuramente ne deve sentire già tante da Ronnie, non avresti dovuto ferirlo anche tu.*

Con enorme fatica, riuscì ad alzarsi.

Ti sta bene. Se tu non fossi stata così cattiva, magari Max ti avrebbe aiutata.

Decise di scusarsi con lui alla prima occasione e di non chiamarlo mai più Puzzetta. Poi affrontò il resto del cammino.

Le ci vollero più di dieci minuti per raggiungere la sua stanza. Kaja era china su un libro di matematica e stava mangiucchiando delle monete di cioccolato. Quando sentì entrare Laura, si girò a guardarla con aria di rimprovero.

"Ma dov'eri? Dobbiamo studiare per il compito di...".

Solo allora si accorse in quali condizioni fosse Laura. Si alzò e le corse incontro.

"Cosa c'è? Cos'è successo?".

"Ti... racconto... dopo", mormorò Laura, e si lasciò cadere sul letto completamente vestita.

"Ma cos'hai?".

Laura voleva scuotere la testa, ma non riuscì a farlo. "Niente... niente di brutto, Kaja. Voglio... solo... dor...". Le si chiusero gli occhi, la testa le cadde di lato e un attimo dopo stava già russando.

Kaja era rimasta in piedi davanti al letto e la fissava meravigliata. Si chinò su di lei, le afferrò una spalla e la scosse piano. "Laura! Svegliati, Laura!".

Ma Laura non reagì.

Kaja allora le sfilò la giacca, gli stivali e le calze. Voleva toglierle anche il pullover, ma non ci riuscì. Coprì con cura l'amica e la lasciò dormire. Poi riprese il libro di matematica, ma il pensiero del compito del giorno dopo le fece venire una leggera nausea, che si fece passare in fretta con un soldo di cioccolato. Il timore che il compito sarebbe stato una catastrofe per Laura, però, non si lasciò scacciare.

Morwena chiuse dietro di sé la porta della stanza da letto di Elysion e andò da Paravain, che era appoggiato alla grande tavola nella sala del trono. La Guaritrice scosse la testa.

Il cavaliere si lasciò cadere su una sedia. Sentiva che una rabbia sorda montava in lui. Nella sua impotenza serrò la mano in un pugno e colpì più volte il tavolo, mentre scuoteva il capo.

Morwena gli pose in silenzio una mano sulla spalla e aspettò che si fosse calmato. Il tocco gentile gli fece bene. Il senso d'impotenza si alleggerì. Paravain si alzò, andò al canterano appoggiato al muro e prese una caraffa di vino. Se ne versò un boccale, si volse a Morwena e la guardò con aria interrogativa. "Vuoi anche tu un po' di vino rosso?".

Morwena scosse il capo. "A me non piace. Ma non ti lasciar trattenere da me, Paravain. Un boccale o due non possono far male".

Il cavaliere le restituì il sorriso. "Allora sono tranquillo. Se lo dici proprio tu!".

Paravain prese il boccale, bevve un sorso, e rimise la caraffa sul canterano. Guardò pensoso fuori nell'oscurità che era scesa sul vasto altopiano di Calderan. Il cielo era terso; nulla ostacolava la vista delle due lune di Aventerra. La Terrastella splendeva piena e blu come sempre. La Doraluna invece era pallida, perché non aveva percorso ancora tutta la strada verso lo zenit. Ci sarebbero voluti altri tre giorni prima che rilucesse di nuovo in tutto il suo splendore.

Tre giorni.

Rimanevano soltanto tre giorni per trovare il Calice della Luce, un periodo di tempo brevissimo se paragonato alle quasi tredici lune trascorse da quando gli alleati terrestri avevano cominciato a cercarlo. Tutti i loro sforzi erano stati vani, e una domanda angosciata sorse nel giovane cavaliere: se non erano riusciti a trovare il Calice in quel lungo lasso di tempo, come si poteva sperare che la loro ricerca avrebbe avuto successo in pochi giorni?

Paravain fece scorrere gli occhi sull'altopiano illuminato dalle lune. Se non s'ingannava, le Nebbie Nere avevano guadagnato ancora terreno. Già metà dell'altopiano era coperto da una nebbia impenetrabile che si ergeva nel cielo, come un'orrenda creatura gigantesca che si preparasse all'attacco. Paravain sapeva che cosa si celava dietro la nebbia: il Nulla Eterno.

Un brivido freddo gli corse per la schiena. Sebbene le Nebbie Nere fossero ancora ben distanti dalla Fortezza del Graal, sentiva già chiaramente il freddo che emanavano.

Con passi leggeri Morwena lo raggiunse e si fermò accanto a lui. Guardò anche lei fuori dalla finestra; il suo volto era impassibile. Poi mise una mano sulla spalla del cavaliere e lo guardò coi suoi grandi occhi.

"Hai paura, non è vero?".

Paravain esitò a rispondere. Alla fine annuì e disse: "Per quanto io creda nella Luce, Morwena... se qualcosa non accade presto, non ci sarà più speranza! Dopo tutto...".

S'interruppe e si voltò, sentendo il rumore di una porta che si apriva. Alienor, l'allieva di Morwena, si dirigeva silenziosamente verso il corridoio. Le sue lunghe trecce bionde oscillavano leggere. Paravain la chiamò: "Un attimo, Alienor!".

La fanciulla si fermò sorpresa: "Sì, signore?".

"Potresti mandarmi tuo fratello?".

Alienor impallidì. "Alarik?", chiese.

"Certo, Alarik. Chi altri?".

"Questo... ehm... questo...", e guardò il cavaliere senza sapere che cosa dire. "Temo che non sia possibile".

"No?". Paravain rimase visibilmente sorpreso. "Come mai?".

"Perché... perché... ehm", balbettò la ragazza.

"Su, parla!", ordinò il cavaliere con impazienza.

"Perché... è già andato a letto e certo starà già dormendo". Un sorriso sollevato comparve sul volto di Alienor.

"Davvero?". Paravain aggrottò la fronte stupito. "Così presto?".

Alienor annuì.

"Be', allora pazienza. Ma domani mattina presto lo mandi da me, intesi? Ho delle cose importanti da discutere con lui!".

Capitolo 17

Il nascondiglio in biblioteca

La settima B sudava senza fiatare sul compito di matematica. Si sentiva solo il fruscio leggero della carta, lo scorrere delle penne sui fogli e il ticchettare dei passi della professoressa Taxus. Come un'aquila a caccia di prede, girava lo sguardo sugli alunni. Dovunque guardasse, vedeva solo visi assorti e tesi. Alcuni mostravano già segni di panico.

Bene. Benissimo!

Rebecca Taxus sorrise soddisfatta. Il compito risultava davvero difficile come aveva previsto. Così difficile che gran parte della classe ci si sarebbe rotta la testa. Laura Leander di sicuro!

"Alexs!", sibilò secca l'insegnante. "Alexsander Haase! Ancora un tentativo *ssimile* e hai chiuso, capito?".

Alex era seduto alla destra di Brufolo. Anche se in genere andava abbastanza bene in matematica, questo compito gli stava dando del filo da torcere: aveva risolto solo metà degli esercizi e non aveva la minima idea di come risolvere gli altri.

Quando Brufolo si accorse che il suo compagno tentava di copiare, girò la sedia e spostò il compito dalla parte sinistra del banco, coprendolo con il braccio e la spalla in modo che Alex non potesse leggerlo, a meno che non avesse alzato la testa e si fosse piegato in maniera evidente verso Brufolo. Al primo tentativo, fu prontamente scoperto dalla professoressa.

Alex decise di lasciar perdere. Pinky Taxus gli avrebbe dato zero se l'avesse di nuovo sorpreso in un "tentativo di appropriazione indebita", come lei definiva l'azione di copiare. Il ragazzo roteò gli occhi irritato e si concentrò di nuovo sul compito, giurando a se stesso di dare una bella strigliata a Brufolo non appena ne avesse avuto l'opportunità.

Tac. Tac. Tac.

Come il ticchettio di un orologio risuonava per l'aula il rumore dei tacchi della professoressa, che si stava avvicinando al banco di Laura e di Kaja.

Laura non se ne accorse. Era stanca, tremendamente stanca, anche se aveva dormito più di dodici ore. Che il compito di matematica andasse pure alla malora! Guardando il foglio si accorse di non aver scritto nulla. E come avrebbe potuto? Non aveva idea di come si risolvessero quei dannati esercizi. La sua mente era completamente vuota, come se le si fosse bruciato il cervello. Non si sentiva capace di un solo pensiero sensato, e men che meno di leggere nel pensiero a Brufolo. Solo una sola cosa le era chiara: se prima della fine dell'ora non fosse riuscita a risolvere neanche un esercizio, allora avrebbe preso zero. Non classificabile.

Laura sospirò. Forse avrebbe dovuto dare ascolto a Percy e rinunciare al viaggio onirico. Però quel viaggio era stato davvero utile.

Girò la testa e guardò Kaja. La sua amica era piegata sul foglio e scriveva solerte. A quanto pareva era in grado di risolvere gli esercizi.

Devo cercare di copiare da lei, pensò Laura. *A costo di farmi beccare dalla Taxus, tanto se non copio prendo zero comunque.*

Diede un calcetto cauto a Kaja, che capì subito e spostò il compito in mezzo al banco perché Laura lo vedesse meglio. Laura si piegò un poco verso sinistra... quando di colpo le pizzicò il naso il profumo da mummia della Taxus. Nello stesso momento sentì qualcuno tossicchiare dietro di sé. Alzò gli occhi spaventata. La professoressa di matematica era proprio dietro alla sua sedia e la guardava con aria di rimprovero.

"Io non ci riproverei, *sse fosssi* in te!", sibilò con freddezza. "Altrimenti ti faccio *conssegnare ssubito*, e poi vi cambio di posto".

Oh no, tutto ma non quello!

La professoressa Taxus guardò l'orologio. "Mancano *ssolo* dieci minuti, Laura. Che cosa *asspetti*? Un miracolo?".

Laura non rispose.

L'insegnante, sorridendo con aria di sufficienza, continuò la sua passeggiata tra i banchi.

Tac. Tac. Tac.

La Taxus tuttavia non perse più di vista Laura fino alla fine dell'ora. Quando squillò la campanella, il foglio di Laura era bianco come all'inizio.

Collera. Ecco tutto ciò che riusciva a sentire Laura, null'altro che collera. Prese un ciottolo piatto dalla sabbia umida sulla riva e lo scagliò con tutte le sue forze sul pelo dell'acqua grigia del Lago degli Spiriti. Il sasso danzò due, tre volte sulla superficie prima di affondare.

"Non è giusto!", gridò, con voce allo stesso tempo furiosa e disperata. "Non è giusto che avessimo il compito proprio oggi!".

Lukas la guardò sorpreso. Le nuvole scure in cielo si riflettevano sfumate nelle lenti dei suoi occhiali. "Non capisco, Laura. Che differenza avrebbe fatto se fosse stato domani invece di oggi? E poi la data del compito la sapevi da un sacco di tempo".

Laura alzò gli occhi al cielo. Poi vide le facce perplesse di Lukas e Kaja accanto a lei in riva al lago, e si ricordò che nessuno dei due sapeva quali fossero i suoi problemi Non sapevano niente del suo viaggio onirico del giorno prima e non avevano idea di che cosa stesse succedendo a Ravenstein.

"Lukas ha ragione", disse Kaja. "È stata solo sfortuna che fossi così stanca proprio ieri. E anche durante il compito non è che andasse molto meglio, no?".

Laura confermò la supposizione con un cenno affermativo.

"Forse ti stai ammalando?". Si preoccupò Kaja. "C'è un sacco di gente che si è presa il raffreddore".

"No, no. Non è quello".

"E allora cos'è?", le chiese Lukas. La ruga profonda si era di nuovo scavata sulla sua fronte.

"Ah, non lo so. So solo che posso cominciare a dire addio a questo anno scolastico. Con zero nel compito di matematica, ormai non c'è più speranza".

"Dai, Laura", cercò di tirarla su Kaja. "Non può essere andata così male. Non li avrai mica sbagliati tutti, gli esercizi!".

"Hai ragione. In realtà non ne ho sbagliato neanche uno... perché non ne ho fatto neanche uno".

Laura si chinò, raccolse un altro sasso e lo fece saltare sull'acqua. Kaja e Lukas si guardarono turbati.

"Dimentica il compito e basta", disse Kaja, cercando di tranquillizzarla. "Può capitare a tutti una volta di andare nel pallone. E c'è ancora tempo prima della fine dell'anno!".

Laura non rispose, ma continuò a fissare torva il vuoto.

"Kaja ha ragione". Lukas riprese il suo tono da professore. "È risaputo che il voto di fine anno non dipende da un singolo compito in classe, ma è il risultato della somma di tutti i voti diviso per il numero di compiti".

Questo è troppo. Questo è davvero troppo!

Laura non riuscì più a trattenersi. "Volete stare zitti?! Tanto non siete voi che rischiate di finire fuori dal collegio! Non sopporto più i vostri bla bla. Mi sembra di sentire Sayelle!".

Kaja e Lukas tacquero sbigottiti.

Furiosa, Laura calciò un sasso in acqua e si mise a passeggiare avanti e indietro. Alla fine si fermò e rimase immobile a fissare il lago. Soffiava una brezza leggera, l'acqua sciabordava ai suoi piedi e le lambiva gli stivali. Un'anatra solitaria atterrò sull'acqua. Sopra l'isolotto si era posato un velo di nebbia pallida, i cui contorni venivano mossi di continuo dalla lieve brezza.

Lukas guardò Kaja con aria interrogativa. Vedendo che lei

annuiva, si avvicinò a sua sorella.

Laura lo ignorò.

Lukas si schiarì la voce. "Posso capire che sei furiosa. Però non è giusto che ti lasci andare ora. O hai già dimenticato quello che diceva sempre papà?".

Laura voltò la testa di scatto verso il fratello.

Lukas le sorrise "Vedo che ti ricordi. 'Solo chi si arrende è già perduto', diceva sempre quando eravamo delusi o giù di morale. Papà ci rimarrebbe male se tu ora mollassi tutto".

Laura deglutì. Si voltò e fissò di nuovo il lago. *Ha ragione. Lukas ha ragione un'altra volta.*

I suoi occhi luccicavano umidi. "Grazie di avermelo ricordato, Lukas", disse piano. "Mi dispiace di avervi aggredito".

"Tutto a posto", rispose Lukas.

"Non fa niente". Kaja sorrise affettuosa e accarezzò Laura sul braccio, con un gesto rassicurante.

Laura si asciugò le lacrime e si sforzò di sorridere anche lei. "Va bene. D'ora in poi farò uno sforzo e studierò tutti i giorni con te, Kaja".

"Perfetto!", esclamò Lukas contento.

Kaja invece sembrava ancora scettica. "Me lo prometti?".

"Te lo prometto! Ma prima dovete farmi un favore, okay?".

Alarik uscì dall'ombra degli alberi e fermò il sauro al bordo della foresta. Il sauro, anche se era molto resistente, sembrò felice della pausa. Avevano cavalcato per tutta la notte e metà del giorno senza interruzioni. Il timore che Paravain potesse scoprire le sue intenzioni aveva spronato Alarik ad andare avanti. Dopo essersi lasciato alle spalle le Montagne dei Draghi e aver raggiunto la frontiera delle Terre Lucenti, si sentì al sicuro.

Con la mano si schermò gli occhi dal sole e scrutò con tensione angosciosa l'enorme vallata che si stendeva davanti a lui. Quando vide il paesaggio ben noto del regno paterno respirò sollevato. Il suo sguardo spaziava indisturbato sul territorio fertile che si stendeva fino all'orizzonte più lontano. Le Nebbie Nere non avevano ancora raggiunto la sua patria. Le Terre Lucenti potevano ancora portare quel nome: campi ondeggianti sui quali maturavano le messi, prati di un verde rigoglioso e spesse foreste di alberi imponenti, le cui cime parevano toccare il cielo; la luce dorata del sole creava magici riflessi luccicanti sul largo fiume che scorreva placido nella vallata. Se Elysion fosse morto, le Nebbie Nere si sarebbero spinte fin lì e il Nulla Eterno avrebbe inghiottito tutto.

Il giovane prese la borraccia dal pomo della sella e se la portò alle labbra. Poi volse lo sguardo verso destra, dove in lontananza brillavano al sole le torri affusolate di Roccasplendente, la dimora dei suoi genitori e dei suoi fratelli.

Da quando, due anni prima, lui e Alienor avevano lasciato la casa paterna per seguire la chiamata di Elysion alla Fortezza del Graal, il ragazzo non aveva più visto i suoi cari. Pieno di nostalgia, indugiava con lo sguardo sul castello, provando un irresistibile desiderio di fare una visita, fosse anche brevissima, alla sua famiglia. Ma non ne aveva il tempo.

La sua meta era più a sud, oltre l'Acquitrino Solforoso. Alarik aguzzò la vista, ma non riuscì a scorgere la Fortezza Oscura. Non riuscì a scorgere neanche la palude, nascosta dalle esalazioni di zolfo.

Lo scudiero fece una smorfia involontaria. *Forse dovrei tornare indietro?*, pensò.

Era sempre più convinto della bontà del suo piano, ma Alienor aveva ragione: stava rischiando la vita, tanto più che non conosceva la strada attraverso la palude così bene come le aveva fatto credere. Sevan gli aveva sì parlato del sentiero nascosto, ma solo una volta e tanto tempo prima.

Alarik stava per ripartire quando udì l'urlo penetrante di un Grolff. Il ragazzo non si era mai trovato faccia a faccia con uno di questi esseri feroci, di cui gli abitanti delle Terre

Lucenti osavano parlare solo a bassa voce. Nessuno li aveva mai visti, ma tutti erano d'accordo sul significato delle loro urla. La nonna di Alarik gliene aveva parlato quando era bambino: "Chi sente il grido di un Grolff è minacciato da una grave disgrazia. Qualche volta anche dalla morte". Alarik le aveva creduto ciecamente.

Allo scudiero corse un brivido per la schiena. Spronò il sauro e partì al galoppo.

La signorina Amalie Briselsem alzò gli occhi dal libro, spinse gli occhiali sulla punta del naso e da sopra le lenti a mezzaluna prese a fissare Laura con un sospettoso sguardo da nibbio. La ragazzina era vicina al banco dei prestiti e già da cinque minuti fissava con ostentato interesse i grandi volumi rilegati sullo scaffale davanti a lei. Un cartello indicava l'argomento: Storia dell'Arte Bizantina.

La vecchia bibliotecaria aveva molta esperienza e conosceva tutti i trucchi dei collegiali. Nel corso degli anni aveva sviluppato un fiuto quasi infallibile, e capiva subito quando un ragazzo intendeva sgraffignare un libro, una videocassetta o un CD, o anche solo strappare un'illustrazione da un libro. Da un volume d'arte con riproduzioni di figure femminili molto discinte, per esempio, o da libri di medicina che si occupavano di sessualità. Questi libri godevano di grande popolarità, soprattutto tra i maschi. Di conseguenza, quando un ragazzo si avvicinava agli scaffali in cui erano riposti, alla signorina Briselsem suonavano sempre tutti i campanellini d'allarme. La bibliotecaria se lo sentiva quando qualcosa non andava o semplicemente "non era normale". E che una ragazzina di tredici anni osservasse dei volumi di storia dell'arte bizantina con tanto interesse, come se fossero una rivista patinata piena d'immagini, non era certo normale.

C'era qualcosa di strano!

Amalie Briselsem girò la testa e guardò l'orologio che ticchettava forte sul muro di fronte a lei. Mancavano cinque minuti alle cinque. Si voltò verso Laura e tossì rumorosamente. "Tra cinque minuti chiudiamo, signorina mia".

Laura si girò di scatto, con l'espressione di una criminale colta sul fatto. "Ehm... Io... ehm... lo so, signorina Briselsem".

La bibliotecaria socchiuse gli occhi. "Posso per caso esserti d'aiuto?", chiese, sforzandosi di usare un tono neutro.

Laura scosse la testa veloce. *Un po' troppo veloce*, pensò Amalie Briselsem. "No... ehm... è gentile da parte sua, ma... me la cavo bene da sola". Poi voltò di nuovo le spalle alla bibliotecaria e si rimise a guardare la rilegatura in pelle dei grossi volumi.

La sottile bocca da tartaruga della bibliotecaria si piegò verso il basso e le linee intorno ai suoi occhi si fecero più profonde.

In quel momento, Kaja Löwenstein arrivò al banco dei prestiti. "Mi scusi, dove trovo i libri sui dinosauri?".

La signorina Briselsem guardò stupita la ragazza. "Là dietro, nell'angolo, come sempre".

Kaja scosse la testa. "È quello che pensavo anch'io, ma là non ci sono".

La bibliotecaria arricciò le labbra.

"Ma bambina, non è possibile! Sono anni che i libri sulla preistoria si trovano nello stesso posto".

Kaja scosse di nuovo la testa. "Le dico che non ci sono! Ho appena controllato!".

"Questo non è normale", sospirò Amalie Briselsem.

Con espressione seccata posò il volume che stava leggendo e si tolse gli occhiali che portava al collo legati a una catenella d'argento. Quando si alzò dalla sedia e uscì da dietro il banco dei prestiti, gli occhiali dondolarono sul suo petto avvolto in una camicia bianca con le trine. La gonna grigia a pieghe, lunga fino ai piedi, frusciava. Kaja strizzò l'occhio con complicità a Laura, poi seguì la bibliotecaria verso l'angolo più lontano della biblioteca.

Laura si diresse svelta nel posto in cui, durante il viaggio onirico, aveva visto armeggiare suo padre. S'inginocchiò e osservò il pavimento. Vi passò sopra la mano, tastò in cerca di una parte che cedesse, di un'intaccatura o di una cavità, ma non notò nulla del genere.

Non è possibile!, pensò. *Papà non s'era inginocchiato qui per niente.* Poi picchiettò con le nocche sul battiscopa e sentì che suonava a vuoto. Laura notò che era anche leggermente staccato dal muro.

Dunque il nascondiglio c'era!

In tutta fretta cercò di staccare il listello, ma questo non si mosse neanche di un millimetro. E la bibliotecaria poteva tornare da un momento all'altro.

Amalie Briselsem fissò stupita lo scaffale: era pieno di libri su ogni sorta di animale preistorico.

"Ecco i libri. Io all'ordine ci tengo!".

Kaja fece una smorfia stupita. "Non capisco. Avrei giurato che un attimo fa non c'erano. Probabilmente avevo sbagliato scaffale. Grazie mille comunque, signorina Briselsem!".

"Di nulla. Ma la prossima volta cerca di aprire di più gli occhi, d'accordo?".

Kaja fece molta fatica a trattenere un sorriso. "Certo, senz'altro".

Un sorriso soddisfatto guizzò sul volto da nibbio della bibliotecaria, che si voltò per tornare al banco dei prestiti. Non aveva ancora fatto tre metri che Kaja la chiamò di nuovo.

"Ah… signorina?".

Amalie Briselsem si fermò. Visibilmente innervosita si girò verso Kaja. "Sì?". La sua voce aveva un sottotono minaccioso.

"Dove… dov'è che trovo qualcosa sui velociraptor e sui brontosauri?".

La bibliotecaria si mise a sbuffare come un cerbero ansante, posò le mani sui fianchi e guardò la ragazza con tanto sdegno che il più severo predicatore sarebbe diventato giallo d'invidia.

"Questo non è normale, Katharina Löwenstein! Se non sei in grado di scoprirlo da sola, allora questo collegio non è il posto per te!".

Senza aspettare una risposta, si girò e tornò accigliata verso il banco dei prestiti.

Laura ansimava per lo sforzo. Aveva infilato la punta delle dita nella minuscola fessura tra il muro e il battiscopa e cercava di muovere avanti e indietro il listello. Si era rotta l'unghia del dito medio e si era anche sbucciata, macchiando di sangue l'intonaco pulito. Il listello, però, non si muoveva.

Devo farcela! Devo, assolutamente!

Fece un respiro profondo. Poi puntò le gambe contro il muro, strinse il polso destro con la mano sinistra e tirò con tutte le sue forze. Il suo viso grazioso si arrossò e si stravolse dallo sforzo, mentre dalla bocca le uscivano suoni inarticolati. Il polso le bruciava come il fuoco, ma il listello non si mosse di un millimetro.

Laura si arrese. Ansimava per lo sforzo. Delusa, fece per alzarsi, facendo perno sulle mani posate sul battiscopa. Si sentì un leggero *clic*: il listello si aprì come se fosse una porticina lunga e stretta.

La bibliotecaria si trovava già all'altezza delle ultime file di scaffali, a non più di dieci passi dal banco dei prestiti.

Proprio in quel momento Lukas Leander uscì da un corridoio e le si parò davanti. "Signorina Briselsem?", disse con aria innocente.

La bibliotecaria sussultò e si premette una mano sul cuore. "Questo non è normale!", boccheggiò, guardando Lukas con aria di rimprovero. "Mi hai fatto prendere un bello spavento!".

"Mi dispiace", rispose il ragazzino con voce disarmante e occhi sinceri.

Amalie Briselsem non riuscì a sottrarsi all'effetto di quello sguardo. Il suo viso teso si rilassò. "Non importa, Lukas", disse con voce morbida. "Cosa posso fare per te?".

"Dove trovo un libro sulla definizione hawkingsiana del continuo spazio-temporale e della singolarità dei buchi neri?".

"Eh?".

"Dove trovo un libro sulla definizione hawkingsiana del continuo spazio-temporale e della singolarità dei buchi neri?", ripeté Lukas con il suo sguardo accattivante.

Finalmente la signorina Briselsem parve capire. Gli rivolse il suo sorriso da nibbio e gli diede un buffetto sulla guancia, intenerita. Per fortuna non si accorse che Lukas fece una smorfia contrariata.

"Ah, ho capito. Scusami, ma non credevo che un alunno della tua età s'interessasse di questioni scientifiche che metterebbero a dura prova persino le capacità dei nostri maturandi. Vieni, ragazzo, ti faccio vedere".

Laura si chinò e infilò la mano nel piccolo nascondiglio. Le sue dita tastavano alla cieca, e d'un tratto scoprirono qualcosa. Un piccolo oggetto, duro e ruvido come un sasso. Laura lo afferrò e gli dette un rapido sguardo.

Era davvero un sasso, anzi un piccolo frammento di sasso, lungo non più di tre centimetri. Una parte era liscia, mentre il resto era irregolare. Sul lato liscio era inciso qualcosa che Laura a prima vista non riuscì a decifrare. Ma non aveva tempo di occuparsene: doveva trovare la nebbia. Infilò dunque di nuovo la mano nell'apertura.

Amalie Briselsem sorrise con gentilezza a Lukas e gli indicò l'ampia sezione nello scaffale davanti a loro. "Qui, ragazzo mio, troverai tutto quello che la tua giovane mente di scienziato desidera".

"Fantastico! E molte grazie!".

"Non è niente. Ma fai in fretta, per favore, stiamo per chiudere. Non mi posso trattenere un secondo in più per aiutarti: devo finire di compilare il mio registro della giornata".

La bibliotecaria si chinò verso Lukas e lo salutò con un altro buffetto sulla guancia.

Lukas scrollò la testa, tirò fuori un fazzoletto dalla tasca dei pantaloni e si pulì la guancia.

Con un forte *clic* la lancetta dell'orologio scattò in avanti: mancava un minuto alle cinque.

Laura non ci badò. Con la testa premuta contro il muro, stava tastando faticosamente in cerca della nebbia. Pensava di aver già esplorato ogni millimetro del nascondiglio e stava già per arrendersi, quando con la punta delle dita sfiorò un oggetto. Sembrava liscio e freddo. Facendo uno sforzo riuscì ad afferrarlo e a tirarlo fuori dal nascondiglio.

Si trattava di un'insignificante bottiglietta di vetro verde, chiusa con un tappo di sughero, non molto più grossa di un telefonino e coperta di polvere.

Della nebbia, nessuna traccia.

Laura posò delusa la bottiglietta vicino al pezzetto di pietra, quando sentì risuonare alle sue spalle i passi della bibliotecaria.

Si affrettò a far sparire i due oggetti che aveva trovato nella tasca dei pantaloni. Spinse il battiscopa contro il muro, e fece il gesto di alzarsi.

Capitolo 18

La nebbia mormorante

Le fiamme nel camino proiettavano bagliori capricciosi sul viso esangue di Syrin. La mutaforma aveva lo sguardo fisso sul Cristallo della Vista, appoggiato sul tavolo davanti a lei. La sfera trasparente aveva le dimensioni di una piccola testa e brillava alla luce del fuoco. Al suo interno ribolliva un impenetrabile vapore nero, che cominciò a vorticare per poi lasciare il posto a un paesaggio in miniatura.

Syrin scattò in avanti, i suoi occhi luccicarono di un bagliore folle e le sue labbra sottili si distorsero in un sogghigno. "Quello sciocco! Pensa dunque di poter sfuggire alla nostra attenzione?".

Borboron, che era in piedi dietro a lei, si chinò per osservare meglio. Conosceva bene i poteri di Syrin, ma rimaneva ogni volta stupito della precisione con cui il Cristallo della Vista riusciva a mostrare ciò che accadeva a miglia di distanza.

Il Principe Nero riconobbe il paesaggio apparso all'interno del cristallo: era la confinante regione delle Terre Lucenti. Un ragazzo, che portava l'abito degli scudieri di Hellunyat, galoppava verso l'Acquitrino Solforoso.

Gli infernali occhi rossi di Borboron si accesero, e la sua voce gutturale risuonò minacciosa. "Tu credi davvero che trami qualcosa contro di noi?".

"Certo! Perché altrimenti dovrebbe avventurarsi in quei luoghi, di solito evitati come la peste dai suoi pari?".

L'espressione di Borboron si rabbuiò. Si sfregò il mento, assorto. "Temo che tu abbia ragione, Syrin. Manderò i miei Cavalieri Neri a preparargli una degna accoglienza".

Syrin balzò dalla sedia come se fosse stata punta da una tarantola. "No! Lasciatelo a me! Mi occuperò io stessa del ragazzo e, ve lo giuro, quando avrò finito con lui quello sciocco desidererà non essere mai nato. Ammesso naturalmente che sopravviva al mio trattamento!".

La mutaforma fissò Borboron con un sorriso perfido.

Poi scoppiò in una risata così stridula che il Principe Nero ne ebbe paura.

La bibliotecaria guardò stupita la ragazza inginocchiata. Sul suo volto ricomparve subito lo sguardo da nibbio.

"Cosa ci fai lì?".

"Ehm", fece Laura. "Dice... dice a me?".

"E a chi se no? Cosa fai lì? Questo non è normale!".

"Ehm... io... ehm... mi si erano slacciate le stringhe delle scarpe, e... mi sono chinata per riallacciarle".

La bibliotecaria fissò Laura meravigliata, poi le guardò le scarpe e di nuovo il viso "Ah, allora...", disse con tono piatto.

La lancetta dei minuti scattò sul dodici.

"Sono le cinque", disse Amalie Briselsem ai ragazzi. "La biblioteca chiude".

Kaja guardò i due oggetti che Laura aveva messo sulla scrivania. "Non hai trovato nient'altro?".

Laura alzò le spalle con aria rassegnata. "No, mi dispiace".

"Cosa ti aspettavi di trovare, in realtà?", le chiese Lukas. La ruga profonda era di nuovo comparsa sulla sua fronte.

"Ehm... perché me lo chiedi?".

"Semplice: non puoi averci chiesto di distrarre la Briselsem per niente. Devi aver avuto un buon motivo, e ora voglio conoscerlo”.

Laura esitò. Si riempì le guance d’aria e poi la lasciò uscire. “Ah! Be’… era solo… c’era di mezzo papà”.

“Papà?”. La ruga sulla fronte di Lukas si fece ancora più profonda.

“Sì. Lui… lui mi aveva detto che in biblioteca c’era un nascondiglio segreto. Lo volevo cercare, perché pensavo… pensavo che magari ci fosse un indizio per scoprire dove lui si trovi adesso, o qualcosa del genere”.

“Davvero? E perché proprio ora, dopo un anno che è scomparso?”.

“Perché no?”.

Laura si sforzò di sorridere. Lukas lanciò un’occhiata interrogativa a Kaja e notò che anche lei non credeva a una sola parola.

Il ragazzo si voltò di nuovo verso Laura e la guardò deciso. “Ora basta! Piantala di prenderci per scemi e spiegaci cosa sta succedendo!”.

Laura non sapeva che cosa dire. Il suo sguardo passava indeciso da Lukas a Kaja; erano entrambi imbronciati e, allo stesso tempo, sui loro visi si leggeva una preghiera: *Fidati di noi, Laura!*

Nella stanza si sentiva solo il ticchettio della sveglia sul comodino e da fuori, dal campo di basket, giungevano attutiti i rumori di una partita in corso. Laura fissò impacciata la scrivania.

“È esattamente come vi ho detto. Perché non mi credete?”.

Prese il pezzetto di pietra e guardò l’incisione sulla parte levigata. Sembrava il frammento di un disegno che rappresentava due cavalieri su un solo cavallo, chiusi in un cerchio di parole incomprensibili.

Laura aggrottò la fronte cercando di decifrarle, ma non ci riuscì. Tese il frammento a suo fratello e gli chiese: “È latino?”.

Lukas guardò attentamente l’incisione. “Avete una lente?”, chiese, senza alzare gli occhi.

Kaja aprì un cassetto, tirò fuori una lente d’ingrandimento

e la dette a Lukas.

Il ragazzo osservò l'iscrizione attraverso la lente. "È possibile che sia latino. Probabilmente è la riproduzione di un vecchio sigillo, ma non ne sono sicuro. Dovrei fare qualche ricerca".

Laura annuì, e Lukas s'infilò il frammento in tasca.

Kaja rimise a posto la lente e si lasciò cadere con un tonfo sulla sua sedia, visibilmente seccata. "Uffa! Tutto quel casino per uno stupido sasso e una bottiglietta. Scommetto che non c'è niente dentro!".

Prese la bottiglietta, la stappò e vi sbirciò dentro con l'occhio destro. "Non si vede niente". Poi girò la bottiglia verso il basso. "Che vi avevo detto?". Delusa, la ridette a Laura. "Puoi buttarla nel contenitore del vetro!".

Laura stava per rimettere il tappo alla bottiglia, quando dal suo interno provenne un suono strano. Sembrava un largo sbadiglio. Laura si spaventò, posò subito la bottiglia sulla scrivania e fece un passo indietro.

Non è possibile, vero?

Si sentì un sibilo, la bottiglia tremolò in maniera appena percettibile e lasciò uscire del vapore, tanto vapore, fino a formare una spessa nuvola.

Laura guardò stupita la nuvola bianca che saliva sino al soffitto. Lukas era in piedi accanto a lei, anche lui attonito. Kaja, spaventatissima, si era accucciata sul suo letto.

D'un tratto una voce roca risuonò nella stanza. "Cosa da me desiderate, da me desiderate?".

"Ehm... chi...chi sei?", chiese Laura.

"Foscovelo è il mio nome, una nebbia mormorante sono, nebbia mormorante sono".

Un'espressione di gioia illuminò il volto di Laura. "Una nebbia mormorante?", chiese.

"Così è, così è", mormorò la voce, con tono ossequioso.

"E che cos'è una nebbia mormorante?".

“Noi dall’inizio dei tempi esistiamo, dei tempi esistiamo. Dei nostri signori e padroni al servizio stiamo, al servizio stiamo. Ogni volta che dal sonno risvegliati siamo, risvegliati siamo. Cosa posso fare per voi, per voi?”.

Laura era confusa. Guardò Lukas, che alzò le spalle. Kaja scosse la testa in fretta, sembrava ancora parecchio impaurita.

A Laura venne un’idea. “Puoi forse dirmi dove si trova il Calice della Luce?”.

La risposta venne senza esitazioni. “Perdono devo chiedere, padrona, ma purtroppo questo io non so, io non so”.

“No?”. Il sorriso di speranza sul viso di Laura si spense.

“Qualche altro desiderio avete voi, padrona, voi, padrona?”.

“Ehm...”, esitò Laura confusa. Poi scosse il capo. “No. Ma smettila di chiamarmi padrona!”.

“Se vostro desiderio è, desiderio è. Allora di nuovo mi ritirerò, mi ritirerò”.

Un forte sbadiglio uscì dalla nuvola di vapore. Di nuovo si sentì un sibilo e la nebbia mormorante sparì nella bottiglia, come se vi fosse stata risucchiata. Dalla bottiglia si sentiva ancora un leggero russare, che cessò soltanto quando Laura vi rimise il tappo.

Lukas scosse il capo con uno sguardo confuso. Poi fece un passo verso sua sorella, con aria severa. La ruga sulla sua fronte non era mai stata così profonda. “Ci devi veramente una spiegazione ora, Laura. Cosa cavolo sta succedendo?”.

Anche Kaja scivolò giù dal letto, si avvicinò a Laura e la guardò rabbuiata. “Lukas ha ragione: devi dirci una buona volta cosa sta succedendo”.

Laura esitò ancora, ma capì che non le restava altra scelta. *Devo raccontare il mio segreto*, pensò. *Altrimenti non mi parleranno più.*

“Va bene. Ascoltate”.

In quel momento qualcuno bussò alla porta.

Laura si voltò sorpresa. “Sì?”.

La porta si aprì ed entrò Magda. Vedendo i tre amici, guardò stupita Kaja. “Sono arrivata troppo presto? Non dovevamo giocare a Tomb Raider mentre Laura era a scherma?”.

Laura gettò uno sguardo alla sveglia sul comodino di Kaja. “Oh cavolo, sono quasi le sei! Devo assolutamente andare!”.

Spalancò l’armadio e tirò fuori la sacca. Stava per prendere la maschera e il fioretto quando Lukas la afferrò per un braccio e la guardò storto. “Ehi!”, disse. “Non puoi andartene così”.

Laura si morse le labbra. *Certo*, pensò, *ha ragione. Non posso lasciarli così senza spiegazioni.*

Si rivolse a Magda. “Puoi farmi un favore?”.

“Dipende”.

“Potresti andare in palestra da Percy Valiant a dirgli che arrivo tra un quarto d’ora?”.

“Eh? Ti sei bevuta il cervello o sbaglio? Fuori fa un freddo cane… non ci tengo a diventare un cubetto di ghiaccio!”.

Non era una scusa: fuori faceva davvero freddo, e Magda indossava solo una felpa leggera.

“Puoi prendere il mio piumino”, le propose Laura.

Magda guardò il piumino rosso che pendeva da una gruccia nell’armadio. Poi si voltò verso Kaja, con aria interrogativa.

Kaja annuì. “Per favore, Magda, dobbiamo chiarire delle cose”, le disse.

Magda si lasciò persuadere. “Okay”, disse con voce poco entusiasta. S’infilò il piumino e andò verso la porta. “Ci vediamo tra poco”.

Appena la ragazza fu uscita, Laura cominciò a raccontare. Spiegò a Lukas e Kaja il grande segreto che lega il nostro mondo ad Aventerra, il più antico degli antichi pianeti. Raccontò del Custode della Luce e del Principe Nero, dei Paladini Bianchi e delle Schiere Nere, dei Guardiani e degli Oscuri, dell’eterna lotta tra Bene e Male e dell’importante compito che aveva lei.

Al crepuscolo Alarik cominciò a sentire l'odore dell'Acquitrino Solforoso; la puzza di uovo marcio aumentava a ogni passo. Il sauro seguiva un sentiero stretto che passava attraverso prati umidi, diventando sempre più melmoso. Madido di sudore, il sauro sbuffava per lo sforzo, procedendo ormai al passo. Ogni volta che i suoi zoccoli si staccavano dal terreno, si sentiva uno schiocco nel fango.

Quando il ragazzo ebbe lasciato dietro di sé un gruppo di salici e ontani, fermò il sauro. La nuvola di vapori sulfurei e gas velenosi pendeva sopra la palude come una minaccia, risplendendo nel buio di un lucore giallastro.

D'un tratto ad Alarik sembrò di vedere una piccola luce. C'era forse qualcuno nella palude? La luce misteriosa scomparve per poi riapparire poco dopo, in un altro punto. Alarik rabbrividì, perché conosceva quel fenomeno misterioso: erano gli spiriti della palude, che cercavano di portare fuori strada tutti quelli che entravano nel loro regno. Una trappola, dunque.

Alarik però non si sarebbe lasciato ingannare.

Aguzzò la vista cercando il salice piangente di cui gli aveva parlato Sevan. Da quell'albero partiva l'unico sentiero per attraversare l'acquitrino. Finalmente Alarik vide il salice, che riconobbe subito perché, come gli aveva detto Sevan, era stato spezzato in due da un fulmine. Una parte del salice era secca, l'altra aveva ancora rami poderosi e foglie verdi.

Alarik scese di sella e legò il sauro a un ontano, poi si diresse con cautela verso il salice, i cui rami scendevano fino a terra, creando un tetto di foglie.

Quindi si fermò sotto al tronco spesso e accarezzò la sua corteccia nodosa. L'odore pungente era insopportabile. Il ragazzo tirò fuori dalla tasca un fazzoletto e se lo mise davanti alla bocca e al naso. Girò intorno all'albero tenendo lo sguardo abbassato. Le piante paludose crescevano fitte: carice e bistorta, potentilla, piumini e giunchi. Alarik, con cautela, mosse in avanti il piede destro e affondò fino alla caviglia nella brodaglia marrone che le piante nascondevano alla vista.

Il ragazzo ritrasse il piede e si guardò intorno incerto. Da tutte le direzioni gli giungeva il gorgoglio incessante dei gas che risalivano in superficie. In lontananza gracidò una rana.

"Due pietre, una sopra l'altra, segnalano l'inizio del sentiero", gli aveva detto Sevan. "Da lì bisogna puntare sempre verso sud, finché non si arriva a una betulla solitaria".

Alarik trovò le pietre, ma il terreno al di là di esse sembrava particolarmente insidioso. Forse la memoria gli giocava uno scherzo? Quelle pietre lo avrebbero condotto a una morte sicura?

Il ragazzo respirò a pieni polmoni e fece il primo passo verso l'ignoto.

Sul castello di Ravenstein era calato un buio profondo, anche se erano soltanto le sei di sera. La temperatura oscillava intorno allo zero e l'aria era sgradevolmente umida. Vapori spessi di nebbia scivolavano intorno agli edifici del castello, e andavano alla deriva per il parco. Grigi veli avvolgevano alberi e cespugli, rendendoli ombre indistinte.

Sul sentiero apparve una macchia rossa. Era Magda, che camminava lentamente in direzione della palestra. Anche se il piumino di Laura era ben imbottito, il freddo le arrivava fin nelle ossa.

È l'ultima volta che mi lascio convincere a fare una cosa del genere. Non sarò mai più così stupida!

Di colpo, dalla nebbia spuntarono i contorni della statua di pietra. Il monumento del Cavaliere Sanguinario si ergeva come un mostro tra i vapori. Magda si strinse più forte nel piumino.

Aveva appena superato la statua quando sentì un rumore dietro di sé. Uno sfregare di pietra contro pietra, come in una macina. Il rumore le fece accapponare la pelle.

Magda si voltò, ma riuscì a vedere solo un'ombra confusa. La nebbia improvvisamente si diradò e la ragazza vide che il

Cavaliere Sanguinario era sparito dal dorso del suo cavallo.

No! Ma com'è possibile?

Di nuovo udì lo stridore di pietre e il tonfo di passi pesanti che si avvicinavano.

Tremando di paura, Magda si girò su se stessa e si trovò a faccia a faccia col Cavaliere Sanguinario. La possente spada Spaccacrani, dondolava al suo fianco. Quando la statua alzò la mano, si sentì di nuovo l'orribile rumore di pietre.

Le grida di terrore di Magda risuonarono acute nel parco, poi tornò a regnare il silenzio.

Kaja era seduta in silenzio sul suo letto e fissava Laura con aria incredula. A tratti scuoteva la testa, come per assicurarsi di essere sveglia. Poi tirò fuori una barretta di cioccolato e se ne mise in bocca un bel pezzo.

Lukas era appoggiato con la schiena all'armadio di Laura, e aveva la fronte aggrottata.

Fu Kaja infine a rompere il silenzio.

"Il Custode della Luce dunque morirà se tu non trovi il Calice?".

"Sì, e anche il professor Morgenstern. I loro destini sono indissolubilmente legati. Solo l'Acqua della Vita può salvarli. Il peggio è che manca pochissimo tempo: mi rimangono solo due giorni per trovare il Calice".

"Perché?".

"Perché il Calice dev'essere portato su Aventerra, e questo si può fare solo attraverso il portale magico che collega la Terra con Aventerra".

"E dov'è il problema?". Un altro pezzo di cioccolato sparì nella bocca di Kaja.

"È semplice: questi portali magici sono aperti solo nelle notti delle grandi feste solari, dal tramonto all'alba. La prossima festa è il solstizio d'inverno, il 21 dicembre. Poi le porte si chiudono, e fino alla festa di Ostara, a marzo, nessuno può andare ad Aventerra e viceversa. Ma il Custode della Luce allora sarà già morto. E anche Morgenstern".

Kaja smise di masticare. Di colpo sembrava essersi resa conto della gravità della situazione.

Nella stanza si fece di nuovo silenzio.

"In teoria è del tutto possibile", commentò infine Lukas.

Sua sorella lo guardò stupita. "Cosa?".

"Che esista Aventerra e che si possano fare viaggi onirici. Sono tutte e due cose possibili. Mi ricordo di aver letto un trattato di Stephen Hawking, secondo il quale possono esserci fino a dieci universi paralleli. Perciò anche il presente e il passato possono...".

"Lukas!", lo interruppe brusca Laura. "Non ho bisogno della tua spiegazione scientifica! E soprattutto di quella di 'sto Hockey, o come cavolo si chiama. Lo so già che è vero! L'ho visto coi miei occhi, capisci?".

"Va bene, va bene. Non lo metto in dubbio. Ho solo cercato di dare una spiegazione razionale a questi fenomeni, che, ammetterai, sono piuttosto sorprendenti".

"Fenomeni?". Kaja lo guardò arricciando il naso.

"Fenomeni, minus-mente!", rispose Lukas. "Fenomeno non si usa solo per dire che uno è bravo a far qualcosa: dicesi fenomeno anche un evento percepibile coi sensi. E se vuoi saperlo, la fenomenologia è la descrizione degli avvenimenti percepibili coi sensi, mentre il fenomenismo insegna che tutte le cose possono essere rappresentate soltanto in base alla propria esperienza del fenomeno".

"Ma non mi dire!", disse Kaja, alzando gli occhi al cielo.

Lukas fece finta di non accorgersene e si rivolse a sua sorella. "Perché sei così sicura che i cavalieri neri abbiano portato papà su Aventerra?".

"Probabilmente aveva scoperto dove avevano nascosto il Calice. E poi dovevano evitare che lui m'istruisse sui miei futuri compiti".

"E perché non l'hanno semplicemente...". Lukas s'interruppe perché non riusciva a pronunciare quella parola terribile. Poi si fece forza. "Perché non l'hanno semplicemente ucciso?".

Laura deglutì. "Me lo sono chiesta anch'io, ovviamente. Morgenstern è convinto che lo tengano come ostaggio. Almeno così mi ha detto".

"Speriamo che sia vero", disse Lukas, con tono inespressivo. Poi scosse forte la testa. "Sayelle ci prenderà per matti quando glielo racconteremo".

"Esatto. Ragion per cui è meglio non raccontarle niente!". Guardò l'orologio. Erano già le sei e mezza. "Ora però devo proprio andare!".

Prese il borsone, la maschera e il fioretto, poi si girò verso Kaja con aria interrogativa. "Dove sarà finita Magda?".

"Boh", disse Kaja. "Forse non aveva più voglia di giocare col computer".

"Può darsi. Però avrebbe potuto almeno riportarmi il piumino, no?".

Quando Laura entrò in palestra, Percy Valiant stava per andarsene. Aveva un'espressione piuttosto contrariata.

Ma cos'ha?, si chiese Laura, sorpresa. "Ciao, Percy!".

Il professore di educazione fisica rimase impassibile. "Allora i miracoli esistono ancora, come si suol dire! Dunque sei qui? E io che avevo già sperato di fare a meno della tua compagnia, oggi!".

Era davvero arrabbiato. Furibondo! Ma per quale motivo?

"Accidenti, Percy! Solo perché sono arrivata un po' più tardi di quel che ti ha detto Magda. Non c'è bisogno di prendersela. Possiamo recuperare finendo più tardi, no?".

"Oggi non mi è possibile rimanere più a lungo! E non *sc'è* stata nessuna Magda qui a dirmi qualcosa!".

"Cosa? Ripeti quello che hai detto!".

"Non *sc'è* stata nessuna Magda a dirmi qualcosa. È così *diffiscile* da *comprandere*?".

Laura lasciò cadere la sacca e guardò Percy, incredula. "Magda non è davvero venuta ad avvertirti?".

"No. Non mi ha fatto l'onore della sua *presansa*, proprio come te!".

Laura boccheggiò. Poi si portò le mani al viso.

Doveva essere successo qualcosa a Magda!

"Presto, Percy! Dobbiamo cercare Magda!".

Capitolo 19

Un'aggressione misteriosa

La nebbia si era alzata, ma in compenso si era fatto buio, buio pesto. Né la luce della luna, né quella delle stelle riuscivano ad attraversare la fitta coltre di nubi, e i pochi lampioni erano così distanti l'uno dall'altro che ampie zone del parco erano avvolte nella più completa oscurità.

Laura e Percy attraversarono il parco, camminando a qualche metro di distanza l'uno dall'altra e ispezionando accuratamente la strada che portava dalla palestra al collegio.

Con due lampade tascabili fecero luce dietro agli alberi e tra i cespugli ai bordi della via, chiamando Magda ad alta voce.

La statua del cavaliere di pietra spuntò all'improvviso. Laura venne colta dalla sensazione di angoscia che provava ogni volta che se la trovava davanti. Si fermò e fece passare il raggio di luce della torcia elettrica lentamente sulla statua. Il cerchio di luce salì lungo il cavallo grigio, scivolò sopra l'imponente figura del cavaliere e si fermò sul suo volto di granito. Allora il cavaliere di Ravenstein socchiuse l'occhio sinistro, fissando Laura con aria minacciosa.

Laura urlò e lasciò cadere la torcia.

Percy corse subito da lei. "Cosa *sc'è*, Laura?".

La ragazza tremava fissando la statua. "Il ca...ca...cavaliere", balbettò.

"Il cavaliere… cosa?".

"Mi...mi...mi ha guardato male!".

"Il cavaliere?". Percy puntò la torcia sul volto di Laura, e poi su quello del Cavaliere Sanguinario.

Reimar von Ravenstein aveva lo sguardo cattivo di sempre.

"Vieni", disse Percy. "Continuiamo a cercare".

Imboccarono il sentiero che portava oltre il fossato, verso il collegio. Dopo qualche passo Laura si voltò ancora una volta e diresse la luce della torcia sul volto del cavaliere. Era impietrito e cattivo come sempre.

Devo proprio essermi sbagliata.

"Magda! Magda!". I forti richiami del professore di ginnastica strapparono Laura ai suoi pensieri. Avevano raggiunto il fossato ed erano saliti sullo stretto ponte di legno che lo attraversava; le assi di legno scricchiolavano sotto i loro piedi. Laura si piegò sopra il parapetto e fece luce nel fossato. D'un tratto Laura notò qualcosa di rosso nel cerchio della sua torcia. Si piegò sopra il parapetto, dirigendo la luce proprio sulla macchia rossa.

"Magda! Dio mio, Magda!".

Laura e Percy, tenendosi aggrappati a cespugli e radici, iniziarono a scendere lungo l'argine, ma Laura scivolò. Scivolò senza incontrare ostacoli e cadde pesantemente sul letto di foglie del fossato. Fortunatamente si graffiò soltanto le mani.

Magda giaceva accanto a lei. La parte inferiore della sua gamba destra, dal modo grottesco in cui era piegata sotto alla coscia, lasciava intendere che fosse rotta.

Laura e Percy, che nel frattempo l'aveva raggiunta, si chinarono preoccupati sulla ragazza. Magda gemeva e respirava a fatica. Una ferita superficiale sulla fronte sanguinava copiosamente, e un rivoletto di sangue colava dall'angolo della bocca. Le tremavano le labbra e il suo sguardo era pieno di paura.

Laura le accarezzò con delicatezza i capelli e cercò di rassicurarla. "Non aver paura, Magda. Andrà tutto bene".

Magda si sforzò di sorridere. Subito dopo però la sua espressione tornò seria.

"Il… il cavaliere", sussurrò. "Lui… lui…".

Un fiotto di sangue le uscì dalla bocca. Gemette, le sue palpebre sbatterono rapidamente e poi si chiusero, mentre la testa le cadde di lato.

"È morta?", chiese Laura con voce strozzata.

"No! È solo stata sopraffatta da uno *svenimanto*. Ma è *sicuramante* ferita in modo grave. Dobbiamo chiamare il pronto soccorso!".

La luce blu dell'ambulanza lampeggiò nel cortile del castello e illuminò le facce pallide degli alunni che si erano lì radunati. Erano divisi in gruppetti e discutevano animatamente dell'accaduto, mentre gli infermieri adagiavano Magda sulla barella.

La sua testa era fasciata da una benda e un uomo con una felpa di *pile* gialla e rossa, con la scritta MEDICO sulla schiena, camminava al fianco dei barellieri. In mano teneva una sacca di plastica trasparente da cui, attraverso un tubo, scendeva un liquido che andava a finire nel braccio di Magda. La barella venne caricata nell'ambulanza. Anche il medico vi salì, appese la flebo a un gancio, si chinò su Magda, le sollevò le palpebre e le illuminò gli occhi con una lampadina portatile. Un attimo dopo l'ambulanza partì a sirene spiegate.

Nel giro di pochissimo si era diffusa la voce che qualcuno aveva aggredito Magda Schneider e l'aveva spinta giù dal ponte.

Ma chi? Chi poteva aver fatto una cosa così orribile? E soprattutto, perché? Presto cominciarono a girare le ipotesi più assurde.

Attila Morduk passeggiava torvo tra le file dei collegiali. Era chiaramente seccato che fossero fuori a quell'ora. "Ora però entrate!", ringhiò. "Qui non c'è più nulla da vedere. È ora di cena! Dentro, forza!".

I ragazzi rientrarono brontolando nell'edificio.

Solo Laura, Lukas e Kaja rimasero fuori insieme a Percy Valiant. Questi era convinto che la ragazza fosse stata fortunata nella sua sfortuna: la caduta le sarebbe stata fatale se lo spesso strato di foglie sul fondo del fossato non l'avesse attutita.

Kaja guardò angosciata il professor Valiant. "Ma Magda guarirà, vero?", gli chiese.

"*Scertamante*. Il medico mi ha detto che non è in *paricolo* di vita. Tuttavia trascorrerà un periodo *abbastansa* lungo prima che lei possa godere di nuovo di perfetta salute".

Kaja tirò un respiro di sollievo.

Non era ancora riuscita a rendersi bene conto di quel che era successo. Naturalmente si poneva la stessa domanda di tutti gli altri: perché? E perché Magda? Chi poteva aver fatto una cosa del genere?

"Ha parlato di un cavaliere prima di svenire...", disse Laura.

"Un cavaliere?".

"Sì. Cosa avrà voluto dire?".

L'insegnante appariva visibilmente irritato. "Non lo so, non ne ho la minima idea. Ma può darsi che tu abbia *santito* male".

Laura invece era sicura di aver sentito bene, così come era sicura che Percy le nascondesse qualcosa. Perché?

Laura si voltò verso Kaja e Lukas, senza perdere di vista l'insegnante. "Non capisco proprio perché sia successo proprio a Magda".

"Boh!?", disse Kaja.

D'un tratto il viso di Lukas s'illuminò. "Ma certo!", esclamò. "Il piumino!".

Laura non capì che cosa intendesse dire. "Il piumino?".

"Certo! È logisibile: Magda indossava il tuo piumino e per questo qualcuno l'ha scambiata per te. Siete alte più o meno uguali e poi nel parco era buio".

Laura fissò suo fratello. *È solo una supposizione*, pensò. *Eppure...*

"In effetti sono io che di solito vado in palestra a quell'ora", disse pensosa.

"Precisesatto! Un elemento in più a favore della mia ipotesi".

Percy guardò Laura con aria seria. "Temo che tuo fratello abbia colpito nel segno. Questo spregevole attacco era diretto a te, Laura, e non a Magda".

Laura rimase senza parole. L'ipotesi era così sconvolgente da sembrarle irreale. Le girava un po' la testa.

Non può essere vero!

Laura deglutì. I suoi occhi erano umidi quando si rivolse a Percy. "Povera Magda, e tutto per colpa mia. Se non le avessi chiesto di avvertirti, allora...".

"Non farlo, Laura!", la interruppe l'insegnante. "Ti prego! Non lasciare che l'*afflissione* oscuri il tuo cuore, perché sulle tue spalle non *sc'è* un filo di colpa!".

"Invece sì! Avrei potuto immaginarlo che gli Oscuri ne sarebbero stati capaci!". Gli occhi le si riempirono di lacrime che presero a scorrerle lungo le guance. "È tutta colpa mia", singhiozzò. "E ora è Magda a pagare". Detto questo si voltò e corse via.

"Aspetta, Laura!", le gridò Lukas, e fece per seguirla, ma Percy lo trattenne. "No, Lukas. Laura deve venirne a capo da sola. Diamole un po' di *tampo*, e intanto andiamo a *scena*".

Il professor Schwartz e la professoressa Taxus erano in piedi, l'uno di fianco all'altra, davanti alla finestra della sala professori e stavano osservando Percy, Lukas e Kaja che rientravano nel collegio.

Gli occhi di Quintus Schwartz erano due fessure in cui si intravedevano appena le pupille nere. I muscoli del suo viso guizzavano nervosi e le mascelle erano ben serrate. Era furibondo. D'un tratto prese a respirare più veloce, aprì la bocca come un pesce fuori dall'acqua e ansimò. Si mise in fretta la mano nella tasca dei pantaloni, tirò fuori lo spray per l'asma e se ne spruzzò una dose in bocca. Il suo respiro si calmò.

"Come diavolo è potuto succedere?", chiese con un sussurro roco e gli occhi fiammeggianti.

Rebecca Taxus fece un passo indietro. Anche se aveva visto molte volte ardere rossi d'ira gli occhi di Quintus, e anche se il bagliore durava sempre solo una frazione di secondo, il fenomeno non mancava mai di spaventarla.

"Quello *sstupido*! Non ha che pietra nella *tessta*! Deve averle confuse, non *possso sspiegarmelo* altrimenti".

Quintus Schwartz continuò a fissarla. Il fuoco infernale nei suoi occhi si era spento. Le pupille si muovevano nervose.

"Vedi di sistemare tutto, Rebecca. Ancora un errore del genere e dovrai render conto di persona al Principe Nero!".

Senza aspettare la risposta, si girò sui tacchi e uscì dalla stanza.

Rebecca Taxus guardava fisso davanti a sé, le labbra strette in una linea cattiva. A un certo punto le sue treccine presero vita: si arricciarono e cominciarono a muoversi come tante piccole vipere. Si sentì un sibilo cattivo, che svanì subito. I suoi capelli rosso-carminio luccicavano, mentre lei imprecava sottovoce. Poi socchiuse gli occhi e sembrò avere un'ispirazione, perché un sorriso trionfante apparve sul suo viso. Prima di lasciare la sala professori, sibilò a bassa voce: "Non *ssfuggirai* mai al tuo *desstino*, Laura Leander!".

Laura era seduta sul letto e oscillava il corpo avanti e indietro, senza posa.

"È così ingiusto", mormorò piano. "È così maledettamente ingiusto!".

Un colpo di tosse alle sue spalle la spaventò.

"Lo so che non è giusto, ma vuoi arrenderti per questo?".

Laura si girò di scatto e fissò la foto appesa al muro, da cui sua madre la guardava con un sorriso dolce. "È questo che vuoi, Laura?".

Un'espressione disperata passò sul viso di Laura. *Perché la mamma non capisce?*, si chiese, *Perché?*

"Tanto non ce la faccio! Ci ho provato, ma non ci riesco.

Vado male a scuola, Magda è in ospedale per colpa mia e non ho ancora trovato il Calice. Non ho neanche idea di dove possa essere. È tutto senza senso!".

Il sorriso sparì dal viso di sua madre. "È questo che pensi? Allora forse non ha avuto senso neanche che io abbia scelto la strada giusta?".

"Cosa intendi, mamma?".

"Forse sarei ancora viva se mi fossi opposta al mio destino!".

"Se solo l'avessi fatto!", le disse Laura con voce disperata e con gli occhi pieni di lacrime. "Mi manchi così tanto. E anche papà".

"Lo so. E anche a me mancate tanto tu e Lukas, molto più di quanto tu non possa a immaginare. Eppure prenderei di nuovo la stessa strada, infinite volte".

"Perché? Sarebbe così bello se potessimo stare di nuovo tutti insieme!".

Anna scosse lentamente la testa. "Il prezzo sarebbe stato davvero troppo alto. Ora non puoi capirlo, ma ti si svelerà presto il significato delle mie parole. Solo se adesso non ti arrendi, però. Devi credere in te stessa e proseguire per la tua strada, anche se ti sembra molto difficile. Non puoi deludere le speranze che vengono riposte in te, perché altrimenti tutto sarà perduto e io mi sarò sacrificata per niente".

Anna fece una piccola pausa e guardò sua figlia con insistenza. Nei suoi occhi si rifletteva una grande nostalgia e un grande dolore. "Abbi cura di te, Laura".

"Anche tu, mamma. Anche tu".

Un attimo dopo, dalla foto era svanito ogni segno di vita.

Laura singhiozzò, afferrò un fazzoletto e si asciugò le lacrime. Poi tese la mano destra e toccò la foto. Le parve di sentire, attraverso il vetro, il calore delle guance di sua madre.

Ma non è possibile!, pensò.

Bussarono alla porta e Laura gettò lo sguardo sulla sveglia di Kaja: segnava le otto passate. "Sì?".

La porta si aprì e Lukas infilò la testa nella stanza.

"Non avevi fame?", le chiese.

"Fame? Perché?".

"Perché non sei venuta a cena, ecco perché!".

"Ehm... no, no, non ne avevo", si affrettò a rispondere Laura.

"Davvero?". Lukas la guardò pensoso. Laura non era una mangiona come Kaja, ma non capitava quasi mai che saltasse un pasto.

"Percy ha scoperto una cosa interessante", le disse. "Vieni a vedere".

Alienor aveva già raggiunto la porta della cucina officinale, quando sentì la voce di Morwena: "Non hai dimenticato qualcosa?".

La ragazza si girò di scatto e guardò sorpresa la Guaritrice. "Di...dimenticato?", balbettò. "Cosa volete dire?".

La Guaritrice era in piedi davanti al tavolo da lavoro ben illuminato da due lampade, e stava preparando un composto medicinale in un mortaio. "Il tè per Elysion, intendo".

Alienor arrossì. "Naturalmente. Vi prego di scusare la mia negligenza, signora".

Da un armadio prese un pentolino di ferro e vi versò dell'acqua da un paiolo. Quando ebbe riempito a metà il pentolino, gli mise sopra un coperchio e lo portò ai fornelli, dove lo depose sulla piastra con tanta veemenza che un po' d'acqua traboccò ed evaporò con forti sibili a contatto con la piastra calda. Alienor non vi fece caso. Aggiunse un ceppo nel fuoco, andò di fretta alla dispensa e aprì il cassetto in cui era conservato il miscuglio di erbe per il sonnifero di Elysion. Misurò veloce due cucchiaiate d'erbe dal sacchetto di lino e le mise in un boccale di ceramica.

Morwena osservò i movimenti frettolosi della ragazza con la fronte aggrottata. "Che cos'hai oggi, Alienor?".

La ragazza si girò di scatto, come se fosse stata colta in fallo. "Cosa dovrei avere?", chiese con voce insicura.

"Proprio questo vorrei sapere da te! Oggi sei così distratta, non sei proprio tu!".

"Non è vero!". Il diniego di Alienor suonava poco convincente.

"Certo che è vero", replicò Morwena con dolcezza. "Quando mai prima d'oggi ti sei dimenticata di preparare il tè per Elysion?".

Alienor non rispose e abbassò gli occhi mortificata.

Morwena si avvicinò alla sua allieva, le sollevò il mento con la mano e la fissò con sguardo benevolo. "Dimmi, Alienor: quale peso opprime il tuo cuore? Puoi fidarti di me, lo sai, vero?".

La fanciulla abbassò gli occhi imbarazzata.

Non posso dirle cosa sta facendo Alarik, e neanche che sono preoccupata per lui. Lo andrebbe a dire di sicuro a Paravain.

"Vi sbagliate, signora. Non è niente, davvero!".

Morwena socchiuse gli occhi. "Bene", disse, lasciando il mento di Alienor. "Non vuoi parlare e rispetto la tua decisione. Ma ricorda: di solito è meglio condividere le proprie preoccupazioni".

Alienor, con le guance paonazze, alzò il coperchio del pentolino in cui l'acqua aveva cominciato a bollire. L'odore aromatico delle erbe nel boccale le salì al naso: erba del sonno, biondella e cardo di drago.

Alienor, quel giorno, aveva detto a Paravain che suo fratello non si sentiva molto bene e che preferiva rimanere a letto. La bugia la aveva fatta avvampare in viso, ma il capitano dei Paladini Bianchi non se n'era accorto. Nessuno aveva notato che Alarik non era in camera sua, ed era quasi un miracolo, considerato il comportamento di Ghiottoschiocco, che emetteva guaiti strazianti e aveva più volte cercato di volare fuori dalla finestra. Alienor era riuscita a impedirglielo, ma certo prima o poi qualcuno si sarebbe accorto dello strano comportamento dello svolappio e dell'assenza di Alarik.

Laura riconobbe subito l'immagine che sfarfallava sullo schermo del computer: i due cavalieri nel cerchio di parole latine erano identici a quelli incisi sul frammento di pietra che aveva trovato in biblioteca.

Percy Valiant e i tre ragazzi erano davanti al monitor nello studio dell'insegnante e guardavano affascinati la pagina web trovata dal professore. "Questo è *chiaramante* il sigillo dei *Tamplari*! Come è provato dall'iscrizione latina SIGILLUM MILITUM CRISTI, sigillo dei soldati di Cristo".

Kaja arricciò le labbra e alzò le sopracciglia. "I Templari? Mai sentiti".

Anche Laura guardò l'insegnante con aria interrogativa. "Chi erano questi Templari?".

Lukas stava per risponderle, quando si accorse che Percy aveva l'aria imbronciata. Decise dunque di tacere.

Cliccando velocemente sul *mouse,* l'insegnante aprì un'altra pagina. Sullo schermo apparve il disegno di possenti schiere di cavalieri. Sugli scudi, sui mantelli e sugli stendardi erano disegnate grandi croci.

"I *Tamplari* erano guerrieri pii e nobili, che ai *tampi* delle *Crosciate* si recarono in Terrasanta, costruirono molte *fortesse* e combatterono contro i pagani. Ma soprattutto avevano giurato di perseguire uno scopo: custodire il Santo Graal!"

"Il Santo Graal?". Kaja guardò perplessa il professore.

"Sì. Un *calisce straordinariamante pressioso,* che secondo la *tradissione* dovrebbe contenere la fonte dell'Acqua della Vita. Molti uomini lo hanno *scercato*, ma fino a oggi nessuno lo ha mai trovato".

"La fonte dell'Acqua della Vita?", chiese Laura.

Percy annuì.

"Allora questo Graal doveva essere qualcosa di simile al Calice della Luce?".

"L'hai detto, Laura. I nomi non sono che suoni, fiato, la vera *essensa* delle cose è spesso nascosta sotto la loro *superfiscie*".

Lukas prese il frammento di pietra dalla scrivania e si rivolse a Percy. "Quello che non capisco bene è questo: se i Templari erano in Terrasanta, come ha fatto questo sigillo ad arrivare qui a Ravenstein?"

"La *spiegassione* è piuttosto *semplisce*: Reimar von Ravenstein si è unito per un po' di *tampo* ai *Tamplari*".

"Voleva custodire il Santo Graal?".

"No, *assolutamante*! Voleva rubarlo".

"Davvero?", si meravigliò Lukas. "E ci è riuscito?".

Percy non rispose. Riprese il *mouse* e sul monitor apparve l'immagine di uno stupendo calice. Anche se la riproduzione era in bianco e nero, si vedeva chiaramente che si trattava di un oggetto molto prezioso. Sembrava d'oro, ricoperto di pietre preziose. Laura si chinò in avanti. I suoi occhi brillavano. "È il Santo Graal?", chiese piano.

Il professore di ginnastica distolse gli occhi dallo schermo e guardò la ragazza. "Be', Reimar per lo meno lo credeva. Lo ha rubato e lo ha portato qui. In realtà si tratta soltanto di una copia *estremamante* ben fatta, e quando il Cavaliere Sanguinario bevve l'elisir che vi si trovava *dantro,* una *punissione* tremenda lo colse per la sua empietà: *cominsciò* a *marscire* vivo".

Kaja si portò una mano alla bocca, inorridita.

Laura invece prese il *mouse* e cliccò sul comando "stampa". Poi si rivolse di nuovo a Percy. "Come fai a sapere tutto questo?".

"Da vostro padre, *naturalmante*. Sapete che si occupava da parecchio tempo della storia del castello di Ravenstein. Ha fatto molte *riscerche* in questa *diressione*. E dato che dividevamo lo studio, mi teneva informato sulle sue scoperte".

Ovvio!, pensò Laura. *Avrei potuto arrivarci da sola!*

"E poi? Cos'è successo dopo? Reimar è riuscito a salvarsi?", chiese Laura.

Percy scosse il capo. "No, *assolutamante*. Sapendo di dover morire, *fesce* del tutto onore alla sua fama sanguinaria e *descise* di portare con sé nella tomba non solo il falso *calisce* con l'elisir letale, ma anche i suoi quattro migliori cavalieri".

Mentre Kaja e Lukas si scambiavano sguardi carichi d'orrore, la stampante terminò di riprodurre l'immagine del calice.

Laura prese il foglio, lo piegò e se lo mise in tasca. "E come ha fatto?", chiese ancora a Percy.

"Purtroppo questo esula dalle mie *conoscianse*. So soltanto che i quattro cavalieri scomparvero per sempre nella cripta. E da allora...".

"...i loro fantasmi si aggirano lì!", terminò Kaja.

Il professore sorrise. "Forse. Per lo meno così si *disce*. Ma io credo che si tratti *solamante* di una storiella".

"Non è vero!", protestò Kaja. "Abbiamo sentito le urla con le nostre orecchie. Giusto?". Guardò Lukas, che annuì. Poi si rivolse alla sua amica: "Vero, Laura?".

Anche Laura annuì.

Percy non si lasciò convincere. "Non intendo *assolutamante* mettere in dubbio che voi abbiate *santito* delle urla. Ma quelle urla non erano *scerto* di fantasmi".

"Perché no?", ribatté Laura. "Come fai a dirlo?".

"Vostro padre ha fatto visita alla cripta parecchie volte, ma non mi ha mai parlato di fantasmi. E, siatene *scerti*, lo avrebbe fatto se ve ne fossero".

Poi Percy tese la mano verso Lukas: "Se tu fossi così cortese di porgermi la pietra...".

Lukas gliela diede. Percy la soppesò brevemente e se la portò all'occhio destro per osservarla da vicino. Poi la sfiorò con la punta delle dita e la annusò. "Questo è *chiaramante* marmo maltese, non sussiste alcun dubbio nella mia *mante*. Questo *frammanto* deve provenire dalla *stansa* del sepolcro della vecchia cripta, perché questo tipo di pietra non venne usato in alcun altro punto del castello".

"Davvero?", si stupì Lukas. "E cosa...".

In quel momento la porta si spalancò di colpo e Miss Mary irruppe nella stanza. Era trafelata. Vedendo Percy, sul suo viso si stampò un sorriso di sollievo. "Ah, eccoti. Ti ho cercato dappertutto".

Percy la guardò preoccupato. "Cosa opprime il tuo cuore, leggiadra Mary?".

L'espressione angosciata riapparve sul volto della professoressa. "Ti prego, vieni subito! Il preside... sono davvero preoccupata per lui".

Mentre Percy prendeva il cappotto dall'attaccapanni e se lo infilava, Laura si avvicinò a Miss Mary. "Che cos'ha il preside?", le chiese con voce malferma.

"Ha la febbre alta e dice solo parole confuse, senza senso", rispose Miss Mary. Poi si voltò verso Percy, guardandolo con insistenza. "Allora, vieni?".

Percy, rivolgendosi ai ragazzi, disse: "Vi prego di perdonarmi, ma non posso tenervi compagnia più a lungo. Temo che al *momanto sci* sia qualcosa di più importante da fare per me". Detto questo, seguì Miss Mary, che era già uscita dalla stanza. Laura avrebbe voluto andare con loro, ma Percy le fece cenno di rimanere.

Rimasti soli, i tre ragazzi si guardarono perplessi.

"E ora?", chiese Lukas. "Che si fa, ora?".

Kaja diede un'occhiata al suo orologio. "Niente!", disse. "Sono già le nove e mezza, tra mezz'ora dobbiamo essere in camera. L'unica cosa che possiamo fare è andare a dormire. Vero, Laura?".

Laura non rispose. Era davanti al computer e guardava assorta il falso Graal che continuava a tremolare sullo schermo. Dopo un po' si voltò e si accarezzò il mento con la mano.

"Se la pietra col sigillo viene davvero dalla stanza nella cripta…".

"Sì?", disse Lukas, intuendo che sua sorella stava seguendo il filo di un ragionamento.

"…allora forse il Calice è nascosto là?".

Lukas la guardò scettico, e la ruga gli si scavò di nuovo sulla fronte. "Ne sei sicura?".

Laura scosse la testa. "Sicura no. Ma pensaci: nel mio viaggio onirico ho visto che papà tornava di corsa dal sentiero che porta alla vecchia cripta. E dato che dei cavalieri neri lo seguivano, suppongo che proprio lì avesse visto qualcosa che non doveva vedere".

"Sì, certo!", esclamò Kaja. "Sembrerebbe proprio così".

"E prima che lo potessero prendere ha nascosto qualcosa in biblioteca… e sono convinta che fosse quel frammento".

"Certo!", disse Kaja. "Cos'altro poteva essere?".

"Poteva anche essere la bottiglietta con la nebbia", fece notare Lukas. "E il frammento poteva essere nascosto lì da un sacco di tempo".

Laura guardò sorpresa il fratello. *Certo, è del tutto possibile*, pensò. *Ma è altrettanto possibile che io abbia ragione. Dunque…*

"Perché non andiamo semplicemente a dare un'occhiata nella cripta?".

Lukas fece una smorfia. "Hai sentito cos'ha detto Kaja. Sono quasi le dieci, e prima di mezzanotte non saremmo certo di ritorno. Sarebbe un'infrazione grave del regolamento".

Laura lo guardò con aria di rimprovero. "E allora? Il regolamento per te è più importante di papà o del mio compito?".

Lukas tacque. Sapeva che era inutile discutere oltre con sua sorella: niente al mondo avrebbe potuto dissuaderla dal suo proposito.

"Non capisco bene", disse Kaja. "Sul serio vuoi che andiamo alla cripta?".

"Sì, certo".

Kaja sgranò gli occhi e impallidì; anche le sue lentiggini sembrarono più pallide. “Adesso? A quest’ora? Di notte?”.

“E quando se no?”.

“Oh, no!”, gemette Kaja. “No, Laura. Non ci vengo neanche morta!”.

Capitolo 20

L'urlo del lemure

La luna sbucò dalle nuvole e proiettò una pallida luce sul Bosco del Boia. A Laura il bosco parve misteriosamente vivo. I vecchi alberi si ergevano contro il cielo come una schiera di mostri preistorici. I cespugli e gli arbusti sembravano una spettrale fanteria di truci orchi e malvagi *troll* a difesa dei mostri. Bizzarre ombre fluttuavano sul terreno coperto di foglie e dappertutto, nel sottobosco, si sentiva frusciare e bisbigliare, scricchiolare e sussurrare, crocchiare e crepitare.

Laura, Lukas e Kaja camminavano verso la cripta, tenendosi vicini. Per fortuna a Laura era venuto in mente di portare delle torce, e tre potenti fasci di luce illuminavano lo stretto sentiero tortuoso che attraversava il bosco. Chiazze di muschio sui tronchi e lunghi tralci che pendevano dai rami rilucevano di un biancore sinistro. Ogni tanto la luce si rifletteva in un paio di occhi luccicanti: un animale a caccia di prede; una volpe, forse, o un tasso. O nel bosco c'erano anche altre creature?

Kaja si voltò verso Laura e le chiese: "Sei sicura che le cornacchie dormano di notte?".

"Sicura, no".

"No?! Ma... ma allora daranno di nuovo l'allarme a Olmking!".

"No, non lo faranno".

"Ma... tu pensi di poterglielo impedire?".

"Non io", rispose Laura, e sul suo volto spuntò un sorriso.

"Ma il nostro amico qui!". Si mise la mano nella tasca della giacca e tirò fuori la bottiglietta che conteneva la nebbia.

I ragazzi la guardarono con trepidazione.

"Spegnete le pile", ordinò Laura. Kaja e Lukas le spensero e se le misero in tasca. Laura fece lo stesso, poi tolse il tappo di sughero dalla bottiglia.

Non accadde nulla.

Laura aggrottò la fronte. "Magari dorme?", disse, e picchiettò con l'indice contro il vetro. Pochi istanti dopo dalla bottiglia uscì del vapore bianco, che crebbe fino a diventare una nube di nebbia alta più di un uomo. Foscovelo sbadigliò rumorosamente, poi iniziò a parlare: "In che modo servirvi io posso, servirvi io posso?".

"Avvolgici, Foscovelo", gli ordinò Laura. "Ma senza impedirci di vedere".

"Ogni vostro desiderio un ordine per me è, ordine per me è".

Si sentì un leggero sibilo, poi un soffio che sembrava un alito di vento. La nebbia mutò forma e si espanse, avviluppando i ragazzi ma lasciando un piccolo spiraglio all'altezza dei loro occhi.

"Così, padrona, giusto è, giusto è?".

"Perfetto!", si sentì dalla nebbia. "Andiamo!".

Tra gli alberi si delineò il contorno della vecchia cripta e Laura scorse l'esercito di vischio.

In un attimo i cespugli di vischio si trasformarono in tante gigantesche cornacchie che parevano addormentate. Le loro piume nero-azzurrine splendevano nella pallida luce lunare.

D'un tratto alcune cornacchie furono prese da una strana inquietudine e aprirono gli occhi, che sembravano tanti piccoli punti luminosi. Si dondolarono sulle zampe, spiegarono le ali, allungarono il collo e guardarono verso il basso, dove il banco di nebbia si dirigeva verso la cripta. Alcune aprirono i becchi, ma nessuna si mise a gracchiare.

Aurelius Morgenstern giaceva sul letto ed era febbricitante. Aveva la fronte imperlata di sudore e scuoteva agitato la testa sul cuscino. Continuava a muovere le labbra mormorando parole appena percettibili: "Laura... attenti... Laura...".

"Cosa sta *scercando* di *dirsci*?". Percy guardò Mary, che sedeva su uno sgabello davanti al letto. "Forse... vuole *farsci* capire qualcosa?".

"Forse. Oppure si preoccupa semplicemente per Laura. È comprensibile".

Percy aggrottò la fronte. Miss Mary aveva un'aria tormentata. I suoi capelli castani splendevano alla luce della candela che bruciava sul comodino, mentre un odore aromatico si diffondeva dal braciere.

Di colpo, il professor Morgenstern si mise seduto sul letto. Spalancò gli occhi, fissando il vuoto. "I cani!", ansimò. "I cani della notte! La uccide...". S'interruppe rantolando. Il suo volto era contratto dall'orrore.

Percy e Mary lo guardarono allibiti.

"Il... il lupo nero!", balbettò ancora il preside. "Solo il lupo...". A metà della frase perse le sue ultime forze e ricadde sul cuscino, chiudendo gli occhi.

Mary si chinò ansiosa su di lui. "Preside! Preside!".

Aurelius Morgenstern non le rispose. Il suo respirò però si era calmato

Mary Morgain si voltò verso Percy e gli indicò la tazza sul comodino. "Sembra proprio che il calmante abbia fatto effetto. Posso solo sperare che gli allevi la febbre e gli conceda una notte tranquilla".

"Speriamo". Percy guardò pensoso il preside, che sembrava caduto in un sonno profondo. Poi guardò Mary. "Cosa possiamo fare?".

Miss Mary scosse piano la testa. "Al momento, nulla. Io lo veglierò questa notte. Tu vai a letto. Dammi retta".

"Sei *scerta* che io non possa essere d'aiuto?".

La professoressa scosse di nuovo la testa.

"Bene", disse Percy. "Ma nel caso dovesse accadere qualcosa d'inaspettato, devi avvertirmi *immediatamante*! Promesso?".

Mary sorrise dolcemente. "Promesso, Percy".

L'insegnante di educazione fisica andò alla porta. Lì si fermò e si voltò verso Mary. "Forse dovrei andare a dare un'occhiata a Laura".

"A Laura? Perché?".

"Non lo so. È solo una *sensasione*".

Miss Mary guardò l'orologio. "Sono quasi le undici. Laura e Kaja a quest'ora saranno già andate a letto e staranno dormendo".

"*Probabilmante* hai ragione. Tuttavia...".

"Cosa pensi che stiano facendo?".

"Non lo so, ma ho il vago sospetto che *intandessero* andare alla vecchia cripta..."

"Alla vecchia cripta?! Non riesco proprio a immaginarmelo. Prima di tutto sanno che è vietato e Laura non sarà così sciocca da rischiare una nota. E secondo, anche se volesse andare alla cripta, non lo farebbe di certo a notte fonda: avrebbe troppa paura, per non parlare della sua amica!".

"Hai ragione. Mi hanno raccontato loro stesse di aver sentito urlare gli spiriti della cripta".

Mary sorrise. "Vedi?".

Percy le restituì il sorriso. "Sembra proprio che io mi *fascia* problemi *inutilmante*".

"Laura e i suoi amici non sono così incoscienti da entrare nella cripta a notte fonda. Sanno benissimo che sarebbe troppo pericoloso!".

Il banco di nebbia era finalmente giunto all'ingresso della cripta. I tre ragazzi, l'uno dopo l'altro, ne uscirono e s'infilarono nel corridoio che portava verso il fondo del sepolcro.

Kaja e Lukas accesero le loro torce e Laura tirò fuori la

bottiglietta dalla giacca. "Grazie, Foscovelo", disse alla nebbia. "Ora puoi di nuovo riposarti".

"Molto generoso da parte vostra è, da parte vostra è", rispose la nebbia mormorante, e sbadigliò prima di rientrare nella bottiglietta. Non era ancora del tutto rientrata che già aveva cominciato a russare.

Kaja e Lukas. stavano facendo luce nello stretto e lungo corridoio. I cerchietti di luce guizzavano sui muri di pietra grezza e sul pavimento. Dal basso soffitto pendevano filamenti di polvere e ragnatele, in cui imputridivano involucri d'insetti.

Kaja fece una smorfia disgustata. "Bleah!".

Anche Laura era a disagio, ma non per le ragnatele. Era spaventata dall'odore di putrefazione che proveniva dal fondo del corridoio.

Laura deglutì. Poi, facendosi coraggio, tirò fuori dalla tasca la torcia elettrica e la accese. "Dai, venite!". Dopo una breve esitazione, Lukas e Kaja la seguirono da vicino.

Non avevano ancora fatto dieci metri quando riecheggiò un urlo raccapricciante. Sembrava provenire dal corridoio proprio davanti a loro e anche Laura, che di solito non era paurosa, sobbalzò per lo spavento.

Kaja, terrorizzata, lasciò cadere la torcia.

"I fafa… i fafa...fantasmi!", balbettò. "Andiamo via, presto, prima che ci prendano!".

"Calmati, Kaja. Hai sentito cos'ha detto Percy: non ci sono fantasmi qui", le disse Laura.

"Già, ma ho anche sentito qualcos'altro!".

Di nuovo risuonò l'urlo agghiacciante, più forte di prima, e i ragazzi furono investiti da una corrente d'aria fredda che accarezzò loro le guance come una gelida mano spettrale.

"Nooo!". Kaja si strinse a Laura.

Lukas era rimasto calmo; stava facendo scorrere lentamente il fascio di luce della sua torcia nell'oscurità. Sul suo volto comparve un piccolo sorriso. "Non male!", disse.

Laura lo guardò sorpresa. "Cosa?".

Suo fratello illuminò una nicchia nella parete, che conteneva una mostruosa testa in pietra.

"Che cos'è?", chiese Laura.

"Un lemure, suppongo. Così gli antichi Romani chiamavano gli spiriti malvagi dei morti. Li intagliavano nella pietra per spaventare le altre creature maligne".

Il lemure di pietra fissava i ragazzi con la bocca spalancata, e un attimo dopo urlò di nuovo. Anche Kaja urlò. Laura cercò di calmarla, poi si rivolse di nuovo a suo fratello. "Come... come funziona?".

Lui si avvicinò alla testa in pietra. Sua sorella faticò a seguirlo, perché Kaja le si era avvinghiata alle spalle.

Lukas indicò l'apertura della bocca della testa. "Dovete pensare a un organo o a quando si soffia nelle bottiglie. Questa bocca probabilmente è l'apertura inferiore di una canna che passa attraverso la testa ed esce all'esterno della cripta".

"È da qui allora che viene l'aria fredda che abbiamo sentito?".

"Precisesatto, Laura".

"E l'urlo terribile?".

"È facile: ogni alito di vento che passa attraverso la canna si amplifica fino a provocare un rumore simile a un urlo".

"Ah sì?", disse Laura, incredula.

Un sorrisetto di superiorità apparve sul viso del ragazzo.

"Questo dovrebbe servire a spaventare i visitatori indesiderati, immagino", continuò Laura.

"È logisibile, no? Funzionava nell'antichità e funziona benissimo anche oggi", disse guardando Kaja con un sorriso divertito.

"Cosa? Come ti viene in mente?", chiese quest'ultima.

Lukas non le rispose, ma il suo sorriso si allargò ancora di più.

Kaja s'infuriò. "Io... io lo sapevo che non potevano essere fantasmi! Vero, Laura?".

"Certo. E ora andiamo avanti".

Alla luce delle torce, i ragazzi seguirono il tortuoso passaggio che scendeva ripido verso il basso e diventava sempre più stretto. Dal soffitto cadevano gocce d'acqua, e sul pavimento si erano formate delle pozze. Fatti ancora alcuni metri, i ragazzi trovarono un ostacolo.

Albin Olmking era assolutamente furibondo. Diede un calcio a un sasso, si strinse nel suo spesso cappotto di feltro e strascicando i piedi continuò il suo giro di controllo per il parco di Ravenstein.

Grugno sedeva sulla sua spalla e, come il suo padrone, si guardava intorno. Tutto era tranquillo, non si vedeva nessuno.

Per forza!, pensò furioso il giardiniere. Chi sarebbe stato così folle da andare in giro in una notte come quella? Nessuno... tranne lui, ovviamente. E tutto per colpa di Rebecca Taxus.

Dopo cena lo aveva preso da parte e gli aveva ordinato di intensificare la vigilanza intorno al castello.

"*Nesssuno* deve arrivare di *nasscossto* alla cripta, hai capito?", aveva sibilato, fissandolo coi suoi freddi occhi da rettile.

Olmking voleva risponderle male, ma preferì lasciar perdere. Da una parte perché sarebbe stato inutile, dall'altra perché sapeva che la Taxus non aveva motivo di preoccuparsi: nessuno era mai riuscito ad arrivare alla cripta senza essere visto. C'erano le cornacchie di guardia, di giorno e di notte. Inoltre, quale degli studenti avrebbe osato andare di notte alla cripta? Avevano troppa paura, specialmente dopo che si era diffusa la storia della sorte toccata ad Alain Schmidt.

Olmking sorrise. La storia di Alain Schmidt era stata una sua invenzione. Una brillante invenzione, a suo parere, ma quella vipera della Taxus non lo aveva neanche ringraziato. E neanche il professor Schwartz. Così stavano le cose! A lui toccava il lavoro sporco e nessuno gli mostrava la minima riconoscenza.

Il giardiniere sospirò. La vista della sua piccola abitazione, nell'edificio che una volta ospitava le stalle, calmò la sua ira. Il giro di controllo volgeva alla fine, ancora pochi minuti e poi sarebbe andato a letto a godersi il sospirato riposo.

Si stava già dirigendo verso il portone d'ingresso del castello, quando Grugno cominciò a soffiare. Il giardiniere si fermò sorpreso, si voltò e vide le cornacchie. Volteggiavano in lontananza nel cielo buio sopra il Bosco del Boia, proprio sopra la vecchia cripta. Non stavano gracchiando, ma Olmking capì subito che c'era qualcosa che non andava. Decise di andare a controllare.

La prudenza non è mai troppa, pensò. *Dopo tutto con Rebecca Taxus non c'è da scherzare. Per non parlare poi di Borboron.*

I ragazzi guardavano perplessi il muro di pietre che impediva loro di proseguire.

"Strano", disse Laura.

"L'hai ben detto", disse Kaja. "Anch'io non capisco perché abbiano chiuso il passaggio".

Laura scosse la testa. "Non dicevo questo".

"No? E cosa intendevi?".

"Magda non ci aveva raccontato che a un ragazzo, Alain Schmidt, se non ricordo male, era crollato un muro addosso?".

"Sì... e allora?".

"E me lo chiedi? Hai visto dei muri crollati qui intorno?".

"No", rispose candida Kaja, ma poi anche lei capì. "Vuoi dire che...?".

"Esatto! Qualcuno si è inventato tutta la storia. Perché?".

Nessuno rispose.

"E ora?", chiese Kaja

"Tu hai sempre una spiegazione per tutto", disse quest'ultima a Lukas, "ma quando si arriva al dunque neanche tu sai cosa fare".

Lukas stava per ribattere, ma Laura troncò sul nascere l'alterco. "Ehi! Piantatela!".

Laura si voltò di nuovo verso il muro di pietre. Vi fece scorrere la luce della torcia dall'alto verso il basso, lo toccò, ci batté sopra le nocche. Poi prese da una tasca il frammento che aveva trovato in biblioteca e lo osservò attentamente. Effettivamente il frammento aveva lo stesso colore e la stessa venatura delle pietre che ostruivano il passaggio.

Laura fece una faccia soddisfatta.

"Se non mi sbaglio di grosso, anche questo muro è di marmo maltese. Da quello che ci ha raccontato Percy vuol dire che la stanza del sepolcro è proprio dietro a questa parete".

"Sembrerebbe logisibile", rispose Lukas. "Il problema è come entrarci".

Laura fece di nuovo scorrere il raggio di luce sul muro, che era costituito da parallelepipedi di marmo tutti uguali, posati l'uno sull'altro.

D'un tratto Laura si accorse di una minuscola incisione sul margine destro del muro, all'altezza delle sue ginocchia. La ragazza si accovacciò e la osservò più da vicino. Gli altri si misero dietro di lei e fecero luce. Il muro era sbrecciato e l'incisione rappresentava il corpo e le gambe di un cavallo, e le gambe di due cavalieri. Un semicerchio di parole circondava l'immagine.

"Il sigillo dei Templari!", esclamò Laura.

Poi mise il frammento trovato in biblioteca accanto all'incisione sul muro. Non c'era dubbio: era proprio la parte mancante del sigillo.

Che significa?, si chiese. *Perché papà ha preso questo pezzetto e lo ha nascosto?*

Le venne un'ispirazione. Premette il frammento di pietra nel muro, fino a incastrarcelo. Sporgeva ancora leggermente, ma non si lasciava più smuovere, neanche facendo forza. Laura gli assestò un forte colpo con la parte posteriore della torcia, e il frammento rientrò completamente nel muro, come se non fosse mai stato staccato.

Di colpo si udì un rumore sinistro provenire dal fondo della cripta. Laura si rialzò e guardò spaventata gli altri. Il rumore diventava sempre più forte, finché il muro non cominciò a tremare. I tre ragazzi fecero un balzo indietro. Dal soffittò cadde della polvere e la luce delle torce illuminò una moltitudine di ragni in fuga. Anche il terreno cominciò a tremare.

Kaja afferrò la mano di Laura e la strinse forte.

L'intero muro si mosse, dapprima lento, poi sempre più veloce, spostandosi di lato con un fortissimo cigolio, finché non scomparve del tutto all'interno della parete sinistra del cunicolo. Di colpo ci fu silenzio, e anche il tremore cessò.

La strada era libera.

Laura diresse il fascio di luce nel buio e illuminò un'ampia stanza, in mezzo alla quale si stagliava un imponente monumento funerario: la tomba di Reimar von Ravenstein.

Lukas, Kaja e Laura si abbracciarono, improvvisando una piccola danza di gioia.

Capitolo 21

L’orrore nella cripta

“Ghiottoschiocco!”. Alienor non riuscì più a trattenere la sua ira. “Per tutti gli spiriti! Vuoi stare buono, bestiaccia?!”.

Lo svolappio non aveva alcuna intenzione di darle retta. Alzò il musetto appuntito e lanciò un lungo strillo che sembrava il guaito impaurito di un capriolo. Poi svolappiò con le sue alette da pipistrello verso la porta della stanza di Alienor, contro la quale andò a sbattere. Ghiottoschiocco cadde a testa in giù sul pavimento. Di nuovo strillò, ma più piano.

Alienor lo prese in braccio. “Ecco cosa ti succede a essere disobbediente! Se continui così ti romperai l’osso del collo! E poi il tuo comportamento sciocco farà capire a tutti che Alarik non è a Hellunyat!”.

Lo svolappio la guardò con i suoi occhietti scuri e Alienor ebbe a un tratto l’impressione che la capisse. Gli passò la mano con dolcezza sul capo, gli grattò le orecchie e gli accarezzò il pelo. “Bravo, Ghiottoschiocco. Non potevi fare così, prima?”.

La ragazza prese una mela dalla scodella e la tese all’animaletto, che la afferrò con le zampe anteriori. Mangiandola, faceva più rumore di un branco di porci.

“Avresti potuto mangiarla prima, scemotto. E mi avresti risparmiato tutta questa agitazione”.

In quel momento si sentirono dei passi veloci che si avvicinavano alla stanza di Alienor.

Lo svolappio lasciò cadere la mela e, prima che la ragazza

potesse reagire e tappargli la bocca, lanciò un altro strillo.

"Ssst!". Alienor zittì l'animale afferrandolo per il becco, ma fu troppo tardi. Dei colpi fecero tremare la porta. Prima che la fanciulla potesse dire: "Avanti", la porta si spalancò ed entrò ser Paravain.

"Scusami. Sto cercando tuo fratello. In camera sua non c'è, e nessuno sa dirmi dove posso trovarlo, così ho pensato che tu...". S'interruppe fissando lo svolappio in braccio ad Alienor. "Cosa fa Ghiottoschiocco da te? Lui e Alarik sono inseparabili!".

"Ehm... Alarik... ehm...".

Paravain la guardò sospettoso. "Dov'è Alarik? Su, parla!".

Alienor abbassò lo sguardo. Gli occhi le si riempirono di lacrime.

Il Paladino Bianco la guardava con insistenza. "Ascolta, Alienor. So che mi nascondi qualcosa, ma se vuoi bene a tuo fratello è meglio che mi dici subito cosa gli è successo".

La ragazza esitò qualche attimo, poi scoppiò a piangere. Tra le lacrime raccontò al cavaliere il piano del fratello.

Paravain sbiancò in volto

"Come hai potuto lasciarglielo fare, Alienor?". Paravain la guardò con rimprovero. "Perché non me lo hai detto prima?".

"Perché mi ha fatto promettere di tacere".

Paravain prese a passeggiare per la stanza, agitato. Poi si fermò di fronte ad Alienor, e con voce dolce le disse: "È giusto mantenere le promesse, ma solo se non si mette in pericolo nessuno, capisci?".

Improvvisamente il tono della sua voce s'inasprì. "E che Alarik rischiasse la vita, avresti dovuto saperlo!".

"Ma ha detto che conosceva una strada segreta per attraversare l'Acquitrino. Sevan...".

"E anche se fosse!? Se anche riuscisse a passare sano e salvo l'Acquitrino Solforoso, cosa di cui dubito davvero, allora avrebbe portato a termine solo la parte meno pericolosa del suo folle piano! Da quando le Forze dell'Oscurità sono entrate in possesso del Calice, hanno poteri che Alarik non può nemmeno immaginare! Come può difendersi?".

Un'angoscia infinita stava scritta sul pallido viso di Alienor. "M...m...ma... allora dobbiamo andare subito ad aiutarlo!".

"E come, Alienor? L'Acquitrino Solforoso è a più di un giorno di viaggio da qui! Non faremo mai in tempo!".

Laura, Lukas e Kaja entrarono cautamente nella stanza del sepolcro. C'era odore di muffa e si sentiva il rumore delle gocce d'acqua che cadevano sul pavimento. I fasci di luce guizzavano nell'oscurità. Era difficile calcolare le dimensioni della stanza, ma sembrava molto grande. Il soffitto, a differenza di quello del corridoio, era alto più di tre metri.

Era vero quello che aveva detto Percy: la stanza era interamente costruita in marmo. Il sepolcro, decorato con lo stemma della casata Ravenstein, era alto circa due metri ed era anch'esso in marmo. Sui suoi lati vi erano dei bassorilievi che rappresentavano scene della vita del cavaliere.

"Dividiamoci, e ognuno vada in un angolo della stanza", propose Laura.

"Buona idea!", disse Lukas.

"Dobbiamo per forza?", chiese Kaja, con voce ansiosa.

"Non c'è da aver paura. Ai morti non piacciono le rosse", la prese in giro Lukas. "E neanche ai vivi".

"Lukas! Piantala!", lo ammonì Laura, e si voltò verso l'amica. "Se preferisci possiamo rimanere insieme".

"No, no. Non ce n'è bisogno". Kaja non voleva dar modo a Lukas di fare altre battute. In fondo che cosa poteva succederle? La ragazza si allontanò timidamente di un paio di passi dal monumento funebre, poi si voltò impaurita verso Laura e Lukas, che si stavano muovendo in due direzioni diverse. Alzò il fascio di luce e si trovò a tu per tu con un grosso ragno peloso che si calava dal soffitto. Presa dal panico, strillò come fosse stata punta da uno spillo e indietreggiò finché non urtò qualcosa dietro di lei. Si sentì un clangore metallico, e due pesanti braccia fredde si posarono sulle sue spalle. Un mostro enorme cercava di spingerla a terra!

Ora mi prendono per il collo e mi strozzano!, pensò Kaja. Di nuovo lanciò uno strillo acuto.

Laura e Lukas si precipitarono verso di lei e videro subito che cosa le era successo: aveva urtato contro un'armatura che le era caduta addosso; le braccia di metallo la tenevano incastrata e dondolavano davanti a lei.

L'elmo, sopra il quale penzolavano ancora i resti ammuffiti di un orgoglioso pennacchio, era piegato in avanti, quasi sulla spalla di Kaja. La ragazza si voltò lentamente e si trovò a faccia a faccia con un teschio bianco, da cui pendevano ancora brandelli raggrinziti di pelle. Dalla cavità buia dell'occhio sinistro uscì un ragno, scese sulla spalla di Kaja e si diresse rapido verso il pavimento. La ragazza lanciò un altro urlo.

"Calma, Kaja". A Laura veniva quasi da ridere. "Niente panico, va tutto bene".

Laura e Lukas afferrarono l'armatura, la sollevarono con fatica dalla schiena di Kaja e la adagiarono in terra. Poi Laura illuminò lo scheletro che giaceva all'interno. "Non può più farti del male. È morto".

"E anche questi qui sono morti!", disse Lukas.

Sotto la luce della sua torcia apparvero altre tre armature che giacevano sul pavimento. Erano molto arrugginite e ognuna conteneva uno scheletro.

"I quattro cavalieri che Reimar von Ravenstein ha portato con sé nella tomba!", disse Laura.

Kaja annuì, pallida in volto. "Poverini", sospirò. "Come saranno morti?".

Laura e Lukas si scambiarono uno sguardo perplesso.

"E perché le loro armature sono così arrugginite?", continuò Kaja.

"Questo è logisibile, non ti pare?", rispose Lukas. "Pensaci, minus-mente: sono passati tanti secoli ed è piuttosto umido qui sotto".

Kaja fece una smorfia. La risposta non sembrava soddisfarla del tutto, ma tacque.

"Okay", disse Laura. "Continuiamo la ricerca".

Camminarono lentamente per la stanza, facendo luce negli angoli. Dopo pochi passi illuminarono un gancio di ferro su cui era appoggiata una fiaccola.

"Aspettate, voglio fare una cosa", disse Lukas. Poi tirò fuori un accendino dalla tasca della giacca, lo accese e accostò la fiamma alla fiaccola, che prese fuoco. Nella stanza si diffuse un chiarore tremolante.

D'un tratto Laura si accorse di un luccichio che proveniva dall'altra parte della cripta e si diresse velocemente verso di esso, seguita dagli altri.

Su un piccolo piedistallo, all'interno di una nicchia, troneggiava un calice. Doveva essere d'oro, perché risplendeva alla luce delle torce, ed era ricoperto di pietre; quelle rosse sembravano rubini; quelle verdi, smeraldi.

I ragazzi fissavano il calice con occhi spalancati.

"Uau!", sussurrò Kaja. "Deve valere una fortuna!". Poi si rivolse a Laura. "È il Calice della Luce?".

"Purtroppo no". Laura si mise una mano in tasca e tirò fuori il foglio che aveva stampato nello studio di Percy. Lo spiegò e lo mise accanto al calice nella nicchia. Già al primo sguardo fu chiaro che i due calici erano identici.

"Questa è solo l'imitazione del Santo Graal, ed è quella che conteneva il liquido che ha ucciso il Cavaliere Sanguinario", disse Laura. Venite, cerchiamo ancora, magari siamo fortunati e riusciamo comunque a trovare il Calice della Luce".

Si divisero un'altra volta e ispezionarono la stanza in lungo e in largo, ma per quanto cercassero, illuminando ogni angolo e battendo sulle pareti alla ricerca di cavità nascoste, non tro-

varono niente.
"Ssst", disse Laura. "Lo sentite anche voi?".
Kaja e Lukas si guardarono inarcando le sopracciglia.
"Che cosa?", domandò Kaja.
"Non so bene. Sembra… come se da qualche parte ci fosse… acqua, acqua corrente".
"Sciocchezze!", replicò Kaja. "Senti i fantasmi, ecco tutto".
Laura si accostò al muro e vi appoggiò l'orecchio. D'un tratto si accorse che suo fratello era tornato verso la nicchia, aveva afferrato il Graal e lo stava annusando. Laura gridò: "Attento Lukas! Ricordi quello che ci ha raccontato Percy? Non vorrai mica fare la fine del cavaliere!?".
"Niente panico, non sto facendo niente di pericoloso".
Laura premette di nuovo l'orecchio contro il muro. Non c'era dubbio: si sentiva un rumore lontano, un leggero scrosciare, ma era così indistinto che era impossibile riconoscerne l'origine.
Laura si avvicinò di nuovo agli altri. "Però, è proprio strano!", disse, aggrottando la fronte.
"Lo penso anch'io, Laura!". La voce ringhiosa veniva da dietro le loro spalle.
I ragazzi si voltarono di scatto, e videro Albin Olmking. Grugno, che gli stava seduto sulla spalla, aveva rizzato il pelo e la coda, e il suo unico occhio giallo brillava nella luce della fiaccola. Poi aprì la bocca.
"Vi aiuto io a curiosare qui intorno", grugnì il gatto.
"Oh, no!", disse Kaja. "Cosa facciamo ora?".
Il giardiniere prese la fiaccola e si avvicinò ai ragazzi con aria minacciosa. I ragazzi arretrarono e presto si trovarono con le spalle al muro.
Laura cercò di sgusciare via alla destra del giardiniere, ma lui le bloccò il passo con la fiaccola; Anche Lukas cercò di fuggire, ma non ci riuscì e la fiaccola gli bruciacchiò una ciocca di capelli.

Un sogghigno compiaciuto apparve sul viso di Olmking. Il gatto sulla sua spalla soffiava come un drago iracondo.

Kaja tremava di paura. “Fai qualcosa, Laura, ti prego! Fa’ qualcosa”.

Laura si ricordò all’improvviso della nebbia mormorante. Tirò fuori svelta la bottiglietta dalla tasca e la aprì. Questa volta Foscovelo fu più veloce del solito, uscì sibilando come se fosse stato in attesa di essere chiamato. Il giardiniere fissò sbalordito la nuvola di nebbia che cresceva. Anche Grugno sembrò sbalordito.

“Avvolgili, Foscovelo!”, comandò Laura alla nebbia. “Presto!”.

“Ogni vostro desiderio un ordine per me è, per me è”.

La nebbia mormorante avviluppò il giardiniere e il suo gatto. La fiaccola che Olmking teneva in mano brillava come una lucciola nel vapore.

“Maledizione!”. Era inutile che Grugno imprecasse, non vedeva niente. Olmking si divincolò, cercò disperatamente di uscire dalla nebbia in cui era avvolto, ma invano. Foscovelo gli stava incollato addosso. Ora sarebbe stato facile sfuggire a lui e al suo gatto.

Laura fece cenno agli altri di seguirla e si mise un dito davanti alla bocca. “Piano! Fate piano!”. Si appiattì contro la parete destra della cripta e si diresse in punta di piedi verso l’uscita, seguita da Kaja e Lukas.

I ragazzi si muovevano cauti e silenziosi.

Col suo fine udito felino, Grugno riuscì a sentirli. “Attento! Cercano di scappare!”, soffiò. “A sinistra”, indicò al suo padrone, “a sinistra!”.

Olmking brancolò subito verso sinistra, sbarrando loro la strada.

Accidenti!

I ragazzi cambiarono direzione.

“A destra!”, soffiò il gatto. “Scappano a destra!”. Il giardiniere si spostò rapidamente a destra, insieme alla nebbia, ma inciampò in un'armatura e rovinò a terra. La fiaccola gli cadde di mano e finì proprio ai piedi di Laura.

"All'inferno!", miagolò il gatto nella nebbia, mentre Laura si chinava svelta a raccogliere la fiaccola. La brandì e si voltò verso gli altri. "Presto, scappiamo!".

Kaja e Lukas non se lo fecero dire due volte.

Quando ebbero finalmente raggiunto l'uscita della cripta, Laura gettò via la fiaccola, che cadde in una pozzanghera e si spense. Poi i tre ripresero a correre come se avessero un demone alle calcagna. Le grandi cornacchie sugli alberi si svegliarono di colpo e gracchiando in modo assordante si gettarono all'inseguimento dei ragazzi

Dopo un po' il gracchiare degli uccelli divenne più fioco, fino a cessare del tutto. Laura si girò e vide che le cornacchie tornavano verso la cripta.

Probabilmente sono di guardia là intorno, pensò Laura. *E non ci seguono più perché abbiamo lasciato il loro territorio.*

Qualunque fosse il motivo, l'importante era che quegli uccellacci se ne fossero andati.

Lukas era proprio alle spalle di Laura e sembrava avesse ancora energie da spendere. Kaja invece era rimasta parecchio indietro e la si sentiva ansimare.

Laura rallentò, finché Kaja non l'ebbe raggiunta. "Non mollare ora! Ce l'abbiamo quasi fatta!".

"Sì, sì", sbuffò Kaja. "Tutto okay". Sembrava una locomotiva con l'asma. Fu per questo che Laura rischiò di non sentire la voce che arrivava dal profondo del Bosco del Boia. Era un sussurro roco: "Fermatevi! Fermatevi! Aspettatemi, aspettatemi!".

Laura si fermò e fece cenno a Kaja di continuare a correre.

Qualche attimo dopo, sibilando e serpeggiando tra gli alberi, un vortice bianco raggiunse Laura: era Foscovelo.

Laura aggrottò la fronte, preoccupata. "Cosa c'è?", domandò. "Ti sei affaticato troppo?".

"Di parlarne la pena non vale, la pena non vale. Fuori d'esercizio un po' sono, un po' sono. Grazie di avermi aspettato, di avermi aspettato!".

"Sono io a doverti ringraziare. Senza il tuo aiuto, Olmking e il suo gatto ci avrebbero presi".

"Non c'è di che, di che. Il mio compito è la mia padrona servire, la mia padrona servire. Ma se ora la grande bontà aveste di farmi rientrare, di farmi rientrare… così terribilmente stanco io…", e sbadigliò forte, "…terribilmente stanco io sono".

Laura prese la bottiglietta dalla tasca e la aprì. In un baleno la nebbia mormorante vi rientrò e si mise a russare. Con un sorriso divertito Laura si rimise la bottiglietta in tasca e corse dietro a Lukas e Kaja.

Albin Olmking sbuffò furibondo e fece una smorfia di dolore. La gamba sinistra gli bruciava tremendamente: il metallo arrugginito dell'armatura sulla quale era inciampato gli aveva strappato i pantaloni e lasciato un bel taglio sullo stinco. Gli faceva male anche la testa: la nebbia gli aveva completamente offuscato la vista, facendolo sbattere più volte contro il muro.

Quei maledetti mocciosi! Questa me la pagano, lo giuro!

Grugno strisciò fuori dalla cripta qualche metro davanti a Olmking. Il gatto si fermò, s'inarcò, drizzò la coda e soffiò come un demone furioso.

Quando il giardiniere lo raggiunse, capì perché fosse così stizzito: i ragazzi erano spariti senza lasciare traccia.

Maledizione!

Il giardiniere era fuori di sé dalla rabbia, ma all'improvviso ebbe come un'illuminazione: dei mocciosetti si sarebbero occupati Dragan e Drogur. A loro non sarebbero certo sfuggiti.

Albin Olmking sorrise torvo, poi si mise due dita in bocca e inspirò profondamente.

Il parco di Ravenstein era tranquillo nell'oscurità della notte.

Soffiava una lieve brezza, facendo frusciare leggermente i cespugli e le fronde degli arbusti sempreverdi intorno al prato.

La luna stava spuntando da dietro le nuvole, quando un fischio risuonò dal Bosco del Boia.

Di colpo i cespugli di bosso presero vita. Le foglie si fusero l'una nell'altra, finché entrambi i cespugli non furono ricoperti da una fitta coltre verde scuro. La metamorfosi era accompagnata da un ringhio sordo e da un roco ansimare. Dalla coperta di foglie si formò una setosa pelle di un nero lucente, al di sotto della quale si delinearono muscoli possenti. Le vene divennero visibili, e gli occhi senza vita d'un tratto si accesero cattivi alla luce della luna. Le code fino a quel momento immobili da un attimo all'altro presero ad agitarsi, le zampe pelose si attaccarono al terreno: i due innocui cani di bosso si erano trasformati in pericolosi molossi in carne e ossa.

I giganteschi animali alzarono la testa, tendendo le orecchie appuntite e fiutando l'aria. Aprirono le fauci, scoprendo denti assassini. Dalle loro bocche gocciolava la bava. Ringhiarono e si stiracchiarono, come se volessero togliersi di dosso l'immobilità del loro stato vegetale. Dal Bosco del Boia risuonò un altro fischio, e Dragan e Drogur, i feroci cani delle Forze Oscure, iniziarono a correre.

Capitolo 22

Il demone alato

Alarik strisciava carponi, per sfuggire ai vapori velenosi dell'Acquitrino Solforoso. Sentiva un bruciore in gola e negli occhi; le ginocchia e le mani gli dolevano e il sudore gli usciva da tutti i pori. L'insolita posizione era molto faticosa, ma Sevan gli aveva detto che lì bisognava muoversi solo carponi. In un paio di occasioni, Alarik si era inavvertitamente allontanato di una spanna o di un cubito dal sentiero, e subito era scivolato nel terreno fangoso. Non sapeva da quanto tempo fosse nell'acquitrino, a lui sembrava un'eternità.

Si fermò ansimando e alzò leggermente la testa per osservare il paesaggio, ma non riusciva a vedere a più di dieci passi davanti a sé. Oltre quella distanza il mondo si perdeva nelle nebbie giallastre.

Alarik aveva le braccia, le gambe e quasi tutti i vestiti coperti di melma. Sfregandosi la fronte col dorso di una mano, si sporcò anche il viso.

Continuò a strisciare in avanti. Tutto a un tratto sentì un rumore strano. Sembrava provenire da molto in alto, al di sopra delle nuvole di zolfo, simile a un battito di ali possenti.

Alarik si fermò e guardò sopra di sé. Non riuscì però a vedere nulla, a causa dei vapori. Aveva appena ripreso a strisciare quando sentì di nuovo il rumore, più forte di prima. Al rumore seguì la risata beffarda di una donna.

Alarik scosse il capo, meravigliato. *Non è possibile!*, rifletté. *Devo essermi sbagliato. Come fa una donna a trovarsi sopra la palude? Dovrebbe volare... impossibile... a meno che non si tratti di un'arpia, di un demone alato!*

In preda al terrore, strisciò in avanti il più velocemente possibile, finché le forze non lo abbandonarono.

Il cuore gli martellava in petto e il sangue gli pulsava forte nelle tempie. Boccheggiò, poi sentì una voce.

"Guarda un po'... un ragazzino!". La voce sembrava contenta. "Le mie preghiere non sono state vane".

Alarik alzò gli occhi, sorpreso, e si accorse che i vapori della palude si erano un poco diradati. Una betulla dal tronco esile e dai rami sottili era ben visibile poco avanti a lui.

Con la consapevolezza di aver già attraversato gran parte dell'Acquitrino Solforoso, Alarik ritrovò le forze. Poteva farcela, dunque! Il suo piano non era così folle!

La voce lo distolse dai suoi pensieri. Sembrava molto irritata. "Il ragazzo non ha maniere. Non si degna neppure di salutare!".

Alarik si guardò di nuovo intorno ma vide solo la betulla, che oscillava dolcemente. "Cos'hai da guardarmi a bocca aperta con quell'aria idiota?".

Alarik si rese conto che era stata proprio la betulla a parlare. "Di...di..dici a me?", balbettò sconcertato.

"E a chi se no? Vedi qualcun altro in giro?". E si chinò fin quasi a sfiorarlo coi suoi rami. "Dimmi, ragazzo mio, che cosa ti conduce qui da me?".

"Da te? Non è da te che vengo. La mia strada porta alla Fortezza Oscura".

"Peccato!". La betulla si raddrizzò. "Avevo sperato che volessi tenermi compagnia, e invece sei solo uno sciocco come gli altri".

"Sapresti indicarmi la strada per la Fortezza Oscura?".

"Certo che saprei indicartela".

"Fantastico!", esclamò il ragazzo.

"Però non ci penso neanche a dirti dov'è. Sono anni che aspetto di avere compagnia, e ora non ti lascerò andar via così".

Alarik stava per ribattere quando sentì un fetore nauseabondo.

Un'orribile creatura alata col volto di donna piombò sul ragazzo alla velocità di un fulmine.

Alarik, spostandosi di lato, riuscì a evitare l'attacco dell'arpia, ma cadde nella palude.

Cercò disperatamente di risalire sul sentiero, ma l'arpia gli fu di nuovo addosso.

Era orribile, e l'odore che emanava sembrava corrodere i polmoni di Alarik.

L'arpia fece riecheggiare una risata stridula, poi disse: "Non ti serve più che ti indichino la strada, sciocco! Il tuo viaggio ormai è finito! Finito! Finito!".

Sfoderò gli artigli, sollevò la sua zampa da drago e colpì il ragazzo.

Laura, Lukas e Kaja si erano lasciati alle spalle il Bosco del Boia e avevano raggiunto il parco. A Lukas doleva l'orecchio destro e i suoi capelli puzzavano di bruciato.

Dall'altra parte del grande prato s'intravedeva il profilo del collegio. Kaja si fermò un attimo per prendere fiato.

"Non fermarti!", le disse Laura. "Saremo al sicuro solo nel castello".

Kaja si trascinò in avanti, gemendo; era esausta. D'un tratto si sentì un latrato minaccioso e subito dopo, dai cespugli al bordo del prato, sbucarono due grossi cani neri.

Erano ancora a qualche centinaio di metri, ma Laura capì subito il pericolo. "Correte!", gridò. "Più in fretta che potete!". Afferrò Kaja per mano e riprese a correre. Lukas correva così veloce che sembrava volesse stabilire un nuovo record del mondo. Anche Kaja, che un attimo prima era allo stremo delle forze, sembrava aver messo le ali ai piedi, ma correva comunque più lenta di Laura, a cui sembrava di trascinare un peso morto.

I cani li incalzavano.

Laura sentiva sempre più distintamente il loro ansimare e il tambureggiare delle loro zampe sul terreno. “Più veloce, Kaja!”, gridò terrorizzata. “Corri, dai!”, e anche se i polmoni e i muscoli delle gambe le bruciavano, accelerò il passo.

Laura vide appena in tempo la radice che spuntava dal terreno, la superò con un balzo gridando all’amica: “Attenta!”.

Troppo tardi. Kaja non poté evitarla, e cadde. Per fortuna lasciò la mano dell’amica, che altrimenti sarebbe stata trascinata nella caduta.

Kaja fece per rialzarsi, ma i cani l’avevano già raggiunta. La ragazza chiuse gli occhi e attese di sentire le loro zanne nel collo. Attese invano. I cani rimasero fermi a qualche metro da lei, abbaiando furiosamente. Sembravano irritati dal fatto che la loro preda non corresse più.

“Laura! Aiutami, Laura!”, gridò.

Laura tornò indietro e non esitò a mettersi davanti ai cani per proteggere la sua amica. Anche Lukas, che era molto più avanti, tornò di corsa dalle due ragazze.

Mentre Lukas aiutava Kaja ad alzarsi, Laura teneva lo sguardo fisso sui cani. Le loro pupille scure esprimevano solo ferocia.

Non bisognava scappare!, pensò Laura. C*alma, Laura, stai calma! Non fare movimenti bruschi... magari ci lasciano in pace.* Allo stesso tempo le venne un’idea temeraria. *Se è possibile leggere nel pensiero forse si può anche influenzare la volontà degli altri!*

Inspirò profondamente e guardò i cani con fredda determinazione. *Andatevene!*, ordinò loro col pensiero. *Filate via e lasciateci in pace!*

I cani ringhiavano minacciosi, scoprendo i denti, ma non si decidevano ad attaccare. Anzi, quando Laura mosse un cauto passo verso di loro, indietreggiarono un poco.

Laura si riempì di speranza. *Funziona! Funziona davvero!*

Fece un altro passo in avanti; i cani indietreggiarono ancora e si calmarono.

Un altro fischio risuonò nella notte.

I cani sussultarono e ripresero ad abbaiare furiosi alla ragazza. Le loro code frustarono l'aria, le zampe anteriori dalle lunghe unghie nere rasparono nel terreno. I cani si appiattirono come pantere prima dell'attacco, scattarono verso i ragazzi, ma si fermarono di colpo. Il loro ringhio di minaccia si trasformò in un guaito spaventato, si voltarono e fuggirono con la coda tra le gambe.

I ragazzi si scambiarono sguardi stupiti. Che cosa aveva spaventato i cani così tanto da farli desistere dall'attacco e fuggire via? D'un tratto, sentirono un ululato e videro un grosso lupo nero che correva verso di loro.

Laura lo riconobbe subito: era il lupo del quadro all'ingresso del collegio. *Devo sbagliarmi*, pensò. *Come fa un lupo a uscire da un quadro e a diventare vero?*

Il lupo si avvicinava a grandi balzi; i suoi occhi giallastri brillavano nell'oscurità. Passò accanto ai tre senza degnarli della minima attenzione e si gettò all'inseguimento dei cani in fuga.

Kaja aveva lo sguardo allucinato. "Non ci credo", sussurrò. Poi scrollò la testa e guardò Laura. "Hai visto anche tu quello che ho visto io?".

Laura annuì in silenzio.

"Pensavo che in questa zona i lupi si fossero estinti", mormorò Kaja.

"E lo sono!", disse Lukas, deciso. "L'ultimo lupo venne ucciso e poi imbalsamato all'inizio del diciannovesimo secolo dall'allora proprietario di Ravenstein".

"Ma... se davvero qui non ci sono più lupi", obiettò Kaja, "da dove viene quello che abbiamo appena visto?".

Lukas alzò le spalle. "Non ne ho idea".

"Chissà... forse non era un vero lupo...".

"E cos'era?".

"Uno spirito".

"Uno spirito? Sei matta. Primo, non esistono spiriti. Secondo, è impossibile".

"E perché? Con tutto quello che abbiamo visto negli ultimi giorni non mi sembra più impossibile niente".

"Non era uno spirito", disse calma Laura.

"Già, certo, è logisibile! Però... perché ne sei così sicura?".

Laura stava per raccontare la storia del quadro, poi le venne un'idea migliore. "Seguitemi", disse. "Voglio farvi vedere una cosa".

Il sangue gocciolava negli occhi di Alarik e la fronte del ragazzo bruciava come il fuoco: l'arpia l'aveva colpito alla testa. Di nuovo lo attaccò, graffiandogli una guancia. Alarik urlò di dolore.

"Morirai, stupido! Morirai! Morirai!".

Il giovane era immerso fino alle spalle nell'acquitrino e sapeva di non avere più scampo. Sperava solo che l'arpia mettesse velocemente fine alla sua vita.

L'arpia però non sembrava avere alcuna intenzione di ucciderlo in fretta. I suoi attacchi servivano solo a ferirlo e impaurirlo. Si sarebbe goduta il suo lento affondare nella melma. Solo dopo che fosse morto soffocato, si sarebbe avventata su di lui per divorarlo pezzo per pezzo.

Certo!, ricordò Alarik. *Le arpie mangiano carogne.*

Di nuovo l'arpia si lanciò all'attacco. I suoi occhi luccicavano avidi mentre sfoderava gli artigli per colpire. Improvvisamente, un grido maestoso riecheggiò nella palude. L'arpia distolse l'attenzione dalla sua vittima e si guardò intorno.

Ali di Vento sfrecciò dalle nubi come un dardo e si avventò senza indugio sul mostro alato.

Il mostro stridette e nell'aria vorticarono le sue piume. Ben presto si rese conto di non poter competere con l'immensa for-

za dell'aquila, lanciò un ultimo grido e volò via veloce.
Ali di Vento si lanciò al suo inseguimento.

Alarik si sentì per un attimo sollevato, ma poi riprecipitò nella più cupa disperazione. Ali di Vento lo aveva salvato dall'arpia, ma lui sarebbe morto comunque: era immerso fino al mento nella palude e non poteva muoversi.

È finita!, pensò, e si preparò a morire. I suoi ultimi pensieri furono per coloro che più amava: sua sorella Alienor, suo padre, sua madre e gli altri suoi fratelli. Paravain, Morwena, e naturalmente Elysion. Non li avrebbe più rivisti e nell'Oscurità Eterna avrebbe avuto nostalgia di loro.

"Ehi, sognatore!".

La voce colpì Alarik come un fulmine. Il ragazzo spalancò gli occhi e vide il volto sorridente di Sevan. Il robusto viandante dalla barba ispida era inginocchiato sul sentiero e gli stava tendendo le braccia.

"Tu?".

"Certo, io... o pensi che sia uno spirito?".

"Ma... da dove arrivi così all'improvviso?".

"Paravain mi ha mandato Ali di Vento con un messaggio, e io mi sono subito messo in cammino. Ora digrigna i denti, perché farà male!". Sevan lo afferrò per i capelli e tirò con tutte le proprie forze.

Alarik non sentì alcun dolore: era salvo! Avrebbe rivisto la sua famiglia, Paravain e il Custode della Luce! Adagiato sul sentiero, guardò il suo salvatore con gli occhi umidi di lacrime.

"Grazie, Sevan", riuscì a mormorare, e perse conoscenza.

Una volta entrata nel castello, Laura vide con sollievo che non si era sbagliata: il lupo nero era davvero sparito dal quadro.

"Guardate! Che ne pensate?".

Kaja e Lukas osservarono il dipinto con attenzione. Si scambiarono uno sguardo perplesso e poi si voltarono verso Laura.

"Saresti tanto gentile da spiegarci cosa intendi dire?", le chiese Lukas.

"Ma come... non vedete?".

"Ma cosa?", si spazientì Kaja. "Cosa cavolo dovremmo vedere?".

Laura li guardò sconcertata. *Sono ciechi*, si chiese, *o fanno finta?*

"Piantatela di prendermi in giro. Lo vedete benissimo cosa manca dal quadro!".

Kaja gettò un altro sguardo al dipinto, poi si voltò di nuovo verso l'amica. Non le disse niente, ma i suoi occhi esprimevano stupore e incomprensione.

Lukas invece contrasse il viso in una smorfia irritata. "Non ho la più pallida idea di cosa stai parlando, ma al momento non me ne importa niente". S'interruppe per sbadigliare, si tolse gli occhiali e si sfregò gli occhi. "Sono stanco morto e devo assolutamente andare a dormire. Buona notte e sogni d'oro. Magari domani sei di nuovo normale, Laura".

Così dicendo si voltò e si trascinò pesantemente verso l'ala dei ragazzi.

Laura lo seguì con lo sguardo, stupita.

"Okay, Kaja. Ora, sul serio. Tu lo vedi, vero, cosa manca dal quadro?".

Kaja scosse la testa. "Lukas ha ragione: siamo tutti troppo stanchi, è meglio andare a letto. Vieni, Laura", e senza aspettare una risposta cominciò a salire le scale.

Dunque Kaja davvero non vede che nel quadro c'è solo la dama bianca. E neppure Lukas, pensò Laura.

Alzò di nuovo lo sguardo verso il dipinto. No, non si era sbagliata: il lupo nero era sparito.

Forse Lukas e Kaja non se ne accorgono perché non sono Guardiani e non riescono a vedere l'essenza delle cose. Ma allora non potranno mai vedere il Calice della Luce!

Laura si sentì sola e impotente. Aveva paura. Paura di non riuscire a trovare il Calice.

Andò a dormire, ma nel cuore della notte si svegliò all'improvviso. Una pioggia monotona batteva sui vetri, e dal letto di Kaja si sentiva un russare leggero. La sveglia ticchettava sul comodino.

Laura stava per riaddormentarsi quando sentì distintamente piangere qualcuno. Meravigliata, si alzò a sedere sul letto e guardò verso l'amica, che russava tranquilla.

Allora chi stava piangendo?

Laura scese dal letto e andò verso il corridoio.

Là vide una donna, con indosso un vestito bianco lungo fino a terra, che piangeva e singhiozzava. Non la riconobbe subito perché le dava le spalle, ma non appena si voltò vide che si trattava di Silvia, la giovane dama del dipinto. Il suo viso era triste e rigato di lacrime. I suoi passi non facevano alcun rumore.

Silvia sembrò non accorgersi della sua presenza. Con lo sguardo fisso a terra le passò accanto, piangendo senza interruzione.

Laura non sapeva che cosa fare e non capiva come fosse possibile che la figura del quadro stesse davanti a lei, in carne e ossa.

"Cosa... cosa c'è?", le chiese timidamente. "Perché piangi?".

Silvia si fermò, alzò la testa e guardò Laura. "Tu, Laura, sei tu la causa!", le disse con voce soffocata. "Pensi di vedere l'essenza delle cose, invece vedi solo la superficie, proprio come il mio povero Hans!".

Laura la guardò senza capire. Voleva chiederle una spiegazione, ma Silvia si voltò e si diresse verso le scale, continuando a piangere.

Laura scosse la testa, confusa. Diventava tutto sempre più misterioso.

Paravain era davanti alla finestra della sala del trono. Aveva lo sguardo perso nel vuoto e il suo viso esprimeva una profonda disperazione. Non si era mai sentito così impotente. Elysion stava morendo. Aventerra e Terrastella minacciavano di scomparire e lui, Paravain, non poteva fare niente. Niente! Il Calice della Luce era nascosto sulla Terrastella e il portale magico era chiuso.

Paravain soffriva terribilmente e dubitava che fosse ancora possibile impedire il Nulla Eterno. Tutto era nelle mani di una ragazzina. Certo, Laura era nata nel segno del Tredici, ma era appena stata accolta nella cerchia dei Guardiani e non era ancora capace di usare bene i suoi poteri. E se avesse fallito come Alarik?

Il pensiero del suo scudiero gli fece venire le lacrime agli occhi. Ali di Vento aveva portato la buona notizia che il ragazzo stava bene e che stava tornando a Hellunyat in compagnia di Sevan, ma il fatto che Alarik, nella sua disperazione, si fosse affidato a un piano così folle gli spezzava il cuore. Che sventura se gli fosse successo qualcosa, se fosse rimasto vittima di Syrin! Paravain era sicuro che fosse stata proprio lei a prendere la forma dell'arpia.

Eppure Alarik aveva dimostrato di essere pronto a dare tutto, anche la vita, per la causa della Luce.

Chissà se anche Laura è fatta della stessa tempra?, si chiese il cavaliere. *Sarà anche lei così coraggiosa? Magari si è già arresa da tempo e mentre noi speriamo ancora nella salvezza il nostro destino è già segnato.*

L'attesa e l'incertezza lo stavano logorando. Decise dunque di agire: avrebbe mandato la sua ombra sulla Terrastella. Essendo un'ombra, non avrebbe potuto fare altro che osservare le cose, ma almeno gli avrebbe fatto sapere se ci fosse ancora una speranza di salvezza.

Capitolo 23

Il gigante di pietra

La mattina dopo la pioggia cessò e le nuvole si diradarono. Il sole invernale diffondeva un chiarore rosa nel cielo, illuminando i tetti umidi del castello di Ravenstein.

Laura, dopo colazione, chiese a Percy Valiant di seguirla nell'ingresso. Davanti al grande dipinto gli raccontò gli avvenimenti notturni: la visita alla cripta, il lupo nero che li aveva salvati dai cani feroci e l'incontro con la dama vestita di bianco che aveva ripreso il suo posto nel quadro. Anche il lupo nero giaceva ai suoi piedi.

Laura ebbe il timore che Percy non le credesse, ma si sbagliava: il professore conosceva il segreto dell'infelice Silvia e del lupo nero.

Silvia aveva vissuto ai tempi di Reimar von Ravenstein ed era considerata la più bella ragazza del luogo. Il cavaliere voleva che diventasse sua moglie, anche se era fidanzata da tempo con un giovanotto di nome Hans. Silvia rifiutò di sposare il cavaliere e questi si vendicò facendole un terribile sortilegio.

Laura guardò stupita Percy: "Un sortilegio!?".

L'insegnante annuì. "Reimar non era soltanto un uomo crudele, ma era anche in lega con le *Fòrse* Oscure. Per cui aveva anche grandi *conoscianse* di magia nera di cui si serviva all'*occorransa*".

"E tutto solo perché Silvia non voleva sposarlo?".

"Così è. Il sortilegio la portò a un destino tragico: di giorno

Silvia languiva in un *carscere* buio, ma al tramonto si trasformava in un lupo *ferosce* che terrorizzava gli abitanti della zona. Perfino il suo amato Hans, che *fasceva* il *guardiacascia*, non la riconosceva nella sua forma di lupo e le dava la *cascia sansa* pietà. Questo *spessò* il cuore alla povera *fansciulla*".

Laura sospirò commossa. "Ora capisco perché ha un'aria così triste. Ma non ha sposato Reimar von Ravenstein?".

"Niente affatto! Quando dopo un anno il cavaliere la mise davanti alla scelta di sposarlo o di morire, ella si buttò giù dalla torre. Prima però Silvia lo maledisse, *disciando* che non avrebbe trovato riposo finché il suo misfatto non fosse stato *vandicato*".

"E fino a oggi non è successo?".

"No". Percy scosse il capo. "Reimar fon Ravenstein continua a *soggiascere* a quella *maledissione*. Ma dopo quello che mi hai raccontato, Laura, mi pare che neanche Silvia abbia trovato *pasce*".

Laura guardò pensosa l'insegnante. "Così pare. Ma non capisco bene...".

Mary Morgain arrivò di corsa. Era agitata, sembrava in preda alla disperazione. "Il preside...", disse, ma le mancò la voce e gli occhi le si riempirono di lacrime.

"Che cos'ha?", chiese subito Laura.

"Sta...". Miss Mary si fermò, si soffiò il naso e si asciugò le lacrime. "Ho paura che sarà presto finita. Ha la febbre alta ed è caduto in una specie di coma e...".

"Allora chiamate un medico, presto!", la interruppe Laura.

"Non servirebbe, Laura. Nessun medico può aiutarlo, tu questo lo sai", le disse Percy.

Certo. Certo che lo so!, pensò Laura. *Ma non possiamo lasciarlo morire senza fare niente!*

D'un tratto le venne un'idea, e un'ombra di speranza guizzò sul suo viso. "So cosa farò!", esclamò decisa. "Vado dal professor Schwartz e gli chiedo dov'è il Calice".

Percy aggrottò la fronte. "A dire la verità non ho la più pallida idea di cosa *pansi* di ottenere, Laura. È un *tantativo sansa speransa*!".

"Non è solo senza speranza, è proprio assurdo!", aggiunse Mary. "Il professor Schwartz è il capo degli Oscuri... non ti direbbe mai dov'è nascosto il Calice!".

"Certo che no!", disse Laura, che dovette reprimere un sorriso perché entrambi i professori non erano riusciti a seguire il suo pensiero.

"Ma Schwartz sa anche che il mio addestramento non è completo, e proprio in questo sta la mia possibilità".

Dall'espressione stampata sui loro visi, Laura intuì che i due insegnanti continuavano a non capire che cosa avesse in mente. *Buon segno*, pensò. *Allora neanche il vice-preside lo capirà.*

"È facile. Il professor Schwartz sa che non controllo ancora bene i miei poteri. Probabilmente, quindi, non schermerà i suoi pensieri così bene come davanti a te, per esempio, Mary. È possibile, no?".

La professoressa aggrottò la fronte. Non sembrava molto convinta del piano di Laura.

"Non so bene se abbia *sanso*", borbottò Percy. "Ma forse vale la pena di fare un *tantativo*".

La signora Pinassi, col suo pallido viso da topo, guardò Laura con aria seccata. Anche la sua voce sembrava quella di un topo: "Mi dispiace, Laura Leander, ma è proprio impossibile: tra due giorni c'è il consiglio dei docenti e il vice-preside è immerso fino al collo nei preparativi. Non posso disturbarlo per nessuna ragione!".

"Ma io devo parlargli! Davvero, signora Pisc... Pinassi. È una questione di vita o di morte!".

"Hai detto una questione di vita o di morte?".

"Sì".

"Potresti magari spiegarti un po' meglio?".

"Ehm...", esitò Laura. Stava per inventarsi una scusa, quando decise di dire la verità. "Il professor Morgenstern sta morendo. Ma il professor Schwartz forse conosce un modo per salvargli la vita".

"Davvero?". La Pinassi era visibilmente sconvolta.

Laura annuì di nuovo, con aria grave.

Il viso appuntito della segretaria diventò ancora più pallido di quanto già non fosse. "Perché non l'hai detto subito?", chiese offesa. Scattò dalla sedia e corse a piccoli passi verso la porta della presidenza. Bussò ed entrò nella stanza.

Ne uscì dopo pochi secondi. "Ma naturalmente, Laura", disse, tenendo la porta aperta. "Naturalmente in questo caso il professor Schwartz è pronto a riceverti".

Quando Laura chiese al vice-preside dove fosse nascosto il Calice, egli finse di non saperne niente.

"Il calice? Di che calice parli?".

Laura, piena di sdegno, fulminò con lo sguardo il professor Schwartz, che l'aveva fatta accomodare davanti a sé ed era seduto dietro alla scrivania ricoperta di carte.

"Lei sa perfettamente di cosa sto parlando. Il Calice della Luce, ovviamente!".

Il volto del professore si rabbuiò, ma la ragazza non si lasciò intimidire. Si aspettava che da un momento all'altro le sue pupille si accendessero di un bagliore infernale, ma non accadde. Al contrario, il professore si rilassò e Laura d'un tratto riuscì a leggergli nei pensieri.

Questa ragazzina presuntuosa non penserà mica di potersi già misurare con me!

"Mi spiace, Laura", le disse con tono quasi compassionevole. "Non so davvero di cosa tu stia parlando".

"La smetta di giocare! Il professor Morgenstern morirà se non trovo il Calice...".

Speriamo!, pensò Schwartz.

"...Dunque mi dica finalmente dov'è nascosto!".

Ti piacerebbe, eh?, pensò ancora il vice-preside, ma senza tradire la minima emozione.

"Temo che tu ti sia sbagliata. Davvero mi dispiace, ma non posso dirti quello che non so. Questo lo capisci, vero?".

Non scoprirai mai che il Calice è nascosto nella stanza del tesoro di Reimar!, pensò. *Altrimenti dovresti essere più intelligente di Morgenstern e Percy Valiant!*

Laura sussultò. Avrebbe esultato se avesse potuto.

Sì! Ha funzionato!

Per non far capire al professore che gli aveva appena letto nei pensieri, continuò a mostrarsi indignata. "Non può permettere che il preside muoia! Non può!".

Il suo stratagemma era riuscito!

"Credimi", disse il professore con una ben simulata espressione di rincrescimento. "Nessuno sarebbe più dispiaciuto di me se l'egregio collega Aurelius Morgenstern dovesse venire a mancare. Nessuno, Laura. E ora ti prego di scusarmi, ma ho molto da fare".

Laura si alzò e si avviò verso la porta. Prima di uscire si volse verso la scrivania e vide che il professor Schwartz si era chinato sulle sue carte.

Ottimo!, pensò Laura tutta contenta. *Ora andrà tutto bene!*

"Arrivederci, signora Pinassi!", disse Laura ad alta voce mentre attraversava la segreteria. "E grazie ancora!".

"Non c'è di che", rispose con voce acuta la segretaria.

Nel corridoio Laura si lasciò andare e un sorriso gioioso illuminò il suo viso. "Sì!", esclamò ad alta voce. Alzò un pugno al cielo, fece un piccolo balzo di gioia e corse via. Non si accorse di essere osservata. E il viso torvo dell'uomo che la seguiva con lo sguardo non lasciava immaginare nulla di buono.

Laura aspettò impaziente che arrivasse l'ora di ginnastica.

"Il *Calisce* della *Lusce* allora si trova *veramante* nella *stansa* del tesoro di Reimar von Ravenstein?", chiese Percy.

Laura annuì.

"Ne sei proprio *scerta*?".

Laura annuì di nuovo.

"Sei stata proprio brava, Laura!". Il professore era davvero ammirato. "Noi *invesce* siamo stati degli idioti a *farsci prandere* in giro per tutto questo *tampo*. Se il *Calisce* si trova davvero nei sotterranei, allora il crollo del corridoio è *probabilmante* stato provocato per tenere lontani gli intrusi dalla *stansa* del tesoro".

"Sembrerebbe così".

Laura si voltò per assicurarsi che i suoi compagni di classe non sentissero i loro discorsi; vide che erano tutti molto indietro, ansimanti. Kaja e Max facevano da fanalino di coda. La corsa campestre settimanale piaceva solo a Laura, che, affiancata da Percy, stava guidando il gruppo.

"Credo che anche la storia del muro crollato nella cripta sia inventato", disse Laura all'insegnante. "Probabilmente in collegio non c'è mai stato uno studente di nome Alain Schmitt".

"*Ritango* che tu abbia ragione. Ho dato un'occhiatina di nascosto agli archivi della scuola ed *effettivamante* questo nome non risulta".

Girarono l'angolo del castello e si diressero verso il viale d'ingresso. Sul grande prato, vicino ai due cespugli di bosso a forma di cane, c'era il giardiniere. A Laura sembrò che stesse parlando ai cespugli. E perché no? Laura aveva spesso sentito dire che i giardinieri facevano cose del genere. Perché dunque Olmking non avrebbe dovuto parlare ai suoi cani di bosso? Però trovò strano che li accarezzasse quasi con tenerezza sulla schiena.

Grugno, il gatto con un occhio solo, stava ai piedi del suo padrone. Appena vide Laura, inarcò la schiena, alzò la coda e soffiò nella sua direzione.

A Grugno Laura non piaceva proprio. D'altro canto c'era da stupirsi? Nessun Oscuro era contento di vedere un Guardiano. E il gatto manifestava apertamente la sua avversione, anziché dissimularla.

"Stanotte cercheremo di entrare nella stanza del tesoro", disse Laura. "Tu e Mary potreste venire con noi ad aiutarci a tirar via i calcinacci?".

Con grande delusione di Laura, Percy scosse la testa. "Mi *dispiasce profondamante*, Laura, ma stasera il professor Schwartz ha invitato a *scena* Mary e l'umile sottoscritto. Se non *sci* andassimo desteremmo *sans'altro* i suoi sospetti! E poi *sci* tiene *costantemante* sotto *osservassione*, nel caso tu non te ne fossi accorta". Senza dare nell'occhio accennò col capo al giardiniere. Solo allora Laura si accorse che Olmking continuava a gettare sguardi di soppiatto nella loro direzione.

"In realtà ho pensato che non fosse importante", disse Laura pensosa. "Ma negli ultimi giorni ho avuto spesso l'impressione che qualcuno mi stesse osservando di nascosto e che mi seguisse. Pensi che sia possibile, Percy?".

"Non *panso* soltanto che sia possibile, ma lo *ritango* molto probabile! Dunque faresti bene a tenere gli occhi ben aperti".

Prima di svoltare l'angolo verso la palestra, l'insegnante si girò e gridò: "Su, correte un poco più *velosci*, pelandroni! Non vorrete mica che vi si congelino i piedi mentre correte! Ancora solo qualche *sciantinaio* di metri!".

Gli rispose un ansimare affaticato e un mormorio indistinto. Nessuno dei compagni di Laura diede segno di correre più veloce. Percy non insistette.

Fianco a fianco, Laura e Percy superarono il piccolo ponte di legno che attraversava il fossato e poi svoltarono verso la strada che serpeggiava intorno al monumento. Quando oltrepassarono i fitti cespugli sul bordo del vialetto, proprio dietro alla biforcazione, nessuno dei due notò la figura scura che vi si era nascosta dietro. Era Attila Morduk, che li seguì con lo sguardo, torvo come sempre.

Laura e Percy furono ovviamente i primi a raggiungere la palestra e in attesa dell'arrivo degli altri si misero a fare un po' di esercizi di defaticamento.

"Possibile che tu non possa trovare una scusa per non andare stasera dal professor Schwartz!", disse Laura.

"Mi *dispiasce veramante*, Laura, ma davvero non si può. Il professor Schwartz capirebbe subito questa manovra e direbbe ai suoi *complisci* di controllarci con ancora più *attanzione*. La possibilità di arrivare alla *stansa* del tesoro *sansa* essere notati sarebbe quasi nulla. Quindi è meglio per tutti che noi *ascettiamo* il suo invito".

"Dobbiamo assolutamente entrare nella stanza del tesoro questa notte, altrimenti non ci sarà più tempo. Ma come faremo, da soli, con tutte quelle macerie!".

"Chi *disce* che non *risceverete* aiuto?"

La ragazza lo guardò meravigliata. "E chi ci può aiutare? Tu e Mary non potete, e Morgenstern è in fin di vita. Chi rimane?".

Percy non rispose, ma si limitò a sorridere.

"Forse Kastor e Nikodemus Dietrich?".

L'insegnante scosse la testa. "No, hanno troppo da fare: alcuni dei loro cavalli hanno preso una misteriosa malattia".

"Accidenti!", esclamò delusa Laura, piegando la schiena e toccandosi la punta delle scarpe prima con una mano poi con l'altra. "Allora possiamo anche lasciar perdere!".

"Ahi ahi, Laura!", la rimproverò Percy. "Cos'è questo *arrandersi* subito al minimo problema? Aspetta che il campanile abbia suonato le *dodisci*, poi vai alla grande colonna e con la mano sfrega tre volte in *scerchio* sul suo piedistallo".

"Cosa?".

"Quando la campana batte la mezzanotte, recati alla grande colonna e con la mano sfrega tre volte in *scerchio* sul piedistallo", ripeté piano Percy, voltandosi verso gli altri alunni che stavano entrando alla spicciolata in palestra.

Mister Fighetto si lasciò cadere a terra, boccheggiando. Alex e Franziska Turini si piegarono in avanti, appoggiando le braccia sulle ginocchia e ansimando in un modo tale da far temere a Laura che avrebbero vomitato da un momento all'altro. Kaja e Max ancora non si vedevano.

Percy Valiant guardò il suo cronometro e poi si rivolse agli alunni. "Peccato", disse con voce allegra. "Ancora un po' più *lanti* e la corsa di oggi sarebbe entrata nel Guinness dei primati come la corsa più *lanta* di tutti i *tampi*!".

La luna quasi piena splendeva pallida nel cielo senza nubi. Faceva un freddo terribile e raffiche di vento provenienti da est facevano turbinare ramoscelli e foglie secche. Nel castello era tutto tranquillo.

Al primo rintocco della campana, il portone d'ingresso si aprì leggermente. Una figura avvolta in una giacca spessa e con un berretto in testa sgusciò all'aperto; scese rapidamente le scale e, fermandosi ai piedi della grande colonna, si appiattì nell'ombra.

Era Laura, che contava impaziente i rintocchi della campana. *Nove, dieci, undici, dodici... finalmente!*

Alzò la testa e gettò un'occhiata al viso del gigante della colonna, che aveva lo stesso aspetto di sempre.

Laura si guardò intorno con circospezione: non c'era anima viva.

Bene, pensò. *Benissimo.*

Si tolse il guanto e posò il palmo della mano destra sul basamento della colonna. Era gelido, talmente gelido che Laura ritrasse istintivamente la mano. Dopo essersela scaldata, ce la rimise sopra e la sfregò tre volte in cerchio.

Si sentì un rombo sordo e un cigolio: la colonna cominciò a tremare dapprima in maniera quasi impercettibile, poi sempre più marcata. Il gigante di pietra prese vita: gemette, le sue mani si staccarono di colpo dalla tettoia che sorreggevano, e il suo corpo iniziò a rimpicciolirsi.

Quando smise di rimpicciolirsi era pur sempre un colosso alto più di due metri, che avrebbe fatto un'ottima figura come pugile o *wrestler*. Alzò le braccia verso l'alto e si stiracchiò con gusto, sbadigliando sonoramente.

Laura non riusciva a crederci.

No, pensò. *No, non è possibile. Non è possibile!*

Lo sbadiglio divenne meno forte e infine cessò. Il gigante si lasciò cadere le braccia lungo il corpo e girò la testa verso Laura. Notò il suo sconfinato stupore e le sorrise amichevolmente. Poi le fece un profondo inchino e cominciò a parlare. La sua voce era sorprendentemente dolce e melodiosa.

"Portak è il nome con cui vengo chiamato, e sempre ad aiutarvi io son preparato".

Laura continuava a guardare il gigante con muto stupore.

Lui sorrideva gentile e i suoi occhi grigi brillarono divertiti. "Anche Rimante faccio di nome, perché delle rime io so sempre il come".

Poi aggiunse con gentilezza: "Immagino, dato che svegliarmi hai voluto, che in qualche modo posso esser d'aiuto?".

"S...sì...sì", balbettò infine Laura. "Certo. Puoi venire con me per favore, Po...Portak?".

Con l'aiuto della vecchia planimetria che Percy aveva dato loro, i ragazzi trovarono senza grandi difficoltà il passaggio segreto che portava alla stanza del tesoro. Laura, Lukas e Kaja illuminavano la galleria coi raggi delle loro torce, mentre Portak li seguiva.

La galleria era stretta come il corridoio d'ingresso alla stanza del sepolcro e altrettanto tortuosa, ma molto meno umida. Tutto faceva presupporre che entrambi i passaggi fossero stati progettati dallo stesso architetto. Con grande sollievo di Kaja, nella galleria non c'erano lemuri di pietra.

I ragazzi si trovarono ben presto davanti al luogo in cui era avvenuto il crollo: il soffitto era sprofondato per circa cinque metri, le pareti erano cadute e pietre, puntoni spezzati e resti di muro torreggiavano ad altezza d'uomo, rendendo impossibile il passaggio.

Laura si voltò verso Portak e indicò il gigantesco mucchio di macerie. “Sarebbe possibile creare un piccolo passaggio?”, chiese con esitazione.

Il gigante di pietra s’inchinò. “Con grande piacere io vi aiuterò e ogni masso per voi sposterò”, poi si avvicinò alla montagna di detriti e si mise subito al lavoro.

Portak aveva una forza smisurata, perché spostava anche i massi più grossi come se fossero di gommapiuma.

I ragazzi dovettero cercare riparo per non essere colpiti dai frammenti che volavano in aria. Dopo che ebbe creato una piccola breccia, Portak la allargò usando un grosso puntone. Dopo pochi minuti la breccia era larga più di un metro.

“Signorina, vi prego, venite, e dal vostro nascondiglio uscite!”, disse Portak a Laura.

Laura uscì subito dal suo riparo.

Un sorriso felice rischiarò il volto grigio del gigante. “Se il varco dev’essere più grosso, qualche altro masso spostar io posso”.

Laura scosse il capo. “No, no, va bene così. Ci hai dato davvero una mano, Portak, grazie”.

Portak gettò via il puntone e s’inchinò di nuovo davanti a Laura. La sua manona disegnò nell’aria un gesto elegante che avrebbe fatto onore a un cavaliere di corte. “Su di me sempre potete contare, in capo al mondo mi potete mandare”.

Laura non poté fare a meno di sorridere, e anche sui visi di Lukas e Kaja guizzò un’espressione divertita.

“Grazie, Portak, grazie tante!”, disse infine Laura, accennando anche lei un inchino. “Ma davvero non è necessario che tu faccia altri sforzi. Da qui in poi ce la facciamo da soli”.

Il gigante aggrottò la fronte e scosse pensoso la grossa testa. “Come voi volete che sia, ora dunque io vado via”, disse, e dopo un ultimo inchino si allontanò a passi pesanti.

Laura e gli altri seguirono con lo sguardo il benevolo colosso finché non fu sparito dietro l’angolo. Poi s’infilarono veloci nel passaggio che aveva liberato.

Con la pianta dei sotterranei in una mano e la torcia nell'altra, Laura si addentrò nella galleria, illuminandone i muri e il pavimento.

Nell'aria c'era odore di putrefazione. Laura si sentì venir meno. *Strano*, pensò, *qui non c'è sepolto nessuno, perché si sente lo stesso odore della cripta?*

Alla luce della torcia, vide che il corridoio virava bruscamente verso destra a circa dieci metri davanti a lei. Si fermò, diresse la luce sulla piantina e controllò, poi annuì contenta e si girò verso gli altri.

"Dietro l'angolo dovrebbe esserci l'ingresso alla stanza del tesoro", disse. Ripiegò il foglio, lo fece sparire nella tasca interna della giacca e proseguì.

Di colpo il terreno cedette sotto ai suoi piedi. Laura alzò le braccia cercando disperatamente un appiglio. Annaspò nel vuoto, finché non trovò una piccola sporgenza, a cui si aggrappò con la forza della disperazione.

Alla luce della torcia che era caduta sul fondo, vide che stava sospesa sopra una fossa.

Lunghe aste di ferro dalla punta aguzza erano protese verso di lei e tre fagotti informi vi erano infilzati. D'un tratto Laura capì che cosa fossero e lanciò un urlo.

Capitolo 24

La stanza del tesoro

Percy lanciò di soppiatto uno sguardo all'orologio. Era mezzanotte e mezza passata. *Ottimo*, pensò, *Laura e gli altri ormai saranno sicuramente arrivati nella stanza del tesoro!*

Né il professor Schwartz né la professoressa Taxus avevano dato segno di sospettare qualcosa.

Percy diede un colpetto col ginocchio a Miss Mary, che sedeva accanto a lui. Le fece l'occhiolino e alzò i pollici sotto il tavolo. Tutto bene!

Mary accennò un sorriso.

La serata era andata meglio di quanto i due Guardiani avessero osato sperare. Quintus Schwartz si era dimostrato un ospite straordinariamente brillante. Anche Rebecca Taxus non era stata da meno, rivelandosi una conversatrice intelligente e capace di affrontare vari argomenti. Percy e Mary si meravigliarono che nel collegio fosse sempre di pessimo umore.

Naturalmente Mary aveva cercato di leggere nei pensieri degli Oscuri, ma non era riuscita a scoprire nulla di sospetto. Se non avesse saputo senz'ombra di dubbio che entrambi erano tra i più acerrimi nemici dei Guardiani, forse da quella serata sarebbe potuta nascere un'amicizia.

Mary e Percy furono conquistati anche dal cibo: davvero squisito. Percy non ricordava di aver mai mangiato così bene e stentò a credere che fosse tutto merito di Quintus, il quale, tuttavia, si rifiutò di svelare il segreto delle sue ricette. "Si tratta di specialità della casa", si limitò a dire.

L'insegnante di ginnastica vuotò il bicchiere e sorrise amichevole al vice-preside. "Sarebbe proprio spudorato da parte mia chiederne un altro po'? È un vino squisito!".

"Ci mancherebbe altro, carissimo". Quintus Schwartz prese la bottiglia e versò dell'altro vino a Percy. Poi guardò Mary con aria interrogativa. "Posso versarne ancora anche a te?".

La professoressa stava per rifiutare, ma Percy le fece un cenno d'incoraggiamento: se fossero riusciti a trattenere gli Oscuri ancora per mezz'ora, i ragazzi sarebbero stati al sicuro. Miss Mary capì e porse il suo bicchiere al vice-preside. "Volentieri. I vini francesi sono molto buoni", gli disse.

Quando tutti i bicchieri furono di nuovo pieni, Quintus alzò il suo e guardò gli ospiti con aria solenne. "Cari amici, brindiamo a una serata riuscita. Anzi, a una serata molto riuscita, se mi è concesso dirlo".

A Percy sembrò di sentire un tono di derisione nella voce di Schwartz, ma non ci fece caso. Alzò dunque il bicchiere per il brindisi e bevve tutto d'un fiato. Dopo poco la testa prese a girargli vorticosamente e iniziò a vedere tutto sfuocato.

Anche Mary stava male: era bianca in volto e aveva la fronte imperlata di sudore.

Quintus e Rebecca sogghignarono.

Laura fissava piena d'orrore i miseri resti di tre uomini. Che fossero stati uomini lo si capiva soltanto dagli abiti, perché i cadaveri erano in avanzato stato di decomposizione.

Dal bordo superiore della fossa spuntarono i volti di Lukas e Kaja, che fecero luce verso il basso.

Kaja, dalla paura, si coprì il viso con le mani.

"Aiutatemi!", li implorò Laura. "Vi prego, aiutatemi!".

"Tienimi!", ordinò Lukas a Kaja. Posò la torcia e si stese sul pavimento. Mentre Kaja lo teneva per la cintura, Lukas si chinò il più possibile nella buca, tendendo le mani verso la sorella. “Dammi la mano, Laura!”.

Laura era esausta. Le dita le facevano male per lo sforzo e la roccia spigolosa a cui si era aggrappata le tagliava la pelle.

“Non posso!”, mormorò a denti stretti.

“Sì che puoi! Dammi la mano!”.

Laura staccò la mano destra dall’appiglio per afferrare quella del fratello, e all’improvviso scivolò più in basso. Riuscì ad aggrapparsi a un’altra sporgenza, ma tutto il suo peso era retto dalle dita della mano sinistra. Gli spiedi assassini sul fondo della buca erano vicini e minacciosi, e a Laura parvero diventare sempre più lunghi e appuntiti.

“La mano, Laura!”, gridò di nuovo Lukas. “Dammi la mano! Provaci, maledizione!”.

Laura respirò profondamente. Il suo viso era stravolto dalla paura e dalla fatica. Raccolse le ultime forze e tese la mano destra verso quella del fratello. La stava per afferrare, ma le dita che la tenevano aggrappata persero la presa.

“Nooo!”, urlò Lukas. Con un gesto istintivo allungò un braccio e riuscì miracolosamente ad afferrare la mano della sorella prima che precipitasse nel vuoto. Il peso di Laura lo trascinò in avanti, e Kaja, che pure era aggrappata a lui con tutte le sue forze, non poté impedire che scivolasse sempre di più dentro la fossa. Kaja puntò i piedi contro il pavimento, ma i due amici erano troppo pesanti per lei, non riusciva a tenerli. I suoi piedi persero aderenza e Lukas scivolò sempre più in basso. Era già sparito nella botola fino a metà del busto e Kaja si trovò davanti a una scelta atroce: se avesse continuato a tenere Lukas per la cintura, con tutta probabilità sarebbe stata trascinata giù anche lei; ma se avesse mollato la presa avrebbe certamente condannato a morte lui e Laura.

Lo sforzo divenne insostenibile.

È andata! È finita!, pensò Kaja.

Chiuse gli occhi, ma un forte scricchiolio glieli fece subito riaprire. Portak! Le forti mani del gigante afferrarono risolute

Lukas dall'orlo dei pantaloni e tirarono su lui e Laura come se fossero stati due bambole di pezza.

"Come avete potuto pensare tali sciocchezze di mettervi a fare?", chiese loro.

Sul viso dei ragazzi era dipinto il sollievo. Respirarono profondamente e si scambiarono degli sguardi turbati. Mentre Lukas si toglieva la polvere dai vestiti, Laura rivolse uno sguardo di gratitudine al gigante. "Grazie, Portak", mormorò. "Grazie tante. Ci hai salvato la vita".

Il gigante fece una smorfia di disapprovazione, si girò, camminò pesantemente fino al cumulo di macerie e vi rovistò, tirando fuori un lunga traversa. Se la infilò sotto il braccio come se si trattasse di un rotolo di cartapesta, andò fino alla fossa e ve la posò sopra, saggiandone la stabilità.

"Passar di qui io ora non posso, il ponte non è abbastanza grosso".

Così dicendo, si mise di lato per far passare i ragazzi.

Senza di lui, ora saremmo morti stecchiti, pensò Laura con un groppo in gola.

Portak la guardò burbero. "Tempo è per voi di andare il Calice a cercare", brontolò.

Prima di mettere il piede sulla traversa, Laura si girò verso il loro salvatore. "Grazie ancora, Portak!".

Il gigante le fece cenno di andare avanti e si allontanò.

Fatti pochi passi, i ragazzi trovarono la strada bloccata da una parete di nuda roccia. Non c'era modo di andare avanti.

"Oh no!", gemette Kaja. "Non può essere vero!".

Lukas scosse la testa, incredulo. "Secondo la pianta qui dovrebbe esserci l'ingresso, no?".

Laura tirò fuori dalla tasca il vecchio foglio, lo aprì e lasciò che gli altri vi facessero luce. Lukas aveva ragione: secondo la pianta l'ingresso della stanza segreta doveva essere proprio lì.

I ragazzi batterono sul muro per scoprire se ci fosse qualche spazio vuoto o delle aperture nascoste, ma non trovarono nulla del genere.

"Ci hanno fregato", disse Laura con l'aria di un cane bastonato. "E anche Percy e Morgenstern ci sono cascati".

"Dici?", chiese Kaja.

"Sì, purtroppo. Questa pianta non è altro che un falso, e chi la segue cade nella trappola. Percy e Morgenstern sono stati fortunati a trarre le conclusioni sbagliate dal crollo del muro".

"Pare logisibile", disse Lukas. "La domanda è: che si fa adesso?".

"Non ne ho la più pallida idea", rispose Laura.

"Chissà, forse questa stanza segreta non esiste neanche!", ipotizzò Kaja.

Laura scosse il capo. "Non credo, Kaja. Se non esistesse gli Oscuri non avrebbero potuto nasconderci il Calice".

"Laura ha ragione", disse Lukas. "Ho spulciato un sacco di vecchi quaderni e dappertutto è riportata l'esistenza di una stanza del tesoro nel castello".

"Sì", disse Laura. "Su questo non ci sono dubbi. Il problema è che non abbiamo idea di dove sia".

"C'è un altro problema", disse Lukas, dopo aver dato un'occhiata al suo orologio. "È l'una passata e a quest'ora dovevamo già essere in camera nostra. Percy Valiant e Miss Morgain saranno preoccupati".

Percy Valiant e Mary Morgain avevano in effetti delle preoccupazioni, ma erano di tutt'altra natura.

I tre ragazzi erano stanchi morti e molto abbattuti quando si salutarono sotto al grande dipinto, all'ingresso del collegio. "Domani mattina presto vado a parlare con Percy e Mary", disse Laura, sforzandosi di sorridere. "Magari hanno qualche idea".

"È piuttosto improbabile", ribatté Lukas, con voce spenta. "Te l'avrebbero detto".

Lukas ha ragione, pensò Laura. *Se avessero davvero avuto un'idea migliore allora avrebbero già trovato il Calice e non avrebbero certo chiesto aiuto a me.*

"Non si sa mai! A volte il pensiero giusto viene all'ultimo momento, quando nessuno ci conta più".

"Già, certo", brontolò il fratello. "Ma solo nelle fiabe, purtroppo. Comunque... buona notte!".

"Grazie", rispose Kaja, sforzandosi di reprimere uno sbadiglio. "Anche a te".

Laura fece un cenno di saluto al fratello. Stava per voltarsi e andare verso l'ala femminile del collegio, quando sentì un lieve pianto. Si fermò sorpresa. Era Silvia che piangeva?

Guardò il dipinto e vide che sulle guance della giovane donna scorrevano grosse lacrime.

"Ma Silvia, non piangerai di nuovo per colpa mia, vero?".

"Con chi stai parlando, Laura?", le chiese Kaja, stupita.

Lukas tornò indietro, si aggiustò gli occhiali sul naso e guardò preoccupato sua sorella.

"Certo, Laura", continuò la dama vestita di bianco. "Certo che sei tu la causa delle mie lacrime. Ti ostini a non capire. Quante volte ti è stato già spiegato che la verità è nascosta sotto la superficie? ". Silvia scosse il pallido volto e proseguì: "Ah, Laura, temo che non ci sia speranza!"

Una lacrima si staccò dal suo viso e cadde sulla guancia di Laura.

Laura, esterrefatta, si passò l'indice sulla guancia bagnata.

"Cosa c'è, Laura?", domandò Lukas.

Laura non gli rispose. Mosse le labbra come in trance, e cominciò a mormorare parole confuse: "La verità di solito è nascosta sotto la superficie... nascosta sotto la superficie... sotto la superficie...". Laura s'interruppe ed ebbe un'illuminazione: "Ho capito!".

Lukas e Kaja si scambiarono uno sguardo d'incomprensione.

"Aiutatemi a tirare giù il quadro!", ordinò Laura.

"Cosa?", esclamarono Lukas e Kaja all'unisono.

"Per favore, aiutatemi a tirare giù il quadro!".

"Ma sei matta?", protestò Kaja. "Io sto morendo di sonno".

Lukas insistette per conoscere il motivo di quella strana richiesta.

Un'espressione seccata apparve per un istante sul viso di Laura.

"Piantatela di fare domande! E aiutatemi, invece". Prese due sedie e le mise sotto il quadro, salì su una delle due e si rivolse con tono perentorio a suo fratello. "Dai, Lukas, per favore!".

Lukas incrociò le braccia sul petto. Anche se dentro di sé sentiva che Laura aveva avuto un'intuizione giusta, non aveva nessuna intenzione di lasciarsi comandare da lei.

Kaja gli fece una smorfia, salì sull'altra sedia e aiutò Laura a staccare il dipinto dal muro. Era piuttosto pesante.

"Ti prego, stai atten...". Laura non fece in tempo a finire la frase che il quadro era già scivolato dalle mani di Kaja.

Lukas allungò le braccia e lo afferrò al volo.

"Oops!", fece Kaja con aria colpevole. "Scusate".

Laura fissò costernata il quadro. Cosa sarebbe successo a Silvia se la tela si fosse rotta? E al lupo nero?

Aiutò Lukas ad appoggiare a terra il dipinto e si mise davanti al muro a osservare con attenzione i blocchi di pietra che erano stati coperti dal quadro.

"Sììi!", gridò Laura, levando in alto un pugno in segno di trionfo.

"Sì cosa?", chiese Lukas.

"Là: guarda!", disse Laura, indicando una pietra squadrata. Allora anche Lukas lo vide: nel centro della pietra era scolpito il sigillo dei Templari. Era piccolo, ma chiaramente riconoscibile.

Laura spostò velocemente una delle sedie, vi salì sopra e col pollice premette forte sul sigillo. Come già nella cripta si udì un improvviso fragore, che divenne sempre più forte. Sembrava il rumore di una pesante palla da bowling che rotolasse lentamente verso di loro.

Il rumore era ormai vicinissimo quando, improvvisamente, un tratto della parete scivolò indietro, come spostato da una mano invisibile, e una stretta apertura si spalancò nel muro, scoprendo una tortuosa galleria.

Laura capì subito di che cosa si trattava ed esultò. Avevano finalmente trovato l'ingresso della stanza del tesoro di Reimar von Ravenstein!

"Su, entriamo!", disse agli altri.

Il parco di Ravenstein era silenzioso. Grandi nuvole si erano addensate e coprivano la luna. Non c'era in giro nessuno e si sentiva soltanto il fischio del vento che piegava gli alberi e i cespugli spogli.

A un tratto la coltre di nubi si aprì e nel parco si vide un'ombra in movimento. Sembrava l'ombra di un uomo imponente... solo che non c'era nessuno. L'ombra si muoveva da sola. Attraversò il cortile, si diresse verso le scale e salì i gradini senza fare rumore.

Si fermò davanti alla robusta porta e sembrò stupita di trovarla chiusa. Si guardò intorno (o per lo meno il profilo della sua testa sembrò dare quest'impressione), poi si spostò a fianco del portone e cominciò ad arrampicarsi sul muro coperto di edera. Saliva senza fatica e senza far rumore.

L'ombra si diresse verso una finestra al secondo piano, che era leggermente socchiusa In pochi secondi la raggiunse e sparì all'interno dell'edificio.

Portak, che aveva ripreso la sua forma di colonna, osservò meravigliato tutta la scena.

Tenendosi attaccata al muro, l'ombra giunse nell'androne del collegio. Vide il quadro appoggiato per terra e si accorse del passaggio segreto che conduceva alla stanza del tesoro. Fece per infilarsi nel passaggio, ma improvvisamente cambiò idea. Si appiattì contro il muro, mimetizzandosi quasi del tutto. Solo gli acuti occhi di un animale notturno sarebbero stati in grado di scovare quella creatura misteriosa.

I ragazzi giunsero nella stanza del tesoro, che era grande all'incirca come quella del sepolcro. Nelle pareti c'erano numerose nicchie, ma non c'era traccia dei tesori che Reimar von Ravenstein aveva depredato nel corso della crociata.

"Accidenti! E questa la chiamano una stanza del tesoro?" disse Lukas.

Anche Laura era visibilmente delusa. "Sembra proprio che non tutti si siano lasciati fregare dalla falsa piantina. La maggior parte dei ladri di tesori deve essere stata più intelligente di quanto non immaginasse l'architetto di Reimar".

"E se questo tesoro non ci fosse mai stato?", obiettò Kaja. "È possibile, no?".

"Possibile sì, ma non logisibile", disse Lukas. "Reimar von Ravenstein ha fatto costruire la stanza solo dopo il suo ritorno dalla crociata, questo è provato. E non l'avrebbe fatta costruire se non avesse avuto delle cose preziose da nascondere, no?".

"Allora c'è!", esclamò improvvisamente Laura.

Lukas e Kaja si voltarono verso di lei.

"Guardate", sussurrò Laura commossa, illuminando un angolo della parete.

Lukas e Kaja guardarono nella direzione indicata da Laura e lo videro anche loro: un calice, un grande calice, identico alla copia del Graal nella stanza del sepolcro. Era all'interno di una nicchia scura e splendeva alla luce delle torce, come se fosse stato illuminato dai raggi del sole.

"Il Calice della Luce", mormorò Laura con reverenza. "Finalmente, finalmente lo abbiamo trovato!" .

I ragazzi si abbracciarono felici, poi si presero per mano e si misero a danzare in cerchio.

Laura sentiva caldo e freddo allo stesso tempo, mentre mille pensieri le vorticavano nella testa. Era finalmente riuscita a trovare il Calice che conteneva l'Acqua della Vita! Il primo passo era compiuto. Ora doveva trovare il portale magico.

Il Calice era molto più pesante di quanto Laura non si fosse aspettata. Le sue braccia tremavano dallo sforzo mentre lo portava con cautela su per le scale buie verso la sua stanza. Per paura di essere scoperte, lei e Kaja non avevano osato accendere la luce. Ovviamente, prima di salire avevano cancellato ogni traccia della loro avventura notturna, richiudendo la porta segreta e rimettendo il quadro a posto.

Laura saliva le scale cercando di fare meno rumore possibile. A ogni passo, l'Acqua della Vita sciabordava all'interno del Calice, e il coperchio dorato oscillava leggermente. Laura non aveva osato sollevarlo: le sembrava un sacrilegio e inoltre temeva di rovesciare parte del liquido prezioso.

Kaja le camminava a fianco e anche lei teneva gli occhi fissi sul Calice, cosicché nessuna delle due notò l'ombra che si era staccata dal suo nascondiglio e che le seguiva lentamente muovendosi lungo il muro. D'un tratto Laura si fermò, piegò la testa di lato e tese l'orecchio.

"Che c'è?", chiese Kaja guardandola con ansia.

"Mi è sembrato di sentire un rumore".

"Un rumore? Che genere di rumore?"

"Non lo so. Forse mi sono sbagliata".

Le ragazze proseguirono. Quando furono arrivate al terzo piano svoltarono nel lungo corridoio che portava alla loro stanza.

"Attenzione, c'è un rialzo!", sussurrò Kaja.

"Lo so!", sibilò Laura, alzando i piedi e tenendo sempre lo sguardo fisso sul Calice. Avevano percorso circa metà del corridoio, quando sentirono rimbombare dei passi. Si fermarono sorprese e si guardarono l'un l'altra.

"Cos'è?", chiese Kaja impaurita, mentre il rimbombo si

faceva più vicino.

Laura si limitò ad alzare le spalle.

I passi divennero più forti, facendo vibrare il pavimento. Dal fondo del corridoio spuntò una figura scura: la statua del Cavaliere Sanguinario!

Capitolo 25

L'attacco del Cavaliere Sanguinario

Reimar von Ravenstein teneva lo sguardo fisso su Laura, come se volesse trapassarla coi suoi penetranti occhi di pietra. A Kaja invece non prestò la minima attenzione.

Laura era paralizzata dal terrore.

Il viso del cavaliere di pietra si distorse in un ghigno beffardo e la sua mano destra sguainò la terribile Spaccacrani.

"Scappiamo!", urlò Kaja.

In quell'istante Laura vide l'ombra. Stava eretta dietro di lei, come se volesse coprirle le spalle. Laura sentì svanire ogni paura. Una sensazione sconosciuta di forza e di fiducia s'impossessò di lei.

Fissò il Cavaliere Sanguinario che si avvicinava, inarrestabile. "Non possiamo farcela, Kaja. Saremmo troppo lente e rovesceremmo l'Acqua della Vita".

"M...ma", balbettò Kaja. "Ma ci ammazzerà!".

L'ombra misteriosa che sembrava proteggere Laura si mosse all'improvviso, scivolando dentro l'armatura che stava nella nicchia più vicina. La ragazza capì.

Il Cavaliere Sanguinario era solo a pochi passi di distanza, quando Laura mise il Calice nelle mani di Kaja. "Abbine cura", le disse. Poi, con entrambe le mani, afferrò la spada che pendeva dall'armatura nella nicchia, la estrasse in fretta dalla guaina e la brandì contro Reimar von Ravenstein, appena in tempo per parare il suo fendente. Sprizzarono scintille e un forte dolore attraversò il braccio di Laura. L'impatto del colpo era stato così forte che per un attimo credette di essersi rotta il polso.

La Spaccacrani balenò di nuovo nell'aria e di nuovo Laura riuscì a parare il colpo. Avrebbe voluto passare all'attacco, ma la spada era troppo pesante.

L'ombra restava costantemente al fianco di Laura, ma non interveniva. Forse non le era possibile farlo?

Il Cavaliere Sanguinario sferrava fendenti nella direzione dell'ombra, ma senza infliggerle nessun danno. Perciò desistette e concentrò tutta la sua attenzione su Laura.

Le forze della ragazza venivano meno. I colpi del cavaliere di pietra le grandinavano addosso e Laura indietreggiò fino a trovarsi col parapetto delle scale alle spalle. Non poteva più arretrare, era in trappola.

Un freddo sorriso passò sul volto grigio del cavaliere, che un attimo dopo sferrò un colpo con violenza brutale. Il dolore che attraversò il polso e il braccio di Laura le fece quasi perdere i sensi. La spada le scivolò di mano, mulinò nell'aria e cadde dalla tromba delle scale, atterrando con clangore sul pavimento sottostante.

Il Cavaliere Sanguinario guardò con spietatezza la ragazza tremante e inerme davanti a lui. I suoi occhi di pietra lampeggiarono e gli angoli della sua bocca accennarono un sorriso. Poi levò in alto la Spaccacrani per il colpo finale.

Laura guardò con terrore l'arma affilata che pendeva come una ghigliottina sopra la sua testa.

Il cavaliere socchiuse le labbra e uno spaventoso suono inarticolato gli uscì dalla bocca, un urlo simile a quello di un mostro rabbioso in un film dell'orrore.

Un istante prima che la Spaccacrani le cadesse sul collo, Laura guizzò di lato. Il colpo a vuoto sbilanciò Reimar von Ravenstein, che cadde dal parapetto e si schiantò sul pavimento dell'ingresso con un frastuono immenso. Laura chiuse gli occhi e si tappò le orecchie. Poi fece un bel respiro, riaprì cautamente gli occhi e gettò un'occhiata in basso.

La statua di granito si era frantumata in mille pezzi che giacevano sparsi sul pavimento. Perfino la possente Spaccacrani era in frantumi.

Incredula, Laura fissò quello che restava del Cavaliere Sanguinario. Quando infine distolse lo sguardo, iniziò a tremare e a sudare. Il polso le doleva, come se avesse avuto delle spine incandescenti conficcate nella carne.

D'un tratto si ricordò dell'ombra, ma per quanto si guardasse intorno non riuscì a vederla.

Kaja si avvicinò esitante, con il Calice tra le mani. Il suo volto lentigginoso era esangue, e nei suoi occhi si leggeva un terribile spavento.

"Stai bene, Laura?", le chiese.

"Credo di sì". Poi Laura aggrottò la fronte. "Strano. Come faceva a sapere che avevamo il Calice?".

"In che senso?".

"Pensaci: non può essere un caso che il cavaliere sia spuntato proprio ora. Se non avessimo cercato il Calice, saremmo già a letto da tempo".

"Sembra logisibile, come direbbe Lukas", concordò Kaja. "Anche se non è affatto logico che una statua prenda vita. Ma dopo aver conosciuto Portak, non mi stupisce più niente".

"Ci credo!". Laura sorrise. "Questo però non risponde alla mia domanda. Come faceva il Cavaliere Sanguinario a sapere che avremmo cercato il Calice proprio stasera?".

"Boh! Forse è stato un caso. Andiamo in camera, Laura, sono stanca morta".

"Non mi sembra una buona idea", le disse Laura, riprendendosi il Calice. "Vai tu, io arrivo subito".

Kaja la guardò sorpresa. Non sapeva che cosa intendesse fare Laura, ma era troppo stanca per chiederglielo. Sbadigliando, si voltò e si avviò verso la stanza.

Laura invece corse nella direzione opposta.

"Alarik! Alarik!", gridò Alienor al fratello che, insieme a Sevan, entrava a cavallo dalla porta principale della Fortezza del Graal.

Ghiottoschiocco si era già staccato da lei e svolappiò verso il suo padrone emettendo strilli di gioia. Alarik lo abbracciò e lo strinse forte, mentre Ghiottoschiocco guaiva e lo leccava sulle mani e sulle guance.

Sevan e Alarik scesero di sella e procedettero a piedi. Piena di gioia, Alienor si gettò tra le braccia del fratello. "Sono così felice che tu sia di nuovo qui. Devi aver passato dei momenti terribili!".

"No, non molto", rispose Alarik, timidamente. Il suo aspetto lo contraddiceva: aveva i vestiti laceri, la testa fasciata da una benda insanguinata, le guance graffiate e gli occhi incavati. Faticava anche a reggersi in piedi.

Alienor gli infilò svelta un braccio sotto le spalle per sorreggerlo, ma Alarik rifiutò il suo aiuto.

La ragazza si rivolse a Sevan con un sorriso di gratitudine. "Non so come potrò ricompensarti".

"Niente di che!", rispose con un sorriso l'uomo dalla barba ispida. "Non potevo certo permettere che Alarik trionfasse da solo sull'arpia!". Rise di cuore e si voltò verso il giovane. "Lascia a me il tuo sauro, Alarik, me ne occupo io".

"Racconta! Cos'è successo?", chiese Alienor a suo fratello, mentre ser Paravain veniva verso di loro.

Come si confaceva a uno scudiero, Alarik fece il gesto d'inchinarsi. "Lascia stare", gli disse Paravain, salutandolo con una pacca sulle spalle. "Sono felice di rivederti, Alarik. È stato molto coraggioso da parte tua... e molto sciocco".

Alarik abbassò il capo.

"So che volevi soltanto il nostro bene", continuò Paravain con voce seria. "Ma anche nella situazione più grave ogni azione deve essere ponderata. Lo zelo sconsiderato fa solo del male, e purtroppo le buone intenzioni non sono sinonimo di buone azioni. Ricordatelo in futuro". Poi il cavaliere sorrise al ragazzo e gli diede di nuovo una pacca sulle spalle. "Hai mostrato di avere grande coraggio, questo devo riconoscertelo".

Alarik rialzò il capo e restituì il sorriso al cavaliere.

"Ma ora via, subito a letto!", disse Paravain con finta severità. "Devi dormire per rimetterti in forze. Tua sorella ti preparerà una tisana ristoratrice".

Diede un buffetto di saluto al ragazzo, annuì amichevole ad Alienor e si allontanò. Si era già allontanato di parecchio, quando il ragazzo lo chiamò. "Ehm... signore!".

Paravain si voltò sorpreso. "Sì?".

"Posso accompagnarvi domani al portale? Vi andrete senz'altro, no?".

Il cavaliere parve stupito dalla domanda e assunse un'aria dubbiosa.

Alarik guardò il Paladino Bianco con aria implorante. "Vi prego, signore".

Paravain ci pensò ancora un attimo, poi però annuì. "D'accordo, ti sei meritato una ricompensa".

"Grazie, signore!".

"Ma solo se ti sarai rimesso un po' in sesto!", aggiunse il cavaliere, prima di allontanarsi definitivamente.

Alienor guardò il fratello scuotendo la testa. "Non impari mai, Alarik. Sarà troppo faticoso per te!". Ma quando vide la gioia sul suo viso, si rese conto che ogni obiezione sarebbe stata vana. "Vai in camera tua", gli disse con rassegnazione. "Vado a prepararti una bevanda che ti darà nuove forze".

Al piano terra Laura gettò un altro sguardo ai resti della statua di Reimar von Ravenstein e strinse involontariamente il Calice a sé. Tra i frammenti, Laura riconobbe la mano destra della statua. L'anulare e l'indice erano spezzati e giacevano sul pavimento a più di un metro dalla stessa mano.

Laura deglutì. Il cavaliere di pietra le aveva sempre incusso timore ma ora, a vederlo lì in mille pezzi, provò quasi compassione per lui. Rimase qualche altro istante a osservare quei miseri resti, quindi si diresse verso l'ala maschile del collegio.

Era appena arrivata in cima alle scale, che l'indice spezzato del cavaliere cominciò a tremare. Poi si piegò e si spostò in avanti, come se gli fosse rimasta un po' di vita. Anche l'anulare tremò in maniera appena percettibile, piegò la falange lentamente, finché l'unghia sporca non graffiò il pavimento. Le dita spezzate strisciavano come grossi vermi verso il resto della mano destra.

Lukas aprì la porta e guardò sorpreso la sorella col Calice in mano. "Che c'è?".

Laura lo spinse, entrò nella stanza e richiuse la porta dietro di sé.

"Su, parla, che c'è?", domandò irritato suo fratello. "Perché non hai portato il Calice in camera tua?".

A Laura non rimase che raccontargli dell'aggressione del Cavaliere Sanguinario. Lukas ascoltò sbalordito. "Non è possibile! Vorrebbe dire che gli Oscuri sapevano cosa avevamo in mente di fare".

"È proprio quello che penso anch'io. E non capisco proprio come abbiano fatto a scoprirlo. In ogni caso sono stati davvero furbi".

Lukas aggrottò la fronte. "Furbi!? In che senso?".

"È semplice: Schwartz ha invitato a cena Percy e Mary, per dar loro l'impressione che né lui né la Taxus sospettassero qualcosa".

"Già, e mentre li intrattenevano, speravano che noi rimanessimo infilzati nella buca".

"Esatto. E ci hanno anche messo alle calcagna il Cavaliere Sanguinario, nel caso che, contrariamente alle loro aspettative, fossimo sopravvissuti alla botola e avessimo trovato il Calice".

"Quei tipi sono più pericolosi di quanto pensassi. Davvero non c'è da scherzare con loro".

"E te ne accorgi adesso?", gli rispose Laura. La rabbia fece vibrare la sua voce di un insolito sarcasmo. "Comunque mi sembra più intelligente nascondere il Calice in camera tua. Quando domani mattina si accorgeranno di quello che è successo a Reimar von Ravenstein, si metteranno in cerca del Calice e di sicuro la mia stanza sarà il primo luogo in cui rovisteranno".

"Sembra logisibile... ma subito dopo verranno da me!".

"Hai ragione ancora una volta. Dobbiamo cercare un altro nascondiglio".

"Non ce n'è bisogno".

"Ma... hai detto tu stesso...".

"Sta' a vedere!". Lukas aprì l'armadio, tirò fuori parte dei suoi vestiti e li posò sul letto.

Laura lo guardava con la fronte aggrottata. "Cosa stai facendo?".

"Non riesci a immaginarlo, minus-mente?". Lukas s'inginocchiò e tastò lungo la base dell'armadio. Dopo qualche istante trovò quello che stava cercando e premette un pulsante nascosto. Si udì un forte *clic* e la parete posteriore dell'armadio si sganciò. Lukas la tolse e Laura vide che l'armadio aveva un doppio fondo in cui si celava uno spazioso scomparto.

Il ragazzo si girò verso di lei e le sorrise "Dovrebbe bastare, non ti pare?"

"Ehi, è fantastico!", esclamò Laura.

Lukas prese il Calice della Luce e lo posò nello scomparto. Ci entrava perfettamente.

Dopo che i due ebbero rimesso a posto l'armadio, niente lasciava supporre che un oggetto di enorme valore fosse nascosto lì dentro.

Lukas chiuse la porta dell'armadio a chiave e nascose quest'ultima sotto il cuscino. "Domani me la porto dietro finché non vieni a riprendere il Calice", promise.

"Grazie mille, Lukas!". Laura gli sorrise e indicò l'armadio. "Non sapevo che avessi una cosa del genere".

"Ah, davvero? E io che ho sempre pensato che gli scomparti segreti si chiamassero così perché tutti sanno che esistono!".

"Va bene, stupido!". Laura era furiosa. In realtà era più arrabbiata con la sua sciocca osservazione che con suo fratello. Si sforzò di calmarsi. "Okay, Lukas. Ora vado a dormire e tu fai la guardia al Calice. Domani sera, non appena fa buio, andiamo a cercare il portale".

"Così tardi? Perché di sera e non subito dopo le lezioni?".

"Primo, domani io e Kaja dobbiamo assolutamente studiare per il compito di fisica. E secondo...". Laura fece una pausa perché Lukas capisse che l'avrebbe colpito con le sue stesse armi. "...e secondo perché si nota molto di meno se ci aggiriamo intorno al castello col buio. Ma questo una supermente come te non può saperlo!".

Laura sorrise trionfante al fratello, che fece una smorfia irritata, gli diede la buona notte e uscì dalla sua stanza.

Alarik fece una smorfia, lasciò cadere la tazza e guardò Alienor che sedeva ai bordi del suo letto. "Cos'è questo intruglio?".

"È decotto di cardo di drago. Non c'è niente di meglio per la stanchezza, è un rimedio sicuro. Però, se non lo vuoi...". Tese la mano per riprendere la tazza, ma Alarik la trattenne.

"No, no, va bene, lo bevo. Solo che è amaro come il fiele".

"Lo so. Volevo addolcirlo con un cucchiaio di miele, ma...". Un sorrisetto di sufficienza apparve sulla sua bocca, "...ho pensato che le cose dolci sono per le femminucce e non per gli eroi!".

Alarik era troppo stanco per fare commenti sulla battuta e sorseggiò la bevanda. Non solo era amara, ma anche caldissima.

"Credi ancora che la ragazza della Terrastella, quella Laura, troverà il Calice in tempo?".

"Posso solo sperarlo. È la nostra unica speranza. Anche se...". Alarik s'interruppe e guardò nel vuoto.

"Cosa ti prende d'un tratto? Parla!".

"Ho sempre avuto fiducia nella Luce, ma da quando ho visto la faccia di quell'arpia non sono più sicuro che il Calice ci possa salvare".

"Cosa?". Alienor si alzò e lo fissò incredula. "Ma non può essere! L'Acqua della Vita guarirà Elysion, lo sai!".

"Certo, Alienor, certo che lo so. Ma le Forze dell'Oscurità sono sempre un passo avanti a noi. L'arpia non poteva sapere cos'avessi in mente, eppure... Avresti dovuto vedere i suoi occhi! Erano cattivi, e allo stesso tempo convinti di vincere. Del tutto convinti che niente e nessuno potesse ostacolare la vittoria dell'Oscurità".

"Come te lo spieghi?"

Alarik alzò le spalle perplesso. "Non ne ho idea, Alienor. Forse Borboron e i suoi hanno un'ultima carta da giocare di cui nessuno di noi sa niente".

Mentre tornava verso la sua stanza, Laura si accorse di quanto fosse stanca. Per forza… era quasi mattina, e gli avvenimenti delle ultime ore avevano prosciugato le sue energie.

Sbadigliò come un leone assonnato attraversando l'ingresso, e col pensiero era già a letto.

Dormire, dormire, continuava a ripetersi.

Non fece caso ai rintocchi della campana: erano le tre del mattino.

Il grande dipinto a olio riluceva indistinto ai margini del suo campo visivo. Laura aveva già fatto cinque gradini quando notò che c'era di nuovo qualcosa di strano nel quadro. Si fermò e lo guardò attentamente.

Silvia e il lupo erano entrambi al loro posto, ma la dama bianca aveva cambiato la direzione del suo sguardo. I suoi occhi, anziché fissare il vuoto, erano puntati sul pavimento dell'ingresso.

Laura seguì lo sguardo di Silvia e notò quello che avrebbe

già dovuto notare: in terra non c'era più traccia dei frammenti della statua. I resti di Reimar von Ravenstein erano spariti, come se fossero stati inghiottiti dal pavimento.

Oh, no! Com'è possibile? Qualcuno nel frattempo ha tirato via i pezzi? Era poco probabile, e perciò rimaneva una sola ipotesi plausibile: Reimar von Ravenstein aveva ripreso la sua forma originaria e si era allontanato da lì.

Laura pensò subito a Kaja: se il Cavaliere Sanguinario era tornato in vita, per prima cosa sarebbe andato verso la loro stanza, e allora Kaja era in pericolo, in pericolo di vita.

Laura si mise a correre il più velocemente possibile e dal fondo del corridoio vide un riverbero di luce sotto la porta della stanza. Dunque la luce era accesa.

Kaja l'aspettava per sapere se avesse portato il Calice al sicuro? Oppure il Cavaliere Sanguinario l'aveva già trascinata fuori e si era dimenticato di spegnere la luce?

"Kaja!", gridò, sfrecciando lungo il corridoio. "Kaja!".

Spalancò la porta e rimase senza fiato. Il letto dell'amica era vuoto. Rebecca Taxus era in piedi al centro della stanza e le sorrideva beffarda.

"*Buonassera*, Laura Leander", la salutò sibilando. "*Ssono* molto felice che tu *ssia* qui, finalmente". Laura la fissò sbigottita. Poi sentì dei suoni soffocati alla sua sinistra, si voltò e vide Kaja. Quintus Schwartz la teneva stretta tra le braccia e le aveva messo una mano davanti alla bocca. La ragazza si dibatteva, ma non riusciva a sfuggire alla presa dell'insegnante.

Laura scattò vero la porta, ma questa si richiuse come spinta da una mano invisibile, la chiave girò cigolando nella serratura e Laura capì di non avere scampo.

Capitolo 26

I ratti

Il cigolio della porta svegliò Paravain. Il cavaliere si alzò in fretta e si guardò attorno confuso: doveva essersi addormentato mentre aspettava che Morwena venisse a informarlo sulle condizioni di Elysion.

La Guaritrice guardò Paravain con espressione indecifrabile. Poi abbassò gli occhi e andò alla finestra.

Paravain capì. Raggiunse Morwena e scrutò il buio che era calato sul pianoro. Restarono l'uno accanto all'altra senza parlare, finché Paravain non riuscì più a sopportare quel doloroso silenzio.

"Come sta?".

"È sprofondato in un sonno simile alla morte. I miei medicamenti non hanno più effetto".

"Ci restano solo un giorno e una notte, e nulla lascia intendere che il Calice della Luce sia stato trovato". Il suo sguardo cercò gli occhi della donna. "Tu sai cosa significa, Morwena".

"Sì. Elysion morirà e il Nulla s'impadronirà di noi".

La Guaritrice e il Paladino rimasero in silenzio. Nella sala si sentiva soltanto lo scoppiettio del legno nel camino. Morwena e Paravain fissavano l'altopiano sul quale brillavano le due lune. Sembravano pallide, come se un velo scuro si fosse posato davanti a loro.

Il pianoro era quasi del tutto ricoperto dalle dense Nebbie Nere. Non si vedevano più la Palude Melmosa a est né le Monta-

gne dei Draghi a sud né la Foresta dei Sussurri a ovest. Tra poco le Nebbie Nere avrebbero raggiunto anche le mura di Hellunyat.

Il professor Schwartz continuava a fissare la porta. Poi la sua espressione si rilassò e un sorrisetto compiaciuto illuminò il suo volto. Allentò la presa e spinse via Kaja, la quale perse l'equilibrio e cadde addosso a Laura, che la afferrò con prontezza.

Kaja guardò Laura con le lacrime agli occhi. "Mi dispiace", disse trattenendo i singhiozzi. "Ma mi hanno preso di sorpresa e non ho potuto avvertirti".

"Non importa". Laura la abbracciò e le diede delle piccole pacche rassicuranti sulla schiena. "Non aver paura. Andrà tutto bene".

Poi si voltò verso i due Oscuri e li guardò con aria di sfida. "Cosa volete da noi?".

Il professor Schwartz, che si era appoggiato all'armadio, si avvicinò a lei. La fissò con uno sguardo impenetrabile e con la mano destra si accarezzò il mento prominente. "Non sai proprio immaginarlo, Laura?".

"Certo! Volete il Calice, e cosa se no? E probabilmente volete anche portare a termine quello che il Cavaliere Sanguinario non è riuscito a fare".

Il vice-preside sorrise e scambiò uno sguardo divertito con la professoressa di matematica, che era rimasta al centro della stanza. Come al solito, era vestita di rosa fucsia e i suoi capelli rossi luccicavano.

"Tu sai di cosa sta parlando, Rebecca?".

La Taxus fece un paio di passi verso di lui. I suoi occhi brillavano beffardi. "*Asssolutamente* no, *Quintuss. Questta* mocciosa parla per indovinelli!".

Il professor Schwartz si voltò di nuovo verso le ragazze, allargando le braccia con finto dispiacere. "Hai sentito, Laura. Purtroppo non ti capiamo. Non sappiamo niente di questo misterioso Calice di cui continui a parlare. E l'unico cavaliere che conosco sta fuori nel parco ed è di granito, se non m'inganno".

"Piantatela con questa messinscena!". Laura riusciva a stento a frenare la propria ira. "So benissimo cosa tramate. Siete qui per il Calice!".

"Mi dispiace, Laura, ma ti sbagli. Siamo venuti qui solo perché era nostro dovere".

E questo che vuol dire?, si chiese Laura.

"Non possiamo restare con le mani in mano e permettere che passiate le notti in bianco e che i vostri voti peggiorino a causa delle vostre scappatelle...", aggiunse il professor Schwartz.

"Ci *ssiamo* molto preoccupati vedendo che non arrivavate. Temevamo già che vi *fossse ssuccessso* qualcosa".

"Il che per fortuna non è accaduto, come abbiamo potuto constatare. Ma rimane un piccolo problema: avete infranto le regole scolastiche. E non è la prima volta, come ci ha detto Albin Olmking!".

Laura e Kaja sapevano bene di aver infranto le regole. Ma quale sarebbe stata la punizione?

Come se avesse indovinato i loro pensieri, il professor Schwartz continuò. "Saprete sicuramente qual è la punizione prevista dal nostro regolamento per casi del genere. Vero, Kaja?".

Kaja fissò il pavimento, in silenzio.

"E tu, Laura? Tu almeno lo sai?".

Anche Laura rimase in silenzio.

Con un sospiro teatrale il professore si rivolse alla sua collega. "Potresti dare un aiutino a queste signorine smemorate?".

"Ma con grande piacere! Per ripetute infrazioni contro il regolamento scolastico che io sappia è previsto... che si resti consegnati!".

Laura aggrottò la fronte. *Consegnati?*, si stupì. *Ma non avevano abolito questa punizione tanto tempo fa?*

Il professor Schwartz sorrise, e Laura capì che per lei e

Kaja le cose si mettevano male.

"Esatto, Rebecca. La consegna".

"Purtroppo non potremo fare a meno di mettere in punizione le signorine...", d'un tratto i suoi occhi brillarono e il suo respiro si fece affannato, "...che rimarranno consegnate per almeno ventiquattr'ore".

Laura guardò incredula Schwartz, che, impassibile, si inalò lo spray per l'asma.

La punizione non era prevista dal regolamento, ma il professore l'avrebbe senz'altro applicata per impedire a Laura di cercare il portale magico e di portare il Calice su Aventerra.

Quando la porta a sbarre del carcere si chiuse, Laura perse anche l'ultimo barlume di speranza. Sapeva bene che nessuno le avrebbe mai trovate in quella oscura cella senza finestre.

Il professor Schwartz le aveva bendate prima di condurle lì. Laura aveva cercato di imprimersi nella memoria la strada che percorrevano, ma aveva ben presto perso il senso dell'orientamento. Ma a giudicare dai numerosi gradini che avevano sceso, si trovavano certamente nei sotterranei del castello.

La stanza, illuminata soltanto da due fiaccole, era umida e fredda e misurava cinque metri per sei. Due panche di legno grezzo, su cui erano gettate delle ruvide coperte, costituivano l'unico mobilio. Le pareti erano di pietra nuda ed erano così spesse che neanche le più forti grida le avrebbero attraversate. La grata che separava la cella dal corridoio era fatta di solide sbarre di ferro grosse quanto un braccio. Probabilmente, neppure Portak sarebbe riuscito a piegarle. Anche la porta a sbarre che Schwartz stava richiudendo alla fine del corridoio faceva ritenere impossibile la fuga.

Il vice-preside sfilò la grande chiave dal lucchetto e guardò le ragazze attraverso la grata, visibilmente divertito. "Sono profondamente dispiaciuto che dobbiate trascorrere il giorno del solstizio in questo luogo inospitale", disse con ironia appena dissimulata, "ma non mi avete lasciato altra scelta, purtroppo!".

"Non si rallegri troppo presto!", urlò Laura. "Miss Mary e Percy si accorgeranno della nostra assenza e ci verranno a cercare. E vi garantisco che ci tireranno fuori di qui!".

Schwartz sorrise beffardo e si voltò verso la Taxus, che stava accanto a lui. "Che ne pensi, Rebecca. Gliela lasciamo questa speranza o glielo diciamo subito?".

"*Ssecondo* me è meglio dirglielo *ssubito*. Almeno *ssapranno* qual è la loro *ssituazione*". La professoressa si rivolse alle due ragazze, guardandole attraverso le sbarre con un sorriso falso. "Mi *disspiace*, Laura, ma abbiamo dovuto accompagnare i *vosstri* amici all'*osspedale* un paio d'ore fa. I medici gli hanno *diagnossticato* un'*intosssicazione* alimentare".

Il professor Schwartz sospirò. "Già, sospetto che abbiano mangiato qualcosa che era andato a male".

"Andato a male?", si stupì Laura. "Ma erano a cena a casa sua... brutto verme schifoso! Maledetta carogna!", urlò furibonda. "Ha messo qualcosa nel cibo! Anzi, magari li ha invitati apposta per avvelenarli!".

Il professore non le rispose. La Taxus fece una smorfia orribile, e per un istante a Laura parve di vedere una dozzina di serpenti dalla lingua biforcuta che le circondavano la testa al posto dei capelli.

Alla ragazza corse un brivido lungo la schiena, e d'un tratto sentì un gran freddo. Infilò le mani nella tasca della giacca e... toccò il cellulare. Un'improvvisa speranza si ridestò in lei.

Sì!!!, gioì in silenzio, e sorrise senza accorgersene.

"Laura!". Il tono della voce di Schwartz era tagliente. La professoressa si era chinata verso di lui e gli sussurrava qualcosa all'orecchio.

"Sì?", chiese Laura.

Schwartz socchiuse gli occhi, minaccioso. "Che cos'hai nella tasca?".

"Ehm... ehm... niente!".

"Sta mentendo!", s'infuriò la Taxus. "Devo perquisirla?".

"Non sarà necessario". Schwartz si rivolse di nuovo a Laura. "Ti dispiacerebbe togliere le mani di tasca?".

La ragazza sapeva che era inutile opporsi: se non avesse obbedito l'avrebbero costretta con la forza. Dunque obbedì.

Schwartz fissò la giacca di Laura e un attimo dopo il cellulare si mosse. Uscì dalla tasca e volò verso l'Oscuro, che lo afferrò e lo fece sparire nella tasca del proprio cappotto.

Vigliacco! Carogna!

"Vi auguro una buona notte!", disse Schwartz. "E non abbiate paura: domani mattina vi faremo servire la colazione. Non vi mancherà nulla; siete in buone mani".

Appese la chiave a un gancio sulla parete opposta del corridoio e si avvicinò alla professoressa. "Anche noi dovremmo dormire un paio d'ore, per affrontare la giornata di domani con nuove energie. Sono fermamente convinto che questo solstizio si rivelerà un giorno molto particolare, che rimarrà per sempre impresso nella mente di noi tutti".

Così dicendo, scoppiò in una sonora risata, subito imitato dalla Taxus. Poi i due sparirono nelle profondità del passaggio sotterraneo, mentre la loro risata riecheggiava ancora nella cella.

Laura si lasciò cadere tremante sulla panca e iniziò a piangere. Tutta la paura, tutto quello che aveva fatto... era stato inutile. Aveva trovato il Calice ma non poteva portarlo su Aventerra. Non era giusto! Il Male avrebbe davvero vinto?

Laura pensò a suo padre. *Se papà potesse aiutarmi! Ho fatto tutto quello che potevo e ora non posso far altro che arrendermi.*

Arrendersi?

"Solo chi si arrende è già perduto", diceva suo padre. Laura si soffiò il naso. Si calmò e decise d'ispezionare la cella.

"Dici che ci sono topi qui?", chiese Kaja. Era imbarazzata, non aveva mai visto Laura piangere in quel modo.

"Non lo so", rispose Laura. Che lo ritenesse molto probabile preferì non dirlo, altrimenti l'amica non avrebbe chiuso occhio tutta la notte.

"E ora che facciamo?", chiese Kaja. Sembrava anche lei tremendamente scoraggiata.

"Dormiamo. È l'unica cosa che possiamo fare. Sono così stanca che non riesco nemmeno a pensare. Domani mattina, quando ci saremo riposate, proveremo a uscire di qui".

"Credi davvero che possiamo riuscirci?".

"Certo", rispose Laura sbadigliando. "Una possibilità c'è sempre finché non si abbandona la speranza".

Si sdraiò sulla panca e si avvolse intorno la coperta. Kaja la imitò. Per fortuna le ragazze avevano ancora addosso le spesse giacche e il freddo non le tormentava troppo. Presto vennero sopraffatte dal sonno.

Nella cella si sentiva il loro russare, che copriva il leggero rumore di piccole zampette sul pavimento.

Il sole si alzò in cielo e sul più antico dei pianeti cominciò il giorno del solstizio d'inverno. Paravain era sulla grande torre della Fortezza del Graal e faceva scorrere lo sguardo intorno. Le Nebbie Nere avvolgevano tutto fino all'orizzonte, e solo le mura e le torri merlate di Hellunyat spuntavano da quel mare di nebbia.

Un silenzio di tomba era sceso sul pianeta dei miti. Sembrava quasi che il Nulla Eterno avesse già preso possesso di Aventerra.

Dunque questa è la fine, pensò. Sapeva che mancavano un giorno e un'intera notte e che era ancora possibile che la minaccia del destino venisse sventata, ma da quando la sua ombra era tornata e gli aveva raccontato che cosa aveva visto sulla Terrastella, Paravain era certo che non ci fossero più speranze di salvezza. Per quale motivo illudersi?

La cosa più terribile era di non avere a che fare con un avversario in carne e ossa. Il Nulla era invincibile, perché basava la sua forza sulle morenti forze di Elysion. Più energie vitali perdeva il Custode della Luce e più cresceva il potere del Nulla. Paravain e i suoi Paladini Bianchi potevano solo aspettare di esserne inghiottiti.

D'un tratto il Cavaliere sentì un sibilo nell'aria. Alzò la testa e vide Ali di Vento che si avvicinava nella grigia luce dell'alba. Il messaggero della Luce, custode del portale magico, distese le ali e atterrò sul parapetto della torre. Poi emise un suono lamentoso, fissando Paravain.

Il cavaliere capì subito quale fosse il messaggio dell'aquila: era ora che si mettesse in viaggio con gli altri Paladini Bianchi verso la Valle del Tempo, al di là delle Montagne del Tuono. Perché era là, nella patria di Ali di Vento, che prendeva forma con il primo raggio di sole il magico portale che univa Aventerra alla Terrastella. Al calar della notte il portale si sarebbe aperto e avrebbe permesso di riportare il Calice della Luce su Aventerra.

Le Nebbie Nere si erano già sparse per tutto il pianeta, ma avevano risparmiato la Fortezza del Graal e la Valle del Tempo. Lì la forza della Luce era intatta, ma ancora per poche ore. Sebbene Paravain non nutrisse più alcuna speranza, avrebbe raggiunto il portale e là, coi suoi Paladini, avrebbe atteso l'arrivo del Calice finché il portale non si fosse richiuso... per sempre.

D'un tratto Paravain sentì dei passi all'interno della torre, si voltò e vide Morwena.

È bella, pensò. *Bellissima... e allo stesso tempo è così forte. Molto più forte di me.*

In effetti la giovane donna non si era mai lamentata del crudele destino che incombeva su Aventerra.

Morwena alzò una mano davanti agli occhi per schermare la luce del sole che si alzava lento all'orizzonte.

"Guardalo bene, Morwena", le disse il cavaliere. "Se non accade un miracolo questa è l'ultima volta che lo vedi sorgere".

Morwena non rispose subito. Fece qualche passo verso Ali di Vento e accarezzò dolcemente le sue piume, sorridendogli con dolcezza e sussurrandogli parole di ringraziamento per il salvataggio di Alarik. Solo dopo si voltò e guardò Paravain con un'espressione grave e dignitosa.

"Hai dimenticato quello che ci viene insegnato fin dall'inizio dei tempi, Paravain? Solo chi si arrende è già perduto, e finché la luce splende c'è ancora speranza".

Quando Laura si svegliò non capì subito dove si trovasse. Si guardò intorno confusa, poi vide le spesse sbarre della cella e le tornò in mente tutto.

Guardò subito il suo orologio: era mezzogiorno passato! *O cielo, abbiamo dormito per tutta la mattina e non abbiamo fatto niente!*

Si alzò in fretta, poi andò da Kaja e la scosse finché non fu sveglia.

L'amica aprì gli occhi e la guardò intontita. "Che c'è?".

"Svegliati. La colazione è servita!". Laura indicò un tavolino di legno vicino alla grata. Sul tavolino c'era una brocca con dell'acqua e due piatti con pane, affettati e formaggio.

"Chi ha portato questa roba?", chiese stupita Kaja mentre si alzava.

"Non ne ho idea. Era già qui quando mi sono svegliata".

Kaja si stiracchiò sbadigliando rumorosamente e strascicando i piedi si avvicinò al tavolino. Prese una fetta di pane, ci mise sopra una grossa fetta di salame e fece per addentarla, quando Laura balzò al suo fianco e le fermò il braccio.

"È meglio di no!".

"Perché no?".

"Hai già dimenticato cos'è successo a Percy e a Miss Mary? Dopo la cena da Schwartz sono finiti in ospedale".

"Sì, ma cosa c'entra con noi?".

"Pensaci: Schwartz e la Taxus hanno praticamente ammesso di averli avvelenati. Chi ci garantisce che non intendano avvelenare anche noi?".

"È vero", sospirò Kaja, buttando a terra la fetta di pane. "Peccato, però. Ho una fame da lupi, come se non mangiassi da una settimana".

"Se per questo anch'io. Ma è meglio stare attente".

"D'accordo", brontolò Kaja. Poi tornò a sedersi e guardò Laura con lieve dispetto.

"Allora? Hai già un'idea di come uscire da qui?".

"No. Per niente".

Laura si sedette vicino alla sua amica, si appoggiò le mani sulla testa e si mise a guardare davanti a sé con aria angosciata.

Nella cella si sentiva solo lo sfrigolio della fiaccola nel corridoio.

Dopo un po' Kaja si schiarì la voce, abbozzò un sorriso e fece coraggio all'amica. "Non ti preoccupare. Lukas si accorgerà che siamo sparite. Ci verrà sicuramente a cercare".

Laura scosse la testa. "Non prima che faccia buio. Gli ho detto che avremmo studiato tutto il pomeriggio per il compito di fisica e che avremmo cercato il portale solo col buio".

"Oh no!", gemette Kaja, dando un calcio a una gamba della panca. La panca oscillò e Kaja le assestò un altro calcio, poi si mise a riflettere. "Che mi dici dei poteri speciali di cui mi parlavi? La lettura del pensiero, il viaggio onirico, la telecinesi".

Laura fece una smorfia. "Lascia perdere! Ho avuto poco tempo per imparare a usarli sul serio. L'unica cosa che so fare abbastanza bene è la lettura del pensiero, ma questo non ci serve a molto qui, no? Per il viaggio onirico ho bisogno dell'aiuto di Percy, e la telecinesi...". Fece un gesto rassegnato prima di continuare. "Ho fatto solo una lezione con Morgenstern. Non ne so quasi nulla".

"Peccato". Kaja era delusa. "Se no potresti prendere quella chiave", e indicò il gancio da cui pendeva la chiave della cella.

Laura scosse il capo. "Impossibile! Secondo te Schwartz l'avrebbe appesa lì se io fossi in grado prenderla?".

Kaja stava per proporle di fare almeno un tentativo, ma in quel momento vide un topo. Si alzò terrorizzata e si arrampicò sulla panca. "Aaahhh!", urlò. "No! Che schifo! No!".

"Buon viaggio, Alarik". Alienor abbracciò forte il fratello. "E stai attento alle Nebbie Nere!".

"Non aver paura. Finché Elysion è vivo non possono farci del male e non c'impediranno di arrivare alla Valle del Tempo". Il ragazzo indicò le stalle, davanti alle quali i tredici Paladini Bianchi con il loro capitano erano pronti a partire. "Paravain troverebbe la strada anche a occhi bendati".

Alienor stava per rispondergli quando vide un movimento sotto il farsetto del fratello, un improvviso rigonfiamento. Lo fissò stupita. "Cos'è?".

Alarik arrossì. "Cosa intendi?".

"Ti porti Ghiottoschiocco al portale?".

Alarik non le rispose, ma la sua espressione confermò la supposizione di sua sorella, che commentò: "Paravain s'infurierà se lo scopre".

"Lo so. Ma... io... ehm".

"Alarik? Alarik, dove sei? Dobbiamo partire!", gridò Paravain.

"Arrivo!", rispose lo scudiero, poi si voltò verso la sorella e l'abbracciò con tenerezza. "Addio, Alienor", le sussurrò.

Montò in sella al suo sauro, che lo aspettava davanti alle stalle, e si lanciò dietro ai Paladini Bianchi che già stavano uscendo dalla porta di Hellunyat. Prima di lasciare la Fortezza del Graal, Alarik si voltò verso sua sorella e la salutò con la mano.

Lei capì che aveva qualcosa in mente. Per questo portava con sé Ghiottoschiocco e l'aveva abbracciata teneramente come mai prima di allora.

Alienor lo seguì con lo sguardo finché non sparì oltre l'orizzonte.

Anche Laura vide il topo. Era enorme ed era uscito da un buco nel pavimento. Da quel buco uscì un secondo ratto, poi un terzo, poi un quarto. Avanzarono cauti, a piccoli passi. Il topo che era uscito per primo si alzò sulle zampe posteriori e fiutò l'aria. I suoi occhietti neri brillarono quando vide le ragazze che lo osservavano impaurite.

"Laura!". Il grido di Kaja riecheggiò per la cella. "Ti prego, Laura, fai qualcosa, ti prego!".

Laura si guardò intorno, ma non vide nulla con cui avrebbe potuto difendersi dai ratti o metterli in fuga. D'un tratto le venne un'idea. Afferrò la coperta, la arrotolò e la fece roteare contro i topi. Questi si ritrassero veloci, per poi avvicinarsi subito di nuovo. Sembravano sapere benissimo che la coperta non era pericolosa. Ancora peggio: sembrava che il gesto di Laura li avesse fatti infuriare. Uno dei topi emise un minaccioso suono acuto. Poi soffiò e scoprì i denti. Laura indietreggiò e lasciò cadere la coperta. Dal buco continuavano a uscire altri topi; nella cella ce n'erano già più di dieci. E se avessero attaccato le ragazze?

Devo distrarli!, pensò Laura, agitata.

Andò verso il tavolo di legno, prese un paio di fette di salame e le gettò in direzione dei ratti, che presero subito ad azzannarle e ad azzannarsi tra loro per conquistare i pezzi più grossi. Laura li osservò disgustata, poi afferrò in fretta il resto del cibo dal tavolo e lo buttò in terra. Questo almeno li avrebbe tenuti occupati per un po'.

"Dobbiamo uscire, Laura! Altrimenti io muoio di paura".

Lo sguardo di Laura corse alla chiave che pendeva dal gancio nel corridoio, e capì che era l'unica possibilità di fuggire da lì. Doveva riuscirci assolutamente.

Cercò di ricordare quello che le aveva insegnato Morgenstern. "Concentra tutti i pensieri e tutta l'energia sull'oggetto che vuoi muovere e diventa tutt'uno con il tuo proposito".

Laura chiuse gli occhi e si concentrò. Poi fissò lo sguardo

sulla chiave e le ordinò di muoversi con tutta la forza della sua mente. Immaginò la chiave alzarsi dal gancio, cadere per terra e scivolare verso di lei. Ma non successe niente. La chiave rimase immobile.

Lo squittio dei ratti che si azzuffavano dietro di lei per il cibo le suonò d'un tratto come una risata derisoria.

Non avrei neanche dovuto provarci!, pensò Laura, poi ricordò le parole di suo padre: "Solo chi si arrende è già perduto".

Fece un respiro profondo, chiuse di nuovo gli occhi e di nuovo si concentrò. Riaprì gli occhi lentamente e fissò la chiave. Il suo sguardo e la sua mente erano concentrati solo su di essa, tutto il resto, i topi, Kaja, la paura, a poco a poco svanì. La chiave dondolò leggermente avanti e indietro, poi il dondolio si fece più forte, la chiave si sollevò dal gancio e cadde per terra tintinnando.

Laura gioì in silenzio.

S'inginocchiò svelta e tese la mano attraverso le sbarre, ma la chiave era dalla parte opposta del corridoio, troppo lontana.

Laura si concentrò ancora. Questa volta fu molto più facile: la chiave si spostò strisciando lentamente sul pavimento verso la sua mano. Ancora dieci centimetri e l'avrebbe presa. Ancora cinque centimetri. Quattro. Tre.

D'un tratto Laura sentì di nuovo i ratti. Il loro squittio agitato la fece sobbalzare. Si voltò verso di loro e fece appena in tempo a vederli sparire nel buco.

Strano, pensò. *Cos'è che li ha fatti scappare?*

Un grande piede di pietra si abbassò sulla chiave della cella, seppellendola. Laura alzò la testa con terrore e si trovò faccia a faccia col Cavaliere Sanguinario.

Capitolo 27

La camera della tortura

Lukas era molto preoccupato. Il fatto che non avesse visto Laura e Kaja per tutta la mattina si poteva spiegare, dato che entrambe dovevano prepararsi per il compito di fisica. Che nessuna delle due fosse venuta a pranzo, però, lo aveva stupito: non era normale, soprattutto per Kaja, la quale, da quando era al collegio, non aveva mai saltato un solo pasto. Per lei poche cose avevano più importanza del cibo.

Lukas pensò che fosse una buona cosa che le ragazze studiassero, visti i loro voti, così resistette alla tentazione di chiamarle per mettersi alla ricerca del portale. Passò dunque il pomeriggio davanti al computer. Quando si fece buio, però, Lukas ritenne che fosse giunta l'ora di muoversi. Passeggiava irrequieto per la stanza, continuando a guardare verso la porta.

Davvero non è normale!, pensò. *Ci rimane solo questa notte!*

Prese il cellulare e chiamò Laura, ma gli rispose la segreteria telefonica. Chiamò allora Kaja, ma anche il suo cellulare era spento.

Strano, molto strano.

Lukas pensò che non volessero essere disturbate, ma gli sembrò strano che avessero spento i cellulari. Decise di andarle a chiamare.

Laura si alzò di scatto e si allontanò gridando dalle sbarre. Raggiunse Kaja, che era in piedi sulla panca, e si aggrappò impaurita alla sua mano tremante. Le due ragazze fissavano terrorizzate la statua del Cavaliere Sanguinario.

Con loro grande sorpresa, la statua aprì le labbra di pietra e parlò: "Vi mostrerò cosa si faceva ai miei tempi alle ragazzine disobbedienti come voi!". Poi afferrò con entrambe le mani la porta a sbarre, la strappò dai cardini, la gettò via e si avviò a passi decisi verso le due amiche.

"No! No!", gemette Laura. Mano nella mano, lei e Kaja indietreggiarono all'avanzata della statua, finché non raggiunsero il muro. Si accucciarono e attesero tremanti il loro destino.

Il Cavaliere Sanguinario le raggiunse, le afferrò con le sue enormi mani di pietra e le portò fuori dal carcere come se fossero bambole. Nessuno sentì le grida delle ragazze, e le loro implorazioni non riuscirono a intenerire il freddo cuore di Reimar.

Lukas bussò alla porta della stanza delle ragazze, ma non ottenne risposta.

"Laura?", chiamò impaziente il ragazzo e bussò un'altra volta. "È già buio, Laura, dobbiamo andare!".

Lukas girò la maniglia della porta ed entrò. Rimase impietrito: sembrava che la camera fosse stata attraversata da un tornado. Le ante degli armadi erano spalancate e i vestiti erano sparsi sul pavimento. Anche i cassetti erano stati vuotati e setacciati. I materassi erano appoggiati al muro. In quel caos Lukas notò il cellulare di Kaja, lo raccolse e se lo mise in tasca.

Mentre perlustrava la stanza, sentì un odore inconfondibile: il profumo da mummia della Taxus. La professoressa doveva essere stata lì non molto tempo prima; chiaramente era stata lei a rovistare la stanza, forse con l'aiuto di Schwartz. Per fortuna non avevano trovato quello che sicuramente cercavano.

Ma dove potevano essere Laura e Kaja?

Lukas giunse presto alla conclusione che Laura e Kaja erano prigioniere degli Oscuri oppure si erano accorte in tempo del pericolo ed erano fuggite da Percy Valiant o da Mary Morgain. Non c'era nessun altro nel collegio a cui avrebbero potuto chiedere aiuto, a parte lui, naturalmente; ma con ogni probabilità non avevano voluto metterlo in pericolo o rischiare che il nascondiglio del Calice fosse scoperto. Dunque Lukas doveva trovare i Guardiani, e in fretta.

Uscì dalla stanza e si trovò davanti ad Attila Morduk. Il guardiano della scuola era sbucato dal nulla e lo guardava cupo. "Cosa ci fai qui, ragazzino?".

Lukas fissò il burbero uomo pelato. *Dovevo incrociarlo proprio ora?*, s'irritò in silenzio. *Laura e Kaja probabilmente hanno urgente bisogno di aiuto e io devo perdere tempo con questo impiccione. Ma... forse dovrei dirgli che sono sparite?*

Lukas non sapeva se si potesse fidare del guardiano. Nessun alunno ne aveva mai parlato male, ma neanche bene. Il che era comprensibile, data l'espressione torva che aveva sempre stampata sulla faccia. C'era dunque da fidarsi di lui?

Laura ebbe l'impressione che il mondo si fosse capovolto. Poi si accorse che in realtà era la sua testa a pendere verso il basso. Era attaccata per i piedi a una corda che passava attraverso una puleggia sul soffitto della camera della tortura. Doveva aver perso conoscenza mentre il Cavaliere Sanguinario la legava. Il sangue le fluiva alla testa, e la pressione alle tempie diventava sempre più forte. Laura si sforzò di non lasciarsi prendere dal panico.

Girò la testa e osservò la stanza. Non le fu facile, perché i capelli le oscillavano davanti agli occhi. Riuscì comunque a vedere che vicino a lei c'era un gigantesco lampadario di ferro sui cui stavano delle candele accese. Era appeso al soffitto tramite una corda che passava anch'essa attraverso una puleggia, mentre l'altra cima era legata a un gancio nel muro. Il lampadario si poteva dunque alzare e abbassare.

La camera della tortura doveva essere nello stesso piano

della cella in cui i professori le avevano imprigionate la notte precedente, perché Laura non ricordò di essere passata per le scale mentre il Cavaliere Sanguinario le portava lì. Questo significava che nessuno avrebbe sentito le loro grida.

Reimar legò Kaja a un cavalletto nel mezzo della stanza. La povera Kaja gemeva e Laura non capì se gemesse di paura o di dolore, ma immaginò che per il momento i suoi lamenti fossero solo di paura, dato che Reimar non aveva ancora iniziato a torturarla.

"No! No! Ti prego!", implorava Kaja mentre il Cavaliere Sanguinario chiudeva i ceppi, immobilizzandole i piedi, con gesti rapidi e precisi. Era evidente che Kaja non era la prima vittima che egli torturava. La ragazza si divincolava sulla panca di legno duro, ma il cavaliere di pietra le immobilizzò i polsi nelle fascette di ferro collegate alla ruota della tortura tramite delle catene.

"Basta!", urlava Kaja, "Basta, smettila!".

Il cavaliere le coprì la bocca con una mano, poi la guardò minaccioso. "Ancora un suono e sei morta!".

Gli occhi di Kaja si dilatarono per lo spavento. Sul suo volto si leggeva puro terrore.

"Dov'è il Calice?", tuonò la statua con voce profonda.

Kaja s'irrigidì, poi scosse la testa. "Non… non lo so!".

Il cavaliere la guardò impassibile. Si voltò, si avvicinò con passi pesanti alla ruota e le diede uno strattone. Le catene di ferro si tesero e la ragazza si sentì tirare le braccia. Con il giro seguente della ruota il dolore diventò più forte, quasi insostenibile.

"No, no, ti prego!", implorò Kaja.

Ma Reimar non si lasciò commuovere. Di nuovo fece girare la ruota e il corpo di Kaja si tese così tanto da perdere contatto con la base d'appoggio: era praticamente sospeso sopra allo strumento di tortura.

"Dov'è il Calice?", tuonò il Cavaliere, con tono ancora più forte e minaccioso.

"Davvero, non lo so!", piagnucolò Kaja. "Te lo giuro!".

Un dolore atroce era dipinto sul suo viso, rivoli di lacrime le scorrevano per le guance. Voltò la testa disperata, cercando l'amica con lo sguardo. "Devi dirglielo!", la implorò singhiozzando. "Diglielo, ti prego!".

Laura sapeva che il Cavaliere Sanguinario non avrebbe esitato a torturare a morte Kaja, ma sapeva anche che nessuna delle due ne sarebbe uscita viva pur se lei gli avesse rivelato il luogo in cui era nascosto il Calice. Rivelandoglielo non avrebbe aiutato Kaja… né se stessa.

Voltò la testa verso il cavaliere di pietra che la osservava da dietro al cavalletto. Sembrava chiedersi: *davvero questa mocciosa dai capelli rossi non sa dove si trovi il Calice? O sta solo cercando di guadagnare tempo?*

D'un tratto Laura capì che cosa doveva fare, e quasi si arrabbiò per non averlo capito prima. Reimar von Ravenstein stava proprio sotto al grande lampadario. Se lei fosse riuscita a sciogliere il nodo della corda che lo teneva sospeso in aria, il lampadario sarebbe caduto proprio su di lui e l'avrebbe messo fuori combattimento, se non altro per un po'.

Almeno lo spero!

Laura chiuse gli occhi e si concentrò. Sapeva di avere poco tempo.

Reimar von Ravenstein si era nel frattempo girato verso di lei. "Ora dimmi dove avete nascosto il Calice. Altrimenti la tua amica morirà!". Poi afferrò la ruota e la girò con forza.

Kaja lanciò un urlo terribile, ma Laura rimase concentrata. Tutti i suoi pensieri e tutta la sua energia erano dirette alla corda e al nodo con cui era legata al gancio.

Scioglitì!, pensava. *Scioglitì e cadi!*

Non sentì che le urla di dolore di Kaja si erano ormai trasformate in un piagnucolio disperato. Neppure si accorse che il Cavaliere Sanguinario, infuriato, aveva di nuovo messo le mani sulla ruota.

Sciogliti! Sciogliti e liberati del tuo peso!

Il nodo finalmente si sciolse, la corda sibilò sulla puleggia e il lampadario precipitò. Il Cavaliere Sanguinario alzò gli occhi, si accorse del pericolo e cercò di schivarlo, ma non fece in tempo. Il lampadario lo colpì sulla testa e il cavaliere cadde a terra come fulminato.

Kaja urlò come impazzita: in preda al dolore e alla paura non aveva capito che cosa fosse successo.

"Calma, Kaja, calma! Calmati, andrà tutto bene". Poi cominciò a divincolarsi e a oscillare, finché non riuscì ad afferrare la corda a cui era legata. Ci si arrampicò agilmente, e dopo pochi istanti riuscì a sciogliere il nodo che le legava le gambe. Liberare la sua amica dal terribile martirio del cavalletto fu questione di un attimo.

Kaja le cadde al collo, tremando di paura e di sollievo. "Grazie, Laura", balbettò. "Mi hai salvato la vita".

Laura abbassò gli occhi. "Era il minimo che potessi fare per te", disse, abbracciando stretta l'amica. "In fondo sono stata proprio io a metterti in pericolo! Se non ti avessi coinvolto in questa storia non avresti dovuto sopportare niente di simile".

Kaja si sciolse dall'abbraccio e la guardò. "Ah, sciocchezze", disse. Il suo viso bagnato di lacrime mostrava già di nuovo una traccia di orgoglio; prese a massaggiarsi i polsi e le caviglie escoriate. "È per questo che esistono gli amici, Laura! E poi...". S'interruppe perché un gemito soffocato risuonò d'un tratto dietro di lei.

Le ragazze si voltarono e fissarono inorridite il lampadario che copriva il cavaliere di pietra. Il cerchio di ferro coi candelieri in ferro battuto era piegato e ammaccato. Le candele erano in gran parte cadute dai loro supporti e si erano spezzate, ma alcune continuavano a bruciare e sul corpo di granito scorrevano rivoli di cera. La statua sembrava quasi intatta, solo l'indice e l'anulare della mano destra si erano staccati.

Di nuovo risuonò un lieve gemito da sotto al lampadario.

Reimar von Ravenstein sembrava sul punto di riprendere conoscenza. Le due dita staccate furono d'un tratto scosse da un tremito e strisciarono lentamente sul pavimento fino a ricongiungersi con la mano.

Kaja fissò imbambolata la scena.

Anche Laura rimase paralizzata dalla paura e dallo stupore. Un brivido freddo le corse lungo la schiena, mentre un formicolio le saliva alla testa.

Reimar strinse il pugno per provare l'efficienza della mano. Le dita gli obbedivano come se non si fossero mai staccate. Il cavaliere emise un gemito soddisfatto e si levò a sedere.

Solo allora Laura tornò in sé. *Via!*, pensò, *Via, veloce!*

"Vieni!". Afferrò Kaja che era ancora immobile accanto a lei e la trascinò via.

Per fortuna Reimar von Ravenstein aveva lasciato aperta la porta di ferro quando le aveva portate nella camera della tortura, e le ragazze poterono così uscire.

Si ritrovarono in un lungo corridoio coi soffitti a volta. Era stretto e scarsamente illuminato dalle fiaccole che erano disposte lungo le pareti. Mentre Laura correva, tenendo Kaja per mano, notò nella penombra tremolante che alle pareti erano allineate armi antiche di ogni genere: spade, lance e alabarde. Non mancavano neanche le mazze ferrate. Sembrava che quella parte del castello fosse servita un tempo da arsenale.

"Hai idea di come uscire di qui?", ansimò Kaja. Era a corto di fiato e aveva rallentato il passo.

"No, per niente. Ma se continuiamo a correre prima o poi troveremo un'uscita!"

Raggiunsero la fine del corridoio, svoltarono a destra e si trovarono davanti a un corridoio assolutamente identico a quello che avevano appena lasciato. Era lungo, stretto, illuminato da fiaccole, con molte armi lungo le pareti. Fino all'angolo successivo, distante circa quaranta metri, non c'era traccia di porte.

Strano, *pensò Laura*. È come se fossimo di nuovo all'inizio del corridoio e non ci fossimo mosse di un metro.

Ripresero a correre, ma Kaja era sempre più lenta. Laura capì che non avrebbero resistito ancora a lungo.

"Resisti, Kaja!".

Raggiunsero la fine del corridoio, svoltarono a destra e fu tutto esattamente come prima: davanti a loro c'era lo stesso identico corridoio che avevano già percorso due volte.

Kaja si fermò e si appoggiò le braccia alle cosce. "Non è possibile! Deve pur esserci un'uscita da qualche parte!"

Anche Laura era affannata. Guardò l'amica e scosse la testa. "Non lo capisco neanch'io. In qualche modo ci siamo arrivate alla camera della tortura, e se c'è una strada per arrivarci ci sarà anche una strada per uscirne, no?".

"Sarebbe logico. Però non mi stupirebbe se il corridoio non finisse mai. In fondo, negli ultimi giorni abbiamo visto un sacco di cose tutt'altro che logiche, no?".

Laura la guardò stupita, poi annuì. Kaja aveva proprio ragione. Se davvero esisteva dall'inizio dei tempi un mondo parallelo alla Terra, e di questo non dubitava più, allora anche l'inspiegabile diventava spiegabile. Era dunque possibile che esistessero corridoi senza fine.

Questo pensiero la riempì di paura.

"Dobbiamo andare avanti, Kaja, dobbiamo uscire di qui. Non so come, ma ce la dobbiamo fare, se no la vedo grigia".

Le ragazze si presero di nuovo per mano e ricominciarono a correre. Kaja aveva recuperato un po' di forze, e Laura volle sperare che la loro fuga sarebbe andata a buon fine.

Quando girarono di nuovo l'angolo, Laura capì che la sua era stata una vana speranza: una figura massiccia in mezzo allo stretto corridoio sbarrava loro la strada.

Capitolo 28

Un fiore rivelatore

Quando Attila Morduk vide le due ragazze, il suo viso s'incupì ancor di più. Laura rimase paralizzata di fronte a quella maschera di cattiveria. *Certo!*, pensò. *Avrei dovuto capirlo che Morduk stava dalla parte degli Oscuri!*

Avevano una sola possibilità di sfuggire alle lunghe braccia del guardiano: tornare indietro. Ma Morduk balzò di lato, afferrò con velocità inaspettata una mazza ferrata dal muro e con un movimento fluido la fece roteare sopra la propria testa, per poi gettarla in direzione delle ragazze.

"Giù!", gridò Laura, strattonando Kaja e buttandosi a terra. La mazza passò sibilando sopra di loro.

Risuonò un colpo sordo, poi un grido soffocato e un frastuono, come di una valanga che rotolasse a valle.

Laura rialzò la testa. Il guardiano era sempre allo stesso posto, ma aveva lo sguardo fisso su qualcosa dietro le ragazze. La maschera di cattiveria era sparita dal suo volto, sostituita da un'espressione di sollievo. Laura si voltò e capì che Attila Morduk aveva salvato loro la vita.

Reimar von Ravenstein, con la possente Spaccacrani in mano, giaceva a terra. La mazza ferrata gli si era conficcata profondamente nella fronte. Doveva essere stato colpito proprio mentre stava per avventarsi sulle ragazze.

E non ci eravamo neanche accorte che fosse così vicino!, pensò Laura, con le ginocchia che le tremavano.

Non si capiva se il Cavaliere Sanguinario fosse morto o solo ferito, anche se Laura presumeva che niente e nessuno potesse ucciderlo. Non le restò però il tempo di rifletterci.

"In piedi, svelte!", comandò Morduk con impazienza. Si chinò e tese loro una mano. La luce di una fiaccola si rifletteva sulla sua testa calva, facendola risplendere.

Laura afferrò la mano di Morduk, si alzò in piedi e poi aiutò Kaja a rialzarsi. Mentre si spolverava i vestiti, fissò il guardiano con occhi sgranati. "Tu...tu... sei uno dei nostri?", gli chiese incredula.

Attila Morduk sollevò le sopracciglia cespugliose. "Che cosa credevi?", borbottò.

"Allora eri tu che continuavi a seguirmi in questi giorni?".

"Certo. Qualcuno doveva stare attento che non ti accadesse niente di male".

Laura sbuffò. "Niente di male?!". Si mise i pugni sui fianchi guardandolo irritata. "Come lo chiami quello che abbiamo appena passato?".

"Sciocchezze! Su, venite… o volete piantar radici qui?". Così dicendo il guardiano si allontanò sulle sue gambe corte. Laura e Kaja si scambiarono un breve sguardo allibito prima di seguirlo.

La camminata ciondolante di Attila ingannava: era molto più veloce di quanto non sembrasse, e le ragazze faticavano a stargli dietro.

Appena svoltato l'angolo Morduk si fermò e spostò un mattone che sporgeva leggermente dal muro. Si aprì una porta nascosta, dietro alla quale s'intravedeva una scala a chiocciola in pietra.

Il guardiano indicò la scala. "Porta al cortile del castello", disse. Prese una fiaccola da un reggitorce e la mise in mano a Laura. "Sbrigatevi, non avete più molto tempo!".

Laura entrò nel passaggio e levò in alto la fiaccola. La spirale delle scale pareva salire senza fine, perdendosi nell'oscurità. Laura diede una gomitata a Kaja, che stava accanto a lei impaurita. “Vieni”, le disse. Poi mise un piede sul primo gradino e cominciò a salire. Kaja la seguì. Laura si voltò verso il guardiano. “Grazie. Grazie davvero”.

Il viso di Attila Morduk si rabbuiò. “Andate, ora! Presto!”.

In quell’istante nel corridoio si sentì un rumore e alla luce delle torce apparve in lontananza la massiccia figura di Reimar von Ravenstein.

Attila sfilò velocemente un’alabarda dal muro e gridò irritato: “Sparite!”.

Laura e Kaja si lanciarono spaventate su per le scale. Sentirono richiudersi la porta alle loro spalle, poi sentirono solo il rumore dei loro passi sulla scala.

Una volta arrivate in cima, a Laura sembrò che avessero salito più di mille gradini. La fiamma della fiaccola vacillò e si spense, ma Laura fece in tempo a vedere la piccola porta metallica da cui si accedeva al cortile.

Quando le ragazze uscirono all’aperto venne loro incontro la fredda aria notturna. La temperatura era scesa sotto lo zero e il terreno era ghiacciato. La luna piena diffondeva il suo splendore argentato sugli edifici.

Laura improvvisamente si fermò e si guardò intorno. La luce della luna le sembrava diversa, più chiara e brillante. Ma forse si sbagliava: dopo tutte le ore che avevano passato nei sotterranei bui del castello, qualunque luce le sarebbe apparsa splendente. Eppure… il fulgore della luna aveva qualcosa di particolare. E poi l’aria sapeva di neve, non c’era dubbio.

“Che aspetti ancora?”. La voce impaziente di Kaja la distolse dai suoi pensieri. “Abbiamo fretta, no?”.

E come se avevano fretta!

Lukas tirò un respiro di sollievo quando le ragazze irruppero nella sua stanza. “Allora Morduk vi ha trovato davvero!”, esclamò.

“Morduk?”, si stupì Laura. “Dunque sei stato tu che l’hai

mandato a cercarci?”.

Lukas annuì. Mentre apriva l’armadio e toglieva i vestiti che nascondevano lo scomparto segreto, raccontò alle ragazze del suo incontro col guardiano e della sua iniziale diffidenza nei suoi confronti. Una diffidenza che era cresciuta ancor di più quando Morduk gli aveva sconsigliato di avvertire Sayelle della scomparsa di Laura e Kaja. Attila Morduk gli aveva detto che non sarebbe servito a niente e gli aveva promesso di andare egli stesso a cercarle. Gli aveva poi assicurato di essere la persona che meglio conosceva il castello di Ravenstein, essendone il guardiano da più di cent’anni.

“Un attimo, Lukas”, lo interruppe perplessa Laura. “Ha davvero detto da più di cent’anni?”.

“Sì”.

“Ma... vorrebbe dire che Attila Morduk ha molto più di cent’anni!”, obiettò Kaja, sconcertata.

“Già”, rispose Lukas. “E non sembra logisibile, no? Si sarà confuso nell’agitazione del momento”.

Il ragazzo tolse il fondo dell’armadio, prese il Calice della Luce e lo dette a Laura. “Andiamo”, disse impaziente. “Dobbiamo cercare il portale magico. Hai scoperto dov’è?”.

“No. Ma forse Percy o Miss Mary lo sanno”.

“Allora la vedo male”. Lukas assunse un’espressione grave. “Un’ora fa li ho cercati, ma non sono riuscito a trovarli”.

“Saranno ancora in ospedale”, rifletté Laura.

“E ora che facciamo?”, sospirò Kaja.

“Andiamo da Morgenstern”, decise Laura. “Forse in casa sua troveremo un’indicazione”. Era già arrivata alla porta quando notò un vaso sulla scrivania del fratello. Dentro c’erano due grandi fiori rossi con lunghi filamenti gialli. Fiori di *Alamania punicea miraculosa*. “Non avevi raccolto un fiore solo sull’isolotto?”.

“Infatti”, rispose Lukas.

“E come fai ora ad averne due?”.

“Ne ho preso uno dalla cripta, ieri”.

"Strano... come ha fatto ad arrivare lì?".

"Non ne ho la più pallida idea, ma ora abbiamo cose più importanti da fare. Allora, che aspettiamo?".

"Okay, okay", borbottò Laura e si voltò verso la porta.

"Accidenti, stavo per dimenticarmi", disse Lukas, all'improvviso, portandosi il palmo della mano alla fronte. Corse alla sua scrivania, aprì un cassetto e tirò fuori il cellulare di Kaja. "L'ho trovato prima in camera vostra", disse, porgendolo a Kaja. "Ho pensato che fosse meglio prenderlo prima che qualcuno lo rubasse". Poi si rivolse a Laura. "Il tuo non sono riuscito a trovarlo".

"Non potevi: Schwartz me l'ha preso ieri notte. Ora possiamo finalmente andare?".

"Sì, sì", mormorò Lukas.

"Era ora!", rispose Laura. Prima di lasciare la stanza raccomandò agli altri di stare attenti. "Nessuno deve vederci col Calice, chiaro? I professori farebbero solo domande stupide, e se ci beccano gli Oscuri è finita!".

Laura camminava in testa, reggendo il Calice e guardandosi intorno per accertarsi che nessuno li osservasse. I ragazzi attraversarono con grande cautela i corridoi del collegio e uscirono da una porta secondaria.

La luna li rendeva visibili da lontano, per cui i ragazzi si tennero vicini alle mura del castello. D'un tratto sobbalzarono: una figura sconosciuta veniva verso di loro. Era un uomo. Si appiattirono il più possibile all'ombra del muro e trattennero il fiato. Per fortuna era lo Sniffone, il professore di storia, che camminava assorto verso il collegio e non fece caso a loro. I ragazzi aspettarono ancora qualche secondo, poi ripresero il cammino.

Finalmente raggiunsero il parco, dove alberi e cespugli offrivano una buona copertura. Lì, inoltre, il pericolo d'incontrare qualcuno era molto minore che nelle immediate vicinanze del castello.

S'immisero nel sentiero serpeggiante che conduceva alla casa del professor Morgenstern. Nere ombre alate guizzarono nella notte; a Laura sembrò che fosse la coppia di civette che aveva il nido nella vecchia quercia dietro alla palestra, e il richiamo sinistro che emisero le ombre confermò la sua supposizione. Poi uno stormo di pipistrelli svolazzò sopra le loro teste, come se volesse scortarli.

Laura abbassò lo sguardo sorridendo, e un istante dopo s'irrigidì per lo spavento. Una figura scura le sbarrava la strada. Era Albin Olmking, con Grugno seduto sulla sua spalla.

"Fermi!", soffiò il gatto.

Borboron fissava con crescente inquietudine il Cristallo della Vista. La pietra magica mostrava i Paladini Bianchi che avevano quasi raggiunto la Valle del Tempo, oltre le Montagne del Tuono. Ali di Vento, il messaggero della Luce, volava sopra di loro.

Syrin, che guardava anche lei nella sfera di cristallo, rise beffarda. "Guarda guarda: il ragazzino!", mormorò, indicando col dito adunco Alarik, che cavalcava in coda al gruppo. "Sembra essersi ripreso in fretta!".

Il Principe Nero guardò la mutaforma con aria interrogativa. "Sei proprio sicura che il loro viaggio non servirà a nulla?".

"Sicurissima, Borboron. Lasciate pure che quegli sciocchi vadano al portale, la loro attesa sarà inutile!".

Si tolse svelta il gioiello dal collo e lo porse al Principe Nero. "Davvero devo spiegarvi ancora quale grande potere è legato alla Ruota del Tempo?".

Gli occhi della mutaforma si accesero di un bagliore folle e il suo volto pallido si distorse in una smorfia di trionfo. Alzò la mano e fece dondolare il gioiello proprio davanti al viso del Principe Nero. "Guardate, Borboron, guardate attentamente: la Ruota del Tempo tace, è immobile e non è illuminata. Questo significa che il Calice è ancora in nostro possesso. Vinceremo, Borboron, nessuno potrà ostacolarci".

Così dicendo, scoppiò in una sinistra risata e si rimise al collo la catena.

Il Principe Nero la osservò pensoso.

Laura non sapeva che cosa fare. Non aveva considerato l'eventualità di trovarsi di fronte a Olmking e al suo gatto. Lukas e Kaja erano rimasti anche loro paralizzati dallo spavento.

Il giardiniere tese una mano verso Laura, e Grugno, con la sua bocca storta, miagolò: "Dammi il Calice!".

Laura strinse forte il Calice e guardò il giardiniere senza paura. "Mai!", rispose.

"Allora dovrò obbligarti", soffiò Grugno. "Guarda!".

Albin Olmking alzò una mano verso il cielo. Una gigantesca nube nera formata da migliaia di cornacchie vorticava silenziosa sopra di loro.

Kaja gemette di paura, e anche Lukas emise un suono soffocato.

"Aspettano soltanto un mio cenno!", disse minaccioso il giardiniere, parlando con la voce del gatto. Laura deglutì. Lo stormo di uccelli neri era spaventoso. Se si fossero gettati su di lei sarebbe stata la fine. Tuttavia era decisa a non lasciarsi intimidire. "No, mai!", disse decisa. "Non consegnerò mai il Calice!".

Un bagliore si accese negli occhi del giardiniere. L'infido gatto fece una smorfia spaventosa e soffiò come un drago inferocito. Il suo infernale occhio giallastro si accese malefico. Come una molla, Grugno scattò dalla spalla del suo padrone e balzò verso il viso di Laura.

Laura evitò di un soffio gli artigli affilati del gatto, ma perse l'equilibrio. Fece roteare istintivamente le braccia e il Calice cadde in terra, rovesciandosi. Il coperchio si staccò con un forte rumore metallico e la preziosa Acqua della Vita cominciò a fuoriuscire.

Mentre Kaja e Lukas gridavano angosciati, Laura si chinò veloce come un lampo, raddrizzò il Calice e lo sollevò. Il tutto non era durato più di qualche secondo, ma sul terreno gelato aveva fatto in tempo a formarsi una piccola pozza. Grugno vi si avventò sopra e la leccò avidamente e rumorosamente. Albin Olmking lo osservò compiaciuto.

All'improvviso Grugno lanciò un urlo agghiacciante. Iniziò a tremare convulsamente e si diresse verso il suo padrone, traballando e miagolando penosamente.

Albin Olmking era immobile e fissava il gatto con occhi dilatati dall'orrore: Grugno stava marcendo vivo! Come se un acido lo stesse corrodendo da dentro, sul suo pelo marroncino si aprivano chiazze sempre più grosse che s'imputridivano ed esalavano un disgustoso odore di carogna.

Albin Olmking urlò e per la prima volta i ragazzi sentirono la sua voce. Era acuta come quella di un decrepito folletto. "No! No!", strillò, fuori di sé. Prese in braccio il gatto e si dileguò nel buio della notte, seguito dallo stormo di cornacchie.

Laura era sotto shock, e non solo per ciò che aveva appena visto, perché di colpo le divenne chiaro in che modo il professor Schwartz l'aveva ingannata.

"Che idiota sono stata!", mormorò. "Ora so anche perché mi ha lasciato leggere i suoi pensieri!".

Lukas e Kaja la guardavano senza capire. "Cosa...cosa vuoi dire Laura?", le chiese infine Lukas.

"Schwartz mi ha preso in giro. Ha capito subito che ero andata da lui perché volevo leggergli nel pensiero, e così mi ha fatto credere di aver nascosto il Calice della Luce nella stanza del tesoro, pur sapendo benissimo che lì avrei trovato...".

S'interruppe e fissò con orrore crescente il recipiente dorato nelle sue mani.

"Avresti trovato?...". La voce di Kaja vibrava di impazienza.

"La copia del Graal con l'elisir malefico!", sussurrò Laura

a bassa voce, e poi gettò via con orrore il finto Calice.

Il recipiente finì in un cespuglio e il suo contenuto si rovesciò sui rami. Si sentì un lieve sibilo, si alzò del fumo e i ragazzi osservarono sconvolti il cespuglio che prima imputridì e poi si dissolse.

"Oh, no!". Kaja scosse la testa rabbrividendo, e si voltò verso l'amica. "E dov'è il vero Calice?".

Laura fece una smorfia d'irritazione. "Nella cripta, no?".

"È logisibile!", aggiunse Lukas.

"Sì, certo", rispose svelta Kaja. "L'avevo pensato anch'io". Poi il suo viso si fece di nuovo perplesso. "E... il portale... dove si trova?".

"Accidenti, Kaja, non fare finta di essere più scema di quello che sei!", le disse Laura. "È proprio per scoprirlo che stiamo andando dal preside. Te ne sei già dimenticata?".

"No, certo che no!".

Lukas stava per prenderla in giro, ma sua sorella con un rapido sguardo gli fece capire che non era il momento.

"Lukas...dov'è di preciso che hai trovato il secondo fiore?", gli chiese Laura.

"Nella nicchia, dov'era il Calice. Quello che credevamo fosse la copia del Graal. Lo stelo del fiore era impigliato in un ornamento".

"Impigliato, dici?".

"Precisesatto".

Laura aggrottò la fronte. "Sapete cosa vuol dire?".

"Immagino dove vuoi andare a parare", le rispose Lukas, tirandosi su gli occhiali che gli erano scivolati sulla punta del naso.

"È evidente, no? L'unico posto in cui cresce l'*Alamania punicea miraculosa* è l'isolotto nel Lago degli Spiriti", disse Laura. "E se uno dei suoi fiori si è impigliato nel Calice della cripta, vuol dire per forza..."

"...che il Calice dev'essere stato sull'isola", terminò Lukas.

"Esatto! E ora si pone la domanda: perché il Calice è stato

sull'isola? Sappiamo che gli Oscuri l'hanno portato nella cripta l'anno scorso al solstizio d'inverno. Di conseguenza dev'essere stato sull'isola prima di allora. E per questo c'è una sola spiegazione logica!".

Laura guardò Kaja, che si limitò ad alzare le spalle. "E come faccio io a saperlo?".

"Ma è logico!", rispose Laura sorridendo. "Perché il portale magico si trova sull'isolotto nel Lago degli Spiriti!".

Laura e Lukas si misero a correre in direzione del Bosco del Boia. Kaja cercò di non perderli di vista: l'idea di attraversare da sola di notte quel bosco sinistro le mise le ali ai piedi, e in poco tempo raggiunse i suoi amici.

Kaja si era preoccupata inutilmente: il bosco stregato incusse loro molto meno timore della volta precedente.

Solo per un attimo i tre vennero presi da un senso di angoscia, quando arrivarono alla vecchia cripta. Si aspettavano di essere accolti dallo stridio acuto delle cornacchie, ma sulle cime degli alberi non c'era traccia dei finti cespugli di vischio.

Laura immaginò che gli uccelli neri tenessero compagnia ad Albin Olmking, che in quel momento era di certo impegnato a tener vivo Grugno con la magia nera.

Laura, Lukas e Kaja giunsero dunque indisturbati all'ingresso della cripta.

"Meglio andare sul sicuro", suggerì Laura. "Tu, Lukas, rimani qui all'ingresso, e stai attento che non arrivi nessuno".

"Okay. Ma sbrigatevi. Ricordatevi che dobbiamo arrivare sull'isola prima che sorga il sole!".

Laura non gli rispose e sparì con Kaja nel buio della cripta.

Capitolo 29

La trappola letale

Le Nebbie Nere si alzarono e uno spettacolo straordinario si offrì agli occhi di Paravain e dei Paladini Bianchi. Anche se la notte era già scesa, la colonna di luce illuminava tutta la Valle del Tempo e saliva fino al cielo.

Alarik trattenne il fiato e guardò estasiato il portale magico. Era la prima volta che lo vedeva.

"Aspettatemi qui e vigilate affinché nessuno ci sorprenda!", ordinò Paravain ai suoi uomini. Poi si diresse verso il portale.

Alarik gli corse dietro. "Signore, signore, vi prego, portatemi con voi!".

Paravain scosse il capo. "No, Alarik, non se ne parla nemmeno. Il tuo posto è coi Paladini. Torna indietro e aspetta!".

Senza prestare attenzione al ragazzo, il cavaliere continuò per la sua strada. Davanti al portale si fermò e si mise in attesa.

Laura e Kaja raggiunsero la stanza del sepolcro. La porta segreta era spalancata. Albin Olmking doveva essersi dimenticato di richiuderla quando li aveva inseguiti.

Le ragazze entrarono nella stanza e si fermarono davanti alla piccola nicchia nel muro. In silenzio, con un misto di emozione e di timore reverenziale, osservarono il Calice della Luce, che brillava illuminato dalle loro torce. Era dunque quello il Calice che tanto avevano cercato!

Ora che l'aveva finalmente davanti a sé, Laura fu assalita

da una strana sensazione. Le parve inverosimile che dovesse semplicemente allungare una mano per impossessarsene.

È troppo facile!, la avvertiva una vocina interna. *C'è qualcosa che non va.*

Kaja la guardò sorpresa. "Cosa aspetti ancora? Non abbiamo tempo da perdere".

Laura si morse le labbra, pensosa. *Probabilmente Kaja ha ragione. Cominci a immaginarti le cose, Laura! Vedi dei problemi anche dove non ce ne sono!*

Spazzò via i suoi dubbi e si avvicinò alla nicchia, tese le braccia e sollevò con grande attenzione il recipiente dal suo piccolo piedistallo. Con gli occhi fissi sul Calice, Laura si voltò verso Kaja. "Non è bellissimo?", sussurrò.

Kaja aveva un'espressione radiosa. "È davvero stupendo".

Maledizione!", soffiò Syrin furibonda, alzandosi di scatto dallo sgabello. L'amuleto che portava al collo aveva preso a tremare e si era illuminato.

Borboron fissò incredulo la mutaforma. I suoi occhi si accesero. "Dannazione! Questa me la pagherai!".

La sua mano scattò per afferrarle il collo, quando l'amuleto di colpo smise di tremare e si spense.

Syrin scoppiò a ridere, sollevata. Il Principe Nero, invece, continuò a fissarla furioso. "Cosa diavolo significa?".

"Niente che vi debba preoccupare, Borboron", rispose la donna. "È vero, hanno il Calice, ma non se ne faranno niente. Niente! Niente! Niente!".

Laura e Kaja stavano ancora fissando il Calice quando il pavimento cominciò all'improvviso a tremare e si sentì un forte rimbombo. Il rumore diventava sempre più forte e sembrava avvicinarsi fragoroso come un tuono. Le ragazze furono prese dal terrore. Che cos'era?

Di colpo Laura capì: quando aveva sollevato il Calice dal suo piedistallo, aveva messo in moto un meccanismo nascosto che avrebbe… *richiuso la stanza!*

"Fuori di qui!", gridò. "Scappiamo!". Corsero verso l'uscita, ma era già troppo tardi: la porta d'ingresso si chiuse davanti a loro con un fragore assordante.

Nello stesso istante una serie di grossi blocchi di marmo cominciò a uscire con violenza dalle pareti laterali del sepolcro, scagliandosi contro le ragazze.

Laura e Kaja cercarono riparo dietro al grande sarcofago, ma i blocchi uscivano da tutti i lati. Uno di essi colpì Kaja alla testa, facendola cadere a terra.

Laura gridò, corse verso l'amica e s'inginocchiò al suo fianco, mentre lo strano fenomeno cessava. Kaja sanguinava da una ferita alla fronte ed era priva di sensi.

"Kaja! Svegliati! Ti prego, Kaja!".

Laura la prese per le spalle e la scosse forte, ma l'amica non riprese conoscenza.

In quel momento, da più punti echeggiò un gocciolio che si faceva sempre più insistente. Sorpresa, Laura si alzò e si guardò intorno. Ciò che vide le fece mancare il fiato: dalle aperture che si erano formate nel muro fuoriuscivano innumerevoli rigagnoli d'acqua, che in un baleno si trasformarono in grossi getti scroscianti.

Ecco il motivo del rumore che avevo sentito dietro le pareti della stanza l'ultima volta!, pensò. *La cripta dev'essere collegata al Lago degli Spiriti con delle tubature sotterranee.*

Il pavimento della stanza era già completamente coperto dall'acqua, che saliva inarrestabile.

Se non usciamo in fretta faremo la stessa fine dei quattro cavalieri che Reimar von Ravenstein si è portato nella tomba!

Le tornò in mente l'incidente in cui era morta sua madre. Anche allora l'acqua saliva, saliva sempre più in alto, fino a…

Laura era terrorizzata. Non riusciva a ragionare né a muoversi; stava lì, ferma, con gli occhi spalancati, fissando il vuoto. “No, no, no!”, mormorava, tremando e respirando a fatica.

Nel frattempo, Kaja era tornata in sé e la ferita aveva smesso di sanguinare. Con fatica si mise a sedere. “Laura… il mio… telefonino”, disse con un filo di voce.

Solo quando Kaja ripeté la frase, Laura reagì. Come risvegliandosi da un sonno profondo, fissò meravigliata il viso insanguinato dell’amica. “Cos’hai detto?”.

“Il mio… telefonino… Lukas”.

“Lukas… cosa?”.

“Chiama… chiamalo”, sussurrò Kaja.

Finalmente Laura capì. Frugò svelta nelle tasche di Kaja e trovò il cellulare. Iniziò a comporre il numero del fratello, ma subito imprecò delusa: “Non c’è campo!”. Laura tese l’apparecchio verso Kaja, mostrandole il messaggio sul display. “Le pareti sono troppo spesse”.

Voleva mettersi a piangere. Gettò via il cellulare.

“Peccato”, sussurrò Kaja, prima di perdere di nuovo conoscenza. Laura cercò di rianimarla. Poi le tirò un paio di schiaffi, si chinò su di lei e gridò: “No, Kaja, no! Non puoi svenire ora! Ti prego!”.

Kaja riaprì gli occhi. Si appoggiò stordita al monumento funerario senza prestare attenzione né all’amica disperata né all’acqua che saliva.

È finita!, pensò Laura. *È finita*. Poi d’un tratto ebbe un’illuminazione. *Certo! È la nostra unica possibilità!*

Ammesso che funzionasse.

Cercò di concentrarsi. Si girò verso la porta e chiuse gli occhi.

Lukas si era seduto su un tronco e giocava annoiato con la sua pallina da tennis. *Plof… plof… plof…*

Dov’erano finite le ragazze? La stanza del sepolcro non era poi così distante. O si sbagliava? Forse il sepolcro era più lontano di quanto ricordasse.

Assorto nei suoi pensieri, Lukas continuava a tirare la palla in aria e a riprenderla. D'un tratto sgranò gli occhi e scosse confuso la testa: la pallina che aveva appena lanciato non ricadde nella sua mano, ma si fermò sospesa a mezz'aria.

"Eh?". *Ma non è possibile!* Non era per niente logisibile!

Lukas si tolse gli occhiali e si sfregò gli occhi. Poi allungò con cautela il braccio destro per afferrare la pallina, ma questa cadde a terra e rotolò verso l'ingresso della cripta. Di colpo il ragazzo capì che cosa significasse quel fenomeno misterioso: era un messaggio di sua sorella; Laura aveva bisogno di aiuto! Si rimise in fretta gli occhiali e corse nella cripta.

Lukas era davanti alla porta di marmo maltese dietro alla quale c'era la stanza del sepolcro. Si guardò intorno stupito. Chi poteva averla richiusa? Che l'avessero fatto Laura e Kaja era del tutto improbabile. Nessun altro era entrato da quando lui era rimasto a guardia dell'ingresso, e che si fosse richiusa per caso non era plausibile. Dunque, che cos'era successo? Per quanto si scervellasse, il ragazzo non trovava spiegazioni. Capiva solo che doveva cercare di riaprirla al più presto.

Cercò subito il sigillo dei Templari, lo trovò e vi premette il pollice con tutte le sue forze, ma non accadde nulla. La porta non si spostò neanche di un millimetro. Di nuovo il ragazzo spinse il sigillo, ma ancora… niente. Il meccanismo di apertura non funzionava più. Era stato messo fuori uso da qualcuno? Lukas si rese conto che le ragazze correvano un grande pericolo.

Con la mano picchiò forte contro la parete e chiamò sua sorella: "Laura? Laaauraaa! Mi senti, Laura?!".

L'acqua nella stanza era arrivata a un metro d'altezza. Laura era in ginocchio sul sarcofago di pietra, su cui aveva appoggiato il Calice della Luce. Kaja si era alzata e Laura l'aveva afferrata sotto le braccia per farla salire sulla grande struttura in pietra, dove sarebbero state al sicuro per un po' di tempo... forse il tempo necessario perché Lukas le liberasse.

Kaja pendeva come un peso morto tra le braccia di Laura. "Dai, Kaja. Collabora un po', se no non ce la farò mai!".

"Sì... sì", mormorò stancamente la ragazza. Sembrava non aver notato che l'acqua gelida le arrivava fino alla vita. Alla fine fece forza con le gambe e salì sul coperchio del sarcofago, dove si accasciò esausta.

Laura fissò la porta: le era sembrato di sentire dei suoni. Piegò la testa e tese l'orecchio: si sentivano davvero dei colpi attutiti. Si sentiva anche la voce di suo fratello: "Laura? Laaauraaa!!".

"Lukas!", gridò Laura. "Devi buttare giù la porta, Lukas. Fa' presto!".

Lukas premeva un orecchio contro la porta e riuscì a sentire le invocazioni di aiuto di Laura. Si raddrizzò e scosse la testa. "Sì, certo", mormorò. "Prima tiro giù la porta, poi faccio fuori Ercole!".

Buttar giù la porta... secondo lei come dovrei farlo? Come posso fare?

Gettò lo sguardo lungo il corridoio, ma non vide nessun oggetto con cui avrebbe potuto scardinare la porta. In ogni caso ci sarebbe voluta una forza straordinaria, che lui di certo non possedeva. Probabilmente non c'era nessuno al mondo che fosse abbastanza forte... Di colpo a Lukas venne in mente che invece qualcuno c'era, e corse via come una saetta.

L'acqua saliva inesorabile. Già lambiva il coperchio del sarcofago. Laura si era alzata in piedi e con la testa toccava quasi il soffitto della stanza. Il Calice della Luce era stretto tra le sue braccia.

Anche Kaja era in piedi. Si era avvinghiata a Laura e fissava l'acqua con gli occhi dilatati dalla paura. "An...an...anneghere-mo", balbettò sconsolata. "Annegheremo".

"Ma no!", cercò di farle coraggio Laura. "Lukas ci tirerà fuori di qui, vedrai!".

"E come farà? Nessuno può tirar giù quella porta! Soprattutto in così poco tempo! Non vedi come sale in fretta l'acqua?".

Laura si accorse che la sua amica era sull'orlo di una crisi isterica. Doveva calmarla. Le accarezzò con dolcezza i boccoli rossi. "Vedrai, Kaja, usciremo di qui. Ne sono sicura!", e si sforzò di sorridere, anche se non ne aveva proprio voglia.

Lukas corse come non aveva mai corso in vita sua, ma gli sembrò che ci volesse un'eternità per attraversare il Bosco del Boia e il parco del collegio. Finalmente raggiunse il castello. Salì i gradini e s'inginocchiò davanti al piedistallo della colonna. "Tra mezzanotte e l'alba si sveglia se si tracciano tre cerchi sfregando col palmo della mano sul piedistallo", aveva detto Laura. Lukas fece quel gesto, poi arretrò di qualche passo e fissò la colonna.

All'inizio sembrò non accadere nulla, poi si udì un rombo e un cigolio. La monumentale colonna cominciò lentamente a rimpicciolirsi. Molto, troppo lentamente!

"Sbrigati, Portak! È una questione di vita o di morte!".

Portak era ancora alto più di tre metri, e fece un sorriso benevolo. "Spiacente, padrone, io sono di sasso, per questo più rapido esser non posso".

Finalmente raggiunse una dimensione quasi umana e corse dietro a Lukas, che si era già incamminato verso la cripta.

È la fine! Laura fissava l'acqua che le arrivava alla vita. *Se non anneghiamo moriamo congelate*, pensò. L'acqua era così fredda che non sentiva più le gambe, tremava e premeva il Calice contro il petto con entrambe le mani perché non cadesse in acqua.

Kaja tremava ancora più forte di Laura, era pallidissima e

le sue labbra erano bluastre. “Devo continuare a credere che Lukas ci tirerà fuori di qua?”, chiese con voce incerta.

Laura fissò la massa d’acqua gorgogliante che aveva ormai riempito quasi completamente la stanza. Tra la superficie dell’acqua e il soffitto rimaneva mezzo metro d’aria, e non ci sarebbe voluto molto prima che anche quest’ultimo spazio fosse sommerso. Kaja aveva ragione, non c’era più speranza.

“Per favore, Kaja”, sussurrò, trattenendo a stento le lacrime. “Ti prego, stai calma!”.

D’un tratto s’interruppe e guardò verso la porta.

“Che c’è?”, chiese Kaja. “Cos’hai?”.

“Ssst!”, fece Laura. Non si era sbagliata: le giungeva all’orecchio un rimbombo, e anche Kaja lo sentì.

Con tutta la sua forza, Portak sbatteva un grande tronco d’albero contro la porta, che tremava sotto l’urto dei colpi. Lukas faceva luce al gigante con la torcia e lo incitava: “Così va bene, Portak, benissimo! Continua così! Ce l’hai quasi fatta!”.

Portak si fermò. Depose il tronco, si voltò verso Lukas e gli gettò uno sguardo di rimprovero. “Tacete, signore, non voglio esser turbato finché questo muro non sarà crollato”.

Il colosso, di solito così bonario, sembrava teso. La porta era massiccia e buttarla giù era un’impresa difficile anche per lui. Portak si sputò sulle mani, afferrò di nuovo il tronco d’albero e lo fece cozzare contro la porta con incredibile violenza. Un blocco di marmo si smosse e frammenti di malta e polvere caddero a terra; al colpo successivo la porta tremò visibilmente. Il gigante di pietra raddoppiò i suoi sforzi. Come un ariete, il tronco colpiva la porta facendone vacillare le pietre.

“Sì!”, esultò Laura. Anche lei riusciva a vedere la porta di pietra tremare sotto i colpi del gigante.

“Sì!”, gridò di nuovo, e si voltò verso Kaja, con l’acqua che le arrivava al collo.

"Non te l'avevo detto?", sorrise radiosa Laura. "Ci tirano fuori di qui! Ci tirano fuori di qui!".

Anche Kaja era tutta sorridente. "Sì, certo! Fantastico! Lo sapevo che ce l'avrebbero fatta!".

Portak sembrava una furia. Sempre più blocchi si smuovevano sotto i suoi colpi, finché d'un tratto la porta cedette e si spaccò con un fragore assordante. Un gigantesco torrente si riversò nello stretto passaggio.

Con la violenza di un pugno l'acqua colpì Lukas, trascinandolo via. Il ragazzo cercò disperatamente un appiglio, ma le sue mani non trovarono nulla. Si capovolse e nel concitato tentativo di respirare, l'acqua gli entrò nei polmoni. Era certo che sarebbe annegato. Poi sentì il terreno sotto di sé. Scivolò ancora per qualche metro sul fondoschiena e si ritrovò seduto sul pavimento di pietra. In seguito al rapido defluire dell'acqua, il torrente impetuoso si era ridotto a un rigagnolo che gli arrivava alle caviglie. Lukas si rialzò tossendo, si scrollò come un cane bagnato e si guardò intorno. L'acqua doveva averlo trascinato per parecchi metri, perché non vedeva più l'ingresso della stanza del sepolcro.

Le ragazze, pensò, *che ne è stato delle ragazze?*

Subito dopo sentì uno scalpiccio avanzare tra le residue pozze d'acqua e vide Laura venirgli incontro correndo. Il Calice della Luce brillava tra le sue mani. Kaja e Portak erano dietro di lei.

"Laura! Stai bene?".

Lei annuì sorridente, appoggiò il Calice per terra e abbracciò forte il fratello. "Grazie!", gli sussurrò. "Grazie mille!".

Poi il suo sguardo cadde sull'orologio di Lukas e si spaventò. "Oh cavolo, il sole sorgerà tra poco!".

Afferrò il Calice e si mise a correre, senza aspettare gli altri.

Laura uscì dalla cripta e si guardò intorno agitata. Verso est il cielo era già debolmente illuminato; il sole sarebbe sorto da un momento all'altro. Come avrebbe fatto, col poco tempo che le rimaneva, a raggiungere l'isolotto nel Lago degli Spiriti? Ci avrebbe messo almeno un quarto d'ora solo per arrivare alla riva del lago, e poi doveva remare fino all'isola!

Stava per mettersi a correre quando le parve di sentire un rumore di zoccoli al galoppo. Si girò e vide un uomo che cavalcava veloce verso di lei, tenendo un altro cavallo per le briglie. Era Percy Valiant, su Salamar, e il cavallo che teneva per le briglie era Turbine. L'insegnante si fermò proprio davanti alla ragazza. "Svelta, Laura! Sali, devi affrettarti!".

Laura gli tese il Calice, saltò in sella a Turbine e riprese il prezioso oggetto.

"Ma non eravate in ospedale tu e Mary?".

"Temo che questo non sia il *momanto* appropriato per lunghe *spiegassioni*! I fili del destino *sci* scivoleranno via dalle mani se non *sci* affrettiamo!". Così dicendo girò il suo cavallo, lo spronò e partì al galoppò. Laura tirò leggermente le briglie e schioccò la lingua. Turbine capì subito e si gettò all'inseguimento di Salamar.

Gli zoccoli dei cavalli battevano ritmicamente sul terreno gelato del Bosco del Boia. Laura teneva le briglie con una mano sola, perché con l'altra stringeva il Calice della Luce, facendo attenzione a non rovesciarne il prezioso contenuto. Era felice di riuscire a rimanere in sella nonostante il ritmo infernale, e pensò con gratitudine al padre che da piccola le aveva insegnato a cavalcare. Gli alberi cominciarono gradualmente a diradarsi e Laura e Percy raggiunsero il limite del bosco; davanti a loro si stendeva il parco di Ravenstein. Continuarono a galoppare senza fermarsi. D'un tratto, tre cavalieri neri, in sella ad altrettanti cavalli neri, e un guerriero grigio, su un destriero anch'esso grigio, spuntarono da alcuni cespugli e si diressero velocemente verso Laura e Percy: sembravano voler sbarrare loro la strada per il lago.

"Percy!", gridò Laura, indicando i cavalieri.

"Maledette canaglie!", imprecò l'insegnante, e premette gli speroni nei fianchi di Salamar. "Via, più *velosce*, Laura! Non devono *pranderti* a nessun costo!".

Anche Turbine reagì alla pressione delle cosce di Laura e accelerò il ritmo; ormai volavano attraverso il parco. I quattro cavalieri intanto erano giunti abbastanza vicini da essere riconoscibili. Laura vide che si trattava di Schwartz, della Taxus, di Olmking, e… di… Reimar von Ravenstein, il Cavaliere Sanguinario.

Non ebbe il tempo di meravigliarsi, perché Percy urlò: "Presto, Laura! Gira intorno al castello e vai avanti da sola! Devi arrivare al portale, *velosce*!".

Laura ubbidì e Percy puntò verso i cavalieri neri. Prima che i cespugli le coprissero la vista, Laura fece in tempo a vedere che dal castello giungevano in aiuto di Percy Valiant, in sella ai loro cavalli bianchi, Miss Mary, Attila Morduk e i gemelli Dietrich.

Capitolo 30

Il portale magico

Quando Laura giunse sulla riva del Lago degli Spiriti, si allarmò vedendo che il cielo a est era sempre più illuminato. L'isolotto era coperto da una campana di nebbia e splendeva come se una luce provenisse dal suo interno.

Giunta al pontile, Laura tirò le redini del cavallo. Stava per smontare, ma poi il suo sguardo cadde sulle barche: erano piene d'acqua e negli scafi c'erano delle grosse falle. Sembrava che fossero state provocate apposta per rendere impossibile la traversata.

Sconvolta e disperata, Laura si chiese: *E ora? Come ci arrivo all'isola?*

Turbine scalpitò irrequieto e lanciò un forte nitrito. Trottò fino a una certa distanza dalla riva e si fermò. Alzò la testa, si voltò e nitrì di nuovo. Allora Laura capì: il cavallo voleva portarla in groppa fino all'isola!

Ma non è possibile!, pensò. *Saranno duecento metri e nessun cavallo al mondo può saltare così lontano!*

D'un tratto le venne in mente suo padre. Le sembrò di vederlo davanti a sé, come la notte prima del suo compleanno. Nella testa le riecheggiarono le sue parole: "Se ci riuscirai dipenderà soltanto da te, Laura, dal tuo coraggio, dalla tua volontà e dalla fiducia in te stessa".

Allora Laura capì di aver ancora una volta dimenticato di far parte della cerchia dei Guardiani, di essere nata nel segno del Tredici e dunque di avere capacità che non andavano misurate con criteri umani. Soprattutto aveva dimenticato di confidare nel potere della Luce.

Si sentì pervadere da una nuova fiducia. Si concentrò e trasse un respiro profondo. Poi lasciò libere le briglie e schioccò la lingua. Turbine partì come il vento. Galoppava verso il lago e a ogni falcata acquistava velocità. Il suono degli zoccoli era martellante, mentre il vento arruffava i capelli della giovane amazzone, sibilando sempre più forte.

Un istante prima di raggiungere la riva del lago, Laura chiuse gli occhi. Sentì che Turbine si staccava dal terreno, poi sentì un fragore e vide un vortice luccicante.

Tutto era chiaro e luminoso. Laura divenne un tutt'uno con la luce. Aveva perso ogni sensazione di pesantezza, di spazio e di tempo.

Dopo un tempo che non avrebbe saputo misurare, sentì uno scossone e capì che Turbine era atterrato sull'isolotto.

Aprì gli occhi: sì, erano entrambi in una radura vicino a una piccola spiaggia circondata dalla fitta vegetazione. Turbine stava bene e non sembrava particolarmente provato.

Laura si guardò attorno e vide che nel groviglio di piante si era aperto un corridoio. I rami spinosi si erano piegati di lato e un piccolo sentiero conduceva verso il centro dell'isola, dove si ergeva una splendente colonna di luce che sembrava tendere verso l'infinito.

Nel mezzo della luce c'era un cavaliere vestito di bianco. Sembrava che stesse aspettando Laura, perché le fece cenno di affrettarsi.

Laura smontò di sella per correre verso di lui, ma nell'attimo in cui i suoi piedi toccarono terra il sole si levò all'orizzonte. La notte del solstizio d'inverno era terminata.

Davanti ai primi raggi di sole la colonna di luce impallidì, si dissolse e i rami dei cespugli tornarono al loro posto, rendendo impenetrabile la vegetazione.

Laura si fermò impietrita. I suoi occhi si riempirono di lacrime, che gocciolarono sul Calice della Luce. Provò vergogna: era arrivata troppo tardi. Aveva fallito.

Paravain si ritrasse con orrore quando il portale magico svanì nel nulla davanti ai suoi occhi. All'improvviso riapparve, la sua luce tremolò, come se volesse piegare il destino con un ultimo sforzo disperato, ma poi svanì di nuovo.

Paravain rimase irrigidito e prostrato: gli sembrava che tutta la sua energia vitale l'avesse abbandonato.

Si voltò con lentezza infinita e tornò verso i suoi Paladini, che lo aspettavano impassibili al limitare della vallata. Nessuno parlò, ma Paravain sapeva come si sentivano. Avrebbe dovuto consolarli, ma come? Era accaduto l'impensabile: Aventerra sarebbe scomparsa.

Paravain montò faticosamente in sella e in silenzio alzò la mano per ordinare la partenza. Spronò il suo cavallo bianco e lo lanciò in direzione di Hellunyat: voleva essere con Elysion e Morwena nell'ora della fine.

I Paladini Bianchi lo seguirono. Nessuno notò che Alarik non era con loro.

Laura continuava a restare lì, immobile. Guardava il Calice e non riusciva ancora a credere di essere arrivata troppo tardi. *Non può essere*, pensò. *Non può essere finita*.

Il portale magico era chiuso e la via per Aventerra era di nuovo bloccata. Laura alzò lo sguardo verso il sole che si alzava lento sopra l'orizzonte. Stranamente, anche se non c'erano nuvole in cielo, la sua luce era debole, come se i raggi dovessero attraversare un velo invisibile prima di raggiungere la Terra. Il Nulla Eterno, che rendeva impossibile ogni forma di vita, stava già sopravanzando? Il Custode della Luce era dunque morto? Ed era morto anche il professor Morgenstern? Laura fu tentata di accasciarsi a terra e di aspettare lì la fine, ma un pensiero le balenò in mente come una stella cadente in una notte oscura.

Certo… ecco come! Devo provarci!

Balzò in sella a Turbine e, con agitazione febbrile, gli sussurrò all'orecchio: "Vai! Corri più veloce che puoi!".

Lo stallone alzò la testa, gonfiò le narici, nitrì eccitato e galoppò via con tale impeto che la terra e i ciottoli schizzarono via sotto i suoi zoccoli.

Le candele sfrigolavano piano nella stanza di Elysion, che giaceva immobile sul letto. Il suo volto era completamente esangue.

Morwena gli sedeva accanto e gli teneva la mano. Il polso era debole, e anche se il petto del vecchio si sollevava e si abbassava con regolarità, la Guaritrice sapeva che Elysion sarebbe presto entrato nell'Oscurità Eterna.

Dietro alle grandi finestre della stanza era giunta la Nebbia Nera. Era così spessa che gli occhi di Morwena non riuscivano ad attraversarla. La notte doveva essere finita da tempo e sarebbe già dovuto sorgere il sole. Invece Hellunyat era immersa in un buio profondo. La fortezza era perduta. Un freddo gelido s'intrufolava attraverso gli spifferi delle finestre e sulle pareti si era già formato un velo di ghiaccio.

Morwena non sentiva il freddo che cercava di ghermire il suo corpo, i suoi pensieri erano col moribondo e si nutrivano con la fiamma dell'ultima speranza: il Calice della Luce.

Dalla sala del trono giunse un rumore di passi. Si avvicinavano, e il cuore di Morwena accelerò i suoi battiti. La Guaritrice si alzò dallo sgabello e fissò la porta.

Nella stanza entrò ser Paravain. Lo sguardo di Morwena cercò il Calice, ma le mani del cavaliere erano vuote. Il cavaliere scosse il capo.

La Guaritrice sentì che le forze le venivano meno. Si lasciò cadere sullo sgabello e si coprì il viso con le mani. Cominciò a tremare e a singhiozzare forte. Piangeva sulla fine dei tempi.

Aurelius Morgenstern giaceva esangue sul letto. Il suo respiro era un rantolo leggero.

Mary Morgain si chinò su di lui, gli bagnò con un panno umido le labbra secche e gli deterse il sudore dalla fronte.

Percy Valiant era ai piedi del letto e aveva lo sguardo perso nel vuoto. Dalla finestra dietro di lui si faceva strada la fioca luce del mattino.

L'insegnante di educazione fisica aveva il volto esausto di chi ha passato una notte insonne. Aveva anche un cerotto sulla fronte e la guancia sinistra graffiata: lo scontro con gli Oscuri non era stato indolore.

Sussultò quando Mary gli rivolse la parola. "Pensi che ce l'abbia fatta?".

"Chi può dirlo? S*ci* rimane solo il conforto della *speransa*".

Mary Morgain prese a passeggiare inquieta per la stanza. Percy rimase fermo ai piedi del letto. Non parlarono più, perché non c'era più nulla da dire. Si sentiva soltanto il lieve rantolare del professor Morgenstern e i passi lievi di Mary sul tappeto.

Davanti alla casa riecheggiò il suono degli zoccoli di un cavallo e il silenzio di quel tetro mattino fu interrotto da un nitrito. Mary guardò Percy: "Dev'essere lei!", esclamò agitata, e le sue guance divamparono. Corse con impazienza alla porta e la spalancò.

Vedendo il Calice nelle mani di Laura, Miss Mary impallidì, vacillò e riuscì ad aggrapparsi appena in tempo alla porta per non cadere.

Anche Percy era sbiancato. "Poveri noi, è la fine!", mormorò.

Laura non fece loro caso e corse decisa al capezzale del

preside. Appoggiò il Calice con cautela sul comodino e si chinò sul moribondo. "È ancora vivo?".

"Sì... ancora", rispose Mary con voce rotta, prima di scambiare uno sguardo perplesso con Percy. "Che cosa vuoi fare, Laura?".

"Il destino del Custode della Luce è legato indissolubilmente a quello del professor Morgenstern, no?".

Di nuovo i due Guardiani si scambiarono un'occhiata perplessa. "Cosa *intandi* dire con *sciò*?", chiese Percy.

"È facile: se il professor Morgenstern si è ammalato perché il Custode della Luce è stato ferito dalla spada Pestilenza, allora deve valere il contrario: se il professor Morgenstern guarirà, anche il Custode della Luce farà lo stesso".

Il viso di Miss Mary si chiazzò di rosso. "Quest'idea mi sembra non solo assurda, ma anche presuntuosa!".

Percy aggrottò la fronte, e si strinse nelle spalle. "Non lo so, ma forse potresti *sempliscemante tantare*".

Laura tolse il coperchio dal Calice e immerse un lembo di un fazzoletto pulito nell'Acqua della Vita. Poi si chinò sul moribondo e gli premette il fazzoletto bagnato sulla bocca.

Mary Morgain e Percy Valiant si avvicinarono e da dietro le spalle di Laura osservarono il viso del preside.

Non accadde nulla. I secondi si dispersero nell'eterno fluire del tempo. Aurelius Morgenstern continuava a giacere pallido e immobile. La sua coscienza si era già staccata dal mondo e il suo respiro si era fatto più debole.

Laura fissava il preside in angosciosa attesa, ma le condizioni del vecchio non miglioravano. La ragazza dovette rassegnarsi al fatto che si era semplicemente illusa.

Le si piegarono le ginocchia e sentì che le forze le venivano meno. Guardò con grandi occhi tristi Miss Mary e Percy, che ricambiarono muti il suo sguardo.

"Perdonatemi", sussurrò Laura. "Vi prego, perdonatemi". Abbassò gli occhi, deglutì, ma non riuscì a trattenere le lacrime, che cominciarono a rotolarle giù dalle guance.

Miss Mary e Percy guardavano turbati la ragazza, che si era accasciata singhiozzando sul bordo del letto.

D'un tratto Laura sentì un rumore dietro di sé… un leggero sbadiglio. Sbalordita, si girò verso il preside.

Nello stesso istante Aurelius Morgenstern aprì gli occhi. Sbadigliò assonnato, si stiracchiò e si strofinò gli occhi. Poi le sorrise allegro.

"Laura!", disse. "Buongiorno, Laura Leander!".

Il preside salutò anche i due Guardiani, che erano troppo stupefatti per rispondergli.

Il Custode della Luce aprì gli occhi e vide i volti stupefatti di Morwena e Paravain. Il cavaliere indietreggiò, sconvolto dall'improvviso risveglio del suo signore.

"Ma allora... ci è riuscita?", balbettò incredulo.

Elysion lo fissò con sguardo severo. "Dunque, ne hai dubitato?".

Il cavaliere tacque, il suo viso mortificato era una risposta fin troppo eloquente. Il Custode della Luce si voltò verso la Guaritrice, che rispose con un sorriso sollevato al suo sguardo indagatore. Non era necessario che Elysion le leggesse nel pensiero: sapeva che la sua fede nella Luce non aveva vacillato neppure per un istante.

"Certo che ci è riuscita", disse Elysion, rivolto a Paravain. "Perché ha avuto fede! Nella forza della Luce e in se stessa!".

Nella stanza entrò la luce del sole. Elysion si alzò a sedere senza fatica. Il pallore della morte era svanito dal suo volto e i suoi occhi brillavano di nuovo pieni di forza. Il Custode della Luce scostò le coperte e si alzò dal letto. Il cavaliere fece il gesto di sorreggerlo, ma Elysion lo fermò e si avvicinò senza aiuto alla finestra. I suoi passi erano fermi e sicuri.

Aprì la finestra e una ventata d'aria fresca fluì nella stanza, scacciando l'odore putrido della morte. Il vecchio chiuse gli occhi e annusò l'aroma della bisbiglierba che cresceva sul pianoro. Poi riaprì gli occhi e fece scorrere lo sguardo sulle mura di Hellunyat e sul paesaggio intorno alla fortezza.

L'altopiano di Calderan riluceva nello splendore dorato del giorno. Le Nebbie Nere erano già scivolate fino al margine del pianoro, dove si andavano dissolvendo a poco a poco.

Elysion sospirò. La Luce aveva respinto l'attacco dell'Oscurità. Ancora una volta la vita si era dimostrata più forte del Nulla Eterno.

Si voltò e guardò Morwena e Paravain. Con volto serio, quel volto che portava le tracce di una vita antica quasi quanto il più antico pianeta, disse: "Voi sapete cosa ci è stato tramandato fin dall'inizio dei tempi: finché ci sarà qualcuno che crede nel Bene e lotta per esso, il Male non vincerà. Finché splenderà la Luce, l'Oscurità non trionferà. E tuttavia l'Oscurità ci attaccherà sempre e noi dobbiamo essere vigili".

Morwena e ser Paravain si misero accanto al loro signore. I loro sguardi spaziavano indisturbati fino all'orizzonte, verso la Palude Melmosa a est, le Montagne dei Draghi a sud e la Foresta dei Sussurri a ovest. Anche se era mattino, in cielo brillava una delle due lune di Aventerra.

Era la Terrastella. Il tempo della sua scomparsa non era ancora venuto.

Il castello di Ravenstein risplendeva alla luce del mattino. Il cielo era terso, ma da oriente si avvicinavano grosse nubi e un forte vento soffiava intorno alla grande torre, scompigliando i capelli e i vestiti del gruppetto che, nonostante il freddo, si era radunato sul terrazzo panoramico.

Il professor Aurelius Morgenstern stava tra Mary Morgain e Percy Valiant. Laura, Lukas e Kaja erano di fronte a loro. Le grida gioiose di alcuni studenti che giocavano nel parco arrivavano fin lassù. Laura, che si era calata il berretto sulla fronte, guardò il preside con aria interrogativa. "Dunque abbiamo vinto per sempre?".

Aurelius Morgenstern scosse il suo capo canuto. "No, Laura, assolutamente no. D'ora in poi avrai il compito di custodire il Calice della Luce e di proteggerlo dagli Oscuri".

"Faranno di tutto per impossessarsene di nuovo", la avvertì Miss Mary, "perché anche a loro conferisce poteri particolari".

"Tieni *presante* che sanno bene quanto noi che il *Calisce* può essere riportato ad *Avanterra* solo fra tre mesi, a Ostara, la prossima festa del sole", spiegò Percy. "Rimane loro molto *tampo*, e non lo lasceranno *sicuramante* trascorrere invano. Escogiteranno piani *diabolisci* e non lasceranno *intantata* alcuna *bassessa* per conseguire il loro obiettivo".

Laura deglutì. *Andiamo bene*, pensò, *che bella prospettiva!*

"Inoltre", aggiunse il preside con solennità, "dovrai essere tu a riportarlo su Aventerra, alla Fortezza del Graal".

Laura fece una smorfia cupa e alzò le braccia come per difendersi. "Perché proprio io?".

"Tu sei nata nel segno del Tredici", rispose paziente Morgenstern, "e dunque sei l'unica tra noi a cui sia consentito di attraversare il portale magico".

"Ma prima, naturalmente, devi imparare a usare bene i tuoi poteri", disse Miss Mary.

Laura aggrottò la fronte. *Ci riuscirò?*, si chiese.

Percy le infuse coraggio. "Sono convinto che accoglierai il tuo compito con grande gaudio. In fondo questo ti schiude la possibilità di liberare tuo padre dalle grinfie delle *Fòrse* Oscure e di riportarlo tra noi!".

Era la cosa che Laura desiderava di più: riavere suo padre accanto a sé. Era pronta a fare di tutto per lui, ma... era ancora una ragazzina! Guardò gli altri Guardiani e scosse la testa. "Come posso riuscirci?".

Aurelius Morgenstern rispose calmo al suo sguardo timoroso. "Il compito può sembrarti schiacciante", disse con voce dolce. "Ma avrai senz'altro pensato lo stesso quando ti fu chiesto di cercare il Calice della Luce, non è vero?".

Laura annuì in silenzio.

"Vedi, dunque!". Il preside sorrise. "Se confidi nella forza della Luce e non perdi fiducia in te stessa, allora ti riuscirà tutto. E inoltre…". Fece una piccola pausa e cercò con gli occhi gli sguardi di Mary e Percy. Entrambi annuirono sorridenti, e ancor prima che il preside aprisse bocca Laura sapeva che cosa avrebbe detto. "Inoltre noi ti aiuteremo, non dimenticarlo!".

"E anche noi, ovviamente", esclamarono Lukas e Kaja. "Se no non avresti alcuna possibilità di farcela, minus-mente!", aggiunse Lukas.

"Be', allora!". Con finta rassegnazione Laura alzò le braccia a significare che si arrendeva al suo destino. "Allora non ci sono problemi!".

Scoppiò in una risata, subito imitata da Lukas e Kaja; anche gli adulti si misero a ridere. La risata a più voci fu catturata dal vento, attraversò il parco e giunse fino alla statua del Cavaliere Sanguinario.

In quel momento cominciò a nevicare. Finalmente!

Grandi fiocchi turbinavano sull'allegro gruppetto. Lukas e Kaja aprirono le mani e guardarono felici i cristalli bianchi che si scioglievano a contatto con la loro pelle.

Laura invece si ritrovò a pensare al Natale. Mancavano solo due giorni alla vigilia e lei non aveva comprato regali né si era preparata in alcun modo. Ma era comunque sicura che sarebbe stata una bellissima festa.

Tutto, proprio tutto, sarebbe andato bene.